W0032839

Manfred Megerle, geboren 1937, lebt mit seiner Familie in Flein bei Heilbronn. Bis 2005 leitete er eine Werbeagentur und schrieb Werbetexte. Nach dem beruflichen Ausstieg verlegte er sich auf Kriminalromane. Sein Anspruch: ungewöhnliche Kriminalfälle mit überraschenden Wendungen. Seine Schauplätze: der westliche Bodensee, den er vor Jahren zu seiner zweiten Heimat erkor. Dort lässt er seit 2007 den kantigen Hauptkommissar Leo Wolf ermitteln. Im Emons Verlag erschienen seinen Kriminalromane »Seehaie«, »Seefeuer«, »Seeteufel«, »Seepest« und »Seerache«.

MANFRED MEGERLE

Seeteufel

BODENSEE KRIMI

emons:

Bibliografische Information der Deutschen Nationalbibliothek
Die Deutsche Nationalbibliothek verzeichnet diese Publikation in der Deutschen Nationalbibliografie; detaillierte bibliografische Daten sind im Internet über http://dnb.d-nb.de abrufbar.

Umschlagzeichnung: Heribert Stragholz
Umschlaggestaltung: Tobias Doetsch
Druck und Bindung: CPI – Clausen & Bosse, Leck
Printed in Germany 2013
Erstausgabe 2009
ISBN 978-3-89705-679-4
Bodensee Krimi 4
Originalausgabe

Für meine Familie.
Und für alle, die den Bodensee lieben.

»Da schattet eine tiefe Schlucht,
hängt Fels, breitet sich ein Hang, dunkelt Wald.
Blickt man von der Scheffelhöhe aus
über die Stadt hinweg, gleitet weit das Auge
von Ufer zu Ufer.«
Friedrich Schnack

»Der Kriminalschriftsteller ist wie eine Spinne,
die die Fliege bereits hat,
bevor sie das Netz um sie herum webt.«
Sir Arthur Conan Doyle

Prolog

Eine bange Sekunde lang stand die Flasche auf der Kippe, schwebte gleichsam in der Luft, bevor sie sich langsam zur Seite neigte und schließlich auf dem schmutzigen Betonboden zerschellte.

Erschrocken fuhr Havanna hoch; der Klappstuhl, auf dem er gedöst hatte, ächzte bedrohlich. Schon zog der Geruch billigen Fusels durch den Raum, kroch in Windeseile in alle Ritzen und machte die Luft in dem dumpfen Kellergelass noch ein bisschen stickiger, falls das überhaupt möglich war.

»Heilige Scheiße! Was hast du getan? Das war unser letzter Stoff!« Die keifende Stimme gehörte Einstein, der seit Stunden auf einer Matratze am Boden gelegen und teilnahmslos vor sich hingestiert hatte.

Der kleine, dürre Mann wollte sich von seinem Lager erheben, da stieß ihn Havanna ungestüm zurück. »Lass den Blödsinn, oder willst du dich verletzen?«, schimpfte er. Nach seiner Ansicht war es um den Fusel nicht schade, ohnehin war der größere Teil davon bereits durch Einsteins Kehle geronnen. Da gab es nun mal nichts zu beschönigen: Sein Kumpel hing an der Flasche. Kein Wunder bei diesem Lebenswandel!

Er rückte die viel zu kleine Nickelbrille zurecht, die ihm permanent von der Nase zu rutschen drohte und seinem vollen Gesicht etwas seltsam Groteskes verlieh. »Du bist jetzt reich, steinreich sogar! Bald kannst du dir so viel Schnaps kaufen, wie du willst. Meinetwegen kannst du dir sogar die Gurgel absaufen, ich hindere dich nicht daran.«

»Zum Teufel mit deinem Reichtum – ich brauch heute was, nicht erst am Sankt Nimmerleinstag!«

»Da hab ich wohl den richtigen Augenblick erwischt«, sagte in diesem Augenblick eine kratzige Stimme. Ohne auch nur das geringste Geräusch verursacht zu haben, war ein rothaariger Mann in den Raum getreten. Mit aufreizender Langsamkeit stolzierte er näher, ließ die flinken Augen hierhin und dorthin schweifen, immer wieder ob des Miefes die Nase rümpfend.

Verblüfft verfolgten die beiden Penner jeden seiner Schritte. Als Erster erholte sich Havanna von seiner Überraschung.

»Sieh an, sieh an! Der Herr kommt spät, doch er kommt! Was verschafft uns die Ehre?« Sein Blick flog über das glatte, jovial lächelnde Gesicht des Rothaarigen, abschätzig musterte er den weißen Anzug, der so ganz und gar nicht in dieses verwahrloste Kellerverlies passen wollte.

Ohne auf die Frage einzugehen, trat der Besucher an den wackligen Tisch, stellte eine Flasche mit einer glasklaren Flüssigkeit darauf ab und sagte: »Hier, mein Gastgeschenk. Tut mir leid, wenn ich so hereinplatze. Aber es gibt da eine wichtige Angelegenheit, über die wir sprechen sollten. Eine Angelegenheit, die leider keinen Aufschub duldet. Ich nehme an, ihr wisst, wovon ich rede.«

Kaum stand die Flasche auf dem Tisch, sprang Einstein auf. »Wodka Gorbatschow«, hauchte er entzückt und leckte sich die Lippen. Gierig streckte er den Arm aus.

»Nicht so schnell, mein Freund«, kam der Rothaarige ihm zuvor und hielt die Flasche am ausgestreckten Arm in die Höhe. So hoch der schmächtige Einstein auch sprang, er konnte sie nicht erreichen.

»Lass das, Einstein«, fuhr Havanna seinen Kumpel an. »Merkst du nicht, was hier gespielt wird?«

Er stand auf, packte den Dürren grob am Arm und zerrte ihn zur Matratze zurück. Dann wandte er sich wieder dem Besucher zu.

»Besprechen? Ich wüsste nicht, was es zwischen uns zu besprechen gäbe«, sagte er bestimmt.

»Komm, Havanna, stell dich nicht dümmer, als du bist.«

»Also gut, reden wir nicht lange drum herum: Ihr seid scharf auf den Zaster, stimmt's?«

Der Rothaarige nickte. »Du hast es erfasst!«

»Vergessen Sie's. Das Geld bleibt, wo es ist«, erklärte Havanna mit Nachdruck.

»Genau!«, bekräftigte Einstein und ließ ein schrilles Kichern folgen. »Wenigstens diesmal hat der Segen die Richtigen getroffen!«

Langsam, wie um Zeit zu gewinnen, umrundete der Rothaarige den klapprigen Tisch, verweilte kurz vor Einsteins Matratze, *musterte eingehend die Batterie leerer Flaschen, die in einer Ecke des Raums stand und für die Trinkfestigkeit seiner Bewohner zeugte, ehe er sich erneut vor Havanna aufpflanzte.*

»Ist das euer letztes Wort?«, fragte er lauernd.

»Unser allerletztes«, nickte Havanna.

Höhnisch verzog der Rothaarige das Gesicht. »Ihr tut so, als handle es sich um Peanuts. Habt ihr auch nur die leiseste Vorstellung davon, wie man mit solchen Summen umgeht? Seht euch doch bloß mal an! Spätestens beim ersten Bankgespräch wird man euch einen Treuhänder vor die Nase setzen. Und dann?«

»Das wird sich finden«, entgegnete Havanna gelassen.

»Ihr habt doch wahrlich schon genug eingesackt«, fügte er hinzu. Ironie troff aus seiner Stimme. »Predigt ihr nicht, Geben sei seliger als Nehmen?«

Die Augen des Rothaarigen verengten sich zu Schlitzen. »Wir haben große Pläne, und die erfordern einen hohen Einsatz, das versteht ihr doch, oder? Von nichts kommt nichts. Und deshalb, meine lieben Freunde, sind wir auf jeden verdammten Euro angewiesen. Ihr wisst ja: Umsonst ist heute nicht mal mehr der Tod.«

»Eben. Und deshalb bleibt die Kohle, wo sie ist. Basta!«

Das Gesicht des Rothaarigen verfinsterte sich. »Wenn ihr euch da mal nicht übernehmt. Es gibt schließlich Mittel und Wege, den entstandenen Irrtum zu korrigieren – so oder so.«

»Soll das eine Drohung sein?«, fuhr Havanna hoch.

Gelassen winkte der Rothaarige ab. »Täte mir leid, wenn ihr es so auffasst. Nein, ich will euch nicht drohen – ich will euch überzeugen.«

»Überzeugen? Wovon?«

»Zum Beispiel davon, dass es gesünder für euch wäre, etwas Entgegenkommen zu zeigen.« Er lächelte maliziös. »Wir lassen ja durchaus mit uns reden …«

»Wir aber nicht«, fiel ihm Havanna ins Wort. »Die Kohle gehört uns und damit Ende der Debatte.«

Nach kurzem Nachdenken fügte er hinzu: »Und außerdem … für Sie wäre es besser, uns nicht unter Druck zu setzen. Das gefällt uns nämlich nicht, das gefällt uns ganz und gar nicht! Stimmt's, Einstein?« Von unten erklang ein zustimmendes Grunzen. »Wir könnten uns sonst genötigt sehen, Ihren Boss über gewisse Praktiken zu informieren, wenn Sie verstehen, was ich meine ...«

Havanna hatte den Satz noch nicht zu Ende gesprochen, da fühlte er sich unsanft am Kragen gepackt und vom Stuhl hochgezogen. Er spürte, wie die kräftige Hand des Rothaarigen sich drehte und ihm langsam, aber sicher den Hals zuschnürte, sodass er kaum noch Luft bekam und bereits nach wenigen Sekunden zu röcheln begann. Vor sich, ganz nah, sah er das wutverzerrte Gesicht des Rothaarigen. Er blickte direkt in dessen stechende Augen und spürte den Atem des Mannes auf seiner Haut. Stoß zu, durchfuhr es ihn, stoß ihm deine Stirn in die Fresse, brich ihm das Nasenbein, du wirst es verschmerzen, Hauptsache, das Schwein lässt dich los.

Plötzlich lockerte sich der Griff, noch ehe er seinen Gedanken in die Tat umsetzen konnte. Auf wundersame Weise fühlte sich Havanna wieder frei. Er holte tief Luft und sah ungläubig auf die Hand, die, zu einer Kralle geformt, regungslos in der Luft verharrte, während die andere noch immer den Hals der Wodkaflasche umspannte. Einen kurzen Moment lang erwartete er, die Flasche würde auf seinen Schädel niedersausen – doch nichts dergleichen geschah.

Was hatte den Rothaarigen umgestimmt? War ihm klar geworden, dass er mit seiner rüden Attacke den Bogen überspannte? Hatte er, wenn auch zähneknirschend, klein beigegeben?

Noch während Havanna befreit aufatmete und sein Hemd und das Sakko zurechtrückte, erkannte er die wahre Ursache des Sinneswandels. Von dem Rothaarigen unbemerkt, hatte Einstein nach einem herumliegenden Brotmesser gegriffen, war von hinten an den Gegner herangetreten und hatte es ihm an die Seite gesetzt, in Höhe der Nieren, bereit, bei der geringsten Gegenwehr zuzustoßen.

Einsteins Augen flackerten, Speichel troff ihm aus den Mundwinkeln, doch er stand wie ein Fels, auch wenn er dem Gegner nur bis zu den Schultern reichte. »Verschwinde, oder ich mach dich alle«, kreischte er in schrillem Diskant und stellte sich vor Anspannung auf die Zehenspitzen.

Langsam, ganz langsam hob der Rothaarige beide Arme. Seine Gesichtsmuskeln spannten sich, dann drehte er sich seitlich weg, den Blick dabei nicht von dem Messer lassend. Mit einem verkrampften Lächeln versuchte er, die beiden Penner zu beruhigen.

»Okay, okay«, sagte er beschwichtigend. »Ihr habt ja recht. War blöd von mir, entschuldigt bitte.«

Als wollte er die Wirkung seiner Worte unterstreichen, stellte er die mitgebrachte Flasche vorsichtig auf den Tisch zurück. »Hier, genehmigt euch erst mal einen. Und nichts für ungut, Leute. Über den Zaster reden wir nicht mehr. Gott hat es so gewollt, also pfuschen wir ihm nicht ins Handwerk. Tschau dann.« Grüßend hob er die Hand und bewegte sich dabei rückwärts auf den Ausgang zu.

Havanna starrte noch einige Sekunden auf die Tür, durch die der Besucher gleich darauf verschwunden war. Er fühlte sich, als sei er soeben aus einem Alptraum erwacht.

»Wo er recht hat, hat er recht«, holte ihn Einsteins Stimme in die Wirklichkeit zurück. Mit ein paar geübten Handbewegungen hatte das dürre Männchen die Flasche geöffnet und zwei Gläser gefüllt. Während er das erste Havanna zuschob, kippte er das zweite selbst herunter.

»Was ist, hat es dir die Sprache verschlagen?«, knurrte Einstein und füllte sein Glas ein weiteres Mal. »Die Sache ist doch prima gelaufen. Den Kerl sind wir los. Jetzt gehört der Zaster endgültig uns. Prost!«

»Ich weiß nicht … ich weiß nicht«, grummelte Havanna vor sich hin. Zwischen seinen Augen hatte sich eine steile Falte gebildet. Zögernd griff er zu seinem Glas.

»Was hast du?«, wollte Einstein zwischen dem zweiten und dritten Drink wissen, doch schien ihn die Antwort nicht wirklich zu interessieren.

Havanna schluckte und wiegte nachdenklich den Kopf, ehe er sich zu einer Antwort entschloss. »Nun, das ging mir alles ein bisschen zu schnell … verdächtig schnell, wenn du verstehst, was ich meine!«

Doch Einstein verstand rein gar nichts – außer, dass die Not fürs Erste ein Ende hatte.

1

»Verdammt noch mal, da stimmt doch was nicht! Mach mal langsam«, rief der jüngere der beiden Fischer über die Schulter zurück. Mit ausgestrecktem Arm wies er zum Seeufer hinüber, das sich fast vollständig hinter einer Nebelbank verbarg.

»Was soll das bringen?«, brummte der Mann an der Pinne, »man sieht hier ja nicht mal die Hand vor den Augen.« Dennoch befolgte er die Anweisung seines Sohnes.

Rasch verlor der Kahn an Fahrt. Doch so angestrengt die beiden Männer auch hinüberstarrten – die gespenstisch wabernden Schwaden über dem Wasser erwiesen sich als undurchdringlich.

»Näher ans Ufer«, bestimmte der Jüngere hartnäckig. »Halt direkt auf die Birnau zu.«

Erneut begann der Außenbordmotor zu tuckern, und das Boot nahm Kurs auf das angegebene Ziel.

So markant die Barockkirche bei Tageslicht auch ins Auge fiel: Jetzt, im Morgengrauen, war sie nur ein schwaches Abbild ihrer selbst. Sie verschmolz mit der Landschaft zu einem verwaschenen Schattenriss.

Wenigstens war es dort oben nebelfrei, anders als an der Wasseroberfläche. Nicht dass daran etwas außergewöhnlich gewesen wäre. Schon gar nicht im Spätherbst. Da gehörte Morgennebel zum See wie das Christkind zu Weihnachten, und niemand wusste das besser als die beiden Fischer, die, aus Unteruhldingen kommend, allmorgendlich zur selben Zeit ihre westlich gelegenen Fanggründe anfuhren. Dabei hatten sie mit den Lichtverhältnissen heute noch Glück gehabt: Erst in der vergangenen Nacht waren die Uhren auf Winterzeit umgestellt worden. Streng genommen waren sie also, gemessen am Vortag, eine Stunde später unterwegs, und das diffuse Morgenlicht reichte zumindest aus, die nähere Umgebung zu erkennen – soweit es der Nebel zuließ.

»Wonach suchen wir eigentlich?«, fragte der Ältere, als der Motor wieder im Standgas lief.

»Weiß nicht genau«, zuckte der andere mit den Schultern. »Ich bilde mir ein, durch eines der Nebellöcher ein Boot gesehen zu haben. Dort, genau unterhalb der Birnau.«

Ein Boot an dieser Stelle wäre allerdings etwas Ungewöhnliches, dem konnte der alte Fischer nicht widersprechen. Hier gab es keine ausgewiesenen Fanggründe, und die wenigen Berufsfischer hielten sich streng an das Reglement, sodass sie einen Kollegen an diesem Ort und zu dieser Zeit mit Fug und Recht ausschließen konnten. Die Vermietung von Tret- und Ruderbooten an Touristen war bereits vor vierzehn Tagen eingestellt worden. Was sollte ein Tourist auch so früh am Morgen und bei dieser Suppe auf dem Wasser?

»Ein Hobbyangler?«

»Nein. Ich hatte eher den Eindruck ... also, da war jemand in dem Boot, noch dazu ... wie soll ich sagen ... in einer merkwürdigen Haltung. Es muss hier irgendwo sein.«

Er hatte kaum ausgesprochen, da riss der Nebel für einen kurzen Augenblick auf, und sie konnten den drohenden Aufprall mit einem schnellen Ruderschwenk gerade noch verhindern.

Also doch! Nur wenige Meter vor ihnen lag das gesuchte Boot.

Es war eines der bunten Kunststoffruderboote, wie sie in der Urlaubszeit an den meisten Orten rund um den See an Touristen vermietet wurden. Schmatzend schaukelte es in der langen Dünung. Bei jedem Auf und Ab schlugen die heraushängenden Riemen vernehmlich an den Bootsrumpf, unterbrochen von einem klirrenden Rollgeräusch, dem in gleichmäßigen Abständen ein heller Aufprall folgte.

Der aufgemalten Nummer nach stammte der Kahn aus Überlingen. Nichts an ihm war auffällig, sah man einmal davon ab, dass die beiden Passagiere sich seltsam starr verhielten.

Es handelte sich um zwei ältere Männer, wie sie vom Typus her nicht unterschiedlicher hätten sein können. Während der eine, ein spindeldürres Kerlchen mit langen, ungepflegten Haaren und reichlich abgetragenen Klamotten, lang ausgestreckt auf dem Schiffsboden lag und zu dösen schien, kniete der zweite an der gegenüberliegenden Bordwand und wandte den Fischern den Rücken zu. Da sein Oberkörper über der Reling hing, entzog sich sein Kopf ihren Blicken. Eines jedoch war nicht zu übersehen: Was dem Dürren an Leibesumfang fehlte, hatte der andere zu viel auf den Rippen. Das erklärte zu einem guten Teil auch die Schlagseite des Bootes.

Langsam umfuhren die beiden Fischer das Ruderboot, ohne darauf auch nur die geringste Bewegung wahrzunehmen. Als sie auf der anderen Seite waren, wussten sie, warum. Ungläubig starrten sie auf den knienden Mann, dessen Kopf und Unterarme schlaff aus dem Boot hingen und bei jeder Welle erneut ins Wasser tauchten, ohne dass der Mann ein Lebenszeichen von sich gegeben hätte. Wasser und Kälte hatten ihm bereits mächtig zugesetzt: Sein Gesicht, glatt und rund wie ein Kinderpopo, war aufgedunsen und ob der Kälte bläulich angelaufen.

Jetzt endlich entdeckten die Fischer auch die Ursache des seltsamen Rollgeräuschs. Auf dem Boden lagen mehrere leere Schnapsflaschen, die vom rhythmischen Schwanken des Bootes hin und her gerollt wurden, immer wieder an die Bordwand prallten.

»Ich fürchte, da ist nichts mehr zu machen«, murmelte der ältere der beiden Fischer betroffen. Ihn fröstelte, ohne dass er hätte sagen können, ob es an dem grauenhaften Anblick vor ihnen oder den feuchtkalten Nebelschleiern ringsum lag. »Ruf auf alle Fälle den Notarzt!«

»Bin schon dabei.«

Nach dem Gespräch steckte der junge Mann sein Handy wieder ein. »Der Notarzt wird in wenigen Minuten hier sein«, verkündete er erleichtert. »Die in der Zentrale verständigen auch gleich die Polizei. Wir sollen hier warten, aber das Boot nicht anrühren.«

Pikiert zog der Ältere die Augenbrauen hoch: »Die halten uns wohl für bescheuert, was?«, brummte er.

***

Kurz vor sieben schrillte Wolfs Telefon. Fischer hätten in einem Ruderboot zwei Tote gefunden, draußen auf dem See, direkt vor der Birnau. Es sei ein reiner Routinefall, und ob er nicht … es läge ja quasi auf seinem Weg …

Am liebsten hätte er dem Kollegen von der Bereitschaft in den Hintern getreten. Doch es half nichts: Unklaren Todesfällen musste von Gesetzes wegen nachgegangen werden, und das fiel nun mal in die Zuständigkeit des ersten Dezernates, das er seit mehr als zwanzig Jahren leitete und in dem er in nicht allzu ferner Zeit – immerhin war er dreiundsechzig – seinen aktiven Dienst zu beenden gedachte. Da er in Nussdorf wohnte, nur etwas mehr als einen Kilometer vom Fundort der Leichen entfernt, lag es nahe, ihm diese Sache aufzuhalsen – rein ökonomisch betrachtet. Doch wie sollte er einer ökonomischen Betrachtung etwas abgewinnen, die ihm einen Umweg von fast drei Kilometern abverlangte? Ausgerechnet ihm, der zu Umwegen ein eher gespaltenes Verhältnis hatte, was jeder halbwegs überzeugte Radfahrer sicher mühelos nachvollziehen konnte. Dabei hatte er sich diese Suppe selbst eingebrockt. Hätte er nicht damals, nach dem Tod seiner Frau, in einem Anflug von Resignation den Wagen verkauft und wäre aufs Rad umgestiegen, bräuchten ihn derlei Abstecher nicht sonderlich zu jucken.

Seufzend setzte er seine Fahrt auf der Uferstraße fort. Wenn nur dieser widerlich zähe Nebel nicht wäre! Er hatte den See vollkommen verschluckt, nicht einmal das Ufer war zu sehen. Nach seiner Einschätzung konnte es jedoch nicht mehr weit sein. Und tatsächlich, da vorne, keine hundert Meter voraus, waren Blaulichter zu erkennen. Also hatte er richtig vermutet: Der Fundort der Leichen lag kurz vor dem ehemaligen Kloster Maurach, das inzwischen zur Schulungsstätte einer deutschen Großbank degradiert worden war. »Hätte das verdammte Boot nicht ein paar Meter weiter östlich an Land treiben können?«, schimpfte Wolf leise. Dann hätte es sich jenseits der Überlinger Gemarkungsgrenze befunden und die Kollegen aus Meersburg wären zuständig gewesen.

Stattdessen lag es direkt vor dem letzten Nussdorfer Anwesen. »Ferienpension Seevilla« stand über dem von Buschrosen flankierten Tor, das zu den Parkplätzen vor der Villa führte. Gute Lage, inmitten eines weitläufigen Obst- und Gemüsegartens, obendrein mit einem traumhaft schönen Privatstrand gesegnet. Wolf kannte das Haus und seine Besitzerin flüchtig.

Vor dem Tor stand das Fahrzeug des Notarztes, dicht dahinter ein Streifenwagen, beide mit laufendem Blaulicht. Gerade wollte er rechts ranfahren und absteigen, da stellte sich ihm ein junger Schutzpolizist in den Weg.

»Bitte fahren Sie weiter, hier gibt es nichts zu sehen«, forderte er barsch.

Wolf, ganz in Gedanken, überhörte die Aufforderung. Er lehnte sein Fahrrad an die von einem schmiedeeisernen Gitter gekrönte Mauer, holte eine Packung Gitanes hervor und zündete sich einen der Glimmstängel an.

»Sind Sie taub, Mann?«, fuhr ihn der junge Beamte an. »Setzen Sie sich gefälligst auf Ihren Drahtesel und fahren Sie weiter!«

Währenddessen hatte der Nebel eine schemenhafte Gestalt ausgespuckt, die vom Seeufer her rasch näher kam – ein Kerl wie ein Kleiderschrank, den Kragen seines dunkelgrauen Parkas hochgeschlagen und in der Rechten eine Ledertasche tragend.

»Mach gefälligst nicht so 'n Wind. Du wirst doch wohl deinen Kollegen von der Kripo erkennen«, pflaumte der Notarzt den jungen Beamten an. Mit einem freundschaftlichen »Hallo, Leo!« stellte er seine Tasche ab und schüttelte Wolfs Hand.

»Meine Schuld«, brummte Wolf und hielt dem Kollegen seinen Dienstausweis hin. Verdattert entschuldigte sich der Uniformierte.

Irgendwie konnte Wolf den Mann sogar verstehen. Ein Kriminalhauptkommissar, der sein unmodisch weites Beinkleid mit Hosenklammern sicherte, um es vor der gefräßigen Kette zu schützen; der in aberwitzig schrägem Sitz ein Barett auf dem Kopf trug, das jeden Augenblick abzustürzen drohte. Wenn es um die äußere Erscheinung ging, dann wäre er bei einigen Kollegen bestenfalls als Reklamefigur für einen französischen Aperitif durchgegangen. Doch das juckte ihn wenig, käme diese Rolle seiner frankophilen Neigung doch nur entgegen.

»Erst mal guten Morgen zusammen«, grüßte er versöhnlich. »Wie sieht's bei euch aus?«

»Pfui Deibel, Leo, dein Kraut stinkt ja grässlich.« Scheinbar angewidert verzog der Doktor das Gesicht, ehe er grinsend Wolfs Frage beantwortete. »Die Kollegen von der Wasserschutzpolizei haben das Boot mit den beiden Leichen am Ufer festgemacht.« Unbestimmt wies er zum See hinunter, wo der Lichtkegel eines starken Scheinwerfers die fragliche Stelle markierte.

»Weiß man inzwischen, wer die beiden Toten sind?«

»Zwei Berber, wenn du mich fragst.«

»Berber?«

»Na, Penner, Obdachlose, du weißt schon. Genaueres erfährst du unten von deinen Kollegen. Jedenfalls sind beide mausetot.«

»Und wie lautet deine Diagnose?«

»Tod durch Unterkühlung in Kombination mit exzessivem Alkoholkonsum, würde ich sagen. Meinetwegen auch umgekehrt. Auf gut Deutsch: im Suff erfroren. Keinerlei Anzeichen von Fremd- oder gar Gewalteinwirkung, soweit ich feststellen konnte. Sieht ganz so aus, als wärst du umsonst hergestrampelt.«

»Wer hat sie gefunden?«

»Zwei Fischer. Die WaPo hat ihre Aussagen aufgenommen.«

»Lässt sich schon etwas zum Todeszeitpunkt sagen?«

Bedächtig wiegte der Doc den Kopf: »Schätze, zwischen Mitternacht und zwei Uhr. Genaueres muss die Obduktion ergeben. So, Leute, ich muss dann wieder. Mach's gut, Leo, bis zum nächsten Mal!«

Der Notarzt nickte dem jungen Schutzpolizisten zu, setzte sich in seinen Wagen und brauste davon.

Wolf stapfte über den Parkplatz und durch den nebelverhangenen Pensionsgarten zum Seeufer hinunter. Dort trat er in den milchigen Lichtkegel des Scheinwerfers und begrüßte die beiden WaPos, wie die Kollegen von der Wasserschutzpolizei im dienstlichen Sprachgebrauch hießen.

»Konntet ihr die beiden Männer identifizieren?«

Der Ältere der beiden schüttelte den Kopf.

Daraufhin umrundete Wolf das Boot mehrere Male, wobei er sich unangenehm nasse Füße holte. Doch obwohl er jedes Detail an den Toten und am Boot kritisch unter die Lupe nahm, konnte er nichts Auffälliges entdecken. Trotzdem forderte er telefonisch die Spurensicherung an und bat die Kollegen von der WaPo, deren Eintreffen abzuwarten und nach Abschluss der Untersuchung die Überführung der beiden Leichen in die Pathologie des Überlinger Kreiskrankenhauses zu veranlassen. Dann verabschiedete er sich.

In der Zwischenzeit war oben an der Straße eine schwarze Limousine mit abgehängten Fenstern vorgefahren. Zwei Männer in grauen Arbeitsmänteln luden einen Zinksarg aus. Wolf zeigte ihnen den Weg, bevor er mit seinem Fahrrad zu der Pension hinüberging, um ein paar Worte mit der Wirtin zu wechseln.

Eben wollte er das Haus betreten, da prallte er mit einer Frau zusammen. Es war Karin Winter vom »Seekurier«.

»Sie hören wohl das Gras wachsen«, fuhr er sie an. Sein Verhältnis zu der brünetten Pressefrau war in vielerlei Hinsicht zwiespältig. Zwar mochte er ihre burschikose Art, die so gut zu dem herben und dennoch attraktiven Äußeren passte. Ihre mit einer bemerkenswerten Hartnäckigkeit gepaarte Neugier hingegen war ihm schon immer ein Dorn im Auge. Er hasste es, wenn ihm neunmalkluge Schreiberlinge in seine Arbeit reinreden wollten oder ihm unentwegt Löcher in den Bauch fragten. Gewiss zählte Karin Winter in dieser Hinsicht eher zu den gemäßigten Vertretern ihrer Zunft – genau genommen hatten ihm ihre reichlich unkonventionellen Methoden sogar schon mehrfach aus der Patsche geholfen. Gleichwohl pflegte er ein tiefsitzendes Misstrauen gegenüber allem, was auch nur im Entferntesten nach Presse roch.

»Nun gönnen Sie mir doch auch mal ein Erfolgserlebnis, Herr Hauptkommissar«, antwortete sie, seinen schroffen Ton ignorierend. »Aber gut, dass ich Sie treffe: Können Sie mir etwas zu den beiden Toten da unten erzählen? Dann bin ich nicht ganz umsonst durch den Nebel geeiert, noch dazu hier draußen, am Arsch der Welt.«

Mit knappen Worten gab Wolf ihr zu verstehen, dass es da nichts zu erzählen gab, außer dem ganz natürlichen Tod zweier versoffener Stadtstreicher, die sich irgendwo ein Boot »ausgeliehen« und die rechtzeitige Rückkehr an ein warmes Plätzchen versäumt hatten. Sichtlich zweifelnd nahm Karin Winter seine Ausführungen zur Kenntnis, bevor sie sich verabschiedete.

Mürrisch sah Wolf ihr hinterher. Das fehlte noch, dass der »Seekurier« aus dieser Mücke einen Elefanten machte! Es hätte ihn allerdings schon interessiert, auf welche Weise die Winter von dem Vorfall erfahren hatte. Da er nicht an Zufälle glaubte, gab es nur eine Erklärung: Irgendjemand beim »Seekurier« musste den Polizeifunk abhören – Grund genug, der Winter einmal auf den Zahn zu fühlen.

Wie erwartet, war der Pensionswirtin in der vergangenen Nacht nichts Ungewöhnliches aufgefallen, und Gäste, die er hätte befragen können, befanden sich keine mehr im Haus; die Saison war letzte Woche zu Ende gegangen. Also verabschiedete er sich, nicht ohne für den Kaffee zu danken, den sie ihm angeboten hatte.

Auf der Rückfahrt nach Überlingen kam ihm die Idee, noch kurz an der Schiffslände vorbeizufahren. Vielleicht erfuhr er ja etwas über das Boot, in dem man die beiden Penner gefunden hatte. Gedacht, getan – und er hatte Glück. Ein Mann war gerade dabei, seine Kähne für den bevorstehenden Winter einzumotten. Ohne Umschweife teilte er dem Hauptkommissar mit, in der Nacht sei eines der Boote entwendet worden, er habe den Diebstahl bereits der Polizei gemeldet. Nachdem Wolf den Liegeplatz und dessen Umgebung sorgfältig abgesucht hatte, ohne auf etwas Verdächtiges zu stoßen, kletterte er wieder auf sein Rad und machte sich auf den Weg ins Büro.

Wolfs Zeitplan war gehörig durcheinandergeraten. Längst hatte es vom nahen Münster halb zehn geschlagen, als er endlich vor der Polizeidirektion eintraf. Auf der Rückseite des futuristisch anmutenden Neubaus, von den Überlingern wegen seiner Glasfassade nur »Aquarium« genannt, kettete er sein Fahrrad an einen Laternenpfahl, betrat das Gebäude durch den Hintereingang und machte sich an den Aufstieg in die zweite Etage. Da kannte er kein Pardon: Eher würde er auf jedem Treppenabsatz eine Pause einlegen, als einen der Aufzüge zu benutzen. Sollte er die Treppe einmal nicht mehr schaffen – ja, spätestens dann war endgültig Schluss mit der gottverdammten Raucherei, das hatte er sich geschworen.

Oben angekommen, steuerte er zunächst sein Büro an, bis ihm einfiel, dass er Jo um eine Tasse Kaffee angehen könnte. Das wäre dann die dritte an diesem Morgen, rechnete er nach und nahm sich zum wiederholten Mal vor, seinen Kaffeekonsum einzuschränken – demnächst!

»Wo ist Hanno?«, fragte er Jo und schielte nach der Kaffeemaschine. Wortlos schenkte sie eine Tasse voll, gab einige Tropfen Milch dazu und stellte das dampfende Getränk vor ihm ab.

»Der hat sich entschuldigt, musste zum Arzt«, informierte sie ihn.

Wolf verzog das Gesicht. Hans-Norbert Vögelein, als Kommissaranwärter vor knapp fünf Monaten direkt von der Polizeischule zu ihnen gekommen, war zweifellos ein hoffnungsvoller Kriminalist, gleichzeitig aber auch ein hoffnungsloser Hypochonder. Ständig rannte er in den abenteuerlichsten Verkleidungen herum, um nur ja keinen Quadratzentimeter Haut ungeschützt der Luft auszusetzen. Nie wurde er mit einem anderen Lesestoff als mit medizinischer Literatur gesehen. Böse Zungen behaupteten sogar, er kenne sämtliche Arztpraxen und Kliniken im Umkreis von vierzig Kilometern in- und auswendig.

Gravierender allerdings war ein anderer Punkt: Mehr als einmal schon hatten sie bei einem wichtigen Einsatz auf Vögelein verzichten müssen, weil aus heiterem Himmel irgendeine angeblich überlebenswichtige Behandlung anstand. Andere Dezernate hatten einspringen müssen, was nicht selten zu Verdruss bei den Kollegen führte. Selbst heute, nach monatelanger Zusammenarbeit, hätte Wolf nicht zu sagen vermocht, welche Rolle Vögelein besser spielte: den wunderlichen Hypochonder oder den fähigen Kriminalisten.

Knurrend balancierte er die randvolle Tasse durch die Verbindungstür in sein Büro, nicht ohne Jo vorher anzuweisen, sofort nach Hannos Eintreffen mit diesem bei ihm aufzukreuzen.

Nach dem ersten Schluck Kaffee steckte er sich erneut eine Zigarette an. Nachdenklich stellte er sich ans offene Fenster und paffte vor sich hin. Die beiden Toten in dem Ruderboot machten ihm mehr zu schaffen, als ihm lieb war. Unklar war vor allem eines: Wie hatten sie in der Nacht die Entfernung vom Liegeplatz des Bootes bis zur Birnau geschafft? Immerhin handelte es sich um stattliche fünf Kilometer, für zwei untrainierte ältere Männer eine kaum zu bewältigende Strecke, noch dazu im Suff, worauf die leeren Fuselflaschen in dem Boot schließen ließen. Wenn sie aber nicht mit eigener Kraft dorthin gelangt waren, wie dann?

Während Wolf noch nach einer Erklärung suchte, klopfte es an der Tür. Es war Jo.

»Du kommst allein? Ist Hanno noch nicht zurück?«

»Ach der! Tourt heute mal wieder von Praxis zu Praxis – auf der Suche nach einem Doktor, der ihn ernst nimmt.«

Wolf konnte ihren galligen Vorwurf durchaus verstehen. Er schätzte an seiner hübschen, schwarzlockigen Kollegin nicht nur das südländische Temperament, sondern auch und vor allem die Beharrlichkeit, mit der sie – anders als Hanno – sich selbst in aussichtslose Fälle verbiss. Joanna Louredo, wie sie mit vollem Namen hieß, war vor Jahren mit ihren Eltern aus Portugal nach Deutschland gekommen. Als es die Eltern, vom Heimweh gepackt, wieder in die alte Heimat gezogen hatte, war sie hiergeblieben, hatte die deutsche Staatsbürgerschaft beantragt und sich einen Herzenswunsch erfüllt, indem sie die Polizeischule in Freiburg absolvierte – mit Bravour! Als frischgebackene Kriminalhauptmeisterin und Kommissaranwärterin war sie vor knapp einem Jahr nach Überlingen gekommen.

»Der Kerl ist gesünder als wir alle zusammen!«, winkte Wolf ab. »Na gut, fangen wir eben ohne ihn an.« Ausführlich schilderte er Jo die Ereignisse vom frühen Morgen.

»Moment mal, Chef. Die Diagnose des Notarztes lautete also: im Suff erfroren – hab ich das richtig verstanden?«

»Genau so war's.«

»Wieso scharren Sie dann mit den Hufen? Ich meine, gibt es einen Anlass, irgendeinen noch so klitzekleinen Grund, der Aussage des Docs zu misstrauen?«

»Im Gegenteil! Alles, was er sagte, hatte Hand und Fuß. Ich denke, die Obduktion wird das bestätigen. Trotzdem ... wie soll ich sagen ...«

»Aha, Sie haben mal wieder so ein Gefühl, stimmt's?«

»Na ja ... ich frage mich zum Beispiel, wie sie es mit dem Kahn von Überlingen nach Nussdorf geschafft haben. Die Nacht war windstill, die beiden Stadtstreicher können also nicht abgetrieben sein, und rudernd haben sie die Entfernung todsicher nicht bewältigt, warum auch? Natürlich kann ich mich irren, ich hoffe es sogar. Dann haben wir wenigstens die Untersuchungsergebnisse bestätigt.«

»Okay. Wie gehen wir vor?«

»Lass mich noch schnell mit der Spurensicherung sprechen, ehe wir abrauschen.«

»Abrauschen? Wohin?«

»Wir werden die Pennerszene ein bisschen aufmischen.«

***

Zu Wolfs Genugtuung hatte sich der Nebel gegen Mittag aufgelöst. Unschuldig strahlte die Sonne vom Himmel und es war leidlich warm – viel mehr konnte man von einem Spätherbsttag wohl kaum erwarten. Da sich die angekündigten Nachforschungen zumindest vorerst auf die Innenstadt beschränken würden, verordnete Wolf ihnen einen Fußmarsch.

»Fangen wir bei der Diakonie an, genauer gesagt: bei deren Suppenküche«, schlug er vor. »Vielleicht haben wir Glück, und die beiden Toten haben zu Lebzeiten dort verkehrt. Wenn es uns gelingt, ihre Namen und ihren Schlafplatz zu ermitteln, sind wir einen großen Schritt weiter.«

Die Suppenküche, vor gut zehn Jahren von sozial engagierten Bürgern ins Leben gerufen und ausschließlich aus Spenden finanziert, lag in der Altstadt, unweit des Münsters, ein Stück die Krummebergstraße hinauf.

Ein großer, düster anmutender Raum mit mannshoher Holzvertäfelung an den Wänden empfing sie. Die schlichte Möblierung wirkte auf Wolf wie eine Mischung aus Bahnhofswartesaal und Vorstadtwirtshaus. Das Gebäude musste einst ein stattlicher Gasthof gewesen sein, wie die respektable Biertheke im hinteren Teil des Saales und eine Reihe alter Emailschilder mit längst vergessenen Brauereinamen an den Wänden verrieten.

Wolf wusste, dass dieses Haus in Überlingens brauner Vergangenheit eine ziemlich unrühmliche Rolle gespielt hatte. Sein Vater hatte ihm mehrfach von Parteiversammlungen erzählt, zu denen er, zusammen mit seiner Klasse, abkommandiert worden war. Das musste so um 1942 gewesen sein.

Es war schwer, sich das heute vorzustellen: der gleiche Saal, vermutlich nicht viel anders eingerichtet, rauchgeschwängert und voller lauter Menschen, viele davon in brauner Uniform ... schon irgendwie komisch.

Jos Stimme holte ihn in die Wirklichkeit zurück. »Was ist nun, Chef? Sollten wir uns nicht langsam zur Essensausgabe durchschlagen?«

»Wie bitte? Ach so, ja, natürlich.« Wolf verscheuchte seine Gedanken. Rasch bewegte er sich an der Schlange wartender Menschen vorbei auf den Tisch zu, auf dem zwei große dampfende Kessel standen. Hinter dem Tisch standen ein Mann und eine Frau und schöpften eine dicke Suppe in die Gefäße, die ihnen die Wartenden hinstreckten.

Wolf stellte sich mit breitem Rücken vor die Frau und sagte halblaut: »Grüß Gott. Mein Name ist Wolf, Kripo Überlingen. Würden Sie uns bitte eine kurze Frage beantworten?«

Unbeirrt fuhr die Frau mit ihrer Tätigkeit fort, sie hob nicht einmal den Kopf. »Da haben Sie sich den schlechtesten Zeitpunkt ausgesucht. Sie sehen ja, was hier los ist.«

»Hat einer unserer Gäste etwas angestellt?«, mischte sich der Mann neben ihr ein. »Wer ist es diesmal?«

Wolf hielt der Frau ein Foto hin, das er von den Kollegen der Spurensicherung erhalten hatte. »Kennen Sie die beiden?«

Die Frau hielt kurz inne und starrte auf das Bild. »Um Gottes willen, was ist denn mit denen passiert?«

»Also kennen Sie sie?«

»Ja ... das heißt, nein ... kennen ist zu viel gesagt. Der linke ist jedenfalls Einstein, so haben ihn seine Kumpel genannt.«

»Und der andere?«

Sie nahm Wolf das Foto aus der Hand und starrte auf die beiden kalkigen Gesichter, ehe sie es an den Mann neben ihr weiterreichte. »Was sagst du?«

Der brauchte nicht lange zu schauen: »Ja, das ist Einstein, hier, der linke. Neben ihm, das ist Havanna. Fragen Sie uns nicht nach den richtigen Namen, die kennen wir nicht.«

»Kamen sie regelmäßig hierher?«

»Bis vor ein paar Monaten ja, seitdem eher selten.«

»Hatten sie Freunde, Kumpel, mit denen sie häufig zusammen waren?«

»Wieso hatten? Was ist mit ihnen?« Und als Wolf nicht sofort antwortete: »Sind sie ...?«

Wolf nickte. »Also, was ist mit den Kumpels?«

»*Sie* können Fragen stellen! Die Leute hier kennen keine sozialen Bindungen. Wenn's drauf ankommt, verkaufen die Ihnen ihre Seele für einen Schnaps – wenigstens die meisten von ihnen. Wenn man wie die von der Hand in den Mund lebt, halten Freundschaften nicht lange.«

»Dann wissen Sie auch nicht, wo die beiden geschlafen haben?«

»Keine Ahnung. Versuchen Sie's mal im Haus Bethanien, schräg gegenüber.« Damit wandten sich die beiden wieder ihren Suppentöpfen zu.

Doch auch die Befragung im »Haus Bethanien, autorisierte Herberge für Nichtsesshafte«, wie das Heim in bestem Amtsdeutsch hieß, brachte Wolf und Jo zunächst keine neuen Erkenntnisse. Man erkannte die Gesuchten auf dem Foto und entsann sich ihrer Spitznamen, mehr aber auch nicht. Erst als Wolf daran erinnerte, dass Heimbetreiber von ihren Schlafgästen die Papiere verlangen müssen, holte der herbeigerufene Leiter sein »Gästebuch« hervor. Erschwert wurde die Namenssuche durch die Tatsache, dass Einstein und Havanna anscheinend seit Wochen nicht mehr gesichtet worden waren. So blieb nichts anderes übrig, als sich Zeile für Zeile rückwärts durch das Buch zu arbeiten, bis der Heimleiter schließlich irgendwann im August auf die beiden Spitznamen stieß.

»Hier«, rief er erleichtert aus und tippte mit dem rechten Zeigefinger mehrmals auf die fragliche Stelle.

Wolf zog das Buch zu sich herüber: »Jo, schreibst du mal mit: Karlheinz Rogalla alias Einstein, 58, Beruf Mathelehrer, zuletzt arbeits- und wohnsitzlos. Dann Georg Fiedler, genannt Havanna, 60, Kaufmann von Beruf, ebenfalls arbeits- und wohnsitzlos.«

Wenig später trabten Wolf und Jo wieder den Berg hinab.

»Schätze, das bringt uns nicht wirklich weiter, oder?«, fragte Jo zweifelnd.

»Wo du recht hast, hast du recht. Deshalb begeben wir uns jetzt direkt in die Höhle des Löwen.«

»Was heißt das?«

»Du kennst die Gruppe von Stadtstreichern auf dem Münsterplatz?«

»Die immer Randale machen?«

»Genau. Dürfte nicht schwer sein, die zu finden. Sie bilden gewissermaßen den harten Kern der Überlinger Penner. Arme Hunde, denen das Schicksal übel mitgespielt hat. Die meisten von ihnen haben nichts mehr zu verlieren, und genau das macht sie so bissig. Lass dich auf gar keinen Fall von ihnen provozieren. Am besten, du überlässt das Reden mir.«

Von der steilen Luziengasse herabkommend, erreichten sie den nördlichen Münsterplatz, passierten den Durchlass in Richtung Südportal – und da hörten sie die Gruppe auch schon.

Es waren fünf Männer, drei ältere, zwei jüngere, dazu eine Frau unschätzbaren Alters. Inmitten herumliegender Bierflaschen hatten sie sich vor der dem Münster vorgelagerten gotischen Ölbergkapelle niedergelassen, kümmerten sich einen Dreck um den betenden Christus, der regungslos aus der offenen Kapelle heraus ihrem Treiben zusah, und versuchten, vorübergehende Passanten durch allerlei Zurufe zu provozieren – wenn sie sich nicht gerade laut unterhielten oder flaschenschwenkend einen Gesang anstimmten. Der Henker mochte wissen, woher sie das Geld für ihre Sauferei nahmen.

Gelassen schritten Wolf und Jo auf sie zu. Ein vierschrötiger Typ mit verfilzten Haaren und einem ungepflegten, gelb verfärbten Bart versuchte, sich mit heftigen Armbewegungen Gehör zu verschaffen. »Hört mal auf, Leute ... seid doch still, verdammt noch mal! Seht mal, wer da kommt: der große böse Wolf. Diesmal sogar mit Verstärkung, ha ha ha ...«

Wolf wusste, dass der Mann auf den Spitznamen Göbbels hörte, den ihm seine Kumpels seiner Beredsamkeit und seines leicht hinkenden Ganges wegen verpasst hatten. »Hallo, Göbbels! Keine Sorge, wir kommen nicht euretwegen. Ihr wisst, solange ihr euch gesittet aufführt, habt ihr die gleichen Bürgerrechte wie alle anderen auch.«

»Hört, hört – das sind ja ganz neue Töne! Sagen Sie das mal ihren Kollegen vom Streifendienst, die behandeln uns nämlich wie den letzten Dreck, stimmt's, Leute?« Ringsum zustimmendes Grölen.

Einer der Männer war in der Zwischenzeit aufgestanden und begann, mit lauernden Blicken um Jo herumzutänzeln. »Na, meine Süße, behandelt er dich auch gut, dein Herr Kommissar? Falls er dir Ärger macht ... bei uns wirst du jederzeit mit offenen Armen empfangen, nicht wahr, Leute? Wir mögen so junges, zartes Gemüse, weißt du ...« Seine Stimme klang, als würde eine Katze stranguliert.

»Halt die Klappe, Mücke!«, unterbrach ihn die einzige Frau der Gruppe brüsk. »Setz dich wieder hin, du alter Bock!«

Jo fühlte sich von dem Vorfall keineswegs eingeschüchtert, im

Gegenteil. Sie demonstrierte Selbstbewusstsein, indem sie, ungeachtet des sich verdichtenden animalischen Geruchs, einen Schritt auf die Gruppe zutrat und sich an ihren Wortführer Göbbels wandte: »Wir hätten nur gern eine kleine Auskunft von Ihnen.«

»Eine Auskunft? Worüber? Und was haben *wir* davon?«

»Hier, sieh dir dieses Foto an«, mischte sich Wolf ein. »Kennt einer von euch die beiden?«

Göbbels nahm Wolf das Bild aus der Hand. Interessiert beugten sich einige der Umsitzenden zu ihm hinüber.

»Klar, das sind Havanna und Einstein. Hab ich doch schon gesagt.«

Wolf stutzte. »Gesagt? Wem?«

»Da war diese Tussi von der Zeitung hier, heute früh. Hat uns praktisch das gleiche Bild unter die Nase gehalten. Aber die hat sich wenigstens erkenntlich gezeigt. Weiß, was sich schickt, die Frau.«

Jo warf Wolf einen schnellen Blick zu. »Die Winter?«, fragte sie erstaunt.

»Wer sonst«, entgegnete Wolf. In seiner Stimme mischte sich Ärger mit Hochachtung. Dann wandte er sich erneut an Göbbels: »Wann habt ihr Einstein und Havanna zum letzten Mal gesehen?«

Göbbels blickte fragend auf seine Vasallen, ehe er antwortete: »Ist schon einige Tage her. Die beiden haben sich in letzter Zeit ziemlich rargemacht. Wir waren denen wohl nicht mehr fein genug.«

»Hatten sie sich einer anderen Gruppe angeschlossen?«

»Fragen Sie mich was Leichteres.«

»Okay. Letzte Frage: Wo haben die beiden geschlafen?«

»Auch das entzieht sich unserer Kenntnis, werter Herr Kommissar.«

Währenddessen hatte Wolf das Foto wieder eingesteckt und Jo ein Zeichen gegeben. »Und ihr habt dieser … äh, dieser Tussi von der Zeitung wirklich nichts weiter erzählt?«

»Was hätten wir der erzählen sollen?«, antwortete Göbbels, nach Wolfs Geschmack allerdings eine Spur zu schnell.

»Guten Tag! Gibt's Probleme?« Wie aus dem Boden gewachsen standen unvermittelt zwei uniformierte Streifenbeamte hinter ihnen.

»Nein, alles in Ordnung!«, winkte Wolf ab und zückte kurz seinen Dienstausweis. »Wir wollten lediglich ein paar Auskünfte von den Herrschaften, ist schon erledigt.«

Grüßend tippte der Wortführer der beiden an seine Mütze, dann gingen sie weiter. Auch Wolf und Jo verabschiedeten sich formlos und traten den Rückzug an.

»Die lügen wie gedruckt«, stieß Jo halblaut hervor, als sie sich einige Schritte von den Pennern entfernt hatten. »Der Kerl kennt den Schlafplatz seiner ehemaligen Kollegen, da geh ich jede Wette ein.«

»Ja. Und der Winter werde ich was erzählen«, antwortete Wolf zähneknirschend und rückte dabei sein Barett zurecht. In diesem Augenblick klingelte sein Handy. Er meldete sich, hörte einige Augenblicke schweigend zu, ehe er mit einem hingeknurrten »Wir sind gleich da!« das Gespräch beendete. »Hanno Vögelein«, erklärte er Jo und machte plötzlich einen nachdenklichen Eindruck.

»Also lebt er noch?«, wollte Jo wissen.

Wolf ging nicht näher darauf ein. »Im Dezernat ist ein anonymer Anruf eingegangen. Und jetzt halt dich fest: Der Mann hat behauptet, Einstein und Havanna seien keines natürlichen Todes gestorben.«

Jo staunte. »Wie kann der Anrufer so etwas behaupten?«

»Das würde mich auch interessieren.«

***

Nervös trommelte Karin Winter mit den Fingern auf ihr Lenkrad. »Nun geh schon dran«, stöhnte sie und presste das Handy dichter ans Ohr. Endlich kam die Verbindung zustande. »Chefredaktion ›Seekurier‹, mein Name ist Monika Bächle, guten Tag, was kann ich für Sie …«

»Spar dir die Luft, Moni, du wirst sie noch brauchen. Hol mir Jörg ans Telefon, und zwar schnell.«

»Geht nicht. Redaktionskonferenz.«

»Herrgott noch mal, ich weiß selbst, dass jetzt Redaktionskonferenz ist. Ich brauch ihn trotzdem, es ist dringend.«

»Ich hab aber ausdrückliche Anweisung …«

»Moni, sei *einmal* mutig in deinem Leben. Wenn ich sage, es brennt, dann brennt es wirklich. Oder willst du, dass Jörg dir später deinen süßen Hintern versohlt?«

»Na gut, ich versuch's«, kam es zögernd zurück. Karin Winters Stellenwert beim »Seekurier« war der Belegschaft hinreichend bekannt. Kein Wunder, hatte sie doch allein in den letzten sechs Monaten zweimal maßgeblich an der Aufklärung spektakulärer Verbrechen in der Seeregion mitgewirkt. Kein Wunder auch, dass Jörg Matuschek, der Chefredakteur, sie für sein bestes Pferd im Stall hielt.

»Ich hoffe, du hast gute Gründe, mich rauszuholen«, dröhnte unvermittelt Matuscheks Stimme in Karins Ohr.

»Nur einen, aber der dürfte reichen! Du kennst den Fall der beiden Penner. Ich habe läuten hören, dass bei der Sache nicht alles mit rechten Dingen zuging. Wenn sich das bestätigt, brauch ich in der morgigen Ausgabe eine halbe Seite. Aufmacher: ›Mord im Pennermilieu? Obdachlose tot aufgefunden‹ Geht das in Ordnung?«

»Lässt sich die Story bis Redaktionsschluss verifizieren?«

»Denke schon. Ich habe die Aussage eines ›Kollegen‹ der beiden. Zwar fehlen mir noch hieb- und stichfeste Beweise, doch was der Mann sagt, klingt sehr plausibel. Außerdem weiß ich inzwischen, wo die beiden toten Stadtstreicher gelebt haben. Da fahr ich jetzt hin, danach kann ich mehr sagen.«

Matuschek überlegte kurz. »Okay, wenn deine Geschichte hält, was sie verspricht, hast du die halbe Seite.«

***

Wolf machte sich gar nicht erst die Mühe, sein Büro aufzusuchen. Im Stechschritt marschierte er zu Vögelein, wo er sich rittlings auf einen Stuhl fallen ließ. »Schieß los«, forderte er kurz angebunden, Vögeleins Schniefen und Husten ignorierend.

»Wie alle eingehenden Gespräche wurde auch unser anonymer Anruf in der Zentrale aufgezeichnet. Hier haben wir eine Kopie. Wenn Sie selbst hören wollen, Chef?« Vögelein wies auf das Tonbandgerät, das auf seinem Schreibtisch stand. »Der Anruf ging exakt um zwölf Uhr dreizehn ein.«

»Lass laufen«, knurrte Wolf.

Vögelein drückte auf einen Knopf. Zunächst ertönte ein längeres Räuspern, dann die ungewöhnlich hohe, brüchige Stimme eines älteren Mannes, der in schneller Folge mehrere Sätze hervorstieß, immer wieder von einem Räuspern unterbrochen: »Es geht um die beiden Toten, Sie wissen schon, die heute früh in dem Boot gefunden wurden ... Also, die Männer sind ganz bestimmt keines natürlichen Todes gestorben ... Nicht jetzt, wo es denen endlich mal richtig gut gegangen wäre, das wäre ja absurd wäre das ... Ich sag Ihnen, da hat jemand nachgeholfen, aber das kriegen Sie ganz schnell raus. Legen Sie die Sache auf keinen Fall zu den Akten, hören Sie ...« Hier brach das Gespräch unvermittelt ab.

Vögelein stoppte das Band, dann spulte er es zum Anfang zurück. Inzwischen war auch Jo zu ihnen gestoßen.

»Noch einmal?«, fragte Vögelein.

Wolf nickte und wandte sich an Jo: »Der anonyme Anruf«, erklärte er lapidar.

Erneut das Räuspern, dann die Sätze, im Stakkato gesprochen und immer wieder von Kratz- und Räuspergeräuschen unterbrochen. Nach der dritten Wiederholung fummelte Wolf eine Gitanes hervor und steckte sie an. Vögelein wollte lauthals protestieren, als ein warnender Blick Jos ihn innehalten ließ.

»Was haltet ihr davon? Wer könnte der Anrufer sein?«, fragte Wolf und stieß eine blaue Wolke aus. Selbst eine heftige Hustenattacke Vögeleins, von theatralischem Händewedeln begleitet, konnte ihn nicht aus der Ruhe bringen.

Jo reagierte zuerst. »Spontan würde ich sagen: die Stimme eines älteren Mannes, jedenfalls deutlich über fünfzig. Macht einen ziemlich fertigen Eindruck, wenn ihr versteht, was ich meine ... irgendwie verbraucht, als ob er schon eine Menge Nackenschläge abbekommen hätte. Auffallend ist dieses ständige Räuspern. Vielleicht hat Hanno eine Erklärung dafür, er ist hier schließlich der Gesundheitsexperte.«

Jos letzter Satz bewirkte ein kleines Wunder. Mit einem Mal schien Wolfs blauer Dunst vergessen, Vögeleins Interesse war geweckt. Mit erhobenem Kopf begann er zu dozieren: »Nun, die Sache ist ziemlich eindeutig: Probleme in den Atemwegen und mit der Lunge, würde ich sagen. Mehrfach geht das Räuspern in einen kurzen, unterdrückten Reizhusten über, was auf eine persistente Entzündung der Luftröhre hindeutet, also eine Tracheitis, vermutlich als Folge einer chronischen Bronchialentzündung. Der Mann …«

»Bitte keine medizinische Vorlesung, Hanno. Lässt sich aufgrund dieser Merkmale das Äußere des Mannes skizzieren, also sozusagen ein Körperprofil erstellen? Oder, um es noch einfacher zu sagen: Wie sieht der Mann aus, nach dem wir suchen?«

Vögelein kaute nachdenklich auf der Unterlippe. »Ich will's versuchen«, begann er schließlich. »Hager, eingefallen, dürr, denke ich, wie die meisten Lungenkranken, dazu blasser Teint und schüttere Haare, das Alter so um die sechzig, da schließe ich mich Jo an. Genügt das?«

»Ich hätt's nicht besser hingekriegt«, meinte Wolf sarkastisch. Und doch war eine gewisse Anerkennung nicht zu überhören. »Eines allerdings habt ihr beide völlig außer Acht gelassen.«

Jo und Hanno sahen sich an. »Was soll das sein?«

»Die Hintergrundgeräusche.«

»War da was?«, fragte Jo erstaunt.

»Lass noch einmal laufen, Hanno«, bat Wolf. Erneut lief das Band ab. »Und?« Fragend sah Wolf in die Runde. Achselzucken.

»Noch mal«, forderte er. »Und lass den Finger auf der Stopptaste.« Gleich darauf rief er auch schon »Stopp! Zurück bitte. Achtet auf das Geräusch nach ›Es geht um die …‹. Jetzt noch einmal … hier, habt ihr's gehört?«

»Da war so eine Art Klingeln, kann das sein?«

»Genau, ein Klingeln. Jetzt das Ganze noch einmal von vorn. Wenn ihr darauf achtet, ist das Klingeln zweimal zu hören.« Er gab Vögelein einen Wink. Jetzt hörten sie es auch. War das Ohr erst sensibilisiert, trat das Klingelgeräusch deutlich hervor.

»Hat einer von euch eine Idee, um was es sich dabei handelt?« Wieder zweifaches Schulterzucken.

»Na ja«, meinte Wolf und grinste spitzbübisch, »ihr seid halt ›Reigschmeckte‹, wie wir Eingeborenen sagen. Sonst wüsstet ihr, dass der Anrufer am Landungsplatz stand, und zwar am rechten Ende, wenn man auf den See hinausschaut. Genauer: am Liegeplatz der ›Möwe‹, die den regelmäßigen Fährdienst zwischen Überlingen und Wallhausen durchführt. Das eigenartige Klingeln ist nämlich nichts anderes als die Glocke, die der Schiffsführer unmittelbar vor Abfahrt des Bootes betätigt, um den letzten Fahrgästen Beine zu machen. Übrigens steht genau gegenüber vom Liegeplatz der ›Möwe‹ eine offene Telefonzelle.«

»Passt doch!«, nickte Vögelein und erhob sich.

Auch Jo war aufgesprungen. »Also, worauf warten wir noch?«

Wolf sah auf die Uhr. »Ihr müsst alleine fahren. Ich habe einen Termin beim Chef. Lagebesprechung. Wenn ihr den Mann findet, bringt ihn her.«

Die beiden waren bereits im Gehen, als er sie noch einmal zurückrief: »Könnte übrigens nicht schaden, wenn ihr zuvor mit den Kollegen vom Streifendienst sprecht, die für dieses Revier zuständig sind. Vielleicht bekommt ihr ja einen brauchbaren Hinweis.«

Eine knappe halbe Stunde später eilte Wolf bereits wieder in sein Büro zurück. Die »Lage«, wie die tägliche Routinebesprechung der Dezernatsleiter bei Kriminalrat Sommer scherzhaft genannt wurde, hatte keine neuen Erkenntnisse gebracht. Wolf hatte seinen Fall vorgetragen und auf die sich abzeichnenden Verwicklungen und Verdachtsmomente hingewiesen, Sommer hatte Unterstützung zugesagt, sollte die kommende Entwicklung mal zu vorübergehenden Personalengpässen führen. Die Kollegen der anderen Dezernate waren damit hinreichend sensibilisiert und würden ab sofort jede Information, die auch nur am Rande seinen Fall tangieren könnte, umgehend an das D1 weiterleiten. Routine eben, mehr war in diesem frühen Stadium nicht zu erwarten gewesen, schließlich standen sie erst am Anfang, stocherten gewissermaßen noch im Nebel herum.

Da sich der Konferenzraum im Erdgeschoss befand und Wolf den Aufzug aus gutem Grund ausließ, musste er wohl oder übel erneut zwei Etagen hochsteigen. Gleich den ersten Treppenabsatz nutzte er für einen Anruf. Dass er in Wahrheit eine Verschnaufpause brauchte, hätte er sich selbst nie eingestanden.

»Hallo, Doc, wie steht's mit deinem Bericht über die beiden Toten in dem Ruderboot?«

»Liegt bereits auf deinem Tisch.« Kurze Pause. »Sag mal, Leo, fehlt dir was?«

»Mir? Was soll mir fehlen?«

»Du klingst so kurzatmig. Ist alles in Ordnung?«

»Ja, verdammt!«, gab Wolf unwirsch zurück und bekam sofort ein schlechtes Gewissen. »Entschuldige bitte, es ist das Treppensteigen. Komm du mal in mein Alter ...«

»Na, da hab ich ja noch zwei Monate Zeit!«

Beide lachten, dann verabschiedeten sie sich.

Auf dem vorletzten Treppenabsatz klingelte Wolfs Handy.

»Hallo, Chef«, meldete sich Jo, »wir sind jetzt am Landungsplatz. Wir haben tatsächlich zwei Wohnsitzlose angetroffen, die den anonymen Anrufer kennen. Allerdings soll der Mann kurz vor unserem Eintreffen von zwei Typen weggebracht worden sein.«

»Wie, weggebracht?«

»Angeblich gewaltsam in einen Wagen verfrachtet, der anschließend mit hohem Tempo wegfuhr.«

»Ach du heilige Scheiße! Habt ihr wenigstens eine Personenbeschreibung von den beiden Männern, die Autonummer oder sonst einen brauchbaren Hinweis?«

»Nichts, Chef. Als Zeugen sind diese Leute die reinsten Nieten.«

Wolf überlegte kurz. »Wir brauchen unbedingt seinen Namen, seine Unterkunft, alles, was uns hilft, ihn aufzuspüren. Ich sag's nicht gern, aber im Moment scheint dieser Mann der Einzige zu sein, der Licht ins Dunkel bringen kann.«

»Das haben wir uns auch gedacht und deshalb seine Kollegen hier am Landungsplatz ausgequetscht. Der Gesuchte wird in Pennerkreisen Otto genannt, weitere Namen unbekannt. Allerdings wissen wir, wo Otto gehaust hat, nämlich im Untergeschoss des aufgelassenen Baumarktgebäudes an der Straße nach Goldbach. Da wollen wir jetzt hin.«

»Wenn ihr dort seid, nicht reingehen. Wartet im Auto auf mich. Ende.«

***

Wütend starrte Karin Winter auf ihren Wagen. Schließlich nahm sie ihr Handy aus der Tasche und drückte eine Kurzwahltaste. Als Matuschek abnahm, machte sie ihrem Ärger lautstark Luft. »Jörg, ich krieg gleich die Krise. Kannst du jemand schicken, der mich hier abholt?«

»Wo bist du?«

»Vor dem Gelände des ehemaligen Baumarktes, an der Straße nach Goldbach.«

»Was ist passiert? Wieso fährst du nicht selbst? Bist du weitergekommen in dieser Pennergeschichte?«

»Kein Stück. Aber zumindest bin ich jetzt absolut sicher, dass an der Sache etwas faul ist.«

»Wieso?«

»Weil mir irgend so ein Schwein alle vier Reifen aufgeschlitzt hat, während ich mich in der Pennerbude aufhielt!« Am liebsten hätte sie irgendwo dagegengetreten, aber nach einem Blick zur Straße sprach sie halblaut weiter: »Ich muss Schluss machen. Eben fahren Wolfs Leute vor, und ich möchte nicht, dass die mich hier antreffen. Ich laufe ein paar Schritte Richtung Goldbach und warte vor dem Bahnübergang auf dich.«

***

Nur wenige Minuten nach Hanno und Jo traf auch Wolf auf dem Gelände des ehemaligen Baumarktes ein.

»Tut mir leid, wenn Ihr warten musstet«, murrte er, »aber ihr kennt ja die Kollegen von der Fahrbereitschaft. Machen sich wichtig und halten doch nur den Betrieb auf. Gibt es hier was Neues?« Die beiden schüttelten den Kopf. »Dann lasst uns reingehen.«

Der Baumarkt war bereits vor Monaten an einen anderen Standort umgezogen, seitdem stand die Immobilie leer. Wegen des günstigen Einstiegs in den See – man musste zu diesem Zweck nur die Straße überqueren – wurde die Fläche gelegentlich von Tauchern als Parkplatz genutzt.

Durch das sperrangelweit geöffnete Tor gelangten die Polizisten zunächst auf einen Vorplatz, der früher wohl als Abstell- und Lagerfläche genutzt worden war, jetzt aber, wie alles ringsum, einen ziemlich verwahrlosten Eindruck machte. Unkraut spross aus allen Fugen, überall lagen Unrat und welkes Laub herum.

Wolf steuerte den Eingang des Hauptgebäudes an, dicht gefolgt von Jo und Vögelein. Es knirschte unangenehm unter ihren Füßen, weil überall Glassplitter herumlagen. Kein Wunder, die Fensterscheiben waren größtenteils eingeschlagen. Vom Vorraum aus führte eine breite Treppe in das muffige Untergeschoss. Wolf drückte auf den Lichtschalter. Zu seiner großen Verwunderung führte die Leitung noch Strom. In dem nachtschwarzen Gang glommen einige schwache Glühbirnen auf, allerdings verstärkten sie die Düsternis eher, als dass sie sie erhellten. Doch Wolf und seine Leute hatten vorgesorgt und starke Maglite-Taschenlampen mitgebracht.

Bereits im zweiten Raum wurden sie fündig. An der Wand links von der Tür lagen zwei Matratzen auf dem blanken Betonboden, durchgelegen, mit Flecken und Brandspuren übersät, ohne Kissen und ohne Decken. In der Raummitte stand ein klappriger Tisch. Eines der vier Beine fehlte, und dort, wo eine Schublade sein sollte, gähnte ein Loch. Ein altersschwacher Stuhl und ein primitives Lattenregal vervollständigten das Interieur. An der Außenwand gab es einen vergitterten Schacht, der vermutlich zu der hinter dem Gebäude liegenden Lagerfläche führte, jedoch so gut wie kein Tageslicht einließ.

»Nichts anfassen, nichts verändern«, mahnte Wolf. Sie bewegten sich so wenig wie möglich und nahmen das Bild, das sich ihnen bot, zunächst schweigend auf.

»Und, was meint ihr?«, unterbrach Wolf schließlich die Stille.

»Könnte Ottos Bleibe gewesen sein«, meinte Jo. »Muss aber nicht. Das lässt sich so nicht mit Sicherheit sagen. Auch die Spurensicherung wird da nicht viel ausrichten können. Wir wissen von Otto ja nicht mal den Familiennamen, also bringt uns auch ein DNA-Vergleich nicht weiter. Vorerst wenigstens.«

Hanno schüttelte sich: »Wie kann ein Mensch hier nur leben? Keine Heizung, kein richtiges Licht und dann noch diese Luft – da holt man sich ja bereits in der ersten Nacht den Tod.«

»Immerhin sind noch nicht alle Lichter ausgegangen«, bemerkte Wolf mit Blick auf die trübe Birne, die von der Decke hing. »Fällt euch sonst nichts auf?« Als er keine Antwort bekam, tippte er an seine Nase.

»Ach so, Sie meinen den Mief?« Jo winkte angewidert ab. »Den kann man ja wohl kaum ignorieren. Oder finden Sie daran etwas ungewöhnlich?«

»Nicht an dem Mief an sich, er ist ein Konglomerat aus Schweiß, Alkoholdunst und Pisse – oberflächlich betrachtet. Allerdings rieche ich noch etwas anderes: kalten Rauch. Seht ihr hier einen Aschenbecher herumstehen oder wenigstens Asche oder Kippen? Ich nicht! Auch keine leeren Flaschen. Das kann aber eigentlich gar nicht sein. Die Bewohner dieses Etablissements haben garantiert gequalmt und gesoffen, was das Zeug hielt. Und der Teufel soll mich holen, wenn die ihren Müll selbst weggebracht haben.«

»Da wollte wohl jemand Spuren beseitigen«, vermutete Jo.

Vögelein, der sich bereits beim Betreten des Raums einen Schal vor Mund und Nase gezogen hatte, suchte mit den Augen den Fußboden ab. Plötzlich stutzte er und ging in die Hocke. Umständlich zog er sich ein Paar Latexhandschuhe über, die er aus einer seiner Taschen hervorgezaubert hatte. Dann holte er mit spitzen Fingern eine leere Flasche unter dem Lattenregal hervor.

»Na, wer sagt's denn«, murmelte er und unterzog das Corpus delicti einer eingehenden Prüfung. »Wodka. Hier steht sogar noch der Preis drauf: zweiundzwanzigfuffzig. Nicht gerade 'ne Billigmarke.«

Er erhob sich. »Ich denke, wir kommen um die Spurensicherung nun doch nicht herum, Chef«, meinte er vielsagend.

»Du hast recht«, nickte Wolf. »Ich möchte gar zu gerne wissen, was sich hier drin abgespielt hat. Ruf die Kollegen an.«

Als er sich eine Gitanes ansteckte, bemerkte er Hannos vorwurfsvollen Blick. »Auf das bisschen Rauch kommt's nun auch nicht mehr an«, meinte er wegwerfend. Nachdenklich sah er sich um. »Ziemlich wahrscheinlich, dass Einstein und Havanna bis gestern hier gehaust haben. Bei dem geheimnisvollen Otto hingegen bin ich mir nicht sicher, zumindest gibt es dafür keine Anhaltspunkte. Wir müssen wohl die nächsten Tage immer wieder ein Auge auf das Quartier hier haben. Würdest du das übernehmen, Jo?«

»Geht klar, Chef.«

In diesem Augenblick hatte Vögelein sein Telefonat mit der Spurensicherung beendet. Gerade war er dabei, seinen Schal wieder vor Mund und Nase zu ziehen, als er abrupt innehielt. Irgendetwas hatte sein Interesse geweckt. Es musste mit dem Luftgemisch im Raum zu tun haben, denn sein gewaltiges Riechorgan bewegte sich heftig auf und ab. Auch Jo begann zu schnuppern. Langsam bewegte sie sich dabei auf den Luftschacht zu, wo sie mit Vögelein zusammentraf. Die beiden wechselten einen Blick, dann drehten sie sich zu Wolf um.

»Benzin!«, kam es wie aus einem Mund.

»Sofort raus hier!«, rief Wolf. Ohne lange zu überlegen schob er seine Leute zur Tür und folgte ihnen auf dem Fuß, dabei mit einer Hand sein Barett festhaltend. Im Sturmschritt rannten sie auf die Treppe zu. Sie hatten gerade mal die ersten Stufen geschafft, als hinter ihnen ein ohrenbetäubender Knall ertönte, dem eine gewaltige Stichflamme folgte – genau aus dem Raum, in dem sie sich wenige Sekunden zuvor noch aufgehalten hatten.

»Wenn ich den in die Finger kriege!«, rief Wolf keuchend, als sie oben anlangten. »Zu den rückwärtigen Schachteingängen, vielleicht erwischen wir ihn noch. Aber seid vorsichtig!« Den letzten Satz musste er seinen vorauseilenden Kollegen bereits hinterherrufen.

Es war nicht schwer, den richtigen Schacht auszumachen. Beißender schwarzer Rauch quoll durch das Gitter. Direkt daneben entdeckten sie auch die Quelle des Feuers: zwei leere Benzinkanister, deren Inhalt in den Schacht geschüttet und dann entzündet worden war.

»Das hätte auch anders ausgehen können«, stellte Jo mit ernster Miene fest.

Wolf zog die Luft zwischen den Zähnen ein. »Die Dämpfe des Benzins haben vermutlich eine Verpuffung ausgelöst. Diese Leute fackeln nicht lange«, meinte er wütend.

Doch wer auch immer die Bude ausgeräuchert hatte – er war längst entkommen. Als hätte diese Tatsache noch einer Bestätigung bedurft, heulte in geringer Entfernung ein starker Motor auf. Noch während Wolf und seine Leute nach vorne liefen, fuhr ein grau lackierter Audi vom Hof. Mit quietschenden Reifen bog er auf die Straße ein und entfernte sich rasch in Richtung Goldbach.

»Die hatten es wirklich und wahrhaftig auf uns abgesehen!«, stammelte Hanno Vögelein empört. »Unfassbar! Wir hätten glatt hopsgehen können dabei!«

»Stimmt, hätten wir«, knurrte Wolf. »Trotzdem glaube ich nicht, dass der Anschlag uns gegolten hat.«

»Na danke. Am Ergebnis hätte das leider nichts geändert. Tot ist tot, ob mit oder ohne Absicht.« Vögelein konnte sich nur schwer beruhigen.

Jo hatte währenddessen über Wolfs Bemerkung nachgedacht. »Wie meinten Sie das eben, Chef? Um was soll es denen sonst gegangen sein?«

»Um was wohl: Die Täter wollten sicherstellen, dass keine, wirklich keine Spur zu ihnen führt, und vermutlich ist ihnen das auch gelungen!« Mit einem amüsierten Blick auf Vögelein fuhr er fort: »Sag mal, was hältst du die ganze Zeit über eigentlich so krampfhaft fest?«

Vögelein sah auf seine Hand. »Ach das? Das ist nur die Wodkaflasche ...«

Wolf war gerade im Begriff, vom Hof des verlassenen Baumarktes zu fahren, als er gegenüber etwas Unerwartetes entdeckte. Täuschte er sich oder war ihnen dieses Teufelsweib abermals zuvorgekommen? Direkt vor ihm, von spärlichem Holundergebüsch nur notdürftig verdeckt, stand ein blaues Cabrio. Er stieg aus und lief mit kurzen, schnellen Schritten über die Straße. Kein Zweifel, das Kennzeichen stimmte.

Dann sah er, weshalb der Wagen hier herrenlos herumstand: Alle vier Reifen waren ohne Luft. Jemand hatte sie zerschnitten.

Na schön, da hatte also auch Karin Winter ihr Fett abbekommen!

Kaum hatte er das gedacht, biss er sich auch schon auf die Zunge. Es gab nicht den geringsten Grund zur Schadenfreude. Nicht jetzt, und schon gar nicht für ihn. Denn noch immer hatte er keinen Schimmer, was hier eigentlich gespielt wurde. Nur eines war sicher: Sie hatten in ein Wespennest gestochen!

2

Bereits auf der Rückfahrt hatte Wolf vernehmlich der Magen geknurrt. Kein Wunder, lag das Frühstück nun doch schon endlose neun Stunden zurück. Genau genommen war es nicht mal ein Frühstück gewesen. Ein trockenes Stück Graubrot, eine letzte Scheibe Salami, mehr gab sein Kühlschrank leider nicht her – sah man einmal von dem reichlich vorhandenen Pflaumenmus ab, das er seit Wochen von einem Fach in das andere schob, ohne dass es auch nur ein Quäntchen weniger geworden wäre. Ausgerechnet Pflaumenmus! Er hasste Pflaumenmus. Mehrfach war er nahe daran gewesen, es klammheimlich zu entsorgen, wenn ... ja, wenn da nicht die gute Frau Öchsle gewesen wäre.

Die Nachbarin aus der Wohnung unter ihm war eine leidenschaftliche, wenn auch anspruchslose Krimileserin, die den Grad der Spannung ausschließlich an der Zahl der Leichen zu bemessen pflegte, die der Autor in seinem Werk produzierte. Kichernd ließ sich die treuherzige, zur Pummeligkeit neigende Witwe über die abstrusesten Mordarten aus, wollte Wolfs Meinung dazu wissen und horchte ihn nach ähnlichen Fällen aus seiner Praxis aus. Eine Zeit lang hatte er sie sogar im Verdacht, selbst Mordgeschichten zu schreiben. Hermine Öchsle hatte sich vor einem halben Jahr ungefragt angeboten, bei ihm »ein bisschen nach dem Rechten zu sehen«. Nein, nicht angeboten, regelrecht aufgedrängt hatte sie sich. Einmal die Woche, nur für zwei, drei Stunden, hatte sie gesagt und den folgenschweren Satz mit einem treuherzigen Augenaufschlag unterstrichen. Zögernd hatte Wolf zugestimmt.

Ein Fehler, wie sich bald zeigen sollte. Nicht, dass an ihrer Arbeit irgendetwas auszusetzen gewesen wäre. Sie putzte, spülte das Geschirr, leerte die überquellenden Aschenbecher, kurz: Sie brachte Ordnung in seinen Haushalt. Auch war sie ihm bisher weder durch übermäßige Neugierde noch durch nervtötendes Plappern auf die Nerven gegangen. Und die Marotte, ständig seine Zigaretten zu verstecken, nahm er als das, was es vermutlich war, nämlich als Sorge um seine Gesundheit. Dass Fiona, seine Katze, einen Narren an ihr gefressen hatte, wurmte ihn zwar, aber Katzen, das wusste man ja, waren von Haus aus untreu.

Doch so sehr er sich im Laufe der letzten Monate auch an sein Heinzelmännchen – oder hieß es in diesem Fall Heinzelfrauchen? – gewöhnt hatte, an eines würde er sich nie gewöhnen: an die regelmäßigen Mitbringsel in Form von selbstgemachtem Pflaumenmus. Erdbeeren ja, Ananas ja, selbst Quitten, Holunder und sogar Mispeln ... aber Pflaumen? Das Zeug sah aus wie Karrenschmiere, und genauso schmeckte es auch, fand er. Er würde bei nächster Gelegenheit ein paar Worte mit Frau Öchsle wechseln müssen.

Jetzt aber musste er erst mal seinen Hunger stillen. Kaum war er wieder ins »Aquarium« eingetaucht, führte ihn sein erster Weg in die Kantine. Er wusste, für ein warmes Essen fehlte die Zeit, womöglich hätte er auch nichts mehr bekommen, es war schließlich schon nach drei. Na und? Nahm er eben wieder einen »Lkw«, mit reichlich Zwiebeln und Senf.

Schon bei dem Gedanken an den Leberkäsweck in seiner Hand lief ihm das Wasser im Munde zusammen. Was Wunder, dass ihm die Treppe in den zweiten Stock heute länger vorkam als sonst. Wäre ihm auf dem Weg nach oben nicht der eine oder andere Kollege begegnet, er hätte den »Lkw« stante pede verputzt.

Oben angekommen, informierte er zunächst Jo und Vögelein über seine Rückkehr. Er trug ihnen auf, in den nächsten zehn Minuten jede Störung von ihm fernzuhalten und wies verständnisheischend auf den Leberkäsweck.

In weniger als zehn Minuten hatte er das Monstrum vertilgt. Er öffnete den Büroschrank, entnahm den Ordner mit der Aufschrift »Sonderfälle« und goss aus der Flasche, die dahinter stand, einen ordentlichen Schluck in seine Kaffeetasse. Wie einen kostbaren Schatz umschloss er die Tasse mit beiden Händen, lehnte sich mit dem Ausdruck größten Behagens in seinen Stuhl zurück und nippte an der hellbraunen, milchigen Flüssigkeit.

Wolf genoss seinen Pastis selbstredend nicht pur, sondern, wie es sich gehörte, im Verhältnis 1:8. Seine Vorliebe für den aus Frankreich kommenden Anisschnaps entsprang seiner über Jahre gepflegten frankophilen Neigung, die er mit jeder Reise ins westliche Nachbarland aufs Neue belebte und der eine Reihe weiterer, nicht minder skurriler Marotten geschuldet war, darunter sein über alles geliebtes Barett oder auch die Vorliebe für schwarze, filterlose Zigaretten der Marke Gitanes. Um nicht als notorischer Trinker abgestempelt zu werden, pflegte er den Pastis aus der Tasse zu trinken. Wolf war Pragmatiker. Warum anzügliche Bemerkungen provozieren, wenn es sich vermeiden ließ?

Das Klingeln des Telefons riss ihn aus seinen Gedanken. Er sah aufs Display: Jo war dran.

»Entschuldigen Sie, Chef. Kriminalrat Sommer hat nach Ihnen verlangt. Hab ihm gesagt, Sie seien im Haus unterwegs.«

»Gut gemacht. Bin gleich so weit, will nur noch kurz beim D3 vorbei.«

Hastig rafft er seine Unterlagen zusammen und machte sich auf den Weg zu Marsberg. Der Leiter des Dezernats für Betrugs- und Wirtschaftsdelikte, Wolfs Freund und wie dieser im Dienstgrad eines Hauptkommissars, saß im ersten Stock. Obwohl der Tod der Penner das D3 nicht direkt tangierte, wollte Wolf Marsbergs Meinung hören, ehe er zu Sommer ging.

Zehn Minuten später saß Wolf dem Chef der Kripo Überlingen gegenüber. Sommer, auch mit Sechzig eine eindrucksvolle Erscheinung, ließ sich eingehend über den Fall berichten. Als Wolf abschließend die Vorgänge auf dem Baumarktgelände schilderte, Karin Winters Wagen ließ er dabei vorerst unerwähnt, schüttelte Sommer nur betroffen den Kopf.

»Du bist dir sicher, dass der Brandanschlag nicht euch gegolten hat, Leo?«

»Was hätten die Täter davon, drei Polizisten außer Gefecht zu setzen? Nein, die wollten Spuren vernichten. Vermutlich haben sie nicht damit gerechnet, dass wir ihnen schon so bald auf den Fersen sein würden.«

Sommers Telefon klingelte. Während er abnahm, blickte Wolf kurz aus dem Fenster. Die Dämmerung hatte eingesetzt und es nieselte leicht.

»Für dich, Leo.« Sommer reichte den Apparat an ihn weiter.

Es waren die Kollegen von der Spurensicherung. Sie nahmen gerade das Baumarktgelände auseinander und wollten wissen, ob sie noch mit ihm rechnen könnten.

»Und ob. Bin gleich da«, antwortete er.

Tatsächlich war er kaum zehn Minuten später am Baumarkt und stellte den Dienstwagen auf dem Parkplatz davor ab. Wolf hätte das schwarz verrußte Kellergelass kaum wiedererkannt. Von den Möbeln existierten nur noch verkohlte Fragmente, die Matratzen waren vollständig ein Opfer der Flammen geworden. Ungläubig schüttelte Wolf den Kopf. Es grenzte an ein Wunder, dass sie dem Inferno rechtzeitig entkommen waren. Wer immer das gewesen sein mochte, er hatte ganze Arbeit geleistet.

Die wegen ihrer weißen Einwegoveralls auch als »Schneemänner« bezeichneten Kollegen von der Spurensicherung, inzwischen eher Kaminfegern gleichend, hatten wider Erwarten zahlreiche Spuren gesichert: Fingerabdrücke an Lichtschaltern und Türgriffen, Mikrofaserspuren an Wänden und auf den Benzinkanistern, einen leidlich erhaltenen Schuhabdruck in der Nähe des Kellerschachtes und vor allem eine markante Reifenspur und jede Menge Gummiabrieb auf dem Vorplatz, beides offenbar eine Hinterlassenschaft der Täter bei ihrer überstürzten Flucht. Alles in allem gar nicht so übel, überlegte Wolf. Rechnete man die Wodkaflasche hinzu, die er, vorschriftsmäßig in einen Klarsichtbeutel verpackt, den Kollegen übergeben hatte, dann waren sie der Aufdeckung der mysteriösen Pennermorde möglicherweise einen Schritt näher gekommen.

Als Wolf sich endlich von den Kollegen verabschiedete und zu seinem Dienstwagen ging, war es fast sieben. Für heute konnte ihm das Büro gestohlen bleiben, also schlug er den Weg nach Nussdorf ein. Es war zwischendurch mal ganz angenehm, sich keine Gedanken über das Wetter am nächsten Morgen machen zu müssen.

Ob er auf seine alten Tage das Radfahren doch noch an den Nagel hängen sollte?

***

Zu Hause kam ihm Fiona entgegen, den Schwanz wie einen Fahnenmast in die Höhe gereckt. Schnurrend rieb sie sich an seinen Beinen. Er nahm sie hoch, kraulte liebevoll ihren Kopf, gab ihr zu fressen und kraulte sie wieder, so lange, bis sie ihm die Krallen zeigte und er sie ausließ.

Merkwürdigerweise verspürte er gar keinen Hunger. Dabei hatte er seit dem »Lkw« am Nachmittag nichts weiter als zwei Tassen Kaffee zu sich genommen. War es möglich, dass sein Unterbewusstsein sich mit seinem leeren Kühlschrank solidarisierte? So oder so, morgen würde er einkaufen müssen.

Als das Telefon läutete, sah Wolf erstaunt zur Uhr. Anrufe um diese Zeit waren selten – und genauso selten bedeuteten sie etwas Gutes. Mit gespannter Erwartung nahm er ab. Sein Gefühl hatte nicht getrogen. Lapidar teilte ihm der Kollege von der Bereitschaft mit, am Nordende des Gondelhafens, dort, wo dieser an die Bahnhofstraße stößt, hätten Passanten eine männliche Leiche gefunden.

»Ich kümmere mich gleich drum«, brummte Wolf. Nur gut, dass er den Wagen hatte! »Wisst ihr Näheres über den Toten?«

»Nicht viel: männlich, Alter zwischen sechzig und siebzig, klein und hager, ziemlich verwahrlost.«

Wolf beschlich eine Ahnung. »Könnte es sich bei dem Mann um einen Penner handeln?«, fragte er.

»Wäre der Beschreibung nach durchaus möglich«, bestätigte der Kollege. Wolf unterbrach die Verbindung, legte aber nicht auf.

***

Selbst wenn Wolf die Stelle unbekannt gewesen wäre, verfehlen hätte er sie kaum können: Ein halbes Dutzend nervös flackernder Blaulichter wies ihm den Weg. Er suchte in der Bahnhofstraße einen freien Parkplatz und lief die paar Schritte zurück. Mehrere Streifenpolizisten waren dabei, neugierige Passanten zurückzudrängen und den Zugang zu dem kleinen Hafenbecken mit einer Rolle rot-weiß gestreiften Flatterbandes abzusperren. Hoffentlich machten sie auf der anderen, dem See zugewandten Seite des Hafenbeckens dasselbe, dachte er; auch von dort konnten Neugierige zum Fundort der Leiche gelangen.

An der Fundstelle hatten die Kollegen zwei Scheinwerfer in Stellung gebracht. Man hatte den Toten aus dem Wasser gezogen und auf die gemauerte Umrandung des Beckens gelegt. Ein Mann in orangefarbener Weste machte sich an ihm zu schaffen. Der Notarzt. Jo und Vögelein standen daneben. Wolf selbst hatte sie vor der Abfahrt telefonisch verständigt, ihnen das Kommen aber anheimgestellt.

»Könnte unser Mann sein, Chef«, empfing ihn Jo und wies auf den Leichnam.

»Hat meine Ahnung also nicht getrogen«, seufzte Wolf. »Wer hat ihn gefunden?«

»Ein Ehepaar aus der Schweiz. Steht dort drüben, hält sich zu Besuch in Überlingen auf. Haben allerdings nichts und niemanden gesehen, wie sie glaubhaft versichern.«

»Der arme Otto! Nun hat es also auch ihn erwischt«, vernahm Wolf in diesem Augenblick eine kräftige Altstimme in seinem Rücken.

Wolf verzog das Gesicht. »Sieh mal an, die Frau Winter! Sie haben den Mann also gekannt?«, erwiderte er, ohne sich umzudrehen.

Karin Winter trat neben ihn. Flüchtig nickte sie den Umstehenden zu, ehe sie auf Wolfs Bemerkung einging: »Kennen ist zu viel gesagt. Der ›Seekurier‹ hat vor einigen Monaten mal was über die Überlinger Wohnsitzlosen gebracht. In diesem Zusammenhang habe ich auch Otto interviewt. War ziemlich fertig damals, das arme Schwein. Die Bronchien.«

»Und seitdem haben sie ihn nicht mehr gesehen?«

Die Journalistin zögerte. »Nun, wenn Sie mich so direkt fragen: doch, hab ich. Heute früh.«

»Als Sie mit Ihren Bildern hausieren gingen?«

»Richtig. Ist ja nicht verboten, oder?« Wolfs spitze Frage hatte sie nicht im Geringsten in Verlegenheit gebracht, im Gegenteil, sie lächelte in aller Unschuld. »Otto wollte mir etwas über Havanna und Einstein erzählen, allerdings nicht im Kreise seiner Lieben. Deshalb haben wir uns um die Mittagszeit an seiner Schlafstelle verabredet.«

»Beim alten Baumarkt?«

»Richtig.«

»Und wer nicht kam, war Otto.«

»Sie sagen es. Aber irgendjemand muss da gewesen sein. Jemand, der Angst hatte, dass Otto zu viel ausplauderte. Vielleicht derselbe, der später das Feuer legte? Jedenfalls hat dieser Jemand alle vier Reifen meines Wagens aufgeschlitzt.«

Wolf dachte an die Gefahr, in der sie geschwebt hatten. Dagegen waren vier aufgeschlitzte Reifen der reinste Pipifax. Er nickte knapp und sagte: »Hab ich gesehen.«

Der Notarzt hatte sich erhoben. Mit unbewegtem Gesicht wandte er sich an Wolf: »Sieht auf den ersten Blick so aus, als sei der Mann ertrunken. Zumindest habe ich keine äußeren Verletzungen, keine Einstiche, keine Spuren einer Auseinandersetzung gefunden. Nach der Obduktion wissen wir Genaueres. Von mir aus kann die Leiche weggebracht werden.«

»Danke, Doktor, aber wir müssen noch auf die Kollegen von der Spurensicherung warten ... Hat sich erledigt, da kommen sie schon.«

Zwei Männer, in die obligatorischen weißen Overalls gehüllt, drängten sich nach vorne, jeder mit einer voluminösen schwarzen Ledertasche bewaffnet. Während der eine von ihnen die Leiche aus allen Blickwinkeln zu fotografieren begann, nahm der andere die nähere Umgebung in Augenschein und untersuchte anschließend die Kleidung des Toten. Seine Feststellungen teilte er einem kleinen Diktiergerät mit, in das er unablässig hineinsprach.

Währenddessen nahm Wolf Hanno Vögelein beiseite. »Ruf mal im Kreiskrankenhaus an und lass dich mit Dr. Reichmann verbinden. Soviel ich weiß, arbeitet sie heute Abend an den Leichen der beiden Penner aus dem Boot. Sag ihr, es käme Nachschub. Und es sei dringend.« Dr. Reichmann war die zuständige Rechtsmedizinerin, die bedarfsweise aus Tübingen nach Überlingen kam und am örtlichen Krankenhaus Obduktionen durchführte.

Kaum hatte Vögelein sein Handy gezückt, da beugte sich Jo zu Wolf hinüber. Sie hatte während der letzten Minuten aufmerksam die Umgebung beobachtet. »Sehen Sie mal unauffällig da rüber, Chef.« Kaum merklich wies sie mit dem Kopf auf die dichtgedrängte Reihe der Gaffer. »Der hochgewachsene Mann dort mit den wirren dunklen Haaren. Sehen Sie ihn?«

»Könnte ein Stadtstreicher sein«, konstatierte Wolf, als er ihn entdeckt hatte.

»Eben. Ob er zu Ottos Gruppe gehört?«

»Das finden wir nur raus, wenn wir ihn fragen. Komm mit.«

Eine Minute später tippte Wolf dem Mann von hinten auf die Schulter. Der fuhr erschrocken herum.

»Keine Sorge«, beschwichtigte ihn Wolf halblaut. »Sie haben

nichts zu befürchten. Wir haben lediglich ein paar Fragen. Kennen Sie den Toten da drüben?«

»Den?« Der Mann sah schnell zum Fundort der Leiche hinüber, ehe er den Kopf schüttelte. »Nein! Ich weiß nur, dass er Otto heißt.« Als Wolf ihn skeptisch ansah, fügte er hinzu: »Ich bin noch nicht so lange in Überlingen, wissen Sie.«

Irgendwie komisch, dachte Wolf. Die Sprechweise des Mannes passte nicht so recht zu seiner Erscheinung. Er sprach gepflegter, geschliffener, akzentuierter als sein Äußeres erwarten ließ. Er nahm den Mann etwas gründlicher in Augenschein. Das Gesicht bedeckte ein Stoppelbart, die Haare, fettig und verfilzt, standen nach allen Seiten ab. Kleidung und Schuhe wirkten speckig und abgetragen. Seine Hände steckten tief in den Manteltaschen, sein Blick irrte unstet zwischen Jo und Wolf hin und her. Zu allem Übel stank der Kerl wie eine Schnapsfabrik. Doch eines wollte nicht so recht zu dem schäbigen Äußeren passen: die kräftige, sportliche Statur – die konnte selbst der Mantel nicht kaschieren.

»Kennen Sie wenigstens seinen vollen Namen?«, versuchte es Jo noch einmal.

Kopfschütteln.

»Oder seine Schlafstelle?«

Wieder nur ein Kopfschütteln. »Tut mir leid, ich kann Ihnen wirklich nicht weiterhelfen. Wie ... ich meine, woran ist er denn gestorben? Es hat doch nichts mit den beiden von heute früh zu tun, oder?«

Noch einmal sah Wolf dem Mann prüfend in die Augen. Nein, wie ein Gewohnheitstrinker sah er eigentlich nicht aus, auch wenn er meilenweit nach Fusel stank. Keine schlaffen Augenlider, kein Händezittern, kein Schweißausbruch, nichts, was auf Ausfälle von Sprache oder Motorik schließen ließe, wenigstens nicht in diesem Moment. Vermutlich quälten ihn, milieubedingt, diffuse Ängste, die immer dann an die Oberfläche drängten, wenn ein anderer aus seiner Kaste sich in die Ewigkeit verabschiedet hatte. Arme Schweine, einer wie der andere.

»Das wissen wir noch nicht«, beantwortete Wolf seine Frage. »Vermutlich ertrunken, möglicherweise war Alkohol im Spiel.«

Wolf fühlte sich zunehmend unbehaglicher. Ohnehin blieb ihnen nichts anderes übrig, als sich zu verabschieden. Grüßend tippte er mit dem rechten Zeigefinger an sein Barett. Dann traten sie den Rückweg an.

Er hatte erst wenige Meter zurückgelegt, da blieb er abrupt stehen. »Er hat gar nicht gefragt, wer wir sind!«, sagte er verwundert. »Seltsam!«

Jo wandte sich um. Doch der Mann war verschwunden.

***

Jörg Matuschek liebte seinen Job über alles. Chefredakteur einer straff geführten Tageszeitung, zumal in einer Region, in der andere Urlaub machten – davon hatte er immer geträumt. Als sich sein Traum eines schönen Tages erfüllte, lernte er recht schnell auch dessen Schattenseiten kennen: ständiger Termindruck, permanente Überlastung, so gut wie keine Freizeit mehr. Daran war letztlich sogar seine Ehe gescheitert. Auch seine persönlichen Neigungen, vor allem die Liebe zur Musik, blieben auf der Strecke. Nichts mehr mit Konzerten, Soireen, Matineen – das enge Zeitkorsett des Redaktionsbetriebes verbot nur allzu oft jede kulturelle Ambition. Gut, sein Arbeitstag begann erst morgens um neun, aber dafür zog er sich nicht selten bis Mitternacht hin.

Umso dankbarer war er, heute nach »nur« zwölf Arbeitsstunden dem hektischen Zeitungsbetrieb entfliehen zu können. Auf dem kürzesten Weg fuhr er nach Hause, um eine Kleinigkeit zu essen und sich alsbald seinem Lieblingshobby hinzugeben, das er gewissenhaft vor den Kollegen geheim hielt: dem Dirigieren höchst anspruchsvoller Konzerte – je anspruchsvoller, desto besser! Wann immer er konnte, schwang er leidenschaftlich den Taktstock – nach den Klängen einer voll aufgedrehten CD und mit einem Körpereinsatz, der selbst einen Karajan vor Neid hätte erblassen lassen. Wenn er schon seine geliebte Musik nicht live erleben konnte, dann sollte sie ihm wenigstens auf diese Art etwas Lustgewinn verschaffen.

So kam es, dass er, mitten im zweiten Akt von *Orpheus in der Unterwelt,* heftig mit den Armen ruderte, dabei mit beschwörenden Blicken die Streicher zu einem Crescendo anfeuerte und gleichzeitig die Klarinetten anwies, sich zurückzunehmen – als es unvermittelt an seiner Haustür klingelte.

Unwillig öffnete er. Draußen stand Karin Winter. Ohne ein Wort zu sagen, drängte sie sich an ihm vorbei, marschierte bar jeder Ehrfurcht in sein Wohnzimmer – pardon: seinen Konzertsaal! – und drehte die Hi-Fi-Anlage leiser.

»Du beschallst das ganze Viertel«, erklärte sie, um übergangslos hinzuzufügen: »Es gibt Neuigkeiten!«

»Hat das nicht Zeit bis morgen?«, nölte Matuschek.

»Hat es nicht. Inzwischen gibt es nämlich einen dritten Toten, wieder einen Wohnsitzlosen.«

»Na und? Davon haben wir nachgerade genug.«

»Dir wird der Sarkasmus schon noch vergehen.« Mit wenigen Worten schilderte sie ihm das Geschehen vom Gondelhafen. »Und wenn du mich fragst, dann geht da was nicht mit rechten Dingen zu. Drei tote Penner innerhalb eines Tages – willst du da noch von Zufall reden? Der dritte war übrigens Otto.«

»Der Lungenkranke aus deiner Reportage? Armes Schwein.«

»Bei Gott, das war er.«

»Und was steckt deiner Meinung nach dahinter?«

»Weiß ich noch nicht. Allerdings war unter den Gaffern noch ein anderer Stadtstreicher – ein Mann, den ich noch nie gesehen, geschweige denn seinerzeit für unsere Reportage interviewt habe. Nachdem Wolf ihn sich vorgeknöpft hatte, hat er auffällig schnell das Weite gesucht. Ich konnte kaum Schritt halten mit ihm.«

Bislang hatte das Gespräch im Stehen stattgefunden. Jetzt endlich bot Matuschek seiner Kollegin einen Sitzplatz an. »Möchtest du etwas trinken?«, fragte er. Als sie kopfschüttelnd in einen Sessel sank, hakte er nach: »Du bist dem Mann also gefolgt, richtig?«

»Ja.«

»Karin, ich bitte dich, lass dir nicht jedes Wort einzeln aus der Nase ziehen.«

»Na ja, ich dachte, vielleicht taugt er für uns als Informant. Solche Leute können manchmal sehr gesprächig werden, man muss sie nur zu nehmen wissen …«

»… oder auf andere Weise entgegenkommend behandeln!« Er machte mit Daumen und Zeigefinger das Zeichen des Geldzählens, doch Karin ging nicht darauf ein.

»Ich bin ihm gefolgt, bis er in dem aufgelassenen Baumarkt verschwand.«

»Kam nicht vorhin die Meldung herein, der sei abgefackelt worden?«

»Ist er auch, wenigstens der Keller, in dem die Obdachlosen gehaust haben. Aber du weißt, dass das Gelände an die Bahngleise grenzt. Auf der anderen Seite steht ein zweites Gebäude, unmittelbar vor der talabschließenden senkrechten Felswand, dort hab ich den Typen aus den Augen verloren. Natürlich hab ich mich genauer umgesehen, und was soll ich dir sagen?«

»Nun lass es schon raus!«

»Es gibt in dem leer stehenden Gebäude einen zweiten Unterschlupf für unsere Stadtstreicher. Ich natürlich rein, doch der Kerl blieb wie vom Erdboden verschluckt. Dafür stand ich plötzlich Göbbels gegenüber. Du erinnerst dich an Göbbels?«

Als ob Matuschek den je vergessen könnte! Ein ums andere Mal hatte ihm der leicht gehbehinderte, aber ungeheuer beredte Mann die Ohren abgeschwatzt. Kein Wunder, dass ihn jedermann – in unseligem Angedenken an den einstmaligen Propagandaminister – nur Göbbels nannte. »Ja, und?«, fragte er ungeduldig.

»Nun hätte ich doch gerne einen Cognac. Geht das?«

Wortlos goss Matuschek ihr einen Doppelten ein. Als hätte sie alle Zeit der Welt, führte sie genießerisch das Glas an die Lippen. Matuschek war nahe daran zu explodieren, da endlich nahm sie den Faden wieder auf. »Göbbels will den Mann, dem ich gefolgt bin, nicht kennen, und das nehm ich ihm sogar ab. Aber etwas anderes hat er mir verraten: Die beiden Toten von heute früh, Havanna und Einstein, sollen ganz schön betucht gewesen sein. Hätten in den letzten Tagen eine größere Erbschaft gemacht, wird erzählt.«

»Geerbt – die? Von wem? Wie viel? Kennst du die näheren Umstände?«

»Gemach, gemach, so weit bin ich noch nicht. Er konnte mir gerade noch einen Namen nennen, da lärmten plötzlich seine Kumpane herein und unterbrachen unser Gespräch«, winkte Karin ab. »Aber was nicht war, kann ja noch werden.«

»Welchen Namen?«

»Sonntag.«

»Wer soll das sein?«

»Ein Notar. Ich kenne den Mann sogar.«

»Aha.« Matuschek blickte skeptisch. »Darf man fragen, was du für diese reichlich dürre Information hinblättern musstest?«

»Jetzt tu mal nicht so knauserig. Wo bekommst du heute noch etwas geschenkt?«, verteidigte sich Karin, ehe sie zerknirscht einlenkte: »Du kennst Göbbels' Tarif, unter einem Hunni läuft bei dem rein gar nichts.«

»Einen Hunderter also. Das reicht immerhin für, grob gerechnet, fünfzehn Flaschen billigsten Fusel. Da hat der Mann glatt eine Woche lang ausgesorgt.«

Matuschek ließ sich das Ganze durch den Kopf gehen, ehe er zum Generalangriff ansetzte. »Okay, lassen wir das alles mal so stehen. Dann stellt sich doch die Frage: Hängt diese ominöse Erbschaft mit den Morden zusammen? Mussten die Männer wegen des Geldes sterben?«

»Das krieg ich schon noch raus. Auf jeden Fall gibt es einen Zusammenhang, da geh ich jede Wette ein. Außerdem: Wo steht geschrieben, dass wir den Leuten immer fertige Lösungen präsentieren müssen? Oft bringen ein paar kluge Fragen tausendmal mehr! Vielleicht wissen unsere Leser ja die Antwort darauf, davon hätten dann alle etwas: unsere Leser, die Bullen und nicht zuletzt wir selbst.«

***

Der Audi älterer Bauart rollte, von Meersburg kommend, in Staad von der Fähre und schlug den Weg Richtung Konstanz ein. Obwohl rein äußerlich einer Rostlaube gleichend, hatte sein Besitzer alles darangesetzt, den Wagen technisch aufzurüsten. So verbarg sich nicht nur der stärkste Motor unter der Haube, den das Werk für diesen Typ bereithielt. Per Chip-Tuning hatte man die Maschine zusätzlich gepusht, und natürlich waren Fahrwerk und Bremsanlage der Leistung angepasst und das elektronische Stabilitätsprogramm ESP nachgerüstet worden.

Kurz bevor der Wagen die hell erleuchtete Seerheinbrücke erreichte, die in die Konstanzer Kernstadt führt, bog er rechts ab und folgte ein Stück weit der B 33 in Richtung Radolfzell. Schon bald erstreckte sich beiderseits der Bundesstraße nur noch tristes Industrieareal. Kaum ein Mensch, kaum ein Fahrzeug war um diese Zeit unterwegs, die meisten Gebäude lagen im Dunkeln.

Mit einer Ausnahme. Gleich einer Lichtinsel in einem Meer der Finsternis erstrahlte auf der rechten Straßenseite unvermittelt eine grelle Neonreklame. Es handelte sich um die stilisierten Silhouetten dreier unzweifelhaft weiblicher, noch dazu splitternackter Wesen, allesamt gut vier Meter hoch, die in lasziven Posen über die Fassade des ehemaligen Fabrikgebäudes zu hüpfen schienen – ein kleines technisches Wunderwerk, das seinen Effekt einer gekonnten Programmierung verdankte. Das Gebilde ließ Vorüberfahrende keine Sekunde lang darüber im Zweifel, welche Art von Dienstleistungen sie hinter der blinkenden Fassade erwartete.

Zusammen mit einer benachbarten Fernfahrerraststätte und mehreren anrüchigen Kneipen bildete der Schuppen so etwas wie die Amüsiermeile der grenznahen Region, um die jeder rechtschaffene Konstanzer einen weiten Bogen machte und die sich dennoch regen Zuspruchs erfreute, was die nächtens gut ausgelasteten Parkplätze hinreichend bewiesen.

Der Audifahrer, seiner Stoppelhaare wegen auch »Igelmann« gerufen, brachte sein Fahrzeug in einer leeren Parkbucht zum Stehen. Er löschte die Lichter und stieg aus. Mit schnellen Schritten umrundete er den Wagen, dabei ging er vorne und hinten je einmal kurz in die Hocke und machte sich an den Nummernschildern zu schaffen. Dann setzte er sich wieder hinters Steuer, und kurz darauf bog er auf den Parkplatz ein, der zwischen der Bundesstraße und dem Gebäude mit der Lichtreklame lag.

Ohne anzuhalten überquerte der Wagen den zu dieser Stunde nur mäßig belegten Parkplatz, bis ihn eine geschlossene Schranke zum Halten zwang. Der Igelmann kurbelte die Scheibe herunter und steckte eine Codekarte in einen Schlitz. Als sich die Schranke hob, rollte der Audi langsam an dem Etablissement und den daran angebrachten Überwachungskameras vorbei zu einem rückwärtigen, deutlich kleineren Parkplatz, zu dem nur ausgewählte Stammkunden Zutritt hatten. Hier brachte der Fahrer den Wagen zum Stehen.

Sorgsam sah er sich um. Der mit einem mannshohen Metallgitterzaun umfriedete Hof von der Größe eines Tennisplatzes war menschenleer, desgleichen die wenigen hier abgestellten Fahrzeuge. Mit etwas Mühe ließ sich an der Gebäuderückseite eine stabile Tür ausmachen, zu der einige wenige Stufen hinaufführten. Die Tür selbst schien glatt und unverglast, die Kamera darüber war erst auf den zweiten Blick zu erkennen. Eine Sprechanlage mit Klingelknopf komplettierte das ganz auf Sicherheit angelegte Arrangement.

Noch immer machte der Igelmann keine Anstalten auszusteigen. »Scheint ja eine Bombenstimmung zu herrschen«, grunzte er neidisch und ließ den Blick über die Fassade schweifen. In zahlreichen Fenstern brannte Licht, doch verhinderten Jalousien, dass allzu viel davon nach außen drang. Um so lauter hallten Musik, helles Lachen und wirre Sprachfetzen über den Hinterhof.

Angespannt lauschte er der Geräuschkulisse, ohne den Blick auch nur eine Sekunde lang von der Einfahrt zu lassen.

***

»Sie kommen spät, Leo!«, begrüßte ihn Dr. Reichmann lächelnd. »Ich hatte schon befürchtet, das Ergebnis der Obduktion wäre Ihnen wurscht.«

Gequält verzog Wolf das Gesicht. »Das Gegenteil ist der Fall, Verehrteste, es interessiert mich sogar brennend. Es ist nur ... wie soll ich sagen ...«

»Verstehe! Sie können kein Blut sehen, stimmt's?«, grinste die Pathologin.

»Jedenfalls nicht auf nüchternen Magen«, ging Wolf auf das Spiel ein. »Allerdings, ein Obstler vorab, der könnte helfen. Sie haben wohl nicht zufällig ...?«

»Bedaure, Leo, aber Alkohol kommt in diesem Etablissement nur bei toten Körpern zur Anwendung«, antwortete Dr. Reichmann scheinbar betrübt.

Plötzlich mussten beide lachen. Für einen Moment war die beklemmende Atmosphäre in dem klimatisierten, weiß gekachelten Raum mit seinem kalten Licht und den drei mittig angeordneten Seziertischen aus Edelstahl wie ausgeblendet. Wolf kannte die Tübinger Rechtsmedizinerin schon seit ewigen Zeiten. Noch immer vermochte er nicht zu sagen, was ihn stärker beeindruckte: ihr scharfer Verstand, der ihr den Ruf einer weit über die Landesgrenzen hinaus geschätzten Koryphäe auf dem Gebiet der Forensik eingetragen hatte, oder die burschikose Art, mit der sie binnen Sekunden ihre Umgebung für sich einzunehmen wusste, gleichgültig, wo sie sich gerade aufhielt.

Dr. Reichmann führte Wolf zu dem ersten Seziertisch. Schon wollte sie die grüne Abdeckung zurückziehen, unter der sich wie auf den anderen beiden Tischen ein menschlicher Körper abzeichnete, als ihre Hand zurückzuckte.

»Bevor wir beginnen, Leo: Sie haben nicht zufällig noch eine Leiche im Keller ... ich meine im Kofferraum?« Ein ironisches Lächeln stahl sich auf ihr Gesicht.

Fahrig winkte Wolf ab. »Bedaure, mit mehr kann ich nicht dienen.«

»Dann ist es gut, für heute ist nämlich mein Bedarf gedeckt. Sind Sie übrigens sicher, dass Sie das hier wirklich sehen wollen?« Prüfend blickte Sie ihn an.

Wolf wusste, worauf sie anspielte. Den Anblick sezierter Leichen samt der ihnen entnommenen Teile hatte er noch nie gut vertragen. Schon der Geruch verursachte ihm Übelkeit.

»Hab schon verstanden«, nickte Dr. Reichmann nach einem kurzen Blick in Wolfs Gesicht und verkniff sich ein Schmunzeln. »Ich will versuchen, Ihnen das Obduktionsergebnis verbal nahezubringen. Zunächst zu den beiden Obdachlosen, die heute früh von den Fischern gefunden wurden. Die Diagnose meines Kollegen vor Ort war richtig und doch falsch. Richtig insofern, als die beiden Männer stark alkoholisiert waren, genauer gesagt 3,8 beziehungsweise 4,2 Promille Alkohol im Blut hatten ...«

»Spricht man da nicht bereits von einer Alkoholvergiftung?«

»Könnte man sagen, wenngleich die Grenzen fließend sind. Manche fallen bereits mit 2,5 Promille ins Koma, andere erst mit acht oder zehn. Diese Männer hier waren, wie der Volksmund so schön sagt, geeicht, das heißt: Ihr Körper war an den permanenten Alkoholkonsum gewöhnt. Im Grunde aber ist das unerheblich, genauso wie die Auskühlung der Körper infolge der derzeit herrschenden Nachttemperaturen auf dem Wasser. Beides war für ihren Tod nicht verantwortlich.«

»Würden Sie bitte auf den Punkt kommen, Verehrteste?«, drängte Wolf. »Entschuldigen Sie, aber mir läuft die Zeit davon.«

Die Pathologin drohte schelmisch mit dem rechten Zeigefinger. »Leo, Leo! Sie haben noch ein Date im Gasthof ›Krone‹, geben Sie's zu!«

»Schön wär's! Wir können uns später gerne dort treffen. Aber ich muss Sie warnen: Bei mir kann's Mitternacht werden. Hab vorher noch etwas Dienstliches zu erledigen. Also?«

»Nun denn, ich will es kurz machen«, erwiderte Dr. Reichmann, ohne auf sein Angebot näher einzugehen. »Die Untersuchung der Magen- und Darmtrakte und ganz besonders der Schleimhäute, im Besonderen aber der Zustand von Leber und Milz und vor allem der Nieren lassen nur einen Schluss zu. Die beiden Männer wurden vergiftet.«

»Vergiftet? Wieso vergiftet? Und mit was, wenn ich fragen darf?« Wolf war perplex, damit hatte er nicht gerechnet.

»Sie werden es nicht für möglich halten: Arsen.«

»Arsen?«

»Die vorläufige chemisch-analytische Untersuchung der genannten Körperteile sowie der Haare und der Fingernägel ist ganz eindeutig. Arsen – oder, um genau zu sein, Arsentrioxid, eine besonders toxische Spielart – ist sofort löslich und absolut geschmacks- und geruchsneutral. Sie bemerken von dem Gift zunächst nicht die Bohne, dennoch wirkt es garantiert tödlich. Die Männer müssen während ihrer letzten Stunden furchtbar gelitten haben. Zerebrale Krämpfe und gastrointestinale Beschwerden wie Übelkeit, Erbrechen und Durchfälle wechseln einander ab, später kommen Koliken und Blutungen hinzu, im Endstadium schließlich Nieren- und Kreislaufversagen.«

»Haben Sie eine Idee, wie es ihnen verabreicht worden sein könnte?«

»Aber sicher. Aufgelöst in Alkohol.«

»Alkohol?«

»Vermutlich Wodka.«

Sofort hatte Wolf die Flasche vor Augen, die Vögelein in dem Kellerraum des ehemaligen Baumarktes gefunden hatte. Womöglich hatten sie, ohne es zu ahnen, die Tatwaffe gesichert. Immerhin gehörte Wodka Gorbatschow nicht zu dem Billigfusel, den Obdachlose sonst tranken. Könnte also sein, dass die Flasche vom Mörder »gesponsert« worden war. Das war doch schon was! Am liebsten hätte Wolf der Pathologin einen Schmatz gegeben. Gleichzeitig beschäftigte ihn eine Reihe von Fragen, die sich aus der neuen Sachlage ergaben und deren Beantwortung für das weitere Vorgehen von entscheidender Bedeutung war.

»Wie kommt man an Arsen? Und wie viel davon ist nötig, um zwei Menschen auf diese Weise ins Jenseits zu befördern?«

»Tja, wie kommt man an das ›Weiße Gift‹? Fragen Sie mich was Leichteres, Leo. Eigentlich fällt das doch eher in Ihr Fachgebiet, oder? Da ist Ihre zweite Frage erheblich leichter zu beantworten. Schon sechzig Milligramm Arsenik wirken, je nach Alter und Konstitution des Betroffenen, tödlich. Man muss sich das mal reinziehen: eine Dosis, kleiner als ein Fliegenschiss!«

Wolf, die Hände in den Taschen und den Blick in eine unbestimmte Ferne gerichtet, umrundete nachdenklich den Edelstahltisch. Schließlich machte er vor der Pathologin halt. »Lässt sich etwas zum ungefähren Todeszeitpunkt sagen?«

»Nun, die Totenstarre war in Muskulatur und Gelenken voll ausgeprägt, dazu die Totenflecken, die Körpertemperatur ... ich würde sagen, in der Nacht von gestern auf heute, ziemlich genau um Mitternacht, plus/minus eine Stunde. Übrigens: Wenn ich mich nicht sehr irre, ist der dritte Mann genau auf die gleiche Weise zu Tode gekommen. Jedenfalls ist er nicht ertrunken. Da war kein Wasser in der Lunge, er muss also bereits tot gewesen sein, als man ihn in den See geworfen hat. Im Übrigen ergab bereits eine oberflächliche Untersuchung an Fingernägeln, Haaren und Schleimhäuten identische Symptome.«

»Also ebenfalls Arsen?«

»Davon können Sie schon mal ausgehen. Morgen kann ich Ihnen dann Genaueres sagen.«

Nach diesen Ausführungen verabschiedete sich Wolf von Frau Dr. Reichmann und beeilte sich, die Pathologie zu verlassen. Noch auf dem Weg zu seinem Dienstfahrzeug kramte er sein Handy hervor und drückte auf eine Kurzwahltaste. Eine hektische Frauenstimme meldete sich.

»Frau Winter, wo sind Sie gerade?«

»In der Redaktion, aber nicht mehr lange. Mein Artikel steht, ich verschwinde in wenigen Minuten. Worum geht's?«

»Bleiben Sie, wo Sie sind. Ich brauche Ihre Hilfe, jetzt sofort! In zehn Minuten bin ich bei Ihnen.«

***

Die Geduld des Igelmanns wurde auf eine harte Probe gestellt. Mehr als einmal war er nahe daran einzunicken, stets schreckte er in letzter Sekunde hoch. Um sich wach zu halten, verfiel er auf allerlei gymnastische Übungen, doch an mehr als Armbeugen und Schulterrollen war im Wagen nicht zu denken. Endlich, nach einer guten halben Stunde, schien sich etwas zu rühren. Als wollte sich der Fahrer zunächst vergewissern, ob die Luft auch wirklich rein wäre, kroch ein dunkler Mittelklasse-Toyota auf den kleinen Parkplatz. Nach wenigen Metern hielt er an.

Mit einem Schlag war der Igelmann hellwach. »Na endlich«, murmelte er. Das Zeichen ... er musste das vereinbarte Zeichen geben. Fahrig griff er ins Handschuhfach, holte sein Feuerzeug heraus und ließ es kurz aufflammen.

Der Toyota kam direkt neben dem Audi zum Stehen. Wortlos stiegen beide Fahrer aus, schlossen ihre Wagen ab und gingen auf den Hintereingang des Gebäudes zu. Der Igelmann betätigte den Klingelknopf. Ein Summer ertönte und die Tür sprang auf.

Sie hatten das Haus noch nicht richtig betreten, da segelte auch schon eine üppig gebaute Mittfünfzigerin mit ausgebreiteten Armen auf sie zu und drückte sie, einen nach dem andern, an ihren gewaltigen Busen.

»Willkommen, meine Freunde!«, dröhnte sie mit rauchiger Stimme.

Die dunkelhaarige Matrone hatte sich in eine Art Ballkleid aus türkisfarbener Seide gezwängt, das verdächtig an ein Operettenkostüm erinnerte und bei jeder Bewegung ihren massigen Körper umwogte. Da sie auf diese Weise eher einem aufgetakelten Flaggschiff denn einer schlichten Empfangsbarkasse glich, signalisierte sie unmissverständlich, wer an Bord das Kommando hatte.

Gelassen ließen die Männer die Begrüßung über sich ergehen. »Nun mach mal halblang, Alma, dein Make-up könnte abbröckeln«, lachte der Igelmann.

Eilfertig steuerte das Flaggschiff einen Flur entlang und führte die beiden Männer in einen Salon, dessen Mitte von einer festlich gedeckten Tafel eingenommen wurde.

»Man muss die Feste feiern, wie sie fallen«, nickte der Igelmann anerkennend, dem angesichts der sechs Gedecke bereits jetzt das Wasser im Munde zusammenlief. An die stilvolle Einrichtung des

Raumes verschwendete er keinen Blick, ganz offensichtlich war er nicht zum ersten Mal hier.

»Darf ich euch die Jacken abnehmen, eh ihr euch ins Verderben stürzt ... äh, ich meine natürlich ins Vergnügen?«, fragte Alma augenzwinkernd und amüsierte sich köstlich über den vermeintlichen Witz. Ohne Umschweife kamen die Männer der Aufforderung nach.

»Also, Alma«, ergriff nun der Toyotafahrer das Wort und fuhr mit einem Kamm durch sein rot schimmerndes Haar. »Wie besprochen erst das Essen. Dazu hätten wir gerne Champagner. Aber echten bitte, nicht wieder das Gesöff vom letzten Mal. Schick die Mädchen rein ... oder nein, warte ein paar Minuten. Mein Partner und ich haben noch etwas zu besprechen.«

»Wird gemacht«, beeilte sich die dienstbare Matrone zu entgegnen.

Kaum war die Tür hinter ihr ins Schloss gefallen, ließ der Audifahrer seine freundliche Maske fallen: »Wo hast du gesteckt, verdammt noch mal? Hättest wenigstens anrufen können«, fuhr er seinen Kompagnon an.

Der hatte es sich währenddessen in einem der herumstehenden Lederfauteuils bequem gemacht und die muskulösen Arme hinter dem Kopf verschränkt. »Beruhige dich, es ist alles in Ordnung!«, erwiderte er und lächelte nachsichtig.

»Beruhigen? Ich soll mich beruhigen, nach allem, was passiert ist?« Nervös strich der Igelmann über seine Stoppelhaare. In kurzen Trippelschritten umrundete er den Tisch, die Arme vor dem stattlichen Bauch verschränkt und mit den Augen sein Gegenüber fixierend.

»Du weißt genau, dass wir keine Alternative hatten«, kam es scharf zurück.

Der Igelmann warf den Kopf in den Nacken. »Ach, so siehst du das. Warum gibst du nicht endlich zu, dass uns die Sache langsam, aber sicher aus den Händen gleitet? Drei Tote, das war nicht ausgemacht. Das sind genau drei zu viel!«

»Sollen wir einfach zusehen, wie uns diese Kerle die Butter vom Brot nehmen?«, fuhr der Rothaarige hoch. »Ich lass mich nicht erpressen, und von Pennern schon gar nicht. Wer konnte auch ahnen, dass die Alte so blöd ist und denen ihre Kohle vermacht!« Mit ei-

nem tiefen Atemzug versuchte er, sich zu entspannen. »Komm, lass uns vernünftig miteinander reden«, forderte er den Igelmann auf, »wir dürfen uns jetzt nicht kirre machen lassen.«

Der Igelmann schien sich langsam zu beruhigen. »Was wollten die Bullen von dir?«, fragte er ausdruckslos und ließ seinen fülligen Körper in einen der Sessel sinken.

Überrascht hob der Rothaarige den Kopf. »Du warst am Gondelhafen? Ja, spinnst du jetzt vollends, Mann? Was ist, wenn man uns zusammen gesehen hat? Wir hatten doch ausgemacht, bei solchen Gelegenheiten nie gemeinsam aufzutreten! Misstraust du mir, oder was ist los?«

»So darfst du das nicht sehen«, beschwichtigte ihn der Stoppelhaarige. »Ich … ich wollte einfach einen authentischen Eindruck bekommen, wollte sehen, wie sie Otto aus dem Wasser ziehen, wer alles da ist und ob es Komplikationen gibt. Selbstverständlich hab ich mich diskret im Hintergrund gehalten. Also noch mal, was wollten die Bullen von dir?«

Noch immer misstrauisch kaute der Rothaarige auf seiner Unterlippe, ehe er sich schließlich zu einer Antwort durchrang. »Was schon? Sie haben mich gefragt, ob ich den Ertrunkenen kenne. Das war alles. Haben mich wohl für einen von Ottos Kumpels gehalten. Na ja, meine Verkleidung war aber auch zu gut.« Ein selbstgefälliges Grinsen schlich über sein Gesicht.

»Und, was hast du erfahren?«

»Dass die Bullen keine unnatürliche Todesursache vermuten, zumindest nicht in diesem Augenblick. Das war es, was ich herausfinden wollte. Der Oberbulle hat mir bereitwillig Auskunft gegeben. Klar, in seinen Augen war ich ja ein Leidensgenosse von Otto.« Mit nachdenklicher Miene fuhr er fort: »Inzwischen scheint mir übrigens, als seien nicht mehr die Penner unser Problem, sondern diese Zeitungstante.«

»Hab die Schnüfflerin gesehen«, brummte der Igelmann und machte ein finsteres Gesicht. »Du weißt schon, dass sie dir gefolgt ist?«

»Klar. Hab ihr jedoch einen gehörigen Denkzettel verpasst, vielleicht lässt sie künftig die Finger von diesem Fall.«

»Und wenn nicht? Wird sie die Nächste sein …?« Panik machte sich in der Stimme des Igelmannes breit.

»So weit wird es nicht kommen. Glaub mir, ich hab die Sache voll im Griff, kein Grund, sich aufzuregen.« Nach einem längeren Blick auf den Igelmann fügte er hinzu: »Komm, lass uns das alles vergessen, das ist Schnee von gestern. Lass uns endlich zum gemütlichen Teil übergehen.«

***

Während der »Seekurier« den technischen Betrieb bereits vor einigen Jahren in das Industriegebiet Oberried ausgelagert hatte, residierten Redaktion, Anzeigenabteilung und Verwaltung noch immer im Obergeschoss der altehrwürdigen Greth, dem ehemaligen Kornhaus direkt an der Schiffsanlegestelle – für eine Tageszeitung mit Ausstrahlung weit über die Region hinaus der ideale Standort, musste Wolf zugeben, als er knapp zehn Minuten später seinen Wagen nicht ganz vorschriftsmäßig auf der angrenzenden Hofstatt abstellte. Um diese späte Stunde herrschte auf dem Platz längst tote Hose, und da er in dienstlichem Auftrag unterwegs war, hielt er sein Vergehen für hinreichend legitimiert.

Wolf erwog, noch schnell eine Gitanes anzustecken, seine Nerven gierten danach. Er verwarf den Gedanken jedoch wieder. Er durfte die Winter unter keinen Umständen verpassen, wollte er seinen Plan nicht gefährden. Also griff er zu seinem Barett, das neben ihm lag und das er nur dann absetzte, wenn er sich allein wusste. Er kannte das Gerede von dem Messerstecher und der Kahlstelle auf seinem Haupt, die er mit der Kopfbedeckung verschämt zu bedecken suchte. Ein Körnchen Wahrheit war ja dran, auch was das verschämt bedecken anging. Tatsächlich aber hatte er dem Delinquenten das Messer längst aus der Hand geschlagen, als dieser ihm bei dem nachfolgenden Ringen ein Büschel Haare ausriss, samt Kopfhaut, versteht sich, und ihm eine Schmarre, groß wie ein Zwei-Euro-Stück verpasste, auf der fürderhin keine Haare mehr wuchsen. Mehr noch als der kahle Fleck jedoch missfiel Wolf die bleibende rote Narbe, die noch immer, selbst nach so vielen Jahren, einer kaum verheilten Wunde glich. Hatten so einst skalpierte Bleichgesichter ausgesehen?

Sei's drum, im Moment gab es wahrlich Wichtigeres zu tun. Mit wenigen Schritten war er am Eingang zur Greth. So rasch ihn seine Füße trugen, eilte er in die erste Etage, betrat, ohne angesprochen zu werden, die Redaktionsräume, die im Wesentlichen aus einem endlos langen Großraumbüro bestanden, das er bereits von früheren Besuchen her kannte und das man durch brusthohe mobile Trennelemente geschickt aufgeteilt hatte.

Wolf entdeckte Karin Winter hinter einer der Trennwände, wo sie mit zusammengekniffenen Augen auf ihren Bildschirm starrte. Noch ehe er sie erreicht hatte, griff sie zum Telefon. Als sie ihn erkannte, gab sie ihm ein Zeichen, sich kurz zu gedulden, und sprach ein paar Worte in den Hörer.

»Tut mir leid«, entschuldigte sie sich anschließend, während Wolf ihr die Hand schüttelte, »Sie wissen ja, um dreiundzwanzig Uhr dreißig haben wir Deadline, danach geht nichts mehr. So, und nun lassen Sie mal die Hosen runter!«

»Hier, vor allen Leuten?«, grinste Wolf.

»Warum nicht?«, erwiderte sie ungerührt. »Mich kann nichts mehr erschüttern. Sie wissen ja: Ist der Ruf erst ruiniert, lebt sich's völlig ungeniert.«

Sie legte ihm einen Spaltenausdruck vor. »Unser Aufmacher für die morgige Ausgabe«, erklärte sie. »Ich nehme an, deshalb sind Sie gekommen.«

»Sie gehen ja ganz schön ran«, kommentierte Wolf, nachdem er sich vom Nachbarplatz einen Stuhl herübergezogen und den Text gelesen hatte. Schon bei der Headline hatte er heftig schlucken müssen. »›Mord im Pennermilieu?‹ – finden Sie das nicht ein bisschen dick aufgetragen?«

»Wieso? Steht doch ein Fragezeichen dahinter, haben Sie das übersehen? Wir äußern lediglich eine Befürchtung. Aber jetzt mal im Ernst: Wollen Sie mir weismachen, beim Tod der drei Männer sei alles mit rechten Dingen zugegangen? Spätestens bei Ottos Leiche war für mich klar, dass da jemand nachgeholfen hat. Die Frage ist nun: Wer war's? Und vor allem: Warum? Und versuchen Sie bloß nicht, mich vom Gegenteil zu überzeugen.« Sie sah auf die Uhr. »Mein Gott, schon so spät. Mir knurrt der Magen.«

»Wie lange können Sie Ihren Text noch ändern?«, fragte Wolf, ohne auf ihre Fragen einzugehen.

»Vergessen Sie's. Der Zug ist abgefahren.«

Wolf seufzte. »Frau Winter, kommen Sie, ein bisschen was geht immer. Und falls es eine Frage des Preises sein sollte: Bitte sehr, ich bin auch bereit, dafür zu bezahlen, symbolisch, versteht sich …«

»Sehen Sie, so gefallen Sie mir schon besser, Herr Wolf. Wenn ich Sie recht verstehe, wollen diesmal *Sie mir* ein Geschäft vorschlagen? Also gut! Aber bitte zu meinen Bedingungen: Ich bekomme, wenn der Fall aufgeklärt ist, alle wichtigen Informationen aus erster Hand, und zwar einen Tag früher als meine Kollegen. Ist Ihnen eine Änderung meines Artikels so viel wert?«

»Ist das nicht ein bisschen viel verlangt, Madame?«

»Nehmen Sie einen Kaffee?« Karin war aufgestanden und schickte sich an, zur Kaffeemaschine zu gehen.

»In Gottes Namen«, stimmte Wolf kurzerhand zu. Er wusste, dass das Gebräu seiner Nachtruhe nicht gut tat. Vielleicht aber würde es das Gesprächsklima fördern und ihn auf diese Weise seinem Ziel näher bringen? Dann hätte er seinen Schlaf wenigstens nicht grundlos geopfert.

Kurz darauf kam Karin Winter mit zwei Kaffeepötten an. Einen reichte sie an Wolf weiter. »Schwarz, ohne Zucker, richtig?« Als er nickte, fügte sie huldvoll hinzu: »Den Pott dürfen Sie behalten. Die Zeichnung darauf stammt übrigens von Tomi Ungerer.« Erst jetzt nahm Wolf den Werbeaufdruck wahr. Er zeigte einen Zeppelin, der eine Zeitung im Schlepp hinter sich herzog – unzweifelhaft einen »Seekurier«.

Wolf nahm einen ersten Schluck. Er war überrascht, das Zeug schmeckte gut, jedenfalls besser als in der Polizeidirektion. Absichtlich ließ er sich Zeit, denn er wusste, sie hatte angebissen. Sie würde alles tun, sich den erhofften Informationsvorsprung zu sichern.

Und er selbst? Für ihn war es eine Gratwanderung. Natürlich verstieß er gegen seine Dienstvorschriften. Doch damit konnte er leben, zumal sich solche Deals für ihn, genauer: für die polizeiliche Ermittlungsarbeit, bisher stets ausgezahlt hatten. Geschäft gegen Geschäft, Vertrauen gegen Vertrauen, so einfach war das. Gerade bei Karin Winter hatte er da ein gutes Gefühl. Anders als viele ihrer Kollegen war sie nicht auf Sensationsjournalismus aus. Man konnte sich auf ihr Wort verlassen, und mehr als einmal hatte Wolf nur dank ihres Spürsinns und ihrer, gelinde gesagt, unkonventionellen Art der Informationsbeschaffung höchst komplizierte Fälle gelöst – er brauchte da nur an die Markdorfer Giftmüllmafia zu denken, deren mörderischem Treiben sie ohne die Recherchen der Winter nicht annähernd so schnell beigekommen wären. Außerdem empfand er irgendwie so etwas wie – ja, wie Zuneigung ihr gegenüber ... rein platonisch, versteht sich.

»Also, ich höre!«, brach sie schließlich das Schweigen.

»Sie hatten recht«, begann er zögernd, »es handelt sich tatsächlich bei allen drei Männern um Mord. Vergiftet mit Arsen, wie die KTU ergab.« Ehe er fortfuhr, sah er sie eindringlich an: »Ich brauche Ihnen wohl nicht zu sagen, dass es sich dabei um Täterwissen handelt. Sie dürfen das zum jetzigen Zeitpunkt unter keinen Umständen verwenden, ist das klar?«

»Aber ja doch, seien Sie unbesorgt. Haben Sie schon einen Verdacht, wer hinter den Morden steckt?«

Wolf hatte die Frage erwartet. »Das ist es ja: Nein, nicht einmal die Spur eines Verdachtes, wenn ich ehrlich sein soll.« Zwischen seinen Augenbrauen hatte sich eine steile Falte gebildet.

Karin Winter war nicht sonderlich überrascht. Wolfs Eröffnungen deckten sich mit ihren Erkenntnissen. Das angebliche Erbe der beiden Penner fiel ihr ein. Gab es tatsächlich eine Verbindung zwischen dieser Erbschaft und den drei Morden? Und wenn ja, wie sah sie aus? Laut Göbbels hatten nur Havanna und Einstein geerbt. Wieso aber hatte dann Otto sterben müssen? Sie überlegte, ob sie Wolf von der angeblichen Erbschaft und dem Notar erzählen sollte. Doch was wusste sie schon? Nichts! Das Beste wäre, Göbbels' Hinweise bis auf Weiteres für sich zu behalten. Sie war sicher, Wolf würde noch früh genug darauf stoßen. Erst mal musste sie den Notar aushorchen, um sicher zu sein, dass Göbbels nicht geflunkert hatte.

Plötzlich wurde ihr bewusst, dass Wolfs Augen fragend auf sie gerichtet waren. Er schien irgendetwas gesagt zu haben und auf ihre Antwort zu warten. Für einen Moment war sie verwirrt. »Entschuldigen Sie, ich war geistig weggetreten. Was haben Sie gesagt?«

»Na, Gott sei Dank. Im ersten Moment dachte ich schon, mein Plan hätte Sie umgehauen.«

»Plan?«

»Ja. Ich habe nämlich gefragt, wieso wir die Täter mühsam suchen sollen. Warum lassen wir sie nicht einfach kommen?«

»Wir?«

»Ich erklär es Ihnen …«

***

»An diesen Service könnt ich mich gewöhnen, ihr Hübschen … ihr versteht euer Handwerk, ehrlich … jaaa, macht weiter so«, forderte der Igelmann mit geschlossenen Augen und sog die Luft zwischen den Zähnen ein. Ohne einen Fetzen Stoff an seinem fülligen Körper lag er in einem der Lederfauteuils, hatte die Hände hinter den Kopf gelegt und bot sich den flinken Händen der beiden Mädchen dar, die neben ihm knieten und ihn nach allen Regeln der Kunst massierten. »Ahhh … ihr macht das gut … ihr macht das sehr gut!«, stöhnte er und atmete womöglich noch eine Spur schneller. Wie in Trance machte er die Beine breit, spürte, wie die Lust durch seinen Körper flutete, fühlte sich emporgehoben, auf höchsten Gipfeln entschwebend und wollte immer noch höher und höher hinauf. Dann, für einen kurzen Augenblick nur, kehrte er in die Wirklichkeit zurück, warf aus halb geschlossenen Lidern einen verstohlenen Blick zu dem zweiten Fauteuil hinüber, auf dem zwei weitere Mädchen den muskulösen Körper seines Partners bearbeiteten. Was er sah, erregte ihn so sehr, dass er, ohne es zu wollen, zum Höhepunkt kam; in wilden Zuckungen bäumte er sich auf, ekstatisch fuhren seine Arme nach vorn, griffen nach den Brüsten der Mädchen, die, solchermaßen angefeuert, nur noch fester zupackten und spitze Schreie ausstießen, so lange, bis der Mann endlich genug von ihnen hatte und sie träge von sich schob.

Es war ein Abend so richtig nach seinem Geschmack, da wusste man doch, wofür man lebte!

Geraume Zeit blieb er wohlig entspannt liegen, lauschte der Musik, tauchte ein in die Welt der Taberna-Szenen, der drastischen Trinklieder des späten 13. Jahrhunderts, von Carl Orff in seiner Carmina Burana so trefflich intoniert, so gewaltig, so mitreißend, dass der Zuhörer regelrecht mit ihnen verschmolz.

Irgendwann richtete er sich auf und verlangte Champagner. Bereitwillig reichte ihm eines der Mädchen ein Glas, das er auf ei-

nen Zug leerte. Genießerisch sah er zur Decke hoch. Offensichtlich hatten die Vorhaltungen seines Kumpans gefruchtet, Alma hatte das Beste auffahren lassen, was Küche und Keller hergaben. Na also, ging doch!

»Jetzt noch eine Zigarre«, stöhnte er, »am besten eine Brasil«, als wie aus dem Boden gewachsen Alma im Raum stand und dem Rothaarigen ein Mobiltelefon reichte.

»Was gibt's?«, meldete der sich unwirsch und befreite sich von den Mädchen, die nur widerwillig von ihm abließen. Konzentriert hörte er einen Augenblick zu. Sekunden später ließ er das Telefon sinken. Benommen starrte er vor sich hin, ehe er langsam den Kopf drehte und zum Igelmann hinübersah. »Scheiße!«, flüsterte er tonlos.

Dann brach es aus ihm heraus: »Schluss mit lustig! Raus hier, alle, aber dalli!«, herrschte er die Mädchen an. Als die vier nicht schnell genug reagierten, legte seine Stimme an Schärfe zu: »Habt ihr nicht gehört? Ihr sollt abhauen, verdammt noch mal!«

Wortlos rafften die Mädchen ihre Fummel zusammen und verdrückten sich.

»Was ist denn in dich gefahren, kannst du mir das mal erklären?« Der Igelmann war überrascht und empört zugleich.

»Du wirst es nicht glauben! Havanna …«

»Herrgott noch mal, so rede doch endlich! Was ist mit Havanna?«

»Er … er lebt!«

»Mach keine Witze! Tot ist tot, es gibt keine Auferstehung.«

»Anscheinend doch. Hab's grade erfahren. Angeblich haben sie ihn im Krankenhaus erfolgreich reanimiert.«

»Sagt wer?«

»Na, wer wohl? Unsere Quelle beim ›Seekurier‹*.«*

Panisch kaute der Igelmann auf seiner Unterlippe. »Soll das heißen, die Meldung ist gesichert?«

»Darauf kannst du einen lassen. Sie steht morgen früh auf der Titelseite.«

»Dann gnade uns Gott.«

3

Endlich zeigte der Wettergott ein Einsehen: Der zähe Morgennebel war ausgeblieben. Als wäre nichts gewesen, blinkten vom schweizerischen Ufer tausend Lichter herüber; ein milder, sonniger Spätherbsttag kündigte sich an.

Wolf hatte nach einem Blick aus dem Fenster ausgiebig gegähnt und sich noch einmal auf ein Viertelstündchen hingelegt. Prompt war er wieder eingenickt. So traf er, ganz gegen seine sonstige Gewohnheit, erst gegen acht im »Aquarium« ein. Er stellte den Dienstwagen auf einem der reservierten Parkplätze ab, überzeugte sich im Vorübergehen, dass sein Fahrrad noch am angestammten Platz stand und betrat schließlich das Gebäude durch den Hintereingang. Unschlüssig verharrte er für einen Moment in der Halle. Treppe oder Aufzug? Er entschied sich ausnahmsweise für den Aufzug. Nicht aus Bequemlichkeit, sondern des sperrigen Gegenstandes wegen, den er mit beiden Händen vor sich hertrug. Die rote Kunststoffbox hatte geschlitzte Außenwände und an der Schmalseite eine Gittertür. Das Ding schien ordentlich was zu wiegen, Wolfs Gesichtsfarbe jedenfalls wurde dem Kasten immer ähnlicher, zumal an seinem rechten Handgelenk noch eine Plastiktasche hing, in der sich ein kaum minder großer Gegenstand abzeichnete.

Als er im zweiten Stock den Aufzug verließ, bekam er gerade noch mit, wie Jo dem Kaffeeautomaten einige gezielte Fußtritte versetzte.

»Na, na, was hat der arme Kerl dir denn getan?«, brummte er im Vorübergehen.

»Erst mein Geld nehmen und dann nicht liefern wollen, das hab ich gerne. Warte, du betrügerisches Miststück.« Jo ließ ihrer Schimpfkanonade einen weiteren Fußtritt folgen.

Wolf blieb kopfschüttelnd stehen. »Ich versteh eh nicht, wie du dieses Zeugs trinken kannst«, gab er seiner Verwunderung Ausdruck. »Davon bekommt man bloß Magenschmerzen.«

»Was soll ich machen? Die Kaffeekasse ist leer, also bleibt unsere Maschine kalt. Zumindest so lange, bis sich ein Spender findet. Eigentlich wären *Sie* mal wieder dran, oder irre ich mich?«

»Für das D1 ist mir nichts zu teuer«, erklärte Wolf. Vorsichtig stellte er den roten Kasten auf den Boden, kramte umständlich seine Geldbörse aus der Gesäßtasche und reichte Jo einen Zehn-Euro-Schein. »Hier. Würdest du bitte für Nachschub sorgen? Aber beeil dich, ich brauch dich gleich.«

»Tut mir leid, ich hab zu tun.«

»Was kann wichtiger sein, als für die Kollegen Kaffee zu kochen?«, grinste Wolf.

»Ich sammle.«

Fragend hob Wolf die Augenbrauen. »Du sammelst was?«

»Kollege Marsberg hat Geburtstag, und ich muss die Spendengelder eintreiben. Zu Ihnen komme ich auch noch.«

»Hältst du das für den richtigen Zeitpunkt? Schließlich haben wir drei Morde aufzuklären.«

»Ah, gut, dass Sie's sagen, Chef. Haben Sie den heutigen ›Seekurier‹ schon gelesen?«

»Ausgerechnet ich! Du weißt, wie ich zu diesen Blättern stehe.«

»Trotzdem, das hier müssen Sie lesen.« Sie hielt kurz ihre zusammengefaltete Zeitung hoch, klemmte sich das Blatt danach unter den Arm, nahm den endlich gefüllten, dampfenden Kaffeebecher aus dem Automaten und lief vor Wolf her zu dessen Büro. »Was schleppen Sie da eigentlich mit sich herum?«, rief sie über die Schulter zurück.

»Das? Ooch ... das ist nur Fiona.«

Verwundert drehte Jo sich um. »Fiona? Doch nicht etwa Ihre Katze?« Sie ging leicht in die Knie und versuchte, einen Blick durch die Schlitze zu erhaschen.

»Nicht hier!«, zischte Wolf und sah sich verstohlen um, ehe er in sein Büro verschwand.

Schulterzuckend folgte ihm Jo. Sie schloss die Tür hinter sich, legte die Zeitung auf seinen Schreibtisch und stellte ihren Kaffeebecher daneben. Währenddessen platzierte Wolf den Katzenkorb unter dem Schreibtisch und brachte aus der Plastiktüte ein provisorisches Katzenklo zum Vorschein.

Jo schlug im »Seekurier« die Lokalseite auf. »Hier«, sagte sie und tippte auf eine bestimmte Stelle.

Die Sache mit der Katze schien ihr jedoch keine Ruhe zu lassen. »Wieso bringen Sie sie mit hierher, Chef? Ich hoffe, Sie wissen, was Sie dem armen Tier damit antun!« Mit gespitztem Mund bückte sie sich zu dem Korb hinunter und schnurrte: »Nicht wahr, mein kleines Katzilein!«

»Sie heißt Fiona. Ich kenne den Artikel aus dem ›Seekurier‹«, antwortete Wolf, ohne auf ihre Frage einzugehen.

»Sagten Sie nicht gerade, Sie lesen keine Zeitung? Da muss ich mich wohl verhört haben«, wunderte sich Jo.

»Keineswegs. Ich habe nur gesagt, dass ich den Artikel *kenne*, nicht dass ich ihn gelesen habe. Um genau zu sein: Ich hab ihn … na ja, sozusagen in Auftrag gegeben.« Er weidete sich an Jos Verblüffung.

»Heißt das, Sie und Ihre Freundin, die Winter …«

»Sie ist nicht meine Freundin!«, brauste Wolf auf.

»Sie und die Winter haben wieder gemauschelt? Ich fass es nicht!« Jo grinste breit.

»In meiner Wohnung sind die Heizungsbauer zugange, da konnte ich Fiona nicht zurücklassen.«

Jo sah ihn irritiert an, offenbar brauchte sie einige Sekunden, um Wolfs Themensprung zu verdauen. Doch er fuhr unbeirrt fort: »Und jetzt hol bitte Vögelein her, damit ich nicht alles zweimal erklären muss.«

Wolf hätte Hanno Vögelein beinahe nicht wiedererkannt, da dieser einen hochgeschlossenen dunkelgrauen Strickpullover trug und sich zusätzlich einen schwarzen Wollschal um den Hals geschlungen hatte. Vermutlich sollte das der Umwelt signalisieren, dass sein am Vortag noch durchaus moderater Schnupfen zwischenzeitlich zu einem lebensbedrohlichen grippalen Infekt ausgewachsen war. Um solche Diagnosen zu stellen, reichte Vögelein bereits ein »Hochschnellen« der Körpertemperatur um lumpige zwei Zehntel Grad innerhalb eines halben Tages. Wolf war beinahe versucht, sich aus reiner Bosheit eine Gitanes anzustecken, ließ es dann aber mit Rücksicht auf Jo doch sein.

Nachdem Vögelein auf die Frage, ob er den Artikel im »Seekurier« kenne, apathisch genickt hatte, begann Wolf mit seinen Ausführungen.

»Ich verstehe, dass euch Havannas wundersame Erweckung von den Toten spanisch vorkommt. Ginge mir genauso. Und vermutlich ahnt ihr auch, was dahintersteckt. Was wir haben, sind drei tote Penner, nicht mehr und nicht weniger. Keine Spuren, keine Hinweise, noch nicht einmal einen vagen Verdacht. Mit anderen Worten: Wir tappen im Dunkeln! Nun fürchte ich, dass sich an dieser Ausgangslage auch dann nichts ändert, wenn uns die Abschlussberichte der Rechtsmedizin und der Spurensicherung vorliegen. Aber irgendjemand hat mächtig viel Mühe darauf verwandt, diese Obdachlosen möglichst unauffällig ins Jenseits zu befördern. Und genau an diesem Punkt sollten wir den Hebel ansetzen, wenn ihr versteht, was ich meine.«

Gespannt ging sein Blick von Jo zu Vögelein, doch bis jetzt schien er noch keinen Nerv getroffen zu haben. Seufzend fuhr er fort: »Die Sache ist doch im Grunde ganz einfach. Angenommen, einer der drei Penner hätte tatsächlich überlebt – welche Folgen hätte das für die Täter?«

In Jos Augen blitzte eine Ahnung auf. »Raffiniert!«, hauchte sie anerkennend. Auch Hanno Vögelein schien plötzlich vom Baum der Erkenntnis genascht zu haben. »Da könnte was dran sein«, äußerte er bedeutungsschwanger, ließ jedoch offen, an was er dabei dachte.

»Halten wir also fest«, fuhr Wolf unbeirrt fort, »dass außer dem mit den Ermittlungen befassten Personenkreis nur wenige wissen, dass keines der Opfer überlebt hat. Genau genommen nur Frau Winter und ihr Chefredakteur Matuschek. Wenn nun im ›Seekurier‹ steht, einer der drei Männer sei ins Leben zurückgeholt worden – müssen das die Täter nicht für bare Münze nehmen? Unterstellen wir mal, dass es so ist. Was würden sie wohl als Nächstes tun – zumindest versuchen zu tun?«

»Den Überlebenden endgültig zum Schweigen bringen«, stieß Jo hervor.

»Genau. Denn ein Überlebender würde auf einen Schlag alle Bemühungen der Täter zunichtemachen, die Hintergründe ihrer Tat zu verschleiern.«

Jo runzelte die Stirn. »Das heißt?«

»Der Wieder-zum-Leben-Erweckte, sprich: der angebliche Havanna, liegt auf der Intensivstation des Überlinger Krankenhauses, wie ihr dem Artikel entnommen habt. Und genau dort fahren Hanno und ich jetzt hin …«

Wie von der Tarantel gestochen fuhr Vögelein hoch. »Äh … Entschuldigung, Chef, aber wieso gerade ich? Wäre nicht Jo … ich meine, wo man sich doch im Krankenhaus weiß Gott was holen kann, und meine Gesundheit …«

»Red keinen Stuss! In Wahrheit bist du der Gesündeste und Robusteste von uns allen, du weißt es nur noch nicht. Was ich dort brauche, ist ein gestandenes Mannsbild! Weiß der Himmel, mit welchen Leuten wir es bei diesem Job zu tun bekommen.«

»Was ist, wenn plötzlich Sommer hereinschneit und wissen will, wo die Herren Kommissare abgeblieben sind?«, gab Jo zu bedenken.

»Keine Sorge«, nahm er Jo denn auch sofort den Wind aus den Segeln, »natürlich ist Sommer eingeweiht. Übrigens auch der Staatsanwalt. Hat mich die halbe Nacht gekostet, die beiden weichzukochen!«, brummte er.

»Na gut. Und was ist mit mir?«

»Du kümmerst dich in der Zwischenzeit um die Beschaffung der noch ausstehenden Berichte. Wenn wir zurück sind, will ich alles auf dem Tisch haben. Und knöpf dir noch einmal Göbbels vor, nimm aber einen Schupo mit, notfalls schafft ihr ihn hierher. *Wenn* einer was weiß, dann Göbbels; wir müssen ihm nur die richtigen Fragen stellen. Ach ja, noch was: In ihrem Artikel ruft die Winter die Bevölkerung zur Mithilfe auf. Könnte sein, dass Anrufe kommen. Sprich mit den Leuten und halt alles fest, und mit ›alles‹ meine ich wirklich alles …«

»Chef, ich bin nicht erst seit gestern bei diesem Verein!«, entgegnete Jo eingeschnappt.

Wolf ging nicht darauf ein. Er gab Hanno Vögelein einen Wink und wandte sich zum Gehen.

Eine knappe halbe Stunde später saßen Wolf und Vögelein dem Verwaltungschef des Überlinger Kreiskrankenhauses gegenüber. Arnold Riemer, Herr über Finanzen und Personal, trommelte nervös mit den Fingern auf seinen Schreibtisch. Seit mehreren Minuten warteten sie auf den leitenden Arzt, Professor Dr. Ernst-Ludwig Heydenreich. Wolf konnte sich des Gefühls nicht erwehren, dass der Mann sie mit Absicht warten ließ – jedenfalls würde er es ihm zutrauen. Er war dem Frauenschwarm mit den silbergrauen Schläfen erst ein einziges Mal begegnet, als sie sich bei einer Obduktion mehr zufällig über den Weg gelaufen waren. Seitdem verband sie eine gegenseitige Abneigung.

Anders als der Verwaltungschef hatte Heydenreich sofort erhebliche Vorbehalte gehabt, kaum dass der Staatsanwalt ihn am Morgen telefonisch um seine Unterstützung gebeten hatte. Wolf war durchaus klar, was sie verlangten: Der Klinikchef sollte, noch dazu ohne Bedenkzeit, der Verlegung eines angeblichen Mordopfers auf seine Intensivstation zustimmen, wohl wissend, dass es sich dabei um einen Lockvogel handelte und das Gefährdungspotenzial einer solchen Aktion für Patienten und Personal nur schwer einzuschätzen war. Letztlich hatten sie es dem Verwaltungschef zu verdanken gehabt, dass Heydenreich einlenkte. Riemer war es, der den PR-Wert der Aktion auf Anhieb erkannte und so lange darauf herumritt, bis der Klinikchef am Ende doch seine Zustimmung gab.

Plötzlich wurde die Tür aufgerissen, und Heydenreich stürmte herein, in seinem Kielwasser eine streng dreinschauende, schlanke Frau in den Vierzigern, das blonde Haar hinten mit einer Spange zusammengehalten. Im Unterschied zu dem Professor trug sie ihren weißen Mantel zugeknöpft. Wolf hätte gar zu gerne gewusst, weshalb die Herren Ärzte grundsätzlich mit wehendem Mantel durch ihre Klinik sausten, musste jedoch die Klärung dieser Frage vorübergehend zurückstellen. Jetzt war es erst mal wichtig, eventuelle Einwände des Klinikchefs auszuräumen und ihn für ihren Plan zu gewinnen.

»Guten Morgen, meine Herren«, begann Professor Heydenreich erstaunlich leutselig. Mit einem kurzen, taxierenden Blick hatte er Vögelein als subaltern eingestuft und sich direkt an Wolf gewandt, wobei sein Blick an dem wieder mal besonders schräg sitzenden Barett hängen blieb. »Da haben Sie uns ja ein schönes Ei gelegt, Herr … wie war doch gleich Ihr Name? Ah ja, richtig, Herr Wolf! Sind wir uns nicht schon mal irgendwo begegnet? Na egal, sprechen wir über Ihr Vorhaben. Nachdem Sie mich nun schon mal breitgeklopft haben, meine Herren«, in diesen Halbsatz schloss er seinen Verwaltungschef mit ein, »soll die Sache in Gottes Namen so ablaufen. Aber ich sage Ihnen gleich: Wenn irgendetwas an Ihrem verrückten Plan schiefläuft, tragen Sie die alleinige Verantwortung, ist das klar? Wie ich höre, liegt Ihr Mann bereits auf der Intensivstation. Klären Sie alles Organisatorische dazu bitte direkt mit der Oberschwester, Frau Jordan. Und nun entschuldigen Sie mich, meine Herren, die Pflicht ruft. Ich wünsche noch einen guten Tag!«

Er wandte sich mit wehendem Mantel zum Gehen, als ihm noch etwas einfiel. Scharf fasste er Wolf ins Auge. »Eins noch, Herr Wolf: Dieser Wachposten, den Sie vor das Bett oder meinetwegen vor die Tür stellen wollen, darf unter keinen Umständen Uniform tragen. Das fehlte noch, dass wir, für jeden sichtbar, die Polizei im Haus haben. Sind wir uns da einig?«

Wolf musste die Zähne zusammenbeißen, um diesem selbstherrlichen Halbgott in Weiß nicht über den Mund zu fahren. Mit Gewalt nahm er sich zurück. Sollte ihr Plan gelingen, waren sie auf das förmliche Einverständnis des Klinikchefs angewiesen. »Eine Zeit lang habe ich tatsächlich mit dem Gedanken geliebäugelt. Aber ich verstehe durchaus ...«

»Dann ist ja alles klar«, unterbrach ihn Heydenreich und rauschte endgültig davon.

Mit belämmertem Gesichtsausdruck standen Wolf und Vögelein vor dem Bett ihres Kollegen Heinz Sammet, der fragend zu Ihnen hochblickte.

»Nichts zu machen, Heinz, der Prof besteht auf einem Zivilisten an deinem Bett. Deshalb lasse ich dir Vögelein hier, zumindest für die nächsten zwei Stunden.«

»Was? Wieso ich?«, fragte Hanno Vögelein überrascht. »Davon war nie die Rede, Chef!«

»Dann red ich eben jetzt davon. Du hast die Bedingung des feinen Pinkels ja gehört: Ein Zivilist, oder die Sache fällt ins Wasser. Kein Widerspruch also. Was soll erst unser von den Toten auferstandener Kollege hier sagen? Er ist, wenn's hart auf hart kommt, gefährdeter als du.«

Gleichmütig hörte Heinz Sammet zu. Er war ein älterer, etwas dicklicher Kollege und glich dem ermordeten Havanna auf den ersten Blick wie ein Ei dem anderen. Das war der Grund, weshalb

Wolfs Wahl auf ihn gefallen war. Sammet war sofort Feuer und Flamme gewesen, als Wolf ihm die Rolle des wiedererweckten Penners auf der Intensivstation angeboten hatte.

Im Augenblick allerdings machte er eher einen etwas bemitleidenswerten Eindruck: Mehrere Schläuche täuschten die intravenöse Zuführung von Schmerz- und Beruhigungsmitteln vor, ein weiterer Schlauch übernahm die Sauerstoffversorgung. Neben seinem Bett standen ein Beatmungsgerät sowie zahlreiche blinkende Monitore zur Kontrolle von EKG, Blutdruck und Körpertemperatur, außerdem in Griffweite die notwendigen Geräte zur Defibrillation, sollte ein plötzliches Kammerflimmern auftreten.

»Lasst uns also noch einmal rekapitulieren«, begann Wolf aufs Neue. »Havanna soll auf der Intensivstation aufgepäppelt werden, um möglichst bald als Zeuge in einem Mordprozess zur Verfügung zu stehen. Logisch, dass einige Herrschaften genau das zu verhindern trachten. Aus diesem Grund rechnen wir mit deren baldigem Besuch. Allerdings gehe ich zunächst von einem Einzelkämpfer aus. Er wird alles tun, um nicht unnötig aufzufallen, wird also möglicherweise verkleidet sein, zum Beispiel einen der grünen Mäntel dieser Station tragen oder bestimmte Gerätschaften eines Arztes oder Pflegers mit sich führen ...«

»Die Frage ist doch: *Was* wird er tun?«, murrte Vögelein.

»Wie schon gesagt: Sein Ziel ist es, Havanna auszuschalten. Da bieten sich mehrere Möglichkeiten an ...«

»Er könnte mich mit einem Kissen zu ersticken versuchen ... die Schläuche abklemmen ... die Sauerstoffzufuhr abschalten ...« Heinz Sammets Einwürfe verrieten, dass er sich intensiv mit seiner Rolle auseinandergesetzt hatte.

»Egal, was er unternimmt«, fuhr Wolf fort, »oberste Priorität hat eure Unversehrtheit, vor allem deine, Heinz, denn du bist sein eigentliches Ziel. Wenn ihr darüber hinaus das Kunststück fertigbringt, den Mann festzunehmen, ist unsere Rechnung aufgegangen, mehr verlange ich gar nicht.« Er grinste. »Außerdem stehen im Ärztezimmer zwei unserer Kollegen bereit. Sie werden, so weit es geht, Sichtkontakt zu euch halten, und natürlich könnt ihr sie über den roten Alarmknopf binnen weniger Sekunden herbeirufen.«

Wolf sah Sammet und Vögelein prüfend an. »Alles klar, Leute?

Dann wünsch ich euch und uns allen viel Erfolg! Selbstredend bin auch ich in meinem Büro permanent erreichbar.«

Er hatte bereits die innere Tür der Schleuse erreicht, als er noch einmal umkehrte und Vögelein die Hand entgegenstreckte. »Deine Dienstwaffe, Hanno«, forderte er.

»Meine was?«, kam es etwas schrill zurück.

»Hanno, wir wollen doch jedes Risiko von vornherein vermeiden, nicht wahr?« Mit einer umfassenden Armbewegung wies Wolf auf die benachbarten Betten. »In diesem Raum liegen mehrere todkranke Menschen. Was glaubst du, wie die sich fühlen, wenn hier herumgeballert wird?«

***

Wie die »Times«, die »F.A.Z.«, die »Welt«, so hatte auch der »Seekurier« seine Traditionen, ohne sich deswegen mit diesen Blättern vergleichen zu wollen. Zu den »Seekurier«-Traditionen gehörte fraglos die tägliche Neun-Uhr-Konferenz, von so manchem Mitarbeiter als »Heilige Kuh« bezeichnet.

Schlag neun – die Glocken vom nahen Münster waren noch nicht verhallt – versammelte sich auch an diesem sonnigen Dienstagmorgen das Redaktionsteam unter der Leitung von Jörg Matuschek im großen Konferenzraum. Kaum hatten alle Platz genommen, hob der Chefredakteur die Hand, um das herrschende Stimmengewirr zu beenden. Da öffnete sich die Tür noch einmal, und Karin Winter schlüpfte herein. Mit einer entschuldigenden Geste nahm sie ihren angestammten Platz ein. Jede andere hätte sich durch ihr Zuspätkommen zumindest eine süffisante Bemerkung Matuscheks eingehandelt. Bei Karin Winter sah er darüber hinweg. Von den meisten wurde diese bevorzugte Behandlung klaglos akzeptiert, zumal Karin im Allgemeinen die Pünktlichkeit in Person war.

»Lassen wir die Morde an den Pennern zunächst außer Acht. Ich denke, Karin ist heftig am Recherchieren.« Als sie nickte, fuhr er fort: »Wenn wir die übrigen Themen abgehandelt haben, sehen wir, wer ihr eventuell unter die Arme greifen kann, falls es erforderlich werden sollte. Also, was haben wir noch? Wer kümmert sich um die Bahnstreiks?« Eine Hand hob sich, noch eine, mehrere Teilnehmer in der Runde sprachen durcheinander. Matuschek klopfte auf den Tisch. »Also Sybille und Tom. Haben wir Bilder?« Sybille nickte. »Gut. Nächster Punkt: der Unfall auf der Fähre.« Wieder fuhr eine Hand nach oben, mit wenigen Sätzen war auch dieses Thema eingekreist und verabschiedet.

Matuschek blickte in die Runde, um schließlich eine junge Kollegin mit freizügig ausgeschnittenem türkisfarbenem T-Shirt anzusprechen: »Elvira, ich hätte gerne, dass du das Interview mit dem Regierungspräsidenten ...«

In diesem Augenblick klopfte es. Fast gleichzeitig wurde die Tür aufgerissen, und Monika Bächle stürmte herein. Sie reichte Karin Winter ein Kuvert. »Wurde eben für dich abgegeben, soll dringend sein«, erklärte sie. Schon war sie wieder verschwunden.

Während Matuschek fortfuhr, riss Karin die Hülle auf. Nach kurzem Zögern zog sie ein Blatt heraus, entfaltete es und starrte verständnislos auf einen Fotoausdruck. Er zeigte im Vordergrund einen ovalen Esstisch mit einem Läufer drauf, von vier Thonet-Stühlen umstanden. Dahinter war eine Balkontür zu sehen, durch die sich, etwas verdeckt von einer mit Geranien- und Petunienkästen behängten Brüstung, der Blick auf den See bis hinüber ans waldreiche Südufer mit seinen malerischen Dörfern öffnete. Alles ganz unspektakulär, ein Ausschnitt, wie man ihn rings um das Schwäbische Meer in vielen Häusern hätte fotografieren können – wäre da nicht dieser seltsame Gegenstand gewesen, der, mitten auf dem Tisch, Karins Blick magisch anzog. Sie führte das Blatt näher an die Augen. Ihre Hand begann zu zittern, das Blut rauschte in ihren Ohren, doch der Gegenstand blieb, was er war: ein Auge, ein Riesenauge, besser: ein starrender, feucht glänzender Augapfel, mitten auf ihrem Tisch. Denn daran bestand kein Zweifel: Das Bild zeigte *ihren* Tisch! In *ihrer* Wohnung auf dem Burgberg, in der sie sich knapp eine Stunde zuvor noch aufgehalten und die sie beim Verlassen mit absoluter Sicherheit abgeschlossen hatte. Ganz deutlich erinnerte sie sich, den Schlüssel, wie jeden Tag, zweimal im Schloss umgedreht und abgezogen zu haben.

Wie, um Gottes willen, kam dieses unheimliche Gebilde auf ihren Tisch, dieses schreckliche, glatte, glibschige Ding, das sie unverwandt anstarrte? Einen kurzen Moment lang glaubte sie an einen Scherz, an einen Alptraum, aus dem sie sogleich erwachen würde, und alles wäre wieder wie zuvor. Doch das Bild war eindeutig Realität – eine Realität, der sie sich stellen musste. Je eher sie das akzeptierte, desto besser. Verstohlen sah sie sich um; noch war niemand auf sie aufmerksam geworden. Langsam kehrte ihr Kampfeswille zurück. Nein, so einfach würde sie sich nicht unterbuttern lassen!

Sie zwang sich, jedes auch noch so kleine Detail auf dem Foto genau zu betrachten – doch außer dem Auge war nichts zu erkennen, das ihren Verdacht erregt hätte. Dann fiel ihr ein, dass ja jedes Blatt zwei Seiten hatte. Sie drehte den Ausdruck um. Auf der Rückseite stand, mit einem Computer geschrieben, nur ein einziger kurzer Satz: »Halt dich raus«. Eine Botschaft, an Klarheit nicht zu überbieten. Doch von wem kam sie?

Sie hatte die Bedeutung der drei Worte noch nicht richtig erfasst, als ihr blitzartig klar wurde, dass es sich bei den Initiatoren dieser mehr als makabren Inszenierung um dieselben Leute handeln musste, die ihr am Vortag die Reifen zerschnitten hatten. Abrupt stand sie auf und strebte mit schnellen Schritten dem Ausgang zu. Ihr Stuhl war polternd hintenüber gefallen, die Gespräche im Konferenzraum waren verstummt, alle Blicke auf sie gerichtet. Vergeblich rief Matuschek hinter ihr her und machte gar, als er keine Antwort erhielt, Anstalten, ihr nachzulaufen. Er konnte die Flüchtende aber nicht mehr einholen.

Und doch war Karins Reaktion alles andere als eine Flucht. Jetzt, da sie zu wissen glaubte, wer hinter der mysteriösen Botschaft steckte, wollte sie sich Gewissheit verschaffen.

Nein, sie würde sich nicht einschüchtern lassen. Sie nicht!

An ihrem Arbeitsplatz schaltete sie den Monitor aus, raffte Jacke und Tasche zusammen und lief mit großen Schritten zum Ausgang. Unter der Tür prallte sie mit dem Büroboten zusammen, der, wie jeden Morgen um diese Zeit, die Redaktionspost brachte. Hastig murmelte sie eine Entschuldigung und drückte sich an ihm vorbei. Auf dem Weg nach unten kramte sie nach ihren Wagenschlüsseln.

Nur wenig später stellte sie auf dem Burgberg ihren Wagen ab und ging entschlossen die wenigen Schritte zu ihrem Wohnhaus hinüber. Obwohl das dreistöckige Gebäude über einen Aufzug verfügte, nahm sie die Treppe. Niemand begegnete ihr. Als sie den zweiten Stock erreichte, drückte sie zuerst leicht, dann kräftiger gegen ihre Wohnungstür, um schließlich, als sie sich nicht bewegen ließ, das Schloss zu untersuchen. Weder dort, noch am Türblatt oder dem Rahmen waren Spuren eines gewaltsamen Eindringens zu erkennen.

Karin holte tief Luft. Dann schloss sie vorsichtig auf. Sekundenlang lauschte sie auf jedes Geräusch, ehe sie zögernd eintrat. Auf den ersten Blick waren keine Veränderungen zu erkennen. Vorsichtig einen Fuß vor den anderen setzend, durchschritt sie zunächst den Flur, überzeugte sich im Vorübergehen, dass Bad und Gästetoilette leer waren, bis sie schließlich den Wohnraum erreichte.

Obwohl sie durch das Foto vorgewarnt war, traf sie der Anblick wie ein Schock. Genau im Zentrum der Tischplatte lag, von einer kleinen rötlichen Lache umgeben, das Auge. Herausfordernd, fast spöttisch glotzte es zu ihr hoch – ein geradezu monströser Anblick. Wirklich unheimlich aber war etwas ganz anderes: Von welchem Standort aus sie auch hinsah, stets starrte das Auge genau auf sie. Sie musste sich wegdrehen, um gegen den aufkommenden Brechreiz anzukämpfen.

Ihr verdammten Schweine, stöhnte sie innerlich. Wartet nur, ihr sollt mich kennenlernen!

***

Die Oberschwester der Intensivstation wirkte dauergestresst. Fahrig setzte sie ihre Lesebrille auf, ehe sie den Dienstplan zur Hand nahm. Ein ganz normaler Chaostag, dachte sie resigniert, während sie mit dem rechten Zeigefinger über die bunt unterlegten Felder mit den eingetragenen Namen fuhr. Endlich hatte sie sich Klarheit verschafft. Sie räusperte sich und begann mit knappen Worten, den anwesenden Mitarbeitern, drei jüngeren Schwestern und einem Pfleger, ihre Arbeit zuzuteilen, als sich schnelle, schlurfende Schritte näherten. Auf ihrer Stirn bildeten sich Unmutsfalten – wenn sie eine Störung hasste, dann bei der Arbeitsbesprechung. Sie hob den Kopf.

Ein Mann, leicht außer Atem, stand unter der Tür des Schwesternzimmers, ganz offensichtlich ein Patient. Vage deutete er mit seiner Krücke den Flur hinunter. »Kommen Sie schnell, da vorne ist einer umgekippt«, nuschelte er aufgeregt und trat gerade noch rechtzeitig einen Schritt beiseite, ehe er von den hinausdrängenden Schwestern und dem Pfleger umgerannt wurde.

Im Vorüberhasten warf die Oberschwester einen schnellen Blick in das gegenüberliegende Ärztezimmer. Es war leer. Dann eilte sie ihren Mitarbeitern nach, die auf der Suche nach dem Gestürzten bereits verschwunden waren.

Kopfschüttelnd kehrten die fünf wenig später ins Schwesternzimmer zurück. Ein merkwürdiger Scherz, den der Mann da mit ihnen getrieben hatte; weit und breit hatte niemand herumgelegen, auf den Fluren und vor den Zimmern nichts als die übliche Routine.

Der Mann selbst war wie vom Erdboden verschluckt. Als die Oberschwester nach ihm Ausschau hielt, fielen ihr lediglich zwei Krücken auf. Sie lehnten an der Wand neben dem Ärztezimmer und glichen aufs Haar jenen, die der Patient vor wenigen Augenblicken noch benutzt hatte. Seltsam! Ob sie den mysteriösen Vorfall den Polizisten melden sollte? Sie nahm sich vor, diesen Kommissar darauf anzusprechen, sobald die Arbeit ihr Zeit lassen würde, und eilte voller böser Ahnungen an ihren Platz zurück.

Wenige Sekunden später hatte der Klinikbetrieb sie wieder so sehr aufgesogen, dass sie nicht mehr wusste, wo ihr der Kopf stand. Als sie dann noch von einem der Oberärzte zu einer postoperativen Komplikation hinzugerufen wurde, hatte sie die Geschichte endgültig vergessen. Sie fiel ihr erst wieder ein, als es längst zu spät war.

***

Kurz nach zehn war Wolf zurück im Büro. Er öffnete den Katzenkäfig und entließ Fiona aus ihrem Gefängnis. Schmusend und maunzend strich sie um seine Beine, ehe sie daranging, sämtliche Ecken und Winkel des Raums auszukundschaften. Dann rief er Jo.

»Wo ist Hanno?«, war ihre erste Frage, als sie kurz darauf am Besprechungstisch Platz genommen hatten. Mit wenigen Worten schilderte Wolf die Vorkommnisse im Krankenhaus.

»Und was hat sich bei dir getan?«, wollte er anschließend wissen.

Jo legte die mitgebrachten Mappen beiseite und überflog kurz ihre Notizen. »Also, Dr. Reichmanns Obduktionsbericht liegt uns vor, Chef, zumindest der von Havanna und Einstein.« Sie tippte auf die oben liegende Mappe. »Aber da brauchen Sie erst gar nicht reinzugucken, an den Ergebnissen hat sich im Grunde nichts geändert. Die gleiche Diagnose bei Otto, hier wird uns der schriftliche Bericht nachgereicht. Auch die vorläufige Auswertung der Spurensicherung gibt nicht viel her. Zwar konnten sowohl an dem Ruderboot wie an der Wodkaflasche Fingerabdrücke gesichert werden, allerdings verlief der Abgleich mit der Datenbank des LKA wie erwartet negativ. Auf dem Boot fanden sich darüber hinaus mikroskopische Faserspuren, die nicht von der Kleidung der beiden Toten stammen; ein Gemisch aus Synthetik und Baumwolle, auch hier fehlt uns die Entsprechung. Beim Einsatz des Kanisters trugen die Täter offensichtlich Handschuhe – handelsübliche Ware, wie man sie in jedem Baumarkt kaufen kann. Dann die Suche nach Göbbels: Leider ein totaler Flop, der Mann ist wie vom Erdboden verschwunden, keiner seiner Kumpels will ihn während der letzten zwölf Stunden gesehen haben.«

»Du meinst untergetaucht?«

»Sieht ganz so aus, Chef! Aber hören Sie, wie's weitergeht: Bis jetzt gingen auf den ›Seekurier‹-Artikel fünf Anrufe bei uns ein. Vier davon können Sie glatt vergessen, irgendwelche Wichtigtuer oder Schwafler mit viel zu vagen, zum Teil sogar widersprüchlichen Hinweisen. Einer allerdings hatte es in sich! Der Mann behauptete, Einstein und Havanna persönlich gekannt zu haben. Die beiden seien in Wirklichkeit recht vermögend gewesen, und das nicht nur nach Pennermaßstäben. Sie sollen in den letzten Tagen ein Erbe angetreten haben, Genaueres wusste der Anrufer nicht, weder die Namen der Erblasser noch die Höhe der Erbschaft. Aber dass ihnen jemand eine nicht unbeträchtliche Summe vermacht haben soll, da war er sich absolut sicher. Sollte an der Information etwas dran sein, könnte dahinter ein Mordmotiv stecken, meinen Sie nicht?«

»Wurde in diesem Zusammenhang auch Otto erwähnt?«

»Nein, von Otto war nicht die Rede. Aber ...« Jo machte eine kleine Kunstpause: »Ich bin mir ziemlich sicher, dass es sich bei dem Anrufer um Göbbels gehandelt hat!«

»Oha! Aber er hat keinen Namen genannt?«

»Natürlich nicht. Als ich ihn danach fragte, hat er aufgelegt. Aber es war *seine* Stimme, da geh ich jede Wette ein! Der Anruf wurde übrigens mitgeschnitten.«

Nachdenklich kaute Wolf auf seiner Unterlippe. »Weißt du, ob auch der ›Seekurier‹ Anrufe erhalten hat?«

»Bis jetzt vier. Nichts Brauchbares dabei, wie's aussieht. Zwei Hinweisen gehen wir noch nach, auch da rechne ich jedoch nicht wirklich mit einer Spur.« Sie stand auf.

»Das heißt, wir stochern noch immer im Nebel herum. Das darf doch nicht wahr sein!« Ratlos fingerte er nach seinen Gitanes.

Jo, die bereits unter der Tür stand, schob noch etwas nach: »Da waren übrigens jede Menge Anrufe von Medienleuten. Noch gelingt es unserem Pressesprecher, uns die Meute vom Hals halten, aber lange geht das nicht mehr gut. Am besten, Sie stimmen sich mit Sommer und dem leitenden Staatsanwalt ab, Chef. Sie müssen eine Pressekonferenz vorbereiten.«

Diese Mitteilung verdarb Wolf endgültig die Laune. Mürrisch blies er das Streichholz aus, mit dem er seine Zigarette angezündet hatte und nahm einen tiefen Zug.

***

An der Ausfahrt Birnau fuhr Karin Winter von der vielbefahrenen B31 herunter und steuerte den Parkplatz der Wallfahrtskirche an. Um diese Jahreszeit war der Strom der Touristen bereits deutlich abgeebbt, ohne Mühe fand sie eine freie Parkbucht, in der sie ihren Wagen abstellen konnte. Sie nahm ihre Tasche heraus, schloss das Fahrzeug ab und spazierte – unauffällig ihre Umgebung musternd – in Richtung Basilika.

Sie konnte nichts Verdächtiges entdecken – auch nicht den weißen Fiat, der seit Überlingen wie eine Klette an ihr gehangen und ebenfalls die Abfahrt Birnau genommen hatte. Es war, als hätte sich die Karre in Luft aufgelöst! Dabei war sie felsenfest davon überzeugt, dass sie beschattet worden war. Zu dumm, dass das

Gesicht des Fahrers hinter der spiegelnden Frontscheibe nicht zu erkennen gewesen war.

Am Eingang zur Basilika kam es wie meist zu einem kleinen Stau. Sie atmete erleichtert auf, als sie endlich den Innenraum erreichte. Ohne Hast steuerte sie die rechte Seite des Schiffes an und musterte unter halb gesenkten Lidern die Menschen um sich herum. Ganz außen in der ersten Reihe fand sie einen freien Platz, gewissermaßen auf Tuchfühlung mit der prächtigen Allegorie des »Honigschleckers« von Josef Anton Feuchtmayer.

Nach einem kurzen Moment der Besinnung beugte sie sich nach vorne und saß eine Weile wie betend da, dabei unaufhörlich die Lippen bewegend. Jeder aufmerksame Beobachter musste den Eindruck gewinnen, einer stummen Zwiesprache mit dem Herrn beizuwohnen.

In Wirklichkeit galten Karins Worte Hauptkommissar Wolf, dessen Nummer sie über die Kurzwahltaste ihres Handys gewählt hatte und der nun mit ungläubigem Staunen den Worten lauschte, die sie, äußerlich unbewegt, in ihr Headset hauchte. Dieses Wunderding hatte sie aus den USA mitgebracht. Es war winzig klein, beinahe unsichtbar, noch dazu aus hautfarbenem Kunststoff – wie geschaffen für eine investigative Reporterin!

»Wenn ich's Ihnen doch sage, Herr Wolf: ein Auge, vermutlich von einem Pferd oder einem Rind. Es kann erst vor Kurzem einem Körper entnommen worden sein, jedenfalls sah es ganz feucht und schleimig aus, einfach ekelhaft! Was meinen Sie, was soll ich tun?« Sie hörte einige Zeit zu, ehe sie für Wolf den Text wiederholte, der auf der Rückseite des Bildes gestanden hatte. »Ach ja, noch was: Ich bin extra bis zur Birnau gefahren, weil ich wissen wollte, ob die Leute mich beschatten, und mir ist tatsächlich ein Wagen gefolgt … Wie bitte? … Na, hören Sie, für solche Dinge hab ich ein Auge.« In einem Anflug von Galgenhumor dachte sie, dass es inzwischen sogar drei waren. »Ich kann Ihnen das Fahrzeug genau beschreiben: Ein weißer Fiat Stilo mit folgender Nummer …«

Sie nannte ihm das Kennzeichen, worauf einige Sekunden verstrichen. Wolfs Antwort empörte sie sichtlich; sie musste sich zusammennehmen, um ihre Rolle als Betende nicht auffliegen zu lassen. »Aber sicher hatte ich die Wohnung abgeschlossen«, flüsterte sie eindringlich, »ich bin doch nicht meschugge! ... Nein, ich hab keinen Schimmer, wie die Leute da reingekommen sind, niemand hat einen Schlüssel. Das ist es ja, was mich so beunruhigt.«

Wieder hörte sie ihm eine Weile zu, bis sie schließlich erklärte: »Also werde ich nach außen hin jeden Kontakt zur Polizei unterlassen und so tun, als würde mich der ganze Fall nicht mehr interessieren. Na prima! ... Irgendwie hab ich Angst, das sag ich ganz offen. Diese Leute sind unberechenbar!«

***

Eine volle Stunde hatte Vögelein am Bett des Kollegen Sammet gesessen, hatte versucht, ihn mit allerlei Geschichten etwas zu unterhalten oder wenigstens abzulenken, als wäre er ein echter Besucher, während Sammet mit leidender Miene seine Sonden und Schläuche zusammenhalten und den Halbtoten markieren musste, dabei stets ein Auge auf seine Umgebung gerichtet und bereit, sich von jetzt auf nachher von seinem Lager zu erheben und einen potenziellen Mörder festzunehmen, sollte der ihn ins Jenseits befördern wollen.

Inzwischen hatte sich Vögelein sogar an die Geräuschkulisse gewöhnt, an das ständige Piepsen und Zischen der lebenserhaltenden Geräte, die zur Intensivstation gehörten wie das Brummen der Triebwerke zu einem Flugzeug. Er hatte die Schwestern, Pfleger und Ärzte, die auf der Station arbeiteten, inzwischen alle mehrfach gesehen. Immer wieder hatte jemand in der Nähe zu tun oder ging an Sammets Bett vorbei, viele nickten ihm zu. Niemand schien sich darüber zu wundern, dass Vögelein die ganze Zeit über an Sammets Bett saß, offensichtlich war das Personal über den Grund seines Hierseins instruiert worden.

Irgendwann hatte er vom Sitzen genug. Er wollte sich wenigstens mal kurz die Beine vertreten, und vielleicht ließ sich bei dieser Gelegenheit gleich eine Tasse Tee oder ein Mineralwasser auftreiben. Als er sich umblickte, sah er auf einem Wagen unweit von Sammets Bett eine Batterie Flaschen stehen. Da im Augenblick weit und breit niemand zu sehen war, den er um Erlaubnis fragen konnte, schlenderte er kurzerhand zu dem Wagen hinüber und wählte sich ein Mineralwasser aus. Er hatte keineswegs das Gefühl, dadurch seine Dienstpflichten zu verletzen, schließlich blieb er in Sammets unmittelbarer Nähe.

Gerade wollte er sich wieder auf den Rückweg machen, da sah er plötzlich einen Arzt an Sammets Bett stehen. Wo zum Teufel kam der Kerl plötzlich her? Und noch etwas war merkwürdig: Diesem Mann war er bisher nicht begegnet; seine füllige Statur, die getönte Brille und vor allem der silbergraue Wuschelkopf wären ihm ganz bestimmt aufgefallen.

Vögelein war alarmiert. In seiner Aufregung ließ er sogar die Flasche stehen, so schnell flitzte er an Sammets Bett zurück. Der Arzt war durch Vögeleins Auftauchen aber keineswegs beunruhigt. Seelenruhig beendete er die Überprüfung der Schläuche, ehe er sich Vögelein zuwandte. »Bei Ihnen alles in Ordnung?«, fragte er ihn mit freundlicher Miene.

Misstrauisch fixierte Vögelein zuerst die Schläuche, dann den Mediziner. Wie sollte er sich verhalten? Er wollte nicht unhöflich erscheinen, der Mann schien schließlich nichts Unrechtes getan zu haben. »Wir kommen klar«, gab er knapp zur Antwort und blinzelte Sammet unmerklich zu. Wie's aussah, gehörte der Kerl tatsächlich hierher.

»Sie beide haben's auch nicht leicht, was?«, stellte der Arzt mitfühlend fest. »Aber trösten Sie sich, morgen ist sicher alles vorbei!« Dabei tätschelte er Sammets Schulter und entfernte sich mit einem Kopfnicken in Richtung Schleuse.

Komischer Typ, dachte Vögelein. Irgendetwas stimmte nicht mit dem Kerl, aber er kam ums Verrecken nicht drauf, was es war.

***

Die Frau, die Karin Winter im Wagen bis zur Birnau nachgefahren war und die auch während des Aufenthaltes in dem Gotteshaus kein Auge von ihr gelassen hatte, folgte ihr unauffällig aus der Kirche hinaus. Eine geschlagene halbe Stunde hatte die Winter darin zugebracht. Ohne nach links oder rechts zu blicken, marschierte sie nun zu ihrem Wagen. Es dauerte einige Zeit, bis sie den Schlüssel aus ihrer Tasche gekramt und die Tür aufgeschlossen hatte. Ist wohl nicht richtig bei der Sache, die Gute, dachte die Frau. Schließlich startete die Journalistin den Motor und fuhr los.

Fast gleichzeitig schob sich der weiße Fiat mit der Frau am Steuer aus einer etwas entfernt liegenden Parkbucht und folgte dem Cabrio in gebührendem Abstand. Ja nicht auffallen, war ihre oberste Devise. Bis jetzt jedenfalls schien es, als hätte die Winter nicht bemerkt, dass sie beschattet wurde. Die Frau am Steuer entspannte sich allmählich. Schon erstaunlich, wie manche Menschen sich im Alltag bis zur Selbstaufopferung verleugneten; nie im Leben hätte sie bei der taffen Journalistin so viel Frömmelei vermutet. Allein bei der Vorstellung daran begann die Frau zu kichern.

An der Einmündung in die B 31 hatte sich Karin Winter links eingeordnet, Sekunden später schwamm sie bereits im Strom der Fahrzeuge in Richtung Überlingen. Gut so, dachte die Frau, sie fährt auf dem kürzesten Weg in die Redaktion zurück. Blieb zu hoffen, dass sie künftig ihre Finger von der Sache ließ; alles andere würde ihr auch schlecht bekommen!

Fast hätte sie sich selbst auf die Schulter geklopft, schließlich hatte sie ihren Auftrag absolut professionell erledigt. Nicht einen Augenblick lang hatte sie das Gefühl gehabt, entdeckt worden zu sein. Sie hatte immer drei, vier Wagen zwischen sich und dem blauen Cabrio gelassen und sich, um unerkannt zu bleiben, nicht nur auf die getönten Scheiben des Fiats verlassen, sondern zusätzlich die Sonnenblende heruntergeklappt. Vorsicht war die Mutter der Porzellankiste.

Bei der nächsten Gelegenheit fuhr sie rechts ran, nahm ihr Handy aus der Tasche und wählte eine Nummer. Sekunden später kam die Verbindung zustande.

»Alles klar, bin auf dem Rückweg«, meldete sie, ohne ihren Namen zu nennen. »Ihr werdet's kaum glauben, aber die Winter ist zum Beten zur Birnau gefahren … Wenn ich's doch sage! Sieht aus, als hättet ihr die Schnüfflerin in Angst und Schrecken versetzt! … Nein, keinerlei Personenkontakt! Saß lediglich mit gefalteten Händen in der vorderen Reihe und hat gebetet … Ja, sie fährt nach Überlingen zurück. Hätte sie die Bullen einschalten wollen, hätte sie sich todsicher anders verhalten.«

4

Verstohlen sah Vögelein auf die Uhr. Noch eine halbe Stunde bis zur Ablösung – vorausgesetzt, Wolf hatte ihn nicht vergessen. Mit verschränkten Armen saß er, die Beine lang ausgestreckt, vor Sammets Bett und sah den Kollegen an.

Längst war ihnen der Gesprächsstoff ausgegangen, längst waren auch Vögeleins misstrauische Blicke auf seine Umgebung erlahmt. Selbst Sammet, dessen Augen zuvor permanent durch den Raum geflitzt waren, hatte zu dösen begonnen. War da nicht gar ein leises Schnarchen zu hören? Vögelein hätte das verstanden. Den mochte er sehen, der es fertigbrächte, stundenlang mehr oder weniger bewegungslos in einem Bett zu liegen und den Schwerkranken zu mimen, ohne dabei hin und wieder einzunicken.

Vögelein überlegte, sich eine weitere Tasse Tee zu holen, doch schnell verwarf er den Gedanken wieder. Es wäre bereits seine vierte gewesen. Bei der letzten hatte er sich zudem zwei Tabletten eingeworfen, rein prophylaktisch, versteht sich, man konnte ja nie wissen, wann die bereits in den Gliedern lauernde verdammte Grippe vollends auszubrechen geruhte. Zudem drückte inzwischen die Blase, doch den Gang zur Toilette musste er unter allen Umständen bis zum Eintreffen der Ablösung hinauszögern. Trotzdem stand er auf, um seinen Rücken zu strecken – als jäh das Heulen von Alarmsirenen einsetzte. Nicht direkt auf der Station, Gott bewahre, man wollte die Schwerkranken nicht auch noch mit dem durch Mark und Bein gehenden Geheul belasten. Das schrille »tuuut – tuuut – tuuut« drang von draußen penetrant genug herein.

Alarmiert sah sich Vögelein um, auch das Krankenhauspersonal huschte aufgeregt hin und her, lief zur Schleuse, zu den Fenstern, ans Telefon. Keiner wusste so richtig, was eigentlich los war und wie man sich verhalten sollte. Selbst einige der Patienten, sofern sie dazu in der Lage waren, hatten sich in ihren Betten aufgesetzt und starrten ängstlich auf die roten Signallämpchen, die an der Decke blinkten.

Sammet hatte erschreckt die Augen aufgerissen, als der Alarm losging. Es hatte nicht viel gefehlt, und er wäre hochgefahren. Vögelein legte ihm warnend die Hand auf die Schulter und bedeutete ihm, ruhig liegen zu bleiben. Niemand durfte mitbekommen, dass er keineswegs so geschwächt war, wie es der Zeitungsartikel glauben machen wollte. Im Bestreben, dem Alarm auf den Grund zu gehen, trat Vögelein kurz ans Fenster und sah hinunter, doch es war kein Anlass zu erkennen.

Mitten im größten Durcheinander wurde das Tuten plötzlich von einem Knacken und einer beruhigenden Stimme abgelöst: »Meine Damen und Herren, bitte bewahren Sie Ruhe! Ich wiederhole: Kein Grund zur Beunruhigung! Nach unseren bisherigen Feststellungen besteht keinerlei Brandgefahr, es scheint sich lediglich um einen Fehlalarm zu handeln. Bitte fahren Sie mit Ihren gewohnten Tätigkeiten fort, wir werden Sie in Kürze abschließend informieren. Ich wiederhole: kein Grund zur Beunruhigung.« Die Stimme aus den Lautsprechern verstummte. Kaum hörbar wurde sie durch dezente Musik ersetzt und unterstrich den Appell: Alles in Ordnung, Leute, wir haben die Lage voll im Griff!

Scheißalarm, dachte Vögelein genervt, als ihm sein Job wieder einfiel. Doch kaum hatte er den Blick vom Lautsprecher über der Tür abgewandt, blieb ihm fast das Herz stehen. Ein Typ in grünem Kittel machte sich an Sammets Infusionsschläuchen zu schaffen, zwei, drei Sekunden nur, ehe er etwas auf das Bett warf, sich abrupt umdrehte und auf die Schleuse zulief – direkt in Vögeleins Arme.

Das war doch ... genau, das war dieser dickliche Kerl mit der getönten Brille und der silbergrauen Lockenpracht, der sich schon einmal für Sammet interessiert hatte. Vögelein wollte einen Besen fressen, wenn es sich bei dem Kerl um einen Arzt handelte! Kurz entschlossen packte er den Mann am Oberarm, um ihn am Weitergehen zu hindern. »Polizei! Bleiben Sie stehen, Sie sind vorläufig festgenommen!«, rief er und bemühte sich um eine markige Stimme, während er mit der freien Hand nach den Handschellen in seiner Hosentasche fingerte.

Das hätte er besser nicht getan, denn anders, als das Äußere des Mannes vermuten ließ, war dieser keineswegs unsportlich. Mit einer leichten Drehung entledigte er sich Vögeleins Arm, ehe er ihn packte und an sich zog, um ihm das rechte Knie zwischen die Beine zu rammen, worauf Vögelein wie ein Taschenmesser zusammenklappte und, heftig nach Luft ringend, zu Boden ging. Fass ihn, Sammet, hol dir das Schwein, war Vögeleins letzter Gedanke, ehe der Schmerz ihn gänzlich übermannte. Sammet jedoch lag noch immer bewegungslos in seinem Bett, sodass der Täter, ohne von jemand daran gehindert zu werden, in Richtung Schleuse entschwand. Der Mann, der ihm dabei von der anderen Seite entgegenkam, wurde von dem ungestüm Hinauseilenden beinahe umgerissen.

»Was für ein stürmischer Empfang«, wunderte sich Kriminalkommissar Hartmut Preuss, Vögeleins Ablösung. Trotz seiner kaum dreißig Jahre ein exzellenter Ermittler und im Übrigen gut trainiert, gehörte er eigentlich dem Dezernat 3 an, der Abteilung für Wirtschaftskriminalität. Die Tatsache jedoch, dass sich Wolf und sein Kollege Marsberg bei Personalengpässen immer wieder gegenseitig aushalfen, hatte ihn an diesem Tag hierher geführt. Wolf war der Meinung gewesen, die zierliche Jo nicht zu einem so gewagten Einsatz schicken zu können, weshalb er sich Preuss ausgeliehen hatte, der zweifellos über die besseren körperlichen Voraussetzungen verfügte.

Als Preuss Vögelein am Boden entdeckte, reichten ihm Sekundenbruchteile, um sich ein Bild von der Lage zu machen. Mehrere Schwestern waren herbeigeeilt, hatten sich zu Vögelein hinabgebückt und tätschelten ihm die Wangen, ein Pfleger kam mit einer Trage gelaufen. An Sammets Bett sah er zwei Ärzte stehen, von denen sich der eine um Sammet bemühte, während der andere die Schläuche und Kabel entfernte.

Hatte Wolf, der alte Fuchs, also wieder einmal recht behalten! Preuss hatte insgeheim bezweifelt, dass Wolfs Rechnung aufgehen würde. Die Falle war ihm reichlich plump erschienen. Doch was wussten sie schon von diesen Leuten? Vielleicht waren die nicht annähernd so ausgebufft, wie es die drei Arsenmorde vermuten ließen. Oder sie hatten einfach nicht so früh mit einem Angriff gerechnet.

Preuss wischte diese Überlegungen kurzerhand beiseite. Noch

war es nicht zu spät, die Verfolgung des Täters aufzunehmen. Den Aufzug links liegen lassend, spurtete er die Treppe hinab, nahm zwei, drei Stufen auf einmal und rannte, unten angekommen, durch das belebte Foyer dem Ausgang zu.

Als er die Tür erreichte, nahm er gerade noch wahr, wie ein weiß gelockter, stämmiger Mensch auf eine rote Suzuki stieg und mit solcher Vehemenz davonpreschte, dass das Vorderrad der Maschine ähnlich einem wild gewordenen Hengst in die Höhe stieg und den überraschten Preuss in einer Wolke aus Staub zurückließ.

Nun war guter Rat teuer. Preuss' Wagen stand am hinteren Ende des lang gezogenen Parkplatzes – zu weit, um dorthin zu sprinten, bis dahin wäre der Täter über alle Berge. Preuss lief noch ein paar Schritte hinter der Maschine her und wich dabei einem Wagen aus, dessen Fahrer auf der Suche nach einem freien Parkplatz nahe dem Eingang herumkurvte – als es in seinem Kopf »Klick!« machte. Plötzlich wusste er, was zu tun war. Ohne Zögern lief er um den Wagen herum, riss die Fahrertür auf und rief in scharfem Ton »Polizei!«, dabei hielt er dem eingeschüchterten Fahrer seinen Dienstausweis unter die Nase. »Steigen Sie aus! Ihr Wagen ist für einen Polizeieinsatz konfisziert!« Und weil der Mann, von dem Überfall wie gelähmt, nach Preuss' Geschmack zu langsam reagierte, packte er ihn einfach am Kragen und zog ihn vollends aus dem Wagen.

Über die Rechtmäßigkeit seines Tuns machte er sich in diesem Augenblick keine Gedanken. Schon saß er selbst hinter dem Steuer und drückte das Gaspedal durch. Aus den Augenwinkeln hatte er gerade noch mitbekommen, dass der Suzukifahrer an der Einmündung zur Hauptstraße nach rechts abgebogen war, also den direkten Weg nach Überlingen genommen hatte.

»Na warte, Bürschchen, dich krieg ich!«, rief er und kitzelte das Letzte aus dem Wagen, einem Dreier-BMW älterer Bauart, heraus. Die Fahrbahn nicht aus den Augen lassend, holte er sein Handy aus der Jackentasche. Während er mit einer Hand am Steuer einen gemächlich dahinzuckelnden Volvo überholte, dessen Wohnanhänger bei jedem Schlagloch einen Luftsprung machte, drückte er mit der andern eine Kurzwahltaste. Wolf meldete sich.

»Unser Mann hat zugeschlagen!«, stieß Preuss hervor. »Sammet und Vögelein sind vorübergehend außer Gefecht. Bin leider etwas zu spät eingetroffen, habe aber die Verfolgung aufgenommen. Der Täter hat die Aufkircher Straße Richtung Innenstadt genommen. Fährt eine rote Suzuki, Kennzeichen unbekannt.«

»Augenblick«, unterbrach ihn Wolf und gab die Information weiter. Schon war er wieder da. »Personenbeschreibung?« Preuss schilderte ihm das wenige, was er wusste.

»Verstanden! Bleib dran«, wies Wolf ihn an. »Wir machen vor dem Franziskanertor die Straße dicht. Sobald du das Stauende erreichst, steigst du aus und läufst nach vorne. Wir kommen von der Stadtseite, so nehmen wir ihn in die Zange. Gebe Gott, dass wir ihn schnappen, bevor er die Altstadt erreicht und irgendwo abtaucht. Ende.«

Nach einem waghalsigen Überholmanöver konnte Preuss den BMW gerade noch abfangen, ehe er die enge Durchfahrt durch das Aufkircher Tor anpeilte und volle Pulle hindurchbretterte – um gleich danach mit aller Macht auf die Bremse zu steigen. Die Straße, nun beiderseits von hübschen Fachwerkhäusern gesäumt, wurde an dieser Stelle übergangslos eng. Behäbig zuckelnde Autos behinderten das Weiterkommen und der Abstand zur Suzuki wuchs bedenklich. Wenige hundert Meter voraus ragte bereits das Franziskanertor auf, an Überholen war jetzt nicht mehr zu denken.

Am Stauende brachte Preuss den BMW zum Stehen. Weiter vorne drängte sich der Fahrer der roten Suzuki an den dicht stehenden Fahrzeugen vorbei, wich schließlich, nachdem ihm das nicht schnell genug ging, auf den Gehsteig aus, ohne auch nur im Geringsten auf die zahlreichen Fußgänger Rücksicht zu nehmen, von denen sich einige erst im letzten Augenblick mit einem gewagten Sprung in Sicherheit bringen konnten.

Mechanisch riss Preuss die Tür auf, sprang hinaus und folgte dem Flüchtenden zu Fuß. Laufen, auch über lange Strecken, war ihm noch nie schwergefallen, nicht umsonst hatte er während seiner Ausbildung als vielversprechendes süddeutsches Mittelstreckentalent gegolten. Und dennoch, hier hätte er keinen Blumentopf gewonnen, dafür war der Vorsprung des Motorradfahrers einfach zu groß. Gänzlich unerwartet kam ihm jedoch gleich darauf das Glück in Gestalt eines Lieferwagens zu Hilfe. Offenbar hatte dessen Fahrer bei dem zähen Stop-and-go-Verkehr die Geduld verloren und war gerade dabei, sich mit seinem Fünfeinhalbtonner aus einer der Seitengassen in die stadteinwärts führende Hauptstraße zu drücken, wodurch er den Gehsteig hermetisch abriegelte. Dem Suzukifahrer blieb gar nichts anderes übrig, als seine Maschine hinzuwerfen und die Beine in die Hand zu nehmen.

Im Laufen drückte Preuss erneut die Kurzwahltaste. »Das mit dem Stau hat geklappt, der Flüchtende ist jetzt zu Fuß unterwegs«, keuchte er, »läuft die Aufkircher Straße entlang, direkt auf das Franziskanertor zu. Entfernung zum Tor etwa hundertfünfzig Meter. Wo sind Sie?«

»Stehen direkt am Tor. Wir laufen ihm entgegen.«

»Verstanden.«

Preuss legte noch einen Zahn zu, doch seine Augen suchten die füllige Gestalt des Flüchtenden vergeblich – er schien wie vom Erdboden verschluckt.

Sonderbar, dachte Preuss, das Telefonat hatte ihn nicht länger als ein paar Sekunden abgelenkt. Sollte der Kerl in dieser kurzen Zeit ein Schlupfloch gefunden haben? Und wenn ja – wo könnte das sein?

Abermals beschleunigte Preuss seine Schritte. Der Flüchtende hatte, wenn's hoch kam, einen Vorsprung von vielleicht vierzig Metern gehabt und war, als Preuss ihn aus den Augen verlor, gerade an den letzten Häusern vorbeigerannt, an die sich die schmale Grünanlage beiderseits des Stadtgrabens anschloss. Gleich dahinter lag das Franziskanertor. Preuss war sich ziemlich sicher, dass der Flüchtende weder durch einen Hauseingang noch über einen der Hinterhöfe entkommen sein konnte. Es war, als stünde der Kerl mit dem Teufel im Bunde!

Plötzlich tauchten Wolf und Jo vor ihm auf, und Preuss verlangsamte seine Schritte. »Nichts«, kam er ihrer Frage zuvor und blickte heftig atmend auf den inzwischen wieder fließenden Verkehr. »Als hätte der Mensch sich in Luft aufgelöst.«

»Dann kann er nur diesen Weg genommen haben«, erklärte Wolf und deutete auf einen Fußpfad, der in geringer Entfernung rechts abging und zum Stadtgraben hinunterführte. Die Reste der ehemaligen Stadtbefestigung, die man im Mittelalter in den weichen Molassefelsen gegraben hatte, zogen sich heute als schattige

Grünanlage rings um die Altstadt, immer wieder durchsetzt mit zahlreichen Sträuchern und Baumgruppen.

Für den Bruchteil einer Sekunde war es Preuss so gewesen, als hätte sich etwa dreißig Meter vor ihnen eine untersetzte Gestalt in die Büsche geschlagen. »Auf geht's!«, rief er und rannte, ohne eine Antwort abzuwarten, den engen Weg bergab. Jo und Wolf konnten ihm kaum folgen. Schon tauchte er in das dichte Gewirr der Altstadtgassen ein. »Hier lang«, rief er über die Schulter zurück, um nach wenigen Schritten in die Steinhausgasse einzuschwenken. An einer neuerlichen Abzweigung, die links über die steile Turmgasse zur Franziskanerstraße hochführte, blieb er unschlüssig stehen.

»Was ist?«, fragte Jo leicht außer Atem. Preuss wartete kurz, bis auch der nach Luft schnappende Wolf zu ihnen aufschloss.

»Ich könnte schwören, dass er diese Gasse genommen hat«, knurrte Preuss. Sein Gesicht drückte Ratlosigkeit aus. »Vielleicht sollten wir uns trennen ...«

»Da!«, wurde er von Jo unterbrochen. Seine Augen folgten ihrem ausgestreckten Arm, der bergauf in die Turmgasse zeigte. Aus einem der Hauseingänge, etwa zwanzig Meter oberhalb ihres Standortes, war unvermittelt eine stämmige Gestalt geschlüpft, hatte mit wenigen Schritten die enge Gasse überquert und war einen Augenblick später zwischen zwei Fachwerkhäusern verschwunden. Kein Zweifel, das war ihr Mann! Vermutlich hatte er sich vorübergehend in einem der Hauszugänge verkrochen, in der irrigen Hoffnung, sie abgeschüttelt zu haben.

»Worauf warten wir?«, rief Preuss und machte Anstalten loszusprinten.

Doch Wolf hielt ihn zurück. »Immer mit der Ruhe«, meinte er gelassen. »Ich kenne diesen Hof. Er führt zu einem zurückgesetzten Gebäude, da kommt er nicht weit – es sei denn, er kann fliegen.«

»Also sitzt er in der Falle!«, rief Jo befriedigt aus.

»Sieht ganz so aus«, nickte Wolf.

»Das glaub ich erst, wenn ich ihn am Schlafittchen habe«, meinte Preuss skeptisch und spurtete den Berg hinauf, dicht gefolgt von seinen beiden Kollegen. Sekunden später standen sie vor der Einfahrt, in der der Flüchtende verschwunden war.

Wolf hatte sich nicht geirrt. Der Zugang, von zwei offen stehenden schmiedeeisernen Torflügeln flankiert, mündete in einen mit Pflastersteinen belegten Innenhof, in dem drei ältere Pkw parkten. Rechts und links wurde der Hof von den Mauern der benachbarten Gebäude begrenzt; die wenigen Fenster, die auf den Hof hinausgingen, waren geschlossen. Den rückwärtigen Abschluss des Areals bildete die Sandsteinfassade eines stattlichen, spitzgiebeligen Gebäudes, dessen Front teilweise von wilden Rosen überwuchert war und ein bisschen den morbiden Charme eines Dornröschenschlosses versprühte. Ganz offensichtlich hatte das Haus früher einmal bessere Tage gesehen. Ein schönes Objekt, schoss es Preuss durch den Kopf, da könnte man wirklich etwas draus machen, sofern man über das nötige Kleingeld verfügte.

Er fasste den Eingang des Dornröschenschlosses näher ins Auge. Er lag etwa zwei Meter über dem Innenhof, eine ausgetretene Steintreppe mit kunstvoll geschmiedetem Metallgeländer führte seitlich hinauf. Weitere Türen gab es nicht, sah man einmal von einer Luke direkt unterhalb des Eingangs ab. Vermutlich hatte sie vor Urzeiten als Zugang zu den Kellerräumen gedient. Misstrauisch rüttelte Preuss an der stabilen Holztür, doch sie rührte sich nicht.

Die über die Freitreppe zugängliche Eingangstür hingegen war nur angelehnt. Kein Zweifel, durch sie musste ihr Mann verschwunden sein. Und wenn er sich dort drinnen auch noch so klein machte, es würde ihm nichts nützen – vorausgesetzt, das Haus verfügte über keinen Hinterausgang.

»Wir gehen rein!«, bestimmte Wolf. Als er die ersten Stufen hinaufstieg, ließ ihn ein Zuruf Jos innehalten. Unwillig drehte er sich um.

Jo hatte eine Hand hinter das rechte Ohr gelegt und lauschte angestrengt. »Hört ihr das? Was kann das sein?«, fragte sie und hob die Brauen.

Während Wolf nach kurzem Lauschen mit den Schultern zuckte und Anstalten machte, weiterzugehen, gab Preuss ihr unversehens recht: »Stimmt, jetzt hör ich's auch. Klingt ein bisschen nach ... nach Kloster, würde ich sagen ... so 'ne Art gregorianischer Gesang. Vermutlich hat jemand eine CD eingelegt ...«

»... oder es balgen sich ein paar liebestolle Katzen«, fuhr Wolf dazwischen. »Was soll das? Jetzt lasst uns da reingehen!« Entschlossen trabte er die Treppe hoch, Jo und Preuss folgten.

***

Monika Bächle feilte hingebungsvoll an ihren Fingernägeln, als plötzlich jemand die Tür aufriss. Eilig ließ sie die Nagelfeile in eine Schublade fallen und hob den Kopf.

»Ist er drin?«, fragte Karin Winter und marschierte, ohne eine Antwort abzuwarten, auf Matuscheks Büro zu.

Vergeblich versuchte Monika, sich ihr in den Weg zu stellen. »Jörg hat mich angewiesen, bis Mittag niemanden durchzulassen.«

»Jörg?«, fragte Karin spöttisch über die Schulter zurück.

»Herr Matuschek arbeitet am Leitartikel für die morgige Ausgabe ...«

»Lass gut sein, Schätzchen, ich bin auch gleich wieder weg.« Ohne sich weiter um die Proteste der Sekretärin zu kümmern, betrat Karin Matuscheks Büro und schloss die Tür hinter sich.

Unwillig hob der Chefredakteur den Kopf. »Du willst dich sicher für deinen Abgang bei der Redaktionskonferenz entschuldigen. Ich nehme an, es gab einen triftigen Grund, also sei dir verziehen.« Ohne weiter auf sie zu achten, wandte er sich wieder seiner Arbeit zu.

Karin ignorierte den kühlen Unterton und hielt ihm ein Blatt Papier vor den Bildschirm. Nach einem flüchtigen Blick darauf schob Matuschek das Blatt beiseite. »Was soll das?«, brummte er.

»Fällt dir nichts auf? Auf dem Tisch zum Beispiel?«

Offensichtlich neugierig geworden nahm Matuschek das Blatt in die Hand und sah sich das Bild darauf genauer an. Angewidert schüttelte er den Kopf: »Ist ja eklig! Darf ich fragen, von wem das leckere Arrangement stammt?«

»Frag mich was Leichteres! Fotografiert wurde es jedenfalls in meiner Wohnung.«

»In deiner Wohnung? Wie soll ich das verstehen?«

»Sieh dir mal die Rückseite an.«

Matuschek drehte das Blatt um und las die Textzeile. Dann forderte er Karin auf, Platz zu nehmen, plötzlich schien seine Arbeit nicht mehr wichtig.

»Keine Zeit«, wehrte sie ab. »Wenn alles gut geht, erfahr ich noch vor der Mittagspause Näheres über die ominöse Erbschaft der beiden ermordeten Penner. Ich hab dir doch von Göbbels' Hinweis auf diesen Sonntag erzählt, den Notar. Mit dem werde ich mich gleich treffen. Drück mir die Daumen. Bis später dann, ich halte dich auf dem Laufenden.« Unter der Tür drehte sie sich noch einmal um: »Wenn die denken, sie könnten mich mit solchen Mätzchen einschüchtern, dann haben sie sich geschnitten.«

Ehe Matuschek antworten konnte, war sie draußen.

Wenig später betrat Karin Winter das Café Mokkas in der Münsterstraße. Suchend sah sie sich um. An einem der hinteren Tische erhob sich ein älterer Mann und winkte ihr zu. Er war auf dezente Weise elegant gekleidet, wenn auch mit einem Touch ins Konservative. Sein Gesicht zierte ein silberdurchwirkter Kinnbart, den er beständig mit der rechten Hand kraulte.

Karin begrüßte ihn mit einem Lächeln. Sie stellte ihre Umhängetasche auf einen Stuhl und ließ sich daneben nieder. »Danke, dass Sie gekommen sind, Herr Notar«, sagte sie.

»Gerne«, lächelte er freundlich zurück. »Aber den ›Notar‹ können Sie sich sparen. Waren wir nicht schon mal bei Friedhelm und Karin?«

»Sie haben recht ... Friedhelm.«

»Im Übrigen wissen Sie, dass Sie immer auf mich zählen können. Kaffee? Oder wollen wir eine Kleinigkeit essen? Es ist schließlich fast Mittag«, fügte er mit einem kurzen Blick auf seine Armbanduhr hinzu.

»Kaffee reicht. Ich will Ihnen nicht mehr Zeit stehlen als nötig.«

Friedhelm Sonntag gab der Bedienung ein Zeichen und bestellte das Gewünschte. Dann wandte er sich wieder Karin zu. »Ich bitte Sie, Sie stehlen mir keine Zeit. Im Gegenteil, Sie wissen, wie sehr ich jede Minute mit Ihnen schätze.«

Karin war ihm dankbar, dass er nicht das abgeschmackte »Eine Hand wäscht die andere« benutzte, obwohl gerade er allen Grund dazu gehabt hätte. Vor einem halben Jahr hatten sie bei einer Informationsveranstaltung der Stadtverwaltung zufällig nebeneinander gesessen. Danach waren sie sich noch das eine oder andere Mal über den Weg gelaufen, doch nie war da mehr als ein flüchtiges »Hallo« und »Wie geht's« gewesen. Dann, vor vier Wochen, war sie bei Recherchen zu einem Betrugsfall auf seinen Namen gestoßen. Sie hatte ihn angerufen und ihn auf einige bislang unbekannte Begleitumstände des Falls aufmerksam gemacht, die sein Notariat tangierten – wie sich herausstellte, gerade noch rechtzeitig, um größeren Schaden von einem seiner Mandanten und möglicherweise von ihm selbst abzuwenden.

Der Kaffee kam. Die Bedienung hatte einen kleinen Keks neben die Tasse gelegt und Karin beschloss, er müsse für heute als Mittagessen reichen.

»Also, wo drückt der Schuh?«, fragte Sonntag gespannt, nachdem er Milch und Zucker achtlos beiseite geschoben hatte.

»Sie haben doch sicher von dem Mord an den beiden Obdachlosen gehört?«

»Nein, tut mir leid. Ich hatte die letzten Tage in Hamburg zu tun, bin erst gestern Abend wieder zurückgekommen. Klären Sie mich auf?«

Sie erzählte ihm, was sie wusste und schloss mit Göbbels' Hinweis auf die ominöse Erbschaft, die die beiden Penner angeblich gemacht hatten. »Sollte das zutreffen, würde es dem Fall eine völlig neue Perspektive geben ... Sie verstehen, was ich damit sagen will?«

Es schien, als wären Karins Worte auf fruchtbaren Boden gefallen. Nachdenklich kraulte der Notar seinen Bart. Schließlich hob er den Kopf und lächelte matt: »Was wollen Sie nun von mir hören, meine Liebe?«

»Was wird's schon sein? Ich muss wissen, ob die beiden tatsächlich jemanden beerbt haben, und wenn ja: wen und wie viel. Das ist alles.«

»Das ist viel!« Als ließe er sich ihr Ansinnen durch den Kopf gehen, beschäftigte er sich sekundenlang mit seiner Tasse, ehe er ihr offen ins Gesicht blickte: »Also gut, offene Frage, offene Antwort: Ich kann Ihnen dazu nichts sagen. Leider!«

»Sie können nicht oder Sie dürfen nicht, Friedhelm?«

»Wenn Sie mich so direkt fragen: Ich darf nicht – und ich will es auch nicht! Es verstößt gegen sämtliche Prinzipien meines Berufsstandes und ganz nebenbei auch gegen einen Sack voll Paragrafen, wenn ich Interna unseres Notariats ausplauderte. So gern ich Ihnen helfen würde, Karin, aber Sie verlangen zu viel!«

Trotz der abschlägigen Antwort jubilierte Karin innerlich. Gleich beim ersten Versuch hatte sie einen Volltreffer gelandet. Sie würde Friedhelm über kurz oder lang weichkochen, da war sie sich sicher.

***

Die Tür hing etwas windschief in den Angeln. Wolf drückte sie vollends auf. Das feine, durchdringende Quietschen hätte einem alten Spukschloss alle Ehre gemacht. Noch auffälliger war allerdings der Nachhall, den das Geräusch erzeugte – als wäre der dahinterliegende Raum ein gigantischer Resonanzkörper. Für einen Moment kamen Wolf Zweifel, ob ihr Mann tatsächlich durch diese Tür verschwunden war. Wäre ihnen dieses Geräusch nicht aufgefallen?

Egal, jetzt mussten sie erst mal diese Sache hier zu Ende bringen. Entschlossen machte er einen Schritt in den Raum hinein – und blieb wie angewurzelt stehen. Jo und Preuss mussten sich regelrecht an ihm vorbeischlängeln, bevor auch sie verblüfft innehielten. In der Tat war der Anblick mehr als erstaunlich. Fast die gesamte Innenfläche des Gebäudes war ausgebeint worden, lediglich die altersgrauen, handbehauenen Stützbalken waren stehen geblieben. Kein Wunder, dachte Wolf, dass es so hallte! Entstanden war ein Raum, der einem Tanzsaal glich. Allerdings schien er im Augenblick weniger irgendwelchen Lustbarkeiten als vielmehr streng spirituellen Exerzitien zu dienen – zumindest drängte sich Wolf dieser Eindruck auf, nachdem sich seine Augen etwas an das Zwielicht gewöhnt hatten.

Auf schmalen, ringsumlaufenden Borden flackerten Unmengen von Kerzen, und mitten im Raum gewahrte er eine seltsame Menschenansammlung. Gut dreißig Personen in schlichten, weißen Leinenumhängen, zumeist ältere Frauen, scharten sich um eine Art Priester, der, obwohl sichtlich ergraut, über eine beeindruckende Statur verfügte und sich vor allem dadurch abhob, dass er als Einziger einen weißen Anzug trug – bestimmt nicht von der

Stange, sondern nach Maß gefertigt, wie Wolf widerwillig konstatierte. Unfreundlich starrten sie auf die drei Störenfriede, die sie aus ihrem monotonen, wechselseitigen Sprechgesang gerissen hatten.

Wolf fehlten die Worte! In welche Schmierenkomödie waren sie da hineingeraten? Und wo war der Flüchtende abgeblieben, hinter dem sie her waren? Schnell wechselte er einen Blick mit seinen Kollegen. Mehr und mehr schien sich die Verfolgungsaktion als grandioser Reinfall zu entpuppen.

Der Priester nahm das Heft in die Hand, indem er beschwörend ein silbernes Kreuz in die Höhe streckte. Mit dieser Geste zog er die Blicke seiner Anhänger auf sich, das aufkommende Murren verebbte.

»Meine Brüder, meine Schwestern, der Herr ist mit uns! Beruhigt euch bitte, sicher können wir unsere Messe gleich fortführen.« Er wandte sich an die drei Polizisten. »Würden Sie uns sagen, wer Sie sind und was Sie von uns wollen? Ich darf wohl annehmen, dass Sie nicht die Suche nach unserem Herrn Jesus Christus hierher geführt hat?«

Die drei traten näher an die Gruppe heran, und Wolf zückte seinen Dienstausweis. »Kripo Überlingen, mein Name ist Wolf, das hier sind meine Kollegen Preuss und Louredo. Wir sind auf der Suche nach einem Täter, der sich nach unserer Kenntnis in dieses Gebäude geflüchtet hat. Haben Sie in den letzten Minuten jemand hereinkommen sehen?«

»Nein, niemand«, antwortete der Mann im weißen Anzug und hob erneut das Kreuz in die Höhe, »meine Brüder und Schwestern werden Ihnen das gerne bestätigen.« Ringsum ertönte zustimmendes Gemurmel. »Wir sind hier zusammengekommen, um Zwiesprache zu halten mit Gott, unserem Schöpfer, und Jesus Christus, seinem …«

»Ich unterbreche Sie ungern, aber uns läuft die Zeit davon. Gibt es noch eine andere Möglichkeit, das Haus zu betreten außer durch diese Tür da?«

»Wie? … Nein, keine.«

Ein rothaariger Enddreißiger löste sich aus dem Umfeld des Priesters. Er unterschied sich auffallend von den meist gebeugten Gestalten ringsum – nicht nur durch seine relative Jugend, sondern vor allem auch durch den sportlich trainierten Körperbau. »Hören Sie, Sie stören den Meister bei der Ausübung unserer Heiligen Messe. Sie kennen nun die Antwort auf Ihre Frage. Bitte lassen Sie uns fortfahren, um des Herrn willen.«

Erneut wurde zustimmendes Gemurmel laut, und die Weißkutten schickten sich an, einen Ring um die Polizisten zu bilden. Wolf zeigte sich unbeeindruckt. »Wer ist der Verantwortliche hier ... ich meine, wer leitet die Messe? Sind Sie das?« Damit sprach er den Grauhaarigen im weißen Anzug an.

»Gott, unser Schöpfer, gab mir die Macht ...«

Wolf ließ ihn nicht ausreden. »Wie kommt man in das Untergeschoss? Schnell, bitte, wir müssen einen Blick in die unteren Räume werfen.«

»Das ist übrigens auch zu Ihrem Schutz, falls doch jemand unbemerkt hier eingedrungen sein sollte«, ergänzte Preuss drängend. »Also, wo sind die Treppen?«

Der Grauhaarige wies mit dem Kreuz in eine Ecke, wo im Zwielicht so etwas wie Treppen auszumachen waren, die in die oberen und unteren Etagen führten.

»Preuss, du nimmst die oberen Stockwerke, Jo und ich gehen ins Untergeschoss«, ordnete Wolf an und marschierte los.

Wenig später waren sie wieder draußen, von einer strahlenden Herbstsonne geblendet. Wolf hatte sich umgehend eine Gitanes angezündet und mit nachdenklicher Miene sein Barett zurechtgerückt, das wieder einmal abzurutschen drohte.

»Scheint so, als jagten wir ein Phantom«, stellte Jo zähneknirschend fest.

Wolf stakste ein paar Schritte den Berg hinauf, als müsse er sich die Beine vertreten. Dann kam er wieder zurück. »Könnte es sein, dass wir uns getäuscht haben und der Kerl in den nächsten Hof gerannt ist?«

»Ausgeschlossen!«, konstatierte Preuss, »ich bin mir sicher, dass es hier war.«

Jo kaute auf ihrer Unterlippe. »Fakt ist jedenfalls, dass wir in dem Gebäude nichts gefunden haben – außer diesen Gottsuchern.«

»Auf die kann ich getrost verzichten«, knurrte Wolf. »Es gibt schon viel zu viele Heilsbringer auf der Welt. Aber Jo hat recht. Es ist zum Kotzen: keine Spur von dem Flüchtenden, kein Hinweis auf widerrechtliches Eindringen, kein Versteck, nirgendwo.«

»Und ihr haltet es nach wie vor für ausgeschlossen, dass der Täter durch die Kellerluke entwischt ist?«

»Ich sehe nichts, was dafür spräche.«

»Also«, resümierte Preuss nach einer kleinen Pause. »Wir sind uns sicher, dass der Flüchtende hier rein ist, dass er die Kellerluke nicht benutzt hat und dass von diesem Hof kein Weg in eines der angrenzenden Gebäude führt. Ergo muss der Kerl hier die Treppe hoch und in aller Ruhe ins Haus spaziert sein. Er hat sich eine dieser weißen Kutten übergeworfen und ist Hokuspokus in der Menge der Brüder und Schwestern verschwunden. Ich sage euch, die Leute da drin, einschließlich ihres Häuptlings, haben uns nach Strich und Faden verkohlt!«

»Seh ich genauso«, pflichtete Jo ihm bei. »Ich bin dafür, dass wir uns den großen Meister schnappen und mitnehmen. Und dann schicken wir denen die Spurensicherung auf den Hals. Wollen doch mal sehen ...«

»Langsam, Leute. Wir sollten das Kind nicht mit dem Bade ausschütten«, beschwichtigte Wolf die beiden. »Ich fürchte, wir können im Moment nichts tun, rein gar nichts. Der Verdacht ist einfach zu dürftig, von Beweisen mal ganz abgesehen. Was glaubt ihr, was die Presse aus diesem Fall machen würde? Schwuppdiwupp hätten wir eine Diskriminierungskampagne am Hals, aber hallo. Und noch etwas: Wie sollen wir der Öffentlichkeit erklären, weshalb wir überhaupt hierhergekommen sind, ohne die ganze Geschichte mit dem zum Leben wiedererweckten Mordopfer preiszugeben? Die Leute würden sich totlachen, insbesondere die Täter. Im Übrigen halte ich eine kollektive Lüge der Sektenmitglieder ...«

»Sekte?«

»Um was sonst sollte es sich handeln? Also ... eine kollektive Lüge halte ich für ausgeschlossen, nicht bei einer so großen Gruppe. Irgendeiner hätte sich bestimmt verplappert. Die Leute hatten auch gar nicht die Zeit, sich abzusprechen. Nein, wir müssen der Tatsache ins Auge sehen: Die ganze Chose war ein Riesenflop, da beißt die Maus keinen Faden ab.«

»Scheiße!«, murmelte Preuss.

»Du sagst es«, stimmte Wolf ihm zu. »Auf geht's, Leute, Abmarsch!«

***

Karin lehnte sich zufrieden zurück. Es sah ganz so aus, als ob Göbbels ihr die Wahrheit gesagt hatte. Die erste Hürde war genommen.

Sie hatte halbwegs damit gerechnet, dass der Notar sein Wissen für sich behalten würde, doch sie beabsichtigte keineswegs, sich damit zufriedenzugeben. Natürlich, seine Motive waren durchaus ehrenwert. Trotzdem: Wollte sie weiterkommen, war sie auf Informationen von ihm angewiesen, er war im Augenblick ihre einzige Quelle. Weigerte er sich … nun gut, dann musste sie eben stärkere Geschütze auffahren.

»Sie wissen, Friedhelm, auch unser Berufsstand hat seine Prinzipien. Es ist noch gar nicht so lange her, da habe auch ich mich gefragt, ob es richtig ist, mein Wissen an Sie weiterzugeben. Ich habe mich aus guten Gründen dafür entschieden. Ich finde Prinzipien außerordentlich wichtig, es ist gut und notwendig, dass wir sie haben und uns daran halten. Rechtfertigt das aber die bewusste Inkaufnahme von Unrecht? Darf das Festhalten an Standesregeln einem anderen irreparablen Schaden zufügen? Und damit meine ich nicht nur materiellen Schaden, sondern körperlichen Schaden bis hin zur Lebensbedrohung – darum geht es nämlich im vorliegenden Fall. Das kann nicht Ihre Intention sein, Friedhelm, da würden Sie mich schon sehr enttäuschen.« Und mit Blick auf seine skeptische Miene fügte sie hinzu: »Natürlich möchte ich nicht, dass Sie gegen Ihre Überzeugung handeln, gerade von Ihnen würde ich das nie verlangen. Es ist nur so: In der fraglichen Sache sind bereits drei Menschen zu Tode gekommen, und niemand weiß, ob das Morden nicht weitergeht. Sollten wir nicht alles in unserer Macht Stehende tun, das zu verhindern?«

Die Skepsis in Sonntags Gesicht war nach und nach einer gewissen Verwunderung gewichen. Nachdenklich nippte er an seinem Kaffee, bevor er zögernd antwortete: »Eines würde mich interessieren: Wie kommen Sie gerade auf mich?«

»Nun, es wird gemunkelt, Sie seien derjenige, welcher.«
»Welcher was?«
»Welcher besagten Erbfall abgewickelt hat.«
»Wer sagt das?«
»Kollegen der Begünstigten. Andere Stadtstreicher eben.«
»Wen genau meinen Sie damit? Haben diese Leute auch Namen?«
»Göbbels heißt der Mann.«
»Göbbels? Wieso erzählt der so was? Und von wem sollte er davon wissen?«
Karin musste innerlich schmunzeln. Offenbar kannte sich Sonntag in der Pennerszene besser aus, als von einem Mann seines Berufsstandes zu erwarten war. Jetzt hieß es dranbleiben. »Was weiß ich?«, antwortete sie schnell, »vermutlich haben die beiden Erben rumgequatscht, wer will es ihnen verdenken? Solange ihnen niemand sagt, sie sollen die Sache unter der Decke halten …«
»Moment! Ich hab die tausendmal gemahnt …«
Als Karin unverhohlen zu grinsen anfing, hielt er mitten im Satz inne. Ärgerlich schob er seine Tasse weg und biss sich auf die Unterlippe. Nach einem tiefen Atemzug zauberte er so etwas wie ein Lächeln auf sein Gesicht: »Eins zu null für Sie, meine Liebe, Sie sind wirklich mit allen Wassern gewaschen. Also gut, wenn Sie's jetzt sowieso schon wissen: Ja, ich war mit der Abwicklung dieses Erbfalls betraut. Erlassen Sie mir die Details, ich kann Ihnen nur so viel sagen: Eine ältere Witwe hatte testamentarisch ihr nicht unbedeutendes Vermögen zu gleichen Teilen zwei Männern vermacht, bei denen es sich zweifellos um die beiden Ermordeten handeln dürfte. Nach dem Tod der Erblasserin wurden die beiden Männer ordnungsgemäß von dem Erbe in Kenntnis gesetzt, irgendwelche Verwandten oder anderweitig Erbberechtigten der Verstorbenen haben wir nicht ermitteln können. Fragen Sie mich nicht, was die etwas wunderliche Witwe zu ihrem Entschluss veranlasst hat, ich weiß es nicht.«
»Merkwürdig! Ich meine, eine solche Regelung ist doch ungewöhnlich, finden Sie nicht?«
»Ja und nein. Die Mandantin hat ihre Beweggründe für sich behalten, und das ist ihr gutes Recht. Genau genommen hat sie auf meine Frage, ob sie sich das gut überlegt habe, weise gelächelt und

etwas von ›sozialem Gewissen‹ und ›Gottes Statthaltern‹ gesprochen, was immer sie damit gemeint haben mag. Na ja, die Einzelheiten sind hier unwichtig, jedenfalls wissen Sie jetzt, was Sie wissen wollten. Allerdings: Von mir haben Sie diese Informationen nicht. Ich hoffe, ich kann mich da auf Sie verlassen, Karin?«

»Voll und ganz! Übrigens sprachen Sie von einem nicht unbedeutenden Vermögen. Lässt sich das eventuell in Zahlen ausdrücken?«

»Tut mir leid, Zahlen kann ich Ihnen nicht nennen.«

»Das müssen Sie auch nicht, aber einen klitzekleinen Hinweis könnten Sie mir wenigstens geben. Lassen Sie mich einfach raten. Kann ich davon ausgehen, dass die Summe ... sagen wir: aus wenigstens sieben Stellen besteht?«

»Nein.«

»Vielleicht aus fünf Stellen?«

»Nein.«

Karin grinste zufrieden. »Ich danke Ihnen für diese präzise Auskunft. Eine letzte Frage hab ich noch, wenn Sie gestatten: Halten Sie es für möglich, dass die beiden Ermordeten ... nun, wie soll ich sagen ... auch für die Vermögen anderer älterer Mitbürger und vor allem Mitbürger*innen* als Erben fungierten?«

»Das dürfen Sie mich nicht fragen. Jedenfalls habe ich keine Veranlassung, etwas in dieser Richtung zu vermuten.«

Nach kurzem Zögern sagte Karin: »Wenn ich Sie recht verstanden habe, wurde das Testament nicht angefochten. Haben die beiden Penner ... pardon: die beiden Erben bereits über den Nachlass verfügt?«

Sonntag wiegte den Kopf hin und her. »Die Banken machten anfangs Sperenzchen. Nachdem jedoch nachweislich ein notarielles und damit öffentliches Testament vorlag, mussten sie ihre Einwände zurückziehen und auf den geforderten Erbschein verzichten. Noch in dieser Woche hätten die beiden über die fraglichen Werte verfügen können.«

»Sie meinen ... das Erbe kam überhaupt nicht zur Auszahlung? Das Geld liegt noch immer bei den Banken?«

»So ist es. Zum Zeitpunkt ihres Todes waren Einstein und Havanna noch immer arm wie Kirchenmäuse.«

Karin dachte eine Weile über das Gehörte nach. »Klingt alles sehr plausibel«, sagte sie dann. »Trotzdem, irgendetwas gefällt mir an der Sache nicht.« Nachdrücklich schüttelte sie den Kopf. »Bin gespannt, wie sich die Geschichte am Ende auflösen wird. Jedenfalls danke ich Ihnen, Friedhelm, dass Sie mich ins Vertrauen gezogen haben. Ich verspreche Ihnen, dass Sie mir ebenso vertrauen können. Keine Namensnennung! Ehrenwort!«

»Darum möchte ich Sie auch gebeten haben«, seufzte der Notar ergeben und setzte ein schiefes Lächeln auf.

5

Nach ihrer Rückkehr aus der Turmgasse ging Wolf zuerst zu Sommer, um ihn über den Fehlschlag zu informieren. Bereits nach den ersten Sätzen hielt ihn nichts mehr auf seinem Stuhl, unruhig tigerte er zwischen Sommers Schreibtisch und dem Fenster hin und her, seine Ausführungen mit wilden Armbewegungen unterstreichend. Ganz in Gedanken zündete er sich eine seiner grässlich stinkenden Gitanes an und paffte aufgebracht vor sich hin, sodass Sommer seine Einwände hinunterschluckte und ihn gewähren ließ. Erst als Wolf die leidende Miene des Kriminalrats gewahrte, wurde er sich seines Tuns bewusst. Mit einem gemurmelten »Pardon, Ernst!« riss er ein Fenster auf, ging zum Handwaschbecken und löschte die Zigarette, ehe er wieder Platz nahm und mit seinem Bericht fortfuhr.

»Zum Glück ist für Sammet alles gut ausgegangen«, schloss er. »Zwei Ärzte haben sich gleich um ihn gekümmert. Er ist wieder auf den Beinen und muss nicht mit irgendwelchen Nachwirkungen rechnen.«

Wenig später verließ er Sommers Büro; Hannelore Bender, die das Vorzimmer des Chefs managte, schüttelte verwundert den Kopf, als er grußlos an ihr vorüberging. Allerdings kannte sie Wolf gut genug, um ihm seine Zerstreutheit nicht übel zu nehmen. Wie hätte sie auch ahnen sollen, dass Wolf nicht nur hochgradig sauer, sondern mindestens ebenso hungrig war – immerhin hatte er auf sein Frühstück schon den zweiten Morgen mangels Masse verzichten müssen, weil er nicht zum Einkaufen gekommen war. Höchste Zeit, dass er etwas zwischen die Zähne bekam. Als er auf dem Flur mit Jo zusammentraf, drückte er ihr kurzerhand einen Zwanzig-Euro-Schein in die Hand und bat sie, aus der Kantine für ihn, sie selbst und jeden der Kollegen, die sich gleich zur Lagebesprechung trafen, jeweils zwei Lkw zu besorgen.

»Das können Sie nicht von mir verlangen, Chef!«, maulte Jo.

»Wieso? Ich kann an meinem Anliegen nichts Unsittliches erkennen«, gab Wolf pikiert zurück.

»Nein, nein, Sie verstehen mich falsch. Ich bin bereits nach *einem* Leberkäsweck pappsatt. Nach zweien wäre ich quasi dienstunfähig.«

»Na, wenn das so ist, dann für dich also nur einen. Wir treffen uns in zehn Minuten im UG.« Damit meinte er den etwas abgelegenen und daher weitgehend störungsfreien Vernehmungsraum im Untergeschoss, den sie normalerweise für langwierige Verhöre nutzten.

Während Jo sich auf den Weg in die Kantine machte, schloss Wolf sein Büro auf und öffnete einen Spalt weit die Tür. Vorsichtshalber stellte er einen Fuß in den Türspalt – schließlich war ihm seine Katze bei ähnlichen Gelegenheiten schon mehrfach entwischt. Die Vorsichtsmaßnahme erwies sich jedoch als überflüssig: Wie ein Denkmal thronte Fiona auf einem Aktenberg, der sich wie ein Stalagmit auf Wolfs Schreibtisch auftürmte, ganz so, als müsse sie diesen mit Zähnen und Krallen verteidigen. Vom Erscheinen ihres Ernährers nahm sie nicht die geringste Notiz.

Lass sie schmollen, dachte Wolf, die kriegt sich wieder ein. Er stellte ihr zunächst frisches Wasser hin, dann füllte er ihren Fressnapf mit Trockenfutter, und endlich schien Fionas Interesse wenigstens etwas geweckt. Nachdem sie ausgiebig gegähnt und ihre Glieder gedehnt hatte, sprang sie vom Tisch, beschnupperte gelangweilt die rötlich-braunen Körner, um sie endlich, eins ums andere, mit lautem Knirschen zu zerbeißen.

Irgendwie tat sie ihm leid. War vielleicht doch keine so gute Idee gewesen, Fiona mit ins Büro zu nehmen. Die fremde Umgebung, ungewohnte Geräusche und Gerüche. Doch daran ließ sich nun nichts mehr ändern. Auch dieser Tag würde vorübergehen, und spätestens heute Abend waren sie die Handwerker los, ihr Haushalt würde wieder in geregelten Bahnen verlaufen.

Was er jetzt brauchte, war ein kräftiger Schluck Pastis. Er sah auf die Uhr: noch fünf Minuten bis zur Lagebesprechung. Er holte die Flasche aus ihrem Versteck hervor – und erlebte eine herbe Enttäuschung. Sie war so gut wie leer. Auch das noch! Verhalten fluchend kippte er den kläglichen Rest in seine Tasse und fingerte gewohnheitsmäßig nach den Gitanes, als er plötzlich mitten in der Bewegung innehielt. »Nein, jetzt keine Zigarette, nicht schon wieder«, bestimmte er und dachte mit Grausen an die Verfolgungsjagd durch die Altstadtgassen, bei der ihm schon nach hundert Metern die Zunge herausgehangen hatte. Er musste unbedingt kürzertreten. Mit einem Seufzer steckte er das Päckchen wieder zurück.

Er trat ans Fenster und schlürfte den Pastis. Sein Blick schweifte zum nahen Stadtgarten hinüber. Er sog das Bild der bunt gefärbten Laubgehölze in sich auf, die sich wie Küken um die schützenden Solitärbäume scharten oder in lockeren Gruppen, wie von einem Landschaftsmaler hingetupft, den Steilhang hinaufzogen. Der Überlinger Indian Summer ließ grüßen.

Mit Gewalt musste sich Wolf von diesem Bild losreißen. Was für ein enttäuschender Vormittag, resümierte er. Das Spektakel im Krankenhaus hatte sie keinen Deut weitergebracht. Dumm gelaufen, konnte man da nur sagen. Das heißt, so ganz stimmte das nun auch wieder nicht. Natürlich zählten am Ende immer nur Ergebnisse, doch ihr Plan hatte sich zumindest im Ansatz als richtig erwiesen. Und wenn ihnen der Mann auch durch die Lappen gegangen war: Sie hatten eine brauchbare Personenbeschreibung. Nicht viel, aber immerhin. Die sonstige Spurenlage allerdings war mehr als bescheiden. Der Täter hatte die im Krankenhaus gängigen Einweghandschuhe getragen, wie Sammet und Vögelein unisono berichteten. Die hatte er während seiner Höllenfahrt auf der Suzuki ganz sicher nicht abgestreift. Auf der Maschine würden sie demnach keine Fingerabdrücke finden. Auch auf Mikro- oder DNA-Spuren wagte Wolf kaum zu hoffen.

Was Wolf nach wie vor am meisten beschäftigte, war die Frage, wie es der Flüchtende geschafft hatte, ihnen zu entwischen? Hatten sie sich vielleicht doch im Gebäude geirrt? Gab es einen Zugang, den sie übersehen hatten? Verfügte der Mann über Helfershelfer – oder hatte diese bigotte Sektengemeinschaft womöglich doch die Hand im Spiel? Wolf verwarf diesen Gedanken wieder. Nach seinem Eindruck waren die Leute auf eine Weise gottbesessen, die jegliche Beteiligung an kriminellen Handlungen von vornherein ausschloss. Verblendung ja, sogar bis hin zu religiösem Fanatismus. Aber Mord? Unmöglich.

Der Vernehmungsraum im Untergeschoss zeichnete sich vor allem durch seine spartanische Einrichtung aus: ein Tisch, gut zwei Meter lang, mit acht Holzstühlen drumherum; dazu ein Flipchart, ein Sideboard mit Schiebetüren und einem Telefon drauf – das war's auch schon. An einer der Stirnwände war ein größerer Spiegel angebracht, durch den sich von einem kleinen Nebenraum aus Verhöre verfolgen ließen, ohne dass die Delinquenten das mitbekamen.

Anwesend waren neben Jo und Vögelein auch Preuss und Sammet. Bevor sie offiziell wurden, verdrückten sie die mit daumendicken Leberkässcheiben belegten Brötchen und tranken Mineralwasser oder Kaffee dazu. Nur wenige Worte fielen.

Schließlich wischte sich Wolf mit einer Serviette über den Mund und klatschte entschlossen in die Hände: »Also, Leute, fangen wir an!«

Vögelein, noch eine Spur blasser als sonst und wie Sammet bereits über die ergebnislose Verfolgung im Bilde, machte den Anfang. Nachdem er lautstark seinen überdimensionalen Riechkolben geschneuzt und anschließend mit gekonntem Schwung eine rötliche Pille eingeworfen hatte, griff er zu seinem Notizbuch.

»Zunächst einmal zu den Vorgängen im Krankenhaus«, begann er. »Der Eindringling beschaffte sich in einem unbeobachteten Moment einen dieser grünen Kittel, wie ihn die Ärzte der Intensivstation tragen, dazu diverses Gerät, unter anderem ein Stethoskop. Um an das Zeug zu kommen, lockte er nach Aussage der Oberschwester das Pflegepersonal durch einen vorgetäuschten Notfall aus dem Schwesternzimmer. Danach versuchte er mehrfach, an den Kollegen Sammet ranzukommen. Als ihm dies nicht gelang, löste er den Feueralarm aus. Das geht ganz einfach: Die Station verfügt über drei Melder, bei jedem ist der Knopf durch eine dünne Glasscheibe gesichert, die sich schnell und geräuschlos eindrücken lässt.«

»Während alle ringsum abgelenkt waren«, fuhr Sammet fort, »stand der Kerl plötzlich mit einer Spritze neben meinem Bett und setzte sie an einen Infusionsschlauch. Ehe ich reagieren und mich von den zahlreichen Kabeln und Schläuchen befreien konnte, legte er mir auch schon seine Hand auf den Mund und drückte mich in das Kissen zurück.«

»Was hat er gespritzt?«, wollte Wolf wissen.

»KCI, besser bekannt unter dem Namen Kaliumchlorid. Wird auch zur Einschläferung von Tieren, in manchen Ländern sogar bei Hinrichtungen benutzt. Kannst du in Ampullen in jeder Apotheke bekommen. Das Zeug lässt sich intravenös spritzen oder über eine Infusion zuführen und ist später praktisch nicht nachweisbar. In meinem Fall nicht mal durch eine Einstichstelle. Wie mir die Ärzte nach der Reanimation berichteten, muss ich ganz schnell weg gewesen sein. Kammerflimmern! Gott sei Dank haben sie neben dem Bett die Ampulle gefunden, sodass sie wussten, was mir der Dreckskerl gegeben hatte und mich per Defi zurückholen konnten.«

»Ist die Fahndung nach dem Täter raus?«, wollte Wolf wissen.

»Fahndung läuft, Chef. Allerdings ... ob sie was bringt, ist mehr als fraglich ...« Vögelein ließ den Rest des Satzes in der Luft hängen.

»Was willst du damit sagen?«

Umständlich schneuzte sich Vögelein aufs Neue, ehe er fortfuhr. »Nun, irgendetwas an dem Kerl war merkwürdig, ich kam nur nicht drauf, was. Erst als er mir sein Knie in die Eier ...« – mit einem schnellen Seitenblick auf die grinsende Jo korrigierte er sich – »... zwischen die Beine rammte, kam mir blitzartig die Erleuchtung.« An dieser Stelle musste er ein weiteres Mal unterbrechen, da seine Kollegen zu prusten begannen.

Verärgert rief er: »Was gibt's da zu lachen? Mir blieb zwar die Luft weg, aber hirnmäßig war ich voll da! Um es kurz zu machen: Der Mann trug eine Perücke!«

»Eine Perücke?«, echote Jo überrascht.

»Für Perücken hab ich einen Blick. Hatte da mal eine Freundin, die ... na, ja, tut nichts zur Sache. Sein silbergrauer Haarschopf war einfach zu üppig, nirgends war der Haaransatz zu erkennen, obendrein passten Haupthaar und Wimpern nicht zusammen.«

»Vermutlich war auch die Brille falsch«, murmelte Preuss und rieb sich nachdenklich das Kinn.

»Außerdem gehe ich jede Wette ein, dass die auffällige Warze am Kinn nicht echt war.«

»Das einzig Echte an dem Kerl ist wohl der Speck auf seinen Rippen«, maulte Preuss und schlug verärgert mit der Hand auf den Tisch.

»Sieht ganz so aus. Eines allerdings muss man ihm lassen: Er ist gut zu Fuß!« Jo verzog das Gesicht zu einer Grimasse.

»Was ist mit der Spritze? Irgendwelche Spuren daran?«, hakte Preuss nach.

»Wie denn?« Vögelein hob die Schultern. »Der Kerl trug Handschuhe, trat schließlich als Arzt auf.«

»Und was ist mit der roten Suzuki?«, fragte Wolf.

»Unsere Techniker sagen: Fehlanzeige. Bis jetzt wenigstens, allerdings laufen die Untersuchungen noch. Der Halter hat die Maschine übrigens heute früh als gestohlen gemeldet.«

Längeres Schweigen machte sich breit. Dann fasste Wolf das Ergebnis ihrer Besprechung zusammen: »Klingt ziemlich beschissen, würde ich sagen.«

»In der Tat. Wir sind gründlich verladen worden«, nickte Jo.

Der Satz war noch nicht verklungen, als plötzlich Sommer den Raum betrat. Wie ein witterndes Tier hob er die Nase, als spürte er dem Leberkäsduft nach. Ohne jedoch näher darauf einzugehen, erklärte er: »Wollte mich nur kurz nach dem Stand der Dinge erkundigen. Wenn ich mich eben nicht verhört habe, steht der Durchbruch noch aus, richtig?« Ohne Wolfs Bestätigung abzuwarten, fuhr er fort: »Bin gewissermaßen auf dem Sprung. Meeting beim LKA. Unsere heutige Lagebesprechung muss also ausfallen, Leo. Du hältst mich über den Fall auf dem Laufenden, ja? Bis morgen dann!« Schon war er wieder weg.

Wolf, der während Sommers Stippvisite keine Miene verzogen hatte, stand wortlos auf und trat ans Flipchart. Er riss das bei einer früheren Besprechung beschriebene oberste Blatt ab, zerknüllte es und warf es in den Papierkorb. Danach nahm er einen schwarzen Filzschreiber zur Hand, teilte den nächsten, noch jungfräulich weißen Bogen in der Mitte durch eine senkrechte Linie und wandte sich schließlich wieder seinen Kollegen zu.

»Wir scheinen ein Phantom zu jagen. Seit zwei Tagen läuft da draußen ein Mörder herum, und wir haben nicht den geringsten Anhaltspunkt, wer oder was sich dahinter verbirgt. Ich denke, wir sollten einfach mal die uns bekannten Fakten, einfach alles, was uns einfällt, aufschreiben und schauen, wo sich neue Ansatzpunkte ergeben. Vielleicht haben wir etwas übersehen und erkennen vor lauter Bäumen den Wald nicht mehr. Möglicherweise verfügen wir ja längst über alle notwendigen Einzelinformationen und haben sie nur noch nicht richtig verknüpft. Eines ist jedenfalls sicher: Wenn wir nicht binnen zwei Tagen einen Erfolg vorweisen können, machen uns die Medien die Hölle heiß. Also … wer macht den Anfang?«

»Moment noch: Was soll die senkrechte Linie, Chef?«, fragte Jo und ging noch einmal mit der Kaffeekanne herum.

»Ich dachte, wir schreiben in das linke Feld alle Fakten, die wir als gesichert betrachten. Daneben listen wir alles andere auf: Verdachtsmomente, denkbare Querverbindungen, Zeugenhinweise, Statements, Gerüchte, alles, was auch nur entfernt im Zusammenhang mit unserem Fall stehen könnte. Lasst eurer Phantasie freien Lauf.«

Vögelein schneuzte in sein Taschentuch, ehe er die Hand hob: »Dann sollten wir mit den drei Toten beginnen. Sie sind Fakt, mit ihnen hat die ganze Chose angefangen.«

»Richtig.« Wolf schrieb die Namen der drei Mordopfer in die linke Spalte. »Weiter?«

Ein Stichwort gab das andere. Nach einer Dreiviertelstunde war das Blatt proppenvoll, Wolfs Schrift zuletzt immer kleiner geworden. Niemand hatte mit einem Volltreffer gerechnet, dafür war die Faktenlage einfach zu dünn. Aber immerhin ergaben sich einige interessante Teilaspekte. Der Fiat Stilo zum Beispiel, der Karin Winter bei ihrer Fahrt zur Birnau gefolgt war, prangte auf der linken Seite der Übersicht und hatte sich zu Wolfs Überraschung als Firmenfahrzeug des »Seekurier«-Verlages herausgestellt. Dummerweise ließ sich für die fragliche Zeit kein Fahrer ermitteln; für den Wagen existierten mehrere Schlüssel, auf die Gott und die Welt Zugriff hatten. Es war also zu klären, ob jemand aus der Belegschaft Karin Winter beschattet hatte und inwieweit es einen Zusammenhang zu dem Anschlag in ihrer Wohnung oder gar zu der Mordserie gab. Auf alle Fälle musste das Fahrzeug schnellstmöglich zur KTU.

Leider war die Untersuchung von Karin Winters Wohnung noch nicht abgeschlossen, möglicherweise ergaben sich daraus Anhaltspunkte für gezielte Ermittlungen. Zudem versuchten mehrere Beamte seit den frühen Morgenstunden, den Lieferanten des Benzinkanisters ausfindig zu machen, mit dessen Hilfe die Täter das Pennerquartier abgefackelt hatten.

Die angebliche Erbschaft, die Wolf auf der rechten Seite des Blattes notiert hatte, war ebenfalls ein Punkt, dem sie unbedingt weiter nachgehen mussten. Falls Havanna und Einstein tatsächlich zu Geld gekommen waren, ergab sich daraus nämlich gleich ein ganzer Sack voller Fragen. Wer war der Erblasser und wie hoch war der Nachlass? Welcher Art war die Verbindung zwischen den beiden Pennern und dem Erblasser? Und schließlich die Kardinalfrage: War der plötzliche Reichtum von Havanna und Einstein ursächlich für ihren Tod? Um in dieser Sache weiterzukommen, brauchten sie Göbbels. Jo war sicher, dass er der anonyme Anrufer gewesen war, also ordnete Wolf an, nach ihm fahnden zu lassen.

»Und dann sollten wir das Arsen nicht vergessen«, meldete sich Jo noch einmal zu Wort. »Irgendwo müssen die Täter sich das Zeug ja beschafft haben. Vielleicht kommen wir auf dieser Schiene weiter?«

»Ein guter Hinweis«, lobte Wolf, »wie konnten wir das bisher nur vergessen? Das nimmst am Besten du in die Hand, Jo.«

»Geht klar, Chef.«

Wolf fand das Ergebnis ihres Brainstormings alles in allem gar nicht so übel. Wie pflegte Kollege Marsberg zu sagen, wenn nichts so recht vorangehen wollte? »Mühsam ernährt sich das Eichhörnchen.« Ein wahres Wort! Auf alle Fälle hatten sie in den folgenden Stunden einiges zu kauen. Ob sie davon satt wurden, stand auf einem anderen Blatt.

Wolfs Handy klingelte. Unwillig ging er ran. »Wie? Wer spricht? ... Ach, Sie sind's, Frau Winter ... nein, im Moment passt es überhaupt nicht. Kann ich zurückrufen?« Eine Weile hörte er nur zu, dann verdrehte er die Augen. »Also gut, ich komme. Sie haben fünf Minuten, keine Sekunde länger.«

Wolf beendete das Gespräch und blickte in die Runde. »Macht ihr mal alleine weiter. In meinem Büro wartet die Winter. Hat angeblich was Neues zu unserem Mordfall.«

Wohlig schnurrend lag Fiona in Karin Winters Schoß und ließ sich den weißen Bauch kraulen. Wolf war ein bisschen enttäuscht; wie konnte sich das Katzenvieh nur so hemmungslos einer wildfremden Person hingeben? Doch schnell verdrängte er seine Eifersucht.

Wenn sie ihn schon verriet, dann wenigstens an Leute, die ihm sympathisch waren. Karin Winter zählte zweifellos dazu.

»Hat man Sie mit einem weiteren Körperteil beglückt, einem Ohr etwa oder einer Zunge?«, begrüßte er sie.

»Lassen Sie diese Witze! Mir reicht das Auge.«

»Ach, kommen Sie, ein bisschen Spaß muss schließlich sein ...«

»... sogar bei einer Beerdigung, sonst geht keiner hin. Ja, ja, ich kenne diese Sprüche, aber die helfen mir im Moment auch nicht weiter.«

»Ich habe Ihnen Personenschutz angeboten, Sie haben ihn ausgeschlagen. Es war Ihre Entscheidung! Apropos: Sind Sie sicher, dass Ihnen niemand hierher gefolgt ist?«

»Darauf können Sie Gift nehmen, ich mache so was ja nicht zum ersten Mal!«

»Darf ich wissen, wo Sie derzeit wohnen?«

»In einem Hotel, wo genau, tut nichts zur Sache. Ich bin auch nicht hier, um über mich zu reden. Allerdings sollte ich vielleicht erwähnen, dass der Terror jetzt per Telefon weitergeht.«

»Erzählen Sie.«

»Da gibt es nicht viel zu erzählen. Bis jetzt hatte ich zwei Anrufe auf dem Handy, eine kratzige Männerstimme, offensichtlich verstellt.«

Wolf machte sich eine Notiz. »Was hat der Anrufer gesagt?«

»Nur einen einzigen Satz, der sich irrerweise sogar reimte: ›Nimm den Rat, du Trüffelschwein, stell sofort das Schnüffeln ein!‹ Es folgte ein wunderliches Kichern, dann war die Leitung tot.«

»Holla, ein kleiner Witzbold. Unschwer zu erraten, aus was Sie Ihre Nase herauslassen sollen.«

»Der Zusammenhang zu den Morden an den Stadtstreichern liegt auf der Hand – und genau deshalb bin ich hier. Nach meiner Kenntnis sollen Einstein und Havanna kurz vor ihrem Tod ein ansehnliches Erbe angetreten haben. Eine sechsstellige Summe, um genau zu sein. Was sagen Sie dazu?«

»Ich kenne das Gerücht.«

»Ach? Inzwischen ist es allerdings mehr als ein Gerücht. Als ich der Sache auf den Grund ging, stieß ich auf einen Informanten, der in den Erbfall involviert war und das Gerücht bestätigte. Ich finde, das sollten Sie wissen, schließlich lässt das den Fall in einem etwas anderen Licht erscheinen.«

»Frau Winter, Frau Winter! Sie haben doch nicht schon wieder in fremden Daten herumgeschnüffelt?«

»Nee, Herr Wolf, diesmal nicht. Falls Sie jedoch von mir wissen wollen, wer mein Tippgeber ist: Sparen Sie sich die Luft. Informantenschutz! Ich hoffe, Sie akzeptieren das.«

Wolf atmete auf. Mit Informationen aus zwielichtigen Quellen konnte er sowieso wenig anfangen – kein Gericht im Land würde sie akzeptieren. Eine anonyme Quelle war zwar nicht viel besser, aber wenn sie nach Karin Winters Meinung verlässlich und rechtlich unbedenklich war, ließ sich darauf aufbauen. »Wie lange wissen Sie schon von dieser Erbschaft?«, fragte er, plötzlich misstrauisch geworden.

»Seit heute Morgen. Keine Angst, ich halte es wie immer: *Meine* Infos sind *Ihre* Infos. Ich hoffe, das beruht auf Gegenseitigkeit.«

Wolf fasste Karin schärfer ins Auge. »Und warum erzählen Sie mir das – ich meine, warum gerade jetzt? Sie bohren doch schon länger in der Geschichte herum, oder?«

»Wenn ich ehrlich sein soll«, begann Karin zögernd, »... ich komme allein einfach nicht weiter. Wenn wir uns allerdings zusammenschmeißen würden ... um es kurz zu machen: Ich bin auf Ihre Hilfe angewiesen, Herr Wolf. Im Gegenzug ...«

Wolf winkte ab. »Ja, ja, diese Leier kenn ich schon! Eine Hand wäscht die andere, gibst du mir Informationen, geb ich dir welche – das meinten Sie doch?«

»Sehen Sie, das gefällt mir so an Ihnen: Wir verstehen uns auch ohne viele Worte«, grinste Karin spitzbübisch.

Wolf schluckte hinunter, was er noch hatte sagen wollen. Mit der Weigerung zur Zusammenarbeit würde er sich selbst einen Bärendienst erweisen. »Also gut«, knurrte er und sah auf die Uhr. »Was haben Sie zu bieten?«

»Betrachten Sie die Verifizierung der Erbschaft als Anzahlung. Und hier gleich die nächste Rate: Mein Informant sprach, nach dem Erblasser gefragt, von einer älteren Witwe. Da hat's bei mir geklingelt. Vielleicht, hab ich mir gesagt, gab es bereits ähnliche Fälle? Also hab ich mir mal die Mühe gemacht, nach älteren Witwen zu forschen, die in den letzten Monaten verblichen sind. Auf dieser Liste hier finden Sie sechs Namen.«

Sie nahm ein Blatt aus ihrer Umhängetasche und legte es vor ihn hin. »In allen Fällen verliefen meine Nachforschungen bezüglich des Nachlasses im Sande. Die zuständigen Stellen mauern. Ihnen hingegen dürfte das keine großen Schwierigkeiten bereiten.« Ein verschmitztes Lächeln spielte um ihren Mund. »Wer könnte schon einem richterlichen Beschluss widerstehen?«

Steht ihr gut, das Lächeln, dachte Wolf, rief sich jedoch postwendend zur Ordnung. Abrupt stand er auf und nahm seine Jacke aus dem Schrank.

»Danke, Frau Winter, meine Kollegin, Frau Louredo, wird sich der Sache annehmen. Ich melde mich bei Ihnen. Und jetzt müssen Sie mich entschuldigen. Die Lagebesprechung, Sie wissen schon.«

Kurz bevor er die Tür erreichte, drehte er sich noch einmal um. »Fast hätt ich's vergessen: Die Spurensicherung nimmt gerade Ihre Wohnung auseinander. Vielleicht werden wir ja fündig.« Er grinste. »Wären schließlich nicht die ersten Täter, die mit einem offenen Auge in ihr Verderben rennen, oder?«

***

Der Himmel inszenierte spätherbstliches Mainauwetter. Was Wunder, dass Gott und die Welt auf die Blumeninsel drängten. Ein klapprig aussehender dunkelgrauer Audi bog auf den Parkplatz ein, erst nach längerem Suchen fand er eine freie Lücke. Der Igelmann musterte kurz die Umgebung, ehe er ausstieg, seinen Wagen abschloss und in Richtung Insel ging. Ohne Hast passierte er die dem Eingang vorgelagerte Verkaufshalle und schlug den Weg zu den Kassenhäuschen ein. Mit einem kurzen Schulterblick sah er noch einmal zu seinem Wagen zurück. Kein Mensch käme auf die Idee, hinter dieser Klapperkiste weit über zweihundert Pferdestärken zu vermuten. Ging auch keinen was an! Hauptsache, er konnte im Falle eines Falles den Gäulen die Sporen geben!

Vor den Kassenhäuschen reihte er sich in die Besucherschlange ein. Einen Moment lang verfluchte er die gottverdammten Touristen, doch sofort nahm er sich wieder zurück – schließlich hatten sie sich aus genau diesem Grund für die Mainau entschieden, als es um die Wahl ihres Treffpunktes ging. Hier, in der Masse, würden sie am wenigsten auffallen.

Bereits nach einigen Metern erreichte der Igelmann den eisernen Steg, der zu der Blumeninsel hinüberführte. An der danebenstehenden, gut drei Meter hohen Bronzeplastik, dem Schwedenkreuz, verhielt er seinen Schritt und kam wie durch Zufall neben dem Rothaarigen zu stehen, der wie er die drei gekreuzigten Leidensgestalten bestaunte.

Der Igelmann spitzte die Lippen, als sei er von der Ausdruckskraft der Figuren überwältigt. »Einfach beeindruckend«, rief er halblaut und verschränkte die Arme vor der Brust.

»Wäre schön, wenn man das von deinem missglückten Einsatz auf der Intensivstation auch sagen könnte«, entgegnete der Rothaarige im Flüsterton, ohne den Blick von dem Kreuz zu wenden.

»Was heißt da missglückt?« Der Igelmann hatte sich gleichfalls aufs Flüstern verlegt. »Ich hab ja wohl meinen Teil der Aufgabe erfüllt, oder? Schließlich hab ich Havanna ausgeschaltet, trotz intensiver Bewachung. Wie sollte ich ahnen, dass das eine Falle war?«

»Du hast Glück gehabt, dass du den Bullen entkommen bist.«

»Nein, nicht ich – wir haben Glück gehabt, mein Lieber! Hätten sie mich geschnappt, wärst du mit aufgeflogen. Mitgefangen, mitgehangen, vergiss das nicht!

»Umso wichtiger, dass wir die Pressetante endlich von unserer Fährte abbringen. Nicht genug, dass sie ihre Nase in Dinge steckt, die sie absolut nichts angehen, jetzt macht sie auch noch gemeinsame Sache mit den Bullen.«

»Wart's ab! Vielleicht war ihr der Schock mit dem Auge eine heilsame Lehre.«

»Eben nicht. Hab auf dem Weg hierher einen Anruf bekommen. Das Luder macht in eben dieser Minute dem Oberbullen, diesem Wolf, ihre Aufwartung. Möchte gar zu gerne wissen, was die beiden auskungeln. Wird Zeit, dass wir der Frau endgültig den Mund stopfen, ehe sie noch mehr Unheil anrichtet.«

***

Nach kurzer Fahrt hinauf auf den Burgberg, bei der nicht viele Worte gewechselt wurden, stellte Vögelein den Dienstwagen vor dem unauffälligen Wohnhaus ab, in dem sich Karin Winters Penthouse befand. Nicht weit davon entfernt stand das mobile Labor der Spurensicherung.

Wolf kannte das Haus. War es wirklich erst ein halbes Jahr her, dass er mit Karin Winters Unterstützung die gefährliche Müllmafia zur Strecke gebracht hatte? Der Fall hatte deutschlandweit Aufsehen erregt, und aus Freude über den gemeinsamen Erfolg hatte Karin ihn seinerzeit zu einem Essen eingeladen – pochierter Lachs auf Bandnudeln, wenn er sich recht erinnerte. Kochen konnte die Frau, das musste ihr der Neid lassen! Ein echtes Multitalent.

Na ja, das war längst Vergangenheit. Andere Fälle waren gefolgt, einer lausiger als der andere, die Arbeit war ihm nie ausgegangen. Selten aber war der Erfolg so fern wie heute, und obwohl sie alles in ihrer Macht Stehende unternommen hatten, zeichnete sich kein Licht am Ende des Tunnels ab – noch nicht.

Drei Tote waren bereits zu beklagen, drei Ausgestoßene, die elendig unter qualvollen Schmerzen verrecken mussten – und niemand wusste, ob Göbbels noch lebte!

Während Vögelein umständlich den Wagen abschloss, versuchte Wolf, die in ihm aufkeimende Resignation zu verdrängen, indem er sich auf die bevorstehende Untersuchung konzentrierte. Er war auf das ominöse Auge gespannt, das Karin Winter am Morgen in heillose Panik versetzt hatte.

Sofort nach Betreten des Hausflurs schlug Wolf den Weg zur Treppe ein – sehr zum Leidwesen Vögeleins, der eilfertig und nicht ganz uneigennützig die Aufzugtür aufgerissen hatte. Vögelein hatte ihm ungläubig nachgestarrt; offenbar konnte er es nicht fassen, dass Wolf den kräftezehrenden Aufstieg über die Treppe wählte, noch dazu freiwillig!

Nach den ersten Stufen drehte sich Wolf noch einmal um. »Nimm du dir mal die Hausbewohner vor, Hanno. Vielleicht ist ja jemandem etwas aufgefallen. Fremde Leute im Haus, ein Wagen, der nicht hierher gehörte, Geräusche, du weißt schon …«

Sprach's, drehte sich um und stieg weiter treppauf, bis er den Eingang der Winter'schen Penthousewohnung erreichte. Quer über den Türrahmen hatten die Kollegen ein rot-weiß gestreiftes Plastikband mit der Aufschrift »Stopp – Polizeiabsperrung« gespannt. Er klingelte. Ein hünenhafter Mann mit kahl rasiertem

Schädel öffnete ihm die Tür. Er trug einen der weißen Einwegoveralls der Spurensicherung.

»Hallo, Leo, so spät noch auf den Beinen?«, flachste er und gab den Durchgang frei.

»Möchtest mich wohl schon im Seniorenheim haben, was? Sei froh, dass ich noch krauchen kann, du Jungspund. Wer sollte denn sonst die ganze Arbeit machen? Erzähl mal, wie sieht's aus bei euch?«

Der Kahlköpfige setzte eine ernste Miene auf. »Tja, was soll ich sagen ... Es gibt keinerlei Spuren, die für ein gewaltsames Eindringen sprechen. Weiß der Himmel, wie die Täter hier reingekommen sind. Müssen wohl über einen Schlüssel verfügt haben, eine andere Erklärung gibt es nicht.«

»Ihr seid sicher, dass sie die Wohnung durch diese Tür betreten haben?«

Der Kahlköpfige nickte. »Wir haben alles überprüft, es gibt keinen anderen denkbaren Zugang, schon gar nicht von außen. In den anderen Räumen gab es bisher nichts Auffälliges, außer jeder Menge Fingerabdrücke natürlich, die aber erst noch ausgewertet werden müssen. Ach ja, und einige Mikrofaserspuren, die wir am Türrahmen und an der Tischkante fanden. Das Zeug geht jetzt erst mal ins Labor.«

Wolf nickte verbissen. »Kein gewaltsames Eindringen, kaum Spuren. Sieht so aus, als hätten wir es mit Profis zu tun, nicht wahr?«

»Scheint so.«

»Und wo ist das Auge?«

»Hier.« Mit ein paar Schritten hatte der Kahlköpfige seinen Standort gewechselt und stand nun vor einem ovalen Esstisch nahe der Balkontür. Dort, mitten auf dem schmalen, kunstvoll gestickten Tischläufer, lag es, das Corpus Delicti. Wolf konnte nur zu gut verstehen, dass die Monstrosität des fast faustgroßen, noch immer feucht glänzenden Augapfels Beklemmungen, wenn nicht gar Panik in Karin Winter hervorgerufen hatte, erst recht, wenn man bedachte, dass es durch einen unbekannten Eindringling in die verschlossene Wohnung gebracht worden war.

»Was ist es?«, fragte Wolf und beugte sich über den Tisch, um das unheimliche Teil genauer in Augenschein zu nehmen.

»Stammt eindeutig von einem Rind, fachmännisch ausgelöst«, erklärte ein Kollege des Kahlköpfigen, der sich inzwischen zu ihnen gesellt hatte. »Damit es möglichst lebendig aussieht, haben die Täter sich eines einfachen Tricks bedient: Sie haben die Oberfläche mit einem hochglänzenden Klarlack behandelt. Das verhindert, dass sich organisches Material unter Sauerstoffeinwirkung zersetzt. Wenn ihr mich fragt: Das Ding dürfte in einem Monat noch genauso lecker aussehen.«

Wolf sah den Kollegen skeptisch an; für diese Art von Humor hatte er wenig übrig. Andererseits: Wer sein Leben lang in den Hinterlassenschaften fremder Leute wühlte, entwickelte wohl zwangsläufig eine gehörige Portion Zynismus – schon aus Selbstschutz. Sei's drum, er hatte im Augenblick Wichtigeres zu tun, als sich über solche Bagatellen aufzuregen.

Zum Beispiel musste er versuchen, sich aus dem Gehörten ein möglichst genaues Bild von den Tätern zu machen. Ganz bewusst benutzte er den Plural, denn seinem Gefühl nach stand außer Frage, dass sie es mit *mehreren* Tätern zu tun haben mussten. Nachdenklich sah er durch die Balkontür auf den See hinab. Sein Blick fiel am jenseitigen Ufer auf die Örtchen Dingelsdorf und Wallhausen, die im warmen Licht der spätherbstlichen Abendsonne wie aus der Hand eines Riesen hingestreut lagen. Das Bild war so richtig geeignet, die Gräuel, mit denen er sich tagein, tagaus beschäftigen musste, ein wenig in den Hintergrund zu drängen.

Die Täter, das stand für ihn fest, waren keine gewöhnlichen Kriminellen. Sie versuchten auf nicht besonders subtile Weise, ihre Opfer zu steuern, ihr Verhalten zu beeinflussen. Sie bestraften jeden, der ihre Pläne gefährdete. Wenn es sein musste, sogar mit dem Tod. Otto und inzwischen vielleicht auch Göbbels waren höchstwahrscheinlich unliebsame Zeugen, die mundtot gemacht werden mussten. Galt das auch für Havanna und Einstein? Oder spielte vielleicht doch das Vermögen eine Rolle, das jene betagte Witwe den beiden Pennern überschrieben hatte – und warum gerade ihnen? Auch Karin Winter schien hochgradig gefährdet. Sie hatte sich für Dinge interessiert, von denen sie besser die Finger gelassen hätte, das sollte das Auge auf ihrem Esstisch ihr mitteilen.

Plötzlich zog Wolf die Brauen hoch. Wenn das stimmte, wenn ihre Recherchen den Tätern auf die Füße traten ... ließe sich dann daraus vielleicht ein Motiv ableiten? Oder wenigstens ein Hinweis, um was es im Kern bei der Geschichte überhaupt ging? Doch so sehr er auch die wenigen bekannten Fakten miteinander verknüpfte, es wollte ihm nichts Gescheites einfallen.

Sie hatten noch immer viel zu wenig in der Hand – und schon gar keine Fakten, die zu einem handfesten Motiv und von da zu den Tätern führten. So perfide es klang: Sie mussten darauf hoffen, dass diese Leute sich aus der Deckung wagten und Fehler begingen – erst dann hätten sie eine Chance, weiterzukommen.

Ein penetrantes Läuten an der Wohnungstür unterbrach Wolfs Gedanken. Vögelein war von seiner Befragung zurück. Er holte tief Luft und fuchtelte aufgeregt mit den Händen vor Wolf herum. »Chef, ich bin da auf etwas gestoßen«, legte er los. »Der Grasmück ...«

»Grasmück?«

»Ja, der Rentner aus dem Erdgeschoss ... also der hat einen Hund, den er morgens und abends Gassi führen muss ...«

»Hätt er sich lieber 'ne Katze angeschafft.«

»Wie? Ach so, nein, der macht das ja gern, ich meine Gassi führen ... also, das sagt er wenigstens ... und der Hund ist ein ganz Lieber, sofern man nicht gegen Hundehaare allergisch ist, was besonders bei ...«

»Hanno! Komm zur Sache!«

Erneut holte Vögelein tief Luft, ehe er, nunmehr hoch konzentriert, den Faden wieder aufnahm: »Dem Grasmück ist jemand aufgefallen. Heute früh, so gegen halb neun, war ein Fremder im Haus. Wenigstens hat Grasmück ihn noch nie hier gesehen. So ein fülliger Typ in einem blauen Overall, mit Sonnenbrille und einem Werkzeugkoffer.«

Wolf hob den Kopf. »Füllig?«

»Ich merke schon, Sie denken in dieselbe Richtung. Da wird es Sie nicht wundern, dass der Mann laut Grasmück einen silbergrauen Wuschelkopf gehabt haben soll.«

»Gut gemacht, Hanno, es scheint sich tatsächlich um unseren Mann zu handeln. Hat dieser Herr Grasmück gesehen, ob der Mann Handschuhe trug?«

»Nein.«

»Oder was für einen Wagen er fuhr?«

»Das war komisch: Der Grasmück kam mit seinem Hund vom Gassigehen zurück, da hat er den Mann in einiger Entfernung aus einem Audi steigen sehen, Farbe mittelgrau, genauer Typ nicht bekannt, muss aber schon einige Jährchen auf dem Buckel haben. Als der Mann dann Grasmück mit dem Hund auf sich zukommen sah, tat er so, als müsse er noch einmal zu seinem Wagen zurück und machte sich an einem in der Nähe stehenden A-Klasse-Mercedes zu schaffen. Grasmück ging an ihm vorbei ins Haus, und von dort hat er eine Viertelstunde später gesehen, wie der Mann aus dem Haus kam und in dem Audi wegfuhr.«

»Ein Täuschungsmanöver?«

»Wenn, dann ein reichlich plumpes, würde ich sagen.«

Wolf überlegte kurz. »Schnapp dir diesen Grasmück. Wir brauchen ein Phantombild von dem Verdächtigen, ohne Perücke, ohne Brille. Möglichst vorgestern.«

»Geht klar, Chef. Es ist nur …«

»Ja?«

»Na ja, der Zeuge ist gerade noch mal mit dem Hund raus, und ich hab jetzt gleich einen Arzttermin. Ich spüre einen Anflug von Fieber und Schüttelfrost …«

Wolf war darüber alles andere als erfreut. Jo und er hatten bereits mehr als genug zu tun, also musste er einen der Kollegen vom Streifendienst bitten, Grasmück zur Polizeidirektion zu begleiten. Trotzdem bemühte er sich um ein gewisses Verständnis. »Klingt ja hochgefährlich. Soll ich einen Sanka rufen?«

Doch Vögelein hatte für Wolfs Ironie keine Antenne. »Nicht nötig, Chef, das schaff ich schon.«

***

So schnell es ging, eilte Wolf die Treppen hoch. Noch im Laufen suchte er nach dem Schlüssel zu seinem Büro. Auf der letzten Stufe musste er sich für eine halbe Minute am Geländer festhalten, sein Atem rasselte. Endlich steckte er den Schlüssel ins Schloss, öffnete einen Spalt weit die Tür – doch von Fiona keine Spur. Seltsam! Hielt ihn das Katzenvieh etwa zum Narren? Wo hatte sie sich bloß versteckt? Denn dass sie entwischt war, konnte er ausschließen, niemand hatte während seiner Abwesenheit Zugang zum

Büro gehabt und die Fenster waren alle geschlossen. Schnell trat er ein, um vorübergehenden Kollegen keinen Anlass für ein Gespräch oder gar eine dumme Bemerkung zu geben.

Sofort bemerkte er einen eigentümlich scharfen Geruch. Je weiter er in den Raum hineinging, desto stärker wurde er. Kein Zweifel, hier roch es nach Katzendreck, und der »Duft« kam keinesfalls aus dem Katzenklo. Wolf rümpfte die Nase, doch er war nicht sauer. Er hätte großzügig über das Malheur hinweggesehen, wenn nur Fiona ihr Versteckspiel beendet hätte. Doch sie war und blieb verschwunden. Womöglich irrte sie irgendwo im Haus umher, hungrig, durstig und total verängstigt.

Da half alles nichts, er musste sich auf die Socken machen, das Haus absuchen, die Kollegen fragen. Er zog seine Jacke aus und ging zum Büroschrank, um sie wegzuhängen. Doch kaum war die Tür einen Spalt weit offen, da schien ihm mit spitzen Schreien der Teufel persönlich zu entweichen.

Natürlich, das ist die Erklärung!, dachte Wolf, nachdem er sich vom ersten Schreck erholt hatte. Fiona musste in den Schrank geschlüpft sein, als er vor dem Trip zu Karin Winters Wohnung seine Jacke herausgenommen hatte. Er selbst hatte sie dort eingesperrt, unabsichtlich und leider nicht ganz folgenlos, wie er angesichts des Häufchens auf dem Schrankboden feststellen musste.

Schnell schüttelte er eine Gitanes aus der Packung, steckte sie an und nahm einen tiefen Zug. Der Rauch würde helfen, den Gestank etwas zu überdecken. Dann machte er sich daran, Fionas Hinterlassenschaft zu beseitigen.

»Haben Sie etwa eine halb verweste Leiche im Schrank?«, ließ sich in diesem Augenblick eine Stimme vernehmen. Jo stand unter der Tür, bückte sich mit ausgestreckten Armen und stieß ein scharfes »Ksch, ksch« aus, wodurch sie im letzten Moment Fionas Flucht aus dem Raum vereitelte. Fünf Minuten später hatte Wolf das Tier in der roten Transportbox verstaut und die Fenster aufgerissen.

»Ich hoffe, du bringst gute Nachrichten«, brummte Wolf mit zusammengezogenen Brauen, während er mit einem feuchten Lappen die letzten Spuren aus dem Schrank entfernte.

Jo warf ihre Tasche auf den Tisch, zog einen Stuhl zu sich heran und ließ sich hineinfallen. »Teils, teils«, antwortete sie vage.

Wolf hob den Kopf. »Geht's etwas genauer?«

Noch bevor Jo näher darauf eingehen konnte, klopfte es an der Tür. Hellmer, ein Kollege aus dem Labor, streckte den Kopf herein. »Hast du mal eine Sekunde, Leo?« Unvermittelt reckte er seine Nase in die Luft und begann zu schnuppern. »Bei dir riecht's, als hätte eine Katze ins Zimmer geschissen.«

»Was gibt's, du Schnellmerker, ich hab wenig Zeit.«

»Kam gerade vorbei und wollt's dir selber sagen: Hab die Mikrofaserspuren, die wir auf dem Ruderboot fanden, analysiert. Stammen eindeutig nicht von den beiden Opfern.«

»Das heißt, ich muss dir nur noch die Täter liefern, und du wirst sie dann abnicken, ja?«

»Erfasst, Leo.«

»Umgekehrt wär's mir lieber. Sonst noch was?«

»Na ja, ein bisschen was müsst ihr schon selber tun«, kicherte Hellmer und zog sich zurück.

»Sie erinnern sich, Chef«, brachte sich Jo in Erinnerung. »Die Winter hatte sechs Namen auf ihrer Liste, durch die Bank ältere, vermögende Witwen, die in der Zeit zwischen dem 30. Juli und dem 15. Oktober verstorben sind, allesamt ohne die geringste Auffälligkeit. Sechs Namen also in zweieinhalb Monaten. Da stellt sich zunächst mal die Frage: Sind sechs Todesfälle viel oder sind es wenig – ich meine, im Vergleich zu einem gleichlangen Zeitraum davor oder danach? Wenn wir zum Beispiel wüssten, dass im Jahresmittel eine ungefähr gleichhohe Zahl reicher Witwen diese schnöde Welt verlassen hätte, wäre alles paletti. Sollten es jedoch in den relevanten sechs Wochen deutlich mehr gewesen sein, dann ...«

»Dann beschaff dir diese Vergleichszahlen. Bohre alle Quellen an, die wir haben, und zwar rasch.«

Jo kaute nachdenklich auf ihrer Unterlippe. »Sollten wir dann nicht gleich Nägel mit Köpfen machen und die Totenscheine der fraglichen sechs Witwen einsehen? Angenommen ...«

»Eine gute Idee! Mach das.«

»Nebenbei würde mich interessieren, wie die Winter an die Liste kam, aber das ist ein anderes Thema. Zurück zu meinen Recherchen: Bei vier der sechs Namen war ich leidlich erfolgreich.« Sie holte ihren Notizblock aus der Tasche und schlug ein bestimmtes Blatt auf. »Nummer eins und zwei wurden wenige Tage nach ihrem Tod nach München beziehungsweise nach Norddeutschland überführt, wo auch die Testamentseröffnungen stattfanden. Nummer drei liegt zwar auf dem Überlinger Friedhof, die Abwicklung des Nachlasses lag jedoch in den Händen eines Nürnberger Notars. Nummer vier war durch kriminelle Machenschaften ihres Vermögensverwalters zum Zeitpunkt ihres Ablebens völlig mittellos. Dieser Fall hat vor ein paar Monaten mächtig Staub aufgewirbelt, ich erinnere mich noch gut daran.« Sie legte eine kurze Pause ein.

»Bleiben noch zwei.«

»Richtig. Im fünften Fall wurde die Testamentseröffnung von einem Überlinger Notar namens Sonntag abgewickelt.«

Wolf schnalzte ahnungsvoll mit der Zunge. »Ist er vielleicht unser Mann?«

»Sieht ganz so aus. Das Datum der Testamentseröffnung fällt in die Woche vor Einsteins und Havannas Ableben. Bleibt zuletzt noch Nummer sechs, und jetzt halten Sie sich fest: Diese Witwe ist nicht nur in Überlingen verstorben und begraben; ihre Erbangelegenheiten wurden auch von einem bekannten Überlinger Anwalt und Notar abgewickelt. Dreimal dürfen Sie raten, um wen es sich handelt.«

»Ich will nicht raten. Wer ist es?«

»Pohl!«

Wolf verzog das Gesicht. »Du meinst ... *unser* Pohl?«

»Richtig, unser Pohl. Der im Fall der missbrauchten Schülerinnen auf dem Partyschiff eine so unrühmliche Rolle gespielt hat.«

Wolf ging ein paar Schritte und sah mit verdrießlicher Miene aus dem Fenster. »Wie das Sprichwort schon sagt: Man sieht sich immer zweimal im Leben. Aber lassen wir Pohl mal für einen Moment beiseite. Was uns viel mehr interessieren muss, ist die Frage, ob die Penner auch bei anderen Verblichenen abgesahnt haben.«

»Damit wären wir beim weniger erfolgreichen Teil meiner Mission. Kurze Antwort: Ich weiß es nicht. Die Nachlassverwalter mauern, wie Karin Winter schon gesagt hat. Mandantenschutz.« Sie kaute auf ihrer Unterlippe. »Von Pohl können wir schon dreimal keine Unterstützung erwarten, nach allem, was war. Ich fürchte, ohne richterlichen Beschluss erfahren wir nie, wer von wem wie viel geerbt hat.«

»Gut. Ich werde mich noch heute darum kümmern. Und gleich morgen früh fahren wir beide zu Pohl. Jetzt muss ich aber erst mal meine Mails durchsehen, und dann wartet der Bericht für Sommer auf mich. Du kannst Feierabend machen.«

Als Wolf aufstand, fiel ihm noch etwas ein. »Ach ja, falls du heute Abend nichts Besseres vorhast, dann fühle doch den Pennern ein bisschen auf den Zahn. Du weißt schon, wegen Göbbels. Ein Lebenszeichen von ihm würde uns weiterhelfen.«

»Pennern nach Feierabend auf den Zahn zu fühlen, ist eine meiner Lieblingsbeschäftigungen«, murrte Jo, nahm ihre Tasche und winkte ihm im Hinausgehen kurz zu.

Kaum hatte sie den Raum verlassen, fuhr Wolf seinen Rechner hoch, überflog die eingegangenen Nachrichten, löschte fluchend eine Unzahl lästiger Spammails, ehe er ein paar dringende Anfragen beantwortete und schließlich das Textprogramm startete, um sich an den von Sommer geforderten Zwischenbericht zum Fall der ermordeten Wohnsitzlosen zu machen. In der folgenden Dreiviertelstunde suchte er krampfhaft nach treffenden Formulierungen und verlor sich dabei immer mehr in den Abgründen dieses Drecksprogramms, wie er es abfällig bezeichnete. Als er versehentlich sogar eine ganze Passage löschte, gab er entnervt auf und griff zum Telefon.

»Hallo, Ernst, ich bin's. Sag mal, was würdest du von einem gepflegten Rostbraten und einem Viertel Roten dazu halten? ... Dacht ich mir's doch! Sagen wir in einer halben Stunde im Galgenhölzle? ... Mein Bericht? Ja, ich sitze gerade drüber, denke schon, dass ich das noch schaffe. Falls nicht, kann ich dir notfalls mündlich vortragen ... Okay, bis später also!«

***

Jo sah auf die Uhr. Schon halb acht vorbei. Seit einer knappen Stunde saß sie am Landungsplatz auf einer der Stufen, die bis ans Wasser hinunterführten, und nippte gelegentlich an ihrer Cola – als sinniere sie über Gott und die Welt und hätte nur Augen für die wie flimmernde Perlenschnüre daliegenden Lichter der kleinen

Süduferorte, die sich in den anschlagenden Wellen zu ihren Füßen reflektierten. Für einen Oktoberabend war es ungewöhnlich warm. Das erleichterte ihr die Aufgabe, die Gruppe lärmender Penner unauffällig im Auge zu behalten.

Fünf Männer und zwei Frauen lagerten unweit von Jo auf der Treppe, prosteten sich immer wieder zu, lachten und schwangen laute Reden, ohne einen Blick für ihre Umgebung, geschweige denn die leicht angewidert blickenden Passanten in ihrem Rücken zu haben. Im Wesentlichen handelte es sich um dieselben Gesichter, die Jo noch vom Vortag in Erinnerung hatte. Nur einer fehlte: Göbbels.

Sie hätte viel darum gegeben, die Gespräche mitzuhören, denn sie konnte davon ausgehen, dass die Morde an dreien ihrer Genossen und noch mehr das Verschwinden ihres Wortführers Göbbels für hochgradige Nervosität in der Szene sorgten. Daran vermochte auch die fatalistische Grundeinstellung dieser Leute nicht viel zu ändern.

Jo nahm sich vor, bis längstens acht Uhr auszuharren. Falls Göbbels bis dahin nicht auftauchte, konnte sie immer noch zu den Leuten hinübergehen und sie auf sein Verschwinden ansprechen. Schlimmeres als eine rüde Abfuhr hatte sie nicht zu erwarten.

Da plötzlich gesellte sich, wie aus dem Nichts aufgetaucht, ein weiterer Mann zu der Gruppe. Wie elektrisiert fuhr Jo hoch. Wo hatte sie dieses stoppelbärtige Gesicht, diese fettig-verfilzten Haare schon einmal gesehen? Der Mann, um die vierzig und hochgewachsen, war mit einem dicken, abgetragenen Wollmantel bekleidet, der seine offenbar gut trainierten Muskeln eher hervorhob denn verbarg. Seine Hände steckten tief in den Manteltaschen.

Merkwürdig, Jo hatte plötzlich den Geruch billigen Fusels in der Nase – und beim Gedanken daran fiel es ihr wie Schuppen von den Augen: Natürlich, das war der Penner, den sie gestern Abend am Gondelhafen vernommen hatten. Der Mann hatte vorgegeben, Otto nicht gekannt zu haben. Sekunden später war er wie vom Erdboden verschluckt gewesen. Jos Misstrauen war geweckt.

Wieso war der Mann hier aufgekreuzt? Wieso ausgerechnet jetzt? Selbst aus der Entfernung konnte Jo erkennen, dass ihm die Gruppe wenig Wohlwollen entgegenbrachte. Scharfe Worte flogen hin und her, dabei blieben Haltung und Mimik des Mannes unverändert. Endlich schienen die lagernden Penner nicht weiter Notiz von ihm zu nehmen. Ein Einzelgänger? Ein Ausgestoßener? Oder gar ein Kontrahent? Sie nahm sich vor, ein Auge auf ihn zu haben.

Unauffällig folgte Jo dem Mann, als er sich wenig später in Richtung Innenstadt entfernte. Zielstrebig und ohne sich umzublicken überquerte er den Landungsplatz, gleich darauf die Hofstatt, passierte anschließend die weitläufige Münsteranlage und nahm den Weg durch die enge Spitalgasse hinauf zur Oberstadt, wo er zu Jos Verwunderung in einem Parkhaus verschwand.

In einem Parkhaus? Was hatte ein Penner in einem Parkhaus zu suchen?

In sicherer Entfernung, stets von abgestellten Autos gedeckt, folgte sie dem Mann zunächst zum Kassenautomaten und anschließend auf das obere Parkdeck, wo er sich ohne Zögern an einem Fahrzeug zu schaffen machte. Zu Jos Verblüffung stieg der Kerl in den Wagen, einen weißen Golf älterer Bauart mit einem Kennzeichen des Bodenseekreises. Anschließend setzte er zurück, um sich langsam in Richtung Ausfahrt zu entfernen.

Wie kam ein so offenkundig aus der Bahn geworfener Bursche zu diesem Auto? Jo geriet in Panik. Irgendetwas war hier oberfaul! Sollte sie Verstärkung rufen? Doch dafür fehlte die Zeit. Sie beschloss, dem Wagen zu folgen – als ihr einfiel, dass ihr Beetle unten am See stand. Verdammter Mist! Was sollte sie tun?

Im Laufschritt rannte sie dem Ausgang zu. Noch während sie erwog, den Golf unten an der Schranke anzuhalten, fuhr eine Taxe vor und hielt in geringer Entfernung zum Eingang des Parkhauses an. Ein Mann stieg aus, kramte umständlich nach seiner Geldbörse und reichte dem Fahrer schließlich einen Geldschein durchs Fenster. Mit wenigen Schritten war Jo bei dem Wagen, drängte den Passagier unsanft zur Seite und hielt dem Fahrer ihren Dienstausweis hin. »Kripo Überlingen. Bitte folgen Sie dem weißen Golf, der dort gleich aus der Ausfahrt kommt.«

»Wenn Sie mich bezahlen, soll's mir recht sein, Lady – oder ist mein Wagen konfisziert?«

Jo schüttelte den Kopf und bedeutete dem Fahrer, sich bereitzuhalten. Als der Golf auftauchte, heftete er sich ohne weiteren

Kommentar an dessen Fersen. Fast hatte es den Anschein, als wären Verfolgungsfahrten für ihn etwas Alltägliches. Jo brauchte überhaupt nicht einzugreifen, routiniert achtete der Fahrer darauf, ständig einen oder zwei Wagen zwischen sich und dem Golf zu lassen, um die Aufmerksamkeit des Verfolgten nicht unnötig auf sich zu lenken und bei überraschenden Manövern schnell reagieren zu können.

Die Fahrt führte zunächst in östlicher Richtung über die Hizler- und die Sankt-Ulrich-Straße hinunter zur stadtauswärts führenden Nussdorfer Straße. Gleich darauf bog der Golf in eine schmale Seitenstraße ab, unterquerte die Bahnlinie nach Markdorf und erreichte schließlich den Strandweg, der parallel zum Seeufer nach Nussdorf hinaus führte. Am großen Parkplatz des Strandbades Ost war die Fahrt zu Ende.

Der Platz, wie auch der Strandweg von nur wenigen Laternen beleuchtet, war nur schwach frequentiert. Zu dieser Jahreszeit hatte man das Bad bereits winterfest eingemottet, außer einigen Anliegern und ein paar Besuchern der umliegenden Freizeitanlagen verirrte sich kaum jemand hierher.

Jo hatte den Taxichauffeur angewiesen, in sicherer Entfernung abzuwarten und die Lichter zu löschen. Noch während sie überlegte, ob sie Verstärkung rufen sollte, stieg der Golffahrer aus. Beim Abschließen des Wagens sah er sich unauffällig um, bevor er sich in Richtung Nussdorf in Bewegung setzte.

Jo griff nach ihrem Handy, als der Penner nach wenigen Metern anhielt, sich kurz an einem Tor zu schaffen machte und Augenblicke später auf dem dahinter liegenden Seegrundstück verschwand. Damit waren die Würfel gefallen, der Anruf bei Wolf musste warten.

»Was bin ich Ihnen schuldig?«, wandte sie sich hastig an den Taxifahrer.

»Siebenfuffzich, Frau Kommissarin«, antwortete der nach einem kurzen Blick auf den Taxameter und stellte bereits eine Quittung aus. Fix, der Mann, dachte Jo; da war sie von Taxifahrern anderes gewohnt. Sie gab ihm einen Zehn-Euro-Schein. »Stimmt so.«

»Danke, Lady. Wenn Sie wollen, warte ich hier gerne auf Sie, ich mache Ihnen auch einen Sonderpreis.«

»Vielen Dank, nicht nötig, Herr Schürmann.« Sie hatte seinen Namen auf der Quittung gelesen. »Kompliment, Sie fahren sehr gut. Sollte ich mal wieder jemanden verfolgen müssen und gerade kein Dienstfahrzeug dabeihaben, dann nur mit Ihnen«, grinste sie. »Das heißt, falls Sie rechtzeitig zur Stelle sind.«

Im Weggehen hob sie kurz die Hand, wenige Augenblicke später stand sie vor dem Tor. Ein Schild, im diffusen Umgebungslicht gerade noch lesbar, teilte mit, dass es sich bei dem mit einer hohen Ligusterhecke umfriedeten Grundstück um das Areal des Überlinger Ruderclubs handelte, gemeinhin unter dem Kürzel ÜRC bekannt. Weit und breit war kein Mensch zu sehen, Grundstück und Gebäude lagen im Dunkeln, offenbar herrschte an diesem Abend kein Trainingsbetrieb.

Jo versuchte, das Tor zu öffnen. Es war unverschlossen. Vorsichtig ging sie weiter, Kies knirschte unter ihren Schuhen, sodass sie auf die Rasenfläche seitlich des Weges auswich, wo ihre Schritte nicht mehr zu hören waren. Dafür musste sie sich vor herumstehenden Trailern in Acht nehmen. Die Anhänger wurden während der Rudersaison zum Transport der Boote benutzt und in der regattalosen Zeit hier abgestellt.

Leise fluchte Jo vor sich hin. Wieso hatte sie keine Taschenlampe mitgenommen? Sollte sie vielleicht doch Verstärkung herbeirufen? Nein, entschied sie, bloß jetzt nicht telefonieren; sie fürchtete, ihre Stimme könnte sie verraten. Mit äußerster Vorsicht schlich sie weiter, bis vor ihr ein unförmiger Schatten aus dem Boden wuchs: die Bootshalle, groß wie ein Mehrfamilienhaus, dunkel und bedrohlich.

An der dem Strandweg zugewandten Seite des Gebäudes erkannte sie ein größeres Schiebetor, dicht daneben eine Schlupftür. War der Golffahrer durch diese Tür in das Innere des Bootshauses gelangt? So musste es sein, schließlich wies nicht die geringste Bewegung, kein noch so leichtes Geräusch auf die Anwesenheit eines Menschen außerhalb der Halle hin.

Was konnte der Mann hier wollen? Hatte er die Halle zu seinem Domizil erkoren? Wohl kaum. Als Pennerunterkunft war das Gebäude absolut ungeeignet: zu betriebsam, zu exponiert, die Ruderer hätten ihn umgehend an die Luft gesetzt. Außerdem – wie passten eine solche Bleibe und der Besitz eines Wagens zusammen? Vielleicht wollte er sich auch nur mit jemandem treffen? Warum aber gerade hier? Welche Beziehung bestand zwischen ihm und diesem Club? Die Angelegenheit war und blieb zunächst rätselhaft.

Jo schwante Böses: Wollte sie Antworten auf ihre Fragen haben, musste sie wohl oder übel da rein. Sorgfältig sichernd schlich sie einmal um das ganze Gebäude. Auf der gegenüberliegenden Stirnseite entdeckte sie einen weiteren Zugang, durch den vermutlich die Boote zum Anlegesteg getragen wurden. Zwar gab es an den Seitenwänden auch mehrere Fenster, sie waren jedoch, zumindest im Augenblick, mit schweren Holzläden verrammelt.

Als Jo erneut an der Gebäudevorderseite anlangte, holte sie erst mal tief Luft, ehe sie vorsichtig den Metallgriff der Schlupftür niederdrückte. Geräuschlos ließ sie sich einen Spalt weit öffnen. Auf den ersten Blick konnte Jo nicht viel erkennen. Unmittelbar vor ihr war alles still, dämmriges Licht fiel auf die Boote, die in speziellen Regalen übereinanderlagen. Das Licht rührte von einer reichlich trüben Funzel, die im hinteren Teil des Bootshauses leise quietschend von der Decke baumelte. In ihrem Schein gewahrte Jo zwei Männer. Wie Kampfhähne standen sie sich geduckt gegenüber, undeutlich drangen ihre gedämpften Stimmen zu ihr herüber. Ihre Silhouetten erinnerten an ein chinesisches Schattenspiel.

Jo fühlte sich zunehmend unwohl in ihrer Haut. Ihr dämmerte, dass sie sich niemals ohne Rückendeckung auf ein solches Abenteuer hätte einlassen dürfen. Schuld war ihr verfluchter Tatendrang, er brachte sie nicht zum ersten Mal in Bedrängnis. Doch diese Erkenntnis kam reichlich spät – es war, wie es war. Jetzt konnte sie nur noch versuchen, das Beste draus zu machen. Und das Beste wäre zweifellos, mitzubekommen, worüber die beiden Männer sprachen. Doch dazu musste sie näher ran.

In langsamen, vorsichtig gesetzten Trippelschritten versuchte Jo, auf die andere Seite der gestapelten Boote zu gelangen. Dort, entlang der Außenwand und außer Sicht der beiden Männer, würde es leichter sein, sich unbemerkt nach vorne zu schleichen. Leider waren dort auch die Lichtverhältnisse schlechter, sie musste höllisch aufpassen, um nicht aus Versehen an ein herumliegendes Hindernis zu stoßen und so die Männer zu warnen. Vorsichtshalber griff sie mit der Rechten an ihr Schulterhalfter, ehe sie weiterschlich. Der kühle Griff der Dienstwaffe strahlte etwas Beruhigendes aus.

Meter um Meter kam sie den Männern näher, wurden die Stimmen deutlicher, schon waren einzelne Worte zu verstehen. Auch die Lichtverhältnisse verbesserten sich mit jedem Schritt.

Jo hatte sich die Lauschaktion bedeutend schwieriger vorgestellt. Das lief ja wie geschmiert! Bald würde sie annähernd auf gleicher Höhe mit den Männern sein, dann konnte sie sich voll und ganz auf deren Unterhaltung konzentrieren. Sie war sich sicher, in einem von ihnen den Golffahrer wiedererkannt zu haben. Wer aber war sein Gegenüber?

»Was habt ihr mit ihnen gemacht?« Endlich hatte Jo einen Satz ganz deutlich verstanden. Gespannt wartete sie auf die Antwort.

»Steck deine Nase nicht in Dinge, die dich nichts angehen«, drohte die zweite Stimme. Sie klang, als könne sich ihr Besitzer nur mit Mühe im Zaum halten; wenn nicht alles täuschte, gehörte sie dem Golffahrer.

Wovon redeten die beiden da? Jedenfalls nicht über Belanglosigkeiten! Gott sei Dank, nur noch wenige Meter, dann hätte sie's geschafft und das Ende der Bootsreihe erreicht, vorsichtig würde sie um die Ecke linsen und sich voll und ganz auf die Auseinandersetzung der beiden konzentrieren.

Doch vollkommen übergangslos wurde die Halle plötzlich in gleißend helles Licht getaucht, und die Stimmen der beiden Männer erstarben. Für Bruchteile von Sekunden herrschte atemlose Stille, die gleich darauf von hastenden Schritten und stoßweisen Atemzügen zerrissen wurde. Dann schlug mit lautem Knall die Tür zur Seeseite zu.

Heilige Scheiße – was war hier los? Jo holte tief Luft. Irgendein Dritter musste die Halle betreten und das Licht angeschaltet haben. Jemand, der sich auskannte, der sich völlig geräuschlos zu bewegen verstand. Aber wer? Und in welcher Absicht? Der Fall wurde immer mysteriöser.

Vergeblich versuchte sie, sich zu beruhigen. Die Sinne zum Zerreißen gespannt, lauschte sie auf ihre Umgebung, glaubte mehrfach, leise, näherkommende Schritte zu hören, doch es war nur das Blut, das in ihren Ohren rauschte.

Bis plötzlich mit explosionsartigem Klirren irgendein Metallteil auf den Betonboden schlug!

Doch nicht der Lärm war es, der Jos rechte Hand an ihre Dienstwaffe zucken ließ. Viel mehr noch als das Klirren erschreckte sie die physische Anwesenheit eines neuen Gegners, eines Gegners, den sie nicht sah und von dem sie nicht wusste, was er im Schilde führte, dessen Präsenz sie gleichwohl mit allen Fasern ihres Körpers spürte. War er wegen der beiden Männer oder ihretwegen gekommen? Sie hatte keine Ahnung.

Da plötzlich erlosch das Licht von Neuem, urplötzlich war alles ringsum stockdunkel. Selbst die Funzel, in deren Nähe die beiden Männer eben noch standen, hatte ihren Geist aufgegeben. Nun wurde es erst so richtig brenzlig! In der totalen Finsternis konnte Jo weder vor noch zurück, ohne zu riskieren, dass sie irgendwo anstieß und ihren Standort verriet. Im Zeitlupentempo streckte sie ihre Hände aus und tastete das Bootsregal neben sich ab. Vielleicht erfühlte sie ja einen Gegenstand, mit dem sie sich notfalls wehren konnte. Wenn nicht, blieb ihr wohl nichts anderes übrig, als unbeweglich an ihrem Platz zu verharren. Sollte sie der geheimnisvolle Unbekannte ruhig suchen und dabei das Risiko eingehen, sich selbst zu verraten. Irgendwann würde er die Geduld verlieren, entnervt aufgeben und das Licht anknipsen, dann konnte sie sich mit gezogener Waffe wehren oder notfalls zum Ausgang stürmen und Unterstützung herbeitelefonieren.

Unversehens bekam sie bei ihren Tastversuchen einen länglichen Gegenstand zu fassen. Sie hatte keine Ahnung, um was es sich handelte, spürte nur, dass er sich kalt und schwer anfühlte, also musste er aus Metall sein. In diesem Augenblick war sie jenem Unbekannten von Herzen dankbar, der das Teil hier deponiert hatte, und beschloss, ihn in ihr Nachtgebet aufzunehmen. Beinahe wäre ihr der Gegenstand beim Hochnehmen aus der Hand geglitten, im letzten Augenblick konnte sie das gerade noch verhindern. Da hätte sie auch gleich »Hier bin ich, holt mich hier raus!« rufen können! Immerhin begriff sie, dass der Lärm, der sie vorhin so erschreckt hatte, auf genau diese Weise zustande gekommen sein musste.

Vielleicht war das Beinahe-Malheur aber auch ein Wink des Schicksals. Sie zwang sich zu konzentriertem Nachdenken, ehe sie kurz entschlossen das schwere Metallteil packte und es mit aller Wucht weit von sich schleuderte, nach vorne in Richtung See.

Der Aufschlag war ohrenbetäubend! Noch während Jo auf die erhoffte Reaktion des geheimnisvollen Unbekannten wartete, trat sie auch schon ein, wenngleich ganz anders als erwartet: Urplötzlich warf sich ein massiger Körper auf sie und drückte sie zu Boden.

Vielleicht hatte der Mann gedacht, leichtes Spiel mit ihr zu haben, immerhin war das Überraschungsmoment auf seiner Seite. Doch anders als zuvor, als Jo gegen diffuse Ängste ankämpfte und den potenziellen Gegner mehr ahnte, als dass sie ihn sah, war er nun im wahrsten Sinne des Wortes körperlich greifbar – und damit angreifbar! Verzweifelt versuchte sie, den Mann von sich zu stoßen, doch konnte sie gegen sein immenses Gewicht kaum etwas ausrichten. Mit beiden Händen griff er an Jos Hals, offensichtlich wollte er ihr die Luft abschnüren, um zu verhindern, dass sie zu schreien begann.

Mit mir nicht, dachte Jo, deren Kampfgeist erwacht war. Sie riss mit aller Macht an seinen Armen, da schoss ihr ein Gedanke durch den Kopf. Auf der Polizeischule hatte man ihr bei den verschiedensten Kampfsportlehrgängen immer und immer wieder eingeschärft, ihre Bauchregion, insbesondere den Solarplexus, das größte Nervenknotengeflecht des vegetativen Nervensystems, niemals ungeschützt zu lassen. Galt das im Umkehrschluss nicht auch für ihren Gegner?

Ein Gefühl ohnmächtiger Wut überkam sie. Intuitiv ließ sie seine Arme los, und noch ehe sich ihr Gegner von seiner Überraschung erholt hatte, stachen Zeige- und Mittelfinger ihrer rechten Hand tief in seinen wunden Punkt, den Solarplexus – mit höchst frappierender Wirkung: Als litte er unter akuter Atemnot, sogen sich seine Lungen mit einem pfeifenden Geräusch voll Luft, seine Hände erschlafften, kraftlos sank er neben Jo zu Boden und hielt sich röchelnd den Bauch.

Erleichtert rollte sie sich zur Seite und sprang auf. Nur schnell aus der Reichweite dieser Arme kommen, war ihr erster Gedanke. Obwohl sie den Blick kaum von dem dunklen Bündel am Boden wandte, entging ihr der schwache, eigenartig schwankende Lichtpunkt nicht, der sich von der Eingangstür her rasch auf sie zubewegte. Hatte ein weiterer Akteur die Bühne betreten? Und wenn ja: Um wen handelte es sich, welche Rolle spielte er? Die Tatsache, dass er seine Handlampe der Hallenbeleuchtung vorzog, ließ jedenfalls nichts Gutes erwarten.

Während Jo noch überlegte, was sie tun sollte, wurden ihr plötzlich die Beine unter dem Körper weggerissen. Schneller als erwartet hatte sich ihr Gegner erholt und sie mit einer gekonnten Beinschere gefällt, während sie einen Moment lang abgelenkt gewesen war. Schon stand der Mann erneut und hob keuchend den rechten Arm – als etwas mit einem dumpfen Plopp auf seinen Schädel niedersauste und die Zeit plötzlich stillzustehen schien.

Benommen fasste sich der Mann an den Kopf und betrachtete mit ungläubigem Gesichtsausdruck seine blutverschmierten Finger, ganz so, als verstünde er die Welt nicht mehr. Im Schein der Lampe erkannte Jo sein Gesicht. Ihre Ahnung hatte nicht getrogen: Ihr Gegner war der Penner mit dem weißen Golf gewesen, jeder Zweifel war ausgeschlossen!

Und als hätte jemand auf »Starten« gedrückt, kam plötzlich wieder Leben in die Szene. Wie vom Teufel gejagt drehte der Mann sich um. So schnell ihn seine Beine trugen, rannte er dem hinteren Ausgang zu; der Strahl der ominösen Handlampe folgte ihm, bis er durch die Tür verschwand. Währenddessen hatte sich auch Jo erhoben, doch noch ehe sie ihren Retter ansprechen konnte, eilte der, ein wunderliches Kichern ausstoßend, dem vorderen Ausgang zu. Dabei zog er ein Bein nach, als wäre es verletzt – oder einfach zu kurz.

Der Lichtschein verlor sich am jenseitigen Hallenende. Das Deckenlicht flammte auf, eine Tür schlug zu.

Dann herrschte Stille.

***

Erst nach dem siebten Klingeln meldete sich Wolf. Er schien über Jos Anruf nicht sonderlich erfreut.

»Tut mir leid, Chef, falls ich Sie aus den Federn geholt habe. Aber es ist wichtig!«

»Hat das nicht Zeit bis morgen? Sommer und ich sitzen gerade beim Essen«, brummte er unwirsch.

»Wenn Sie meinen! Erzähl ich Ihnen eben morgen früh, was ich über Göbbels herausgefunden habe ...«

»Moment mal ... sagtest du Göbbels?«

»Richtig.«

»Ich bin ganz Ohr.«

»Sie können den Kriminalrat jetzt unmöglich warten lassen, Chef.«

»Mach jetzt keine Sperenzchen, dafür ist die Sache zu wichtig!«

»Meine Rede!«, maulte Jo zurück. In aller Kürze schilderte sie ihm ihr Erlebnis mit dem Golffahrer.

»Einen Augenblick«, bat Wolf. Jo hörte ein paar gedämpfte Worte, vermutlich an Sommer gerichtet. »Entschuldige. Und der dich überfallen hat, ist dann geflüchtet, sagtest du?«

»Wenn ich's Ihnen doch sage. Der Kerl muss wie der Teufel zu seinem Wagen gelaufen sein. Jedenfalls ist der Golf weg.«

»Hmm ... und wann taucht endlich Göbbels in der Geschichte auf?«

»Ich dachte, Sie hätten's verstanden, Chef. Muss wohl am Wein liegen. Also noch mal: Der Mann, der mich am Schluss rausgehauen hat, der hatte so einen schleppenden Gang, verstehen Sie?«

»Verstehe! Daraus hast du messerscharf geschlossen, dass es sich um Göbbels handelt, richtig?«

»Spricht doch alles dafür, oder?«

»Also, ich weiß nicht ...« Wolf schien kurz zu überlegen. »Wir machen Folgendes: Du rufst die Funkleitzentrale an, sie sollen den Golf mitsamt seinem Fahrer in die Großfahndung geben, sofort ... du hast doch das Kennzeichen?«

»Chef ...«, setzte Jo zu einer scharfen Erwiderung an.

»Ist ja gut! Und vergiss die Halteranfrage nicht. Bin gespannt, auf wen der Wagen zugelassen ist. Über alles Weitere reden wir dann morgen früh, einverstanden?«

6

Als Wolf am darauffolgenden Morgen im »Aquarium« eintraf, wurde er bereits auf dem Flur von Jo abgefangen.

»Ihr Barett«, sagte sie und deutete auf seinen Kopf.

»Was ist damit?«

»Gleich rutscht's Ihnen vom Kopf.«

Mürrisch rückte er die Kopfbedeckung zurecht. »Sonst noch was?«

»Ja. Kollege Marsberg hat Geburtstag. Wenn ich also um Ihre Spende bitten dürfte, Chef?« Wie um ihre Worte zu unterstreichen, hielt sie Wolf eine zur Sammelbox umfunktionierte bunt bedruckte Schachtel hin. »Sie sind übrigens der Letzte.«

»Die Letzten werden … na ja, du weißt schon.« Damit zog er seine Geldbörse aus der Gesäßtasche, klappte sie auf und entnahm ihr einen Zehn-Euro-Schein, den er nach mehrmaligem Zusammenfalten in die Sammelbox steckte. »Zufrieden?«

Mit einem Nicken zog Jo davon, während Wolf in sein Büro verschwand. Er wünschte sich nichts sehnlicher, als eine Viertelstunde in Ruhe gelassen zu werden. Leider wurde seine Bitte nicht erhört, denn bereits zwei Minuten später klopfte es an der Verbindungstür. Jo und Vögelein drängten herein. »Wie sieht's aus, Chef, wir wollten doch heute früh zu Pohl. Bleibt's dabei?«, fragte Jo.

Wolf hielt sich die Hände vor die Ohren. »Nicht so laut! Ist ja direkt unanständig, wie wach ihr seid.«

»Wohl ein bisschen spät geworden gestern Abend, Sie Armer!« Jos Grinsen drückte alles andere als Bedauern aus. »Wie wär's mit einem Kaffee?«

Während Vögelein rasselnd zu husten begann und sich, nachdem der Anfall abgeklungen war, am Besprechungstisch niederließ, um sich in seine Notizen zu vertiefen, besorgte Jo eine Tasse Kaffee, die sie vor Wolf abstellte. Auf der Untertasse lag eine Kopfschmerztablette.

»Ich bin nicht krank«, murrte Wolf, schluckte die Tablette jedoch folgsam hinunter. Zu allem Unglück verbrannte er sich beim Nachspülen an der heißen Tasse die Lippen. »Sakrament, ist das Zeug heute heiß«, fluchte er und setzte die Tasse so ungestüm ab, dass ein Teil ihres Inhaltes über Vögeleins Notizen lief.

»Scheint heute absolut nicht mein Tag zu sein«, meinte Wolf resigniert, nachdem er sich entschuldigt hatte.

Demonstrativ sah Jo auf die Uhr. »Hab's mir schon gedacht. Sonst sind Sie ja am Morgen meist der Erste, aber heute ...? Wir fürchteten schon, es sei etwas passiert.«

»Gib's zu, ihr hattet gehofft, ich sei vom Rad gestürzt!« Wolf ließ ein belustigtes Kichern hören. »Pech gehabt.« Sofort wurde sein Gesicht wieder ernst. »Was ist mit der Fahndung nach dem Golf?«

»Bis jetzt ergebnislos, zumindest was den Fahrer angeht. Der Golf selbst wurde gestern Abend als gestohlen gemeldet. Bei der Halterin handelt es sich um eine Angestellte des ›Seekurier‹-Verlags, eine gewisse Monika Bächle.«

»Hast du die Frau gesprochen?«

»Telefonisch ja. Die Gute machte einen ziemlich aufgelösten Eindruck. Sagte, sie hätte den Wagen am frühen Abend in der Nähe ihres Hauses ordnungsgemäß abgestellt.«

Wolf nippte, diesmal vorsichtiger, an seiner Tasse. »Gut, ich werde die Winter mal auf die Frau ansprechen. Jetzt zu Pohl. Wollten wir den nicht heute früh aufsuchen?«

Jo warf einen hilfesuchenden Blick auf Vögelein. »Die Frage hatte ich Ihnen bereits bei Ihrem Eintreffen gestellt, Chef.«

»So? Na, dann lass uns fahren!« Ohne eine Antwort abzuwarten, stand er auf. »Ach ja, was dich betrifft, Hanno ...« Er wandte sich Vögelein zu. »Frag mal vorsichtig nach, was unser Phantombild macht.« Er warf einen taxierenden Blick auf den jungen Kollegen. »Erstaunlich, dass dich die Ärzte so schnell wieder hingekriegt haben. Gestern Abend hörte sich das ganz anders an, klang fast ein bisschen nach Intensivstation. Na, sei's drum, wir müssen los.«

Jo stellte den Dienstwagen in der Tiefgarage des Bürohauses ab, in dem sich die Kanzlei von Rechtsanwalt Dr. Hartmut Pohl befand. Wolf konnte sie überreden, den Lift auszuschlagen und stattdessen die Treppe zu nehmen. »Kann meinem Kopf nur guttun«, erklärt er. Wohl oder übel folgte ihm Jo.

Oben angekommen, klingelten sie.

»Bin ehrlich auf Pohls Gesicht gespannt«, flüsterte Jo.

»Und ich auf Janes«, flüsterte Wolf zurück und leckte sich theatralisch die Lippen.

Zu ihrer Überraschung standen sie nicht der Jane, die sie kannten, gegenüber, sondern einer ihnen gänzlich unbekannten und deutlich jüngeren Frau. Nachfolgerin oder Vertretung?, überlegte Wolf und entschied sich für Ersteres. Jedenfalls entsprach die Neue, zumindest in puncto Haarfarbe und Oberweite, voll und ganz ihrer Vorgängerin. Womit Pohl einer alten Weisheit Rechnung trug, nämlich der, dass die meisten Männer Zeit ihres Lebens demselben Frauentyp die Stange hielten.

»Guten Morgen. Wolf von der Kripo Überlingen. Das ist meine Kollegin, Frau Louredo. Wir würden gerne mit Dr. Pohl sprechen, es ist dringend. Und eh Sie mich fragen: Nein, wir haben keinen Termin! Es dauert allerdings nicht lange. Dürfen wir reinkommen?« Schon drängte er sich durch die Tür.

Etwas hilflos sah die Sekretärin auf die beiden Besucher. Wolf ahnte, in welchem Zwiespalt die Frau steckte. Da sie nun schon einmal drin waren, konnte sie sie ja schlecht wieder hinauskomplimentieren. Außerdem schickte man Kripoleute nicht so einfach weg. Pohl dürfte über den unangemeldeten Besuch noch viel weniger erfreut sein, zumal die Besucher ihn vor einem halben Jahr dermaßen »in die Scheiße geritten hatten«, wie sich Marsberg einmal ausgedrückt hatte; angeblich hatte Pohl sogar einen Wegzug aus Überlingen ins Auge gefasst.

Er selbst war es schließlich, der seine Sekretärin aller Bedenken enthob, indem er nichtsahnend in seinem Vorzimmer auftauchte.

»Jane ...«, rief er wichtigtuerisch unter der Tür und wedelte mit einer Akte, als es ihm beim Anblick der beiden Beamten förmlich die Sprache verschlug. »Sie ...?«

Der Anwalt hatte sich kaum verändert, wenngleich Wolf die Glatze etwas ausgeprägter schien. Noch immer trug er Schuhe mit hohen Absätzen, um größer zu erscheinen, außerdem hatte er zugenommen. Frustfraß, mutmaßte Wolf.

»Guten Morgen, Dr. Pohl«, begrüßte er den Anwalt fröhlich.

»Wir bedauern außerordentlich, Sie stören zu müssen. Aber ich versichere Ihnen, es ist dringend. Und es geht auch ganz schnell. Hätten Sie zwei Minuten für uns?«

»Leider nein! Und für Sie schon gar nicht.« Wütend pfefferte Pohl die Akte auf den Schreibtisch seiner Sekretärin. »Jane, Sie haben meine Anweisungen missachtet, sozusagen!«, bellte er und bedachte die Ärmste mit einem vernichtenden Blick. Auf dem Rückweg in sein Büro wandte er sich noch einmal an Wolf: »Lassen Sie sich von Jane einen Termin geben.«

»Wie Sie wünschen, Herr Dr. Pohl«, antwortete Wolf seelenruhig. »Dann muss ich allerdings die Staatsanwaltschaft und die Anwaltskammer darüber in Kenntnis setzen, dass Sie aufgrund persönlicher Animositäten Ihre Zusammenarbeit in einem Kriminalfall verweigern.«

Pohl stutzte. »Um welchen Kriminalfall handelt es sich, sozusagen?«

»Es geht um die Aufklärung der Morde an drei Obdachlosen.«

Das schien die Sachlage etwas zu ändern, möglicherweise rechnete sich Pohl eine Beteiligung an den damit zusammenhängenden Strafprozessen aus, jedenfalls gab er sich plötzlich weniger zugeknöpft.

»Also gut, ich will der Aufklärung dieser Sache nicht im Wege stehen. Zwei Minuten, sagten Sie? Gut. Aber keine Sekunde länger, meine Zeit ist knapp.« Um seinen Worten Nachdruck zu verleihen, sah er auf einen goldenen Chronometer, den er an einem feingliedrigen Kettchen aus seiner Westentasche zog. Wolf hätte sich nicht gewundert, wenn er per Knopfdruck eine Stoppuhr in Gang gesetzt hätte.

Mit einem Wink forderte Pohl sie auf, ihm zu folgen. »Keine Störung jetzt«, raunzte er Jane, die in Wahrheit vermutlich Gisela oder Hildegard hieß, im Vorübergehen an und eilte ihnen mit kurzen Stakkatoschritten voraus. Er schloss die schalldichte Doppeltür zwischen seinem Büro und dem Vorzimmer und wies auf zwei Stühle. Er selbst nahm hinter seinem gewaltigen Schreibtisch Platz. »Also?«

Wolf zog sein Notizbuch zurate. »Die bisherigen Ermittlungen haben ergeben, dass zwei der Ermordeten …«

»Augenblick. Wie wär's, wenn Sie mir erst mal verraten, wie

die Leute überhaupt zu Tode gekommen sind?«, unterbrach ihn Pohl.

Schon wollte Wolf eine scharfe Bemerkung machen, als ihm einfiel, dass der »Seekurier«-Artikel genau diese Frage nicht beantwortet hatte. »Sie wurden vergiftet. Mit Arsen.«

»Nicht gerade alltäglich, was? Aber fahren Sie fort, sozusagen.«

»... dass also zwei der ermordeten Wohnsitzlosen, nämlich Karlheinz Rogalla alias Einstein und Georg Fiedler alias Havanna, unmittelbar vor ihrem Tod eine nicht unerhebliche Erbschaft angetreten haben. Des Weiteren haben wir Grund zu der Annahme, dass genau diese Erbschaft die Ursache für ihre Ermordung gewesen sein könnte.«

»Aha. Und was habe ich damit zu tun? Die beiden Genannten gehörten nicht zu meinen Klienten. Außerdem wissen Sie genau, dass Aussagen zu Erbangelegenheiten der Schweigepflicht unterliegen, es sei denn, sie könnten eine richterliche Anordnung vorweisen. Und die haben Sie ja wohl nicht, wie ich annehme.«

Wolf überlegte sich seine nächsten Worte sehr genau. Er wollte, wenn auch zähneknirschend, den Anwalt mit ins Boot holen, denn noch verfügten sie über keine richterliche Anordnung, die ihn zur Auskunft verpflichtet hätte.

»Nach unserer Kenntnis, Herr Dr. Pohl, wurde der Erbfall von einem Ihrer Kollegen abgewickelt, das nur am Rande. Uns geht es heute um etwas anderes. Soweit wir informiert sind, gibt es einen zweiten Fall, in dem der Nachlass einer begüterten Witwe namens ... Moment rasch«, er zog erneut seine Notizen zurate, dann nannte er Pohl den Namen, »in dem also der Nachlass dieser Witwe, die vor drei Monaten verstarb, durch Ihre Kanzlei abgewickelt wurde. Selbstredend interessieren uns keine Details. Was wir wissen wollen, ist lediglich, ob die beiden erstgenannten Männer auch hier zu den Erben gehörten.«

»Noch einmal zum Mitschreiben, Herr Kommissar: Von mir erfahren Sie nichts. Bringen Sie mir eine richterliche Anordnung, dann können wir darüber reden – vielleicht!« Er erhob sich zum Zeichen, dass er die Unterredung für beendet hielt.

»Ich möchte noch einmal zu bedenken geben«, machte Wolf einen letzten Versuch, »dass es bei unseren vorgesetzten Dienststellen ein schlechtes Bild machen würde, wenn Sie wegen inzwischen weit zurückliegender Ereignisse, in die Sie, aus welchen Gründen auch immer, persönlich involviert waren, die Ermittlungen in einer Mordserie behinderten. Zumal es nicht um irgendwelche Details geht, sondern lediglich um einen Hinweis, ob die beiden Ermordeten auch in dem von Ihnen abgewickelten Erbfall bedacht wurden.«

Da Pohl zu keinem Einlenken bereit schien, gedachte Wolf, ihm eine letzte Brücke zu bauen – weiter konnte und wollte er nicht gehen. »Noch einmal, Herr Dr. Pohl: Nicht der angesprochene Erbfall an sich spielt hier ein Rolle, darin sind wir völlig eins mit Ihnen. Dem Staatsanwalt würde es bereits genügen, wenn Sie uns signalisieren könnten, dass die beiden Ermordeten mit Ihrem Fall nichts zu tun hatten. Wir müssten Sie dann nicht noch ein weiteres Mal belästigen – ich meine mit richterlicher Anordnung und so, Sie wissen schon. Würde uns allen doch nur kostbare Zeit stehlen, nicht wahr?«

Pohl, das stand ihm ins Gesicht geschrieben, focht einen harten Kampf mit sich selbst. Für ihn ging es jetzt vor allem darum, das Gesicht zu wahren. Denn so, wie Wolf ihm die Sache verkauft hatte, konnte er sich kaum länger verweigern, irgendwann würde er seine Karten ohnehin auf den Tisch legen müssen.

»Also gut«, lenkte er endlich ein, »der Gerechtigkeit halber. Schließlich müssen die Mörder umgehend gefasst und ihrer Strafe zugeführt werden, sozusagen. Nein, die beiden Genannten waren definitiv nicht in den besagten Erbfall involviert. Das war's doch, was Sie wissen wollten, richtig?« Er ging zur Tür. »Wenn ich Sie jetzt bitten dürfte?«

»Der Mann ist ein echter Kotzbrocken, sozusagen«, schimpfte Wolf, als sie die Tiefgarage verließen und den Weg in Richtung Polizeidirektion einschlugen.

»Trotzdem, das haben Sie klasse hingekriegt, Chef«, kicherte Jo, »Pohl wird sich in den Hintern beißen, wenn ihm klar wird, dass Sie ihn untergebuttert haben, noch dazu ohne Druckmittel und ohne Gegenleistung – ausgerechnet Sie, sein Erzfeind! Die Frage ist nur, ob es uns weiterbringt.«

»Frag mich was Leichteres. Fakt ist jedenfalls, dass Havanna und Einstein die fragliche Witwe nicht beerbt haben. Somit ist ziemlich sicher, dass sich die beiden nicht quasi gewerbsmäßig bei alten Damen eingeschmeichelt haben, nur um an deren Nachlass zu kommen. Trotzdem ...«

»Trotzdem?«

»Nun, irgendetwas an der Geschichte ist nicht ganz rund, ich komm nur nicht drauf, was.« Für einige Minuten hingen beide ihren Gedanken nach.

Plötzlich hob Wolf den Kopf: »Sag mal, auf der Liste der Winter standen doch sechs Namen, richtig? Alle galten als recht vermögend – nur deshalb kamen sie ja schließlich auf die Liste.« Nachdenklich kaute Wolf auf der Unterlippe.

»Was wollen Sie damit andeuten?«

Entschlossen kurbelte Wolf das Seitenfenster herunter, griff in seine Jackentasche und zog eine Schachtel Gitanes hervor. Er schüttelte eine davon heraus und steckte sie an.

»Entschuldige, Jo, aber ohne das kann ich meine Gedanken gerade nicht sortieren. Also, was ich sagen wollte: Wir gingen die ganze Zeit davon aus, dass Einstein und Havanna möglicherweise mehr als *eine* ältere Witwe beerbten, wobei unausgesprochen die Frage im Raum stand, ob sie auch mit deren Ableben etwas zu tun hatten. Nach Pohls Aussage können wir beides inzwischen ausschließen. Was wäre nun, wenn unserer Suche eine falsche Annahme zugrunde liegt?«

»Welche falsche Annahme denn?«

»Moment, lass mich überlegen! ... Ja, dass beim Ableben der alten Damen durchaus jemand die Hand im Spiel hatte, und zwar in der vollen Absicht, sich deren Nachlass unter den Nagel zu reißen – nur eben nicht Einstein und Havanna?«

»Die waren in dem fraglichen Fall aber nun mal als Erben eingesetzt, das ist Fakt.«

»Und wenn da eine Panne passiert ist? Wenn die beiden eigentlich gar nicht erben sollten, sondern jemand ganz anderer?«

Jo bog in den Parkplatz der Polizeidirektion ein und stellte den Wagen auf dem reservierten Feld ab. »Wer sollte das sein? Und überhaupt: Ihre Annahme setzt voraus, dass es jemandem gelingt, die alten Damen in seinem Sinne zu beeinflussen. Dieser Jemand, das würde ich mal unterstellen, würde eine solche Panne ganz sicher zu verhindern wissen. Tut mir leid, Chef, aber Ihrer Theorie kann ich nicht viel abgewinnen. Sie enthält mir entschieden zu viele Konjunktive.«

Wolf brummte als Antwort etwas Unverständliches. Er war beileibe noch nicht überzeugt.

Wenig später saßen sie mit Hanno Vögelein an Wolfs Besprechungstisch. Jo und Wolf rührten in ihrer Kaffeetasse, während Vögelein, auf seinen Laptop starrend, an einem Mineralwasser nippte.

»Was ist mit dem Phantombild, Hanno?«, fragte Wolf.

Vögelein drehte den Laptop so, dass Wolf und Jo den Bildschirm betrachten konnten.

»Wer soll das sein?«, fragte Wolf und zog die Brauen hoch.

»So war es abgesprochen, Chef! Das ist der Mann aus der Intensivstation: ohne Perücke, ohne Bart, ohne Brille. Sieht man doch!«

Wolf und Jo sahen sich an. »Nein«, antworteten beide wie aus einem Munde, und Wolf fügte hinzu: »Ich habe ihn zwar nie aus der Nähe gesehen, aber nach meinem Dafürhalten hat der Kerl hier mit dem Mann, den wir verfolgt haben, nur entfernte Ähnlichkeit.«

»Entschuldigt mal, aber ich ging davon aus, dass wir nicht den Mann suchen, den wir in der Klinik beziehungsweise bei der Verfolgung gesehen haben. Dieser Mann war ja verkleidet, also gewissermaßen eine Fälschung. Wer außer uns soll ihn erkennen? Was wir mit Hilfe der Öffentlichkeit suchen, ist doch das Original, also den Mann ohne Perücke, ohne Warze und so weiter! Natürlich gibt es einige Unwägbarkeiten: Trägt er in Wirklichkeit eine Brille oder nicht, hat er einen Bart oder nicht? Welche Farbe hat sein Haar wirklich?«

»Du hast ja recht«, musste Wolf zugeben. »Wie wäre es, wenn du von unseren Spezialisten noch eine Variante anfertigen lässt, nämlich *mit* Verkleidung – falls der Kerl noch einmal etwas durchzieht? Dann haben wir Original und Fälschung, um bei deinen Worten zu bleiben. Nimm Jo mit, ihr könnt nämlich gleich noch ein Bild von dem Penner erstellen lassen, mit dem sie gestern Abend im Bootshaus zu tun hatte. Danach möchte ich, dass die

Bilder an alle Zeitungen gehen, die die Bodenseeregion abdecken. Veröffentlichung zusammen mit einem Artikel, Tenor etwa: zwei Männer, die im Zusammenhang mit den toten Obdachlosen gesucht werden, mit ausdrücklichem Hinweis auf die uns bekannten Verkleidungen, dazu Zeit- und Ortsangaben, Bitte um Mithilfe der Bevölkerung und so weiter, ihr wisst schon. Sie sollen es möglichst in die morgige Ausgabe stellen. Was den ›Seekurier‹ angeht: Mit der Winter rede ich gleich selbst, die muss etwas mehr für uns tun, schließlich zählt ihr Blatt zur Hauptlektüre der Überlinger.« Während sich Jo und Vögelein Notizen machten, fuhr Wolf fort: »Liegt der Bericht aus der Pathologie über Ottos Leichenöffnung endlich vor?«

»Hier, Chef, aber Sie können sich die Durchsicht sparen. Ist identisch mit den Ergebnissen von Einstein und Havanna.«

»Arsen?«

»Eindeutig Arsentrioxid.«

Wolf lehnte sich, die Hände hinter dem Kopf verschränkt, in seinem Stuhl zurück und sah grübelnd seine beiden Mitarbeiter an: »Was Neues von Göbbels?« Als beide nur den Kopf schüttelten, fügte er seufzend hinzu: »Kann mir mal jemand die Lage erklären? Ich komm einfach nicht dahinter! Da werden drei Menschen mit Arsen ermordet, in allen Fällen soll es wie ein ganz natürlicher Tod aussehen – wenn man Erfrieren und Alkoholvergiftung als natürlichen Tod bezeichnen will. Seit zwei Tagen zermartern wir uns das Hirn, wer oder was hinter der Tat stecken könnte, aber keine Spur, weder zu den Tätern noch zu einem Motiv. Das gibt's doch nicht!«

»Vielleicht ist Ihre Überlegung in Bezug auf die Witwen doch nicht so verkehrt, Chef?«, warf Jo nachdenklich ein.

»Welche Überlegung?«, fragte Vögelein und runzelte die Stirn.

Jo schilderte ihm in aller Kürze, was Wolf und sie bei der Herfahrt besprochen hatten.

»Finde ich etwas weit hergeholt«, winkte Vögelein zweifelnd ab. »Vielleicht sollten wir zunächst einmal über die Faktenlage reden. Da wäre zum Beispiel dieser Fiat, mit dem Karin Winter auf der Fahrt zur Birnau beschattet wurde: die KTU hat den Wagen unter die Lupe genommen, aber nichts Erhellendes gefunden, was kein Wunder ist, schließlich wurde das Fahrzeug von mehreren

Betriebsangehörigen genutzt. Gleiches gilt übrigens für die Fahrzeugschlüssel, insgesamt vier an der Zahl. Dann zu dem Golf, mit dem der Penner gestern Abend unterwegs war, der so unsanft mit Jo zusammengestoßen ist.«

»Zusammengestoßen ist gut ...«

»Bekanntlich wurde das Fahrzeug noch gestern Abend von der Halterin, dieser Monika Bächle vom ›Seekurier‹, als gestohlen gemeldet. Und das finde ich, gelinde gesagt, schon etwas eigenartig ...«

»Dass sie den Verlust ihres Wagens gemeldet hat?«, fragte Jo.

»Nein. Dass damit gleich zwei Fahrzeuge mit einem Bezug zum ›Seekurier‹ in die Geschichte involviert sind – oder wie würdest du das bezeichnen?«

Eine Streife hatte den Golf kurz nach Mitternacht vor dem Bahnhof Überlingen West aufgefunden. An der Fahrertür hatten die Beamten Spuren eines Aufbruchs entdeckt, außerdem hingen unter der Lenksäule Kabel hervor, der Täter hatte den Wagen kurzgeschlossen.

»Das Untersuchungsergebnis der Spurensicherung für den Golf steht leider noch aus«, fuhr Vögelein fort. »Vielleicht sollten Sie den Kollegen in der Technik etwas Dampf machen, Chef.«

»Mach ich«, nickte Wolf. »Zusammengenommen heißt das doch, wir haben mal wieder unser gesamtes Pulver verschossen, ohne einen Treffer zu landen.«

»So würde ich das nicht sehen, Chef«, widersprach Jo. »Noch haben wir einige Eisen im Feuer, angefangen bei den Recherchen über die Erbangelegenheiten bis hin zu den Fahndungsaufrufen. Außerdem stehen noch verschiedene Ermittlungen an. Ich denke da an das Auge, das man der Winter in die Wohnung gelegt hat. So was lässt sich nicht einfach beim Metzger um die Ecke beschaffen.«

Wolf rückte sein Barett, das abzustürzen drohte, wieder gerade und setzte sich aufrecht hin. »Entschuldigt meine Unkerei. Du hast natürlich recht! Hoffentlich schafft es Sommer, uns die Medien noch ein, zwei Tage vom Hals zu halten. Das fehlte noch, dass uns eine sensationslüsterne Reportermeute die Bude einrennt und am Arbeiten hindert.«

Kurz vor zehn machte sich Wolf auf den Weg zu Karin Winter – natürlich zu Fuß, denn noch immer meinte es das Wetter gut mit der Seeregion. Der im Spätherbst gefürchtete Nebel war schon den zweiten Tag ausgeblieben, die Sonne strahlte mit den Menschen um die Wette, ganz verwegene Zeitgenossen hatten sogar ihre Jacke zu Hause gelassen. So weit wollte Wolf aber dann doch nicht gehen, Übertreibungen jeder Art waren ihm zuwider. Außerdem: Wo sonst hätte er den ganzen Kleinkram unterbringen sollen, der bei Außeneinsätzen unabdingbar war, wenn nicht in den Jackentaschen?

Wolf war häufiger und gern gesehener Gast beim »Seekurier«; niemand hatte je etwas dabei gefunden, wenn er einen Redakteur oder eine Redakteurin an deren Arbeitsplatz aufsuchte. Heute schien sein Erscheinen jedoch wenig Freude auszulösen. Karin Winter hob kaum den Kopf, als er sich neben sie stellte.

»Ich stecke mitten in einem Artikel, Herr Wolf, außerdem habe ich in einer knappen Stunde einen Termin in Markdorf. Tut mir leid, zu jeder anderen Zeit gerne, aber nicht jetzt«, beschied sie ihn und hämmerte wie wild auf ihre Tastatur ein.

»Es gibt ein paar Neuigkeiten, ich dachte, das interessiert Sie. Geben Sie mir wenigstens fünf Minuten.«

Karin Winter seufzte ergeben. »Also gut, weil Sie's sind. Aber machen Sie's kurz, bitte. Und stören Sie sich nicht daran, wenn ich mich zwischendurch mit meinem Drucker beschäftige.«

Wolf schilderte in Kurzfassung, was die KTU in Karin Winters Wohnung gefunden hatte. Viel zu schildern gab es ohnehin nicht. Er bestätigte Ottos Tod durch Arsen und ging kurz auf Jos Zusammenstoß im ÜRC-Bootshaus ein, wobei er den gestohlenen Golf nur am Rande erwähnte. Als der Name Monika Bächle fiel, zuckte Karin kurz zusammen, doch gleich darauf forderte ein Papierstau im Drucker ihre ungeteilte Aufmerksamkeit. Danach kam Wolf auf den entscheidenden Punkt zu sprechen, die Phantombilder. Karin war ganz Ohr, hektisch machte sie sich Notizen für die erforderliche Meldung und sagte eine entsprechende Platzierung an prominenter Stelle zu.

»Und was ist aus der Liste der verstorbenen Witwen geworden?«, fragte sie nach einem schnellen Blick auf ihre Armbanduhr.

»Wir sind dran. Sobald ich mehr weiß, melde ich mich.«

Da Wolf nun schon mal im Haus war, lag es nahe, auch ein paar Worte mit Monika Bächle zu wechseln. Er fand sie im Vorzimmer des Chefredakteurs und bat sie, ihm noch einmal die Begleitumstände des Fahrzeugdiebstahls zu schildern.

Viel kam dabei allerdings nicht heraus. Sie hatte nach Dienstschluss im Kaufhaus May vorbeigeschaut und ihren Wagen unweit davon auf einem Parkplatz abgestellt. Als sie nach dem Einkaufen auf den Platz zurückkam, stand dort anstelle ihres eigenen Wagens ein fremdes Fahrzeug. Es folgte der übliche Alptraum: zunächst Zweifel, sich im Platz geirrt zu haben, danach eine hektische Suche, die sich schließlich zur Panik steigerte. Irgendwann musste sie sich eingestehen, dass ihr Wagen weg war.

»Erinnern Sie sich an den genauen Zeitpunkt?«

»Das muss so um fünf herum gewesen sein«, antwortete sie schniefend.

Kommt genau hin, dachte Wolf. »Sie hatten Ihren Wagen ordnungsgemäß abgeschlossen, nehme ich an?«

»Natürlich, ich schließe immer ab, da bin ich viel zu gewissenhaft. Oft lauf ich sogar noch einmal zurück, um mich davon zu überzeugen.«

»Soweit wir wissen, wurde Ihr Golf gegen zwanzig Uhr dreißig von einem Mann aus dem Parkhaus Innenstadt weggefahren, und zwar in Richtung Mühlenstraße/Nussdorfer Straße. Kurz darauf stellte er den Wagen für etwa eine halbe Stunde auf dem Parkplatz des Strandbades Ost ab, danach verliert sich seine Spur. Ist Ihnen in diesem Zeitraum – eventuell auch schon früher – irgendetwas aufgefallen, das damit in Zusammenhang stehen könnte?«

»Nein, absolut nichts … weiß man eigentlich Näheres über den Mann?«

Wolf schilderte ihr kurz dessen Äußeres. »Kennen Sie jemanden, auf den diese Beschreibung zutrifft?«

Monika Bächle schüttelte den Kopf. »Klingt ein bisschen wie ein Penner, kann das sein?«

»Sagen wir mal so: Er kleidet sich zumindest wie ein solcher«, antwortete Wolf sibyllinisch.

Kaum hatte er die Redaktionsräume in der Greth verlassen, rief er Vögelein an. Er bat ihn, am Postamt mit einem Wagen auf ihn zu warten. Sie würden dem Bootshaus des Überlinger Ruderclubs einen Besuch abstatten, fügte er hinzu. Jetzt, am späten Vormittag, konnte man dort sicher jemanden antreffen, hatte er sich ausgerechnet, und ein Rundgang durch die Halle würde Jos Schilderung abrunden.

Seltsam gelöst spazierte er sodann die Promenade entlang und passierte den Mantelhafen, wo er ein paar Worte mit den Kollegen der Wasserschutzpolizei wechselte, die hier ihre Boote liegen hatten. Im Weitergehen ertappte er sich dabei, eine Melodie vor sich hinzupfeifen, die verdächtig nach der *Marseillaise* klang. Kurz darauf erreichte er auch schon die Grünanlage vor der Post, an deren Ende Hanno Vögelein mit einem Dienstwagen auf ihn wartete und ihm die Autotür aufhielt.

Fünf Minuten später trafen sie auf dem ÜRC-Gelände ein. Obwohl die aktive Saison bereits vor zwei Wochen mit dem traditionellen Abrudern beendet worden war, herrschte hier noch immer reges Treiben. Jungvolk lief hin und her, vermutlich eine Schulklasse, die in ihrer Sportstunde zu Ruderversuchen verdonnert worden war, vier kräftige junge Männer trugen kopfüber einen Vierer zum Bootssteg, wo sie ihn auf Kommando ins Wasser setzten, wieder andere schleppten Riemen herbei. Ganz vorne am Steg machte sich ein Trainer bereit, den Vierer in einem Motorboot zu begleiten, sicher würde seine Flüstertüte das Letzte aus den Jungs herausholen.

»Suchen Sie etwas Bestimmtes?«

Ohne dass sie sein Herannahen bemerkt hatten, stand ihnen plötzlich ein braun gebrannter, etwa vierzigjähriger Mann gegenüber, der sich mit den Fingern ein paar strohblonde Strähnen aus dem Gesicht wischte. Er war trotz der Kühle mit weißen Shorts und einem T-Shirt in den Vereinsfarben bekleidet; darüber trug er eine dunkelblaue Jacke aus wetterfestem Material, auf deren Brust das Clubemblem prangte.

»Entschuldigen Sie, dass wir hier einfach so eindringen«, sagte Wolf und hielt dem Mann seinen Dienstausweis hin. »Wir sind von der Kripo Überlingen, mein Name ist Wolf, das ist mein Kollege Vögelein. Wir möchten gerne einen Blick in Ihr Bootshaus werfen. Geht das?«

»Wegen des Vorfalls gestern Nacht?«

»Sie wissen davon?«

»Klar. Wir hätten allerdings gar nichts davon bemerkt, wenn heute früh nicht die Türen offen gestanden wären – es wurde ja kein Schaden angerichtet.«

»Also wird die Halle am Abend abgeschlossen?«

»So ist es, auch das Eingangstor, durch das man vom Strandweg her das Gründstück betritt. Normalerweise ist das Mirkos Sache, der macht hier, wenn Sie so wollen, den Platzwart und Hausmeister. Ausgerechnet gestern aber war ich der Letzte, der das Gelände verließ. Ich habe mich selbst davon überzeugt, dass auch alles dicht ist.«

»Sie führen beim Trainingsbetrieb die Aufsicht?«, übernahm nun Vögelein.

»Meistens. Ich bin Trainer, Betreuer, Beichtvater, Organisator, Sponsor, alles in einer Person – die Mutter des Vereins sozusagen. Grupp ist mein Name.«

»Haben Sie eine Erklärung, wie die Täter in die verschlossene Halle gelangt sein könnten, Herr Grupp? Wenn ich Sie richtig verstanden habe, wurde ja keine Gewalt angewendet.«

»Fragen Sie mich was Leichteres. Jedenfalls fehlt kein Schlüssel, das steht fest.«

»Ist dieser Mirko zu sprechen? Ich meine, ist er hier?«

»Was wollen Sie denn von ihm?«

»Ist er hier?«

»Klar. Nach dem Vorfall heute Nacht hab ich ihn hergerufen. Aber er wird Ihnen auch nicht weiterhelfen können.« Er drehte sich kurz um und suchte mit den Augen das Gelände ab. Dann rief er: »Mirko, komm mal her.«

Ein kräftiger junger Mann mit leuchtend gelber Baseballmütze drehte sich zu ihnen um. Nach kurzem Überlegen ließ er die vier Riemen, die er gerade zum Bootssteg tragen wollte, auf den Boden fallen und bewegte sich aufreizend langsam auf sie zu.

»Wie oft soll ich dir noch sagen, du sollst sorgsamer mit dem Gerät umgehen!«, fuhr Grupp ihn an. Er schien nicht gerade zu Mirkos Freunden zu zählen. »Diese beiden Herren hier sind von der Kripo, Sie haben ein paar Fragen an dich.«

»Fragen?«, antwortete Mirko misstrauisch. Jetzt erst sah Wolf den Zahnstocher, der aus seinem Mund ragte.

»Eigentlich nur eine: Ist Ihnen gestern oder in den Vortagen irgendetwas Ungewöhnliches aufgefallen, das im Zusammenhang mit dem Vorgang in der vergangenen Nacht stehen könnte?«

»Nein, nichts.«

»Die Schlüssel sind vollzählig und die Schlösser nicht beschädigt, stimmen Sie dem zu?«

»Ja«, erwiderte Mirko einsilbig. Dabei zog er den Zahnstocher heraus und blickte gelangweilt in die Runde.

Wolf und Vögelein sahen sich an. Dieser Mirko schien von der Vorstellung, mit ihnen zu kooperieren, nicht sonderlich begeistert, der Geier mochte wissen, warum! Da jedoch nach Grupps Aussage kein Schaden vorlag und der Verein aus diesem Grund auch keine Anzeige erstatten wollte, sah Wolf im Augenblick von weiteren Fragen ab.

»Hanno, nimmst du bitte die Personalien der beiden Herren auf?« An Grupp gewandt, fügte er hinzu: »Reine Routine! Können wir anschließend in die Halle?«

»Aber bitte, tun Sie sich keinen Zwang an.«

Die Halle diente im Wesentlichen als Bootslager, darüber hinaus gab es noch eine Werkstatt, zwei Umkleideräume sowie Duschen und Toiletten. Ihr Inneres entsprach exakt Jos Schilderung – bis auf die Lichtverhältnisse. Zu dieser Tageszeit war es durch die Oberlichter ausreichend hell, sodass kein künstliches Licht erforderlich war. Wolf überzeugte sich davon, dass die Deckenlampen für die Halle von beiden Zugängen aus geschaltet werden konnten.

Aufmerksam schritten Wolf und Vögelein sodann den Gang zwischen dem linken Bootsregal und der Außenwand ab – hier hatte der Unbekannte Jo angegriffen.

Sie waren fast am Ende des Ganges angelangt, als ein Gegenstand auf dem Boden Wolfs Aufmerksamkeit erregte. Neugierig geworden, hielt er mit einer Hand sein Barett fest und ging in die Hocke. Obwohl von dem zuunterst liegenden Boot fast gänzlich verdeckt, war das undefinierbare Etwas seinem geschulten Blick nicht entgangen.

»Hanno, schaust du mal?«

Vögelein ging nun seinerseits in die Knie. »Könnte sich um eine Kette handeln«, meinte er schließlich.

Vorsichtig tastete Wolf unter das Boot und holte den Gegenstand hervor. Tatsächlich handelte es sich um ein äußerst feingliedriges, matt schimmerndes Silberkettchen. »Genau in der Mitte gerissen!«, stellte er fest und wies auf den intakten Verschluss. »Wenn wir Glück haben, finden wir noch einen Anhänger, der dazugehört. Besorgst du uns mal einen Besen?«

Zwei Minuten später kam Vögelein mit dem Gewünschten zurück. Systematisch fuhren sie nun mit dem Besen den Fußboden unter dem Bootskörper ab, nahmen bei jeder Bahn den zutage geförderten Staub genauestens unter die Lupe, bis sie gut fünf Meter vom Fundort der Kette entfernt überraschend Erfolg hatten.

Mit spitzen Fingern griff Wolf in das zusammengefegte Häufchen, befreite den gefundenen Gegenstand durch Pusten vom Staub, um ihn anschließend gegen das Licht zu halten.

»Bingo, Chef!«, kommentierte Hanno Vögelein beeindruckt.

Was Wolf da zwischen den Fingern hielt, war in der Tat ein Kettenanhänger, und zwar ein äußerst bemerkenswertes Stück: ein gut fünf Zentimeter langes Kreuz aus Silber, mit geheimnisvollen Symbolen äußerst kunstvoll ziseliert. Die Abmessung der oben angelöteten Öse passte exakt zu dem Silberkettchen.

»An Jo habe ich dieses Ding noch nie gesehen«, stellte Wolf befriedigt fest, »demnach muss es vom Täter stammen!«

Vögelein nickte. »Ganz Ihrer Meinung, Chef. Auch ein Vereinsmitglied können wir wohl ausschließen. Wer so was verliert, geht nicht weg, ohne danach zu suchen. Ziemlich sicher hat Jo ihrem Widersacher die Kette beim gestrigen Kampf vom Hals gerissen. Dafür spricht auch der große Abstand zwischen Kette und Kreuz.«

Wolf steckte Amulett und Kette in einen Klarsichtbeutel, von denen er stets einige mit sich führte, und verschloss ihn sorgfältig.

Nur wenig später trafen sie wieder in der Polizeidirektion ein. Vögelein erklärte, Schmerzen im Kniegelenk zu haben und steuerte leicht hinkend den Aufzug an.

»Warmduscher«, grummelte Wolf abfällig und nahm wie gewohnt die Treppe. Auf dem obersten Absatz wurde er von Jo empfangen, die aufgeregt ihren Notizblock schwenkte.

»Jetzt lass mich erst mal Luft holen, Mädchen«, wehrte er ab, während Vögelein durch allerlei wunderliche Verrenkungen einen Blick auf Jos Notizblock zu erhaschen suchte.

»In fünf Minuten bei mir«, bestimmte Wolf dann, drückte Vögelein den Beutel mit den gefundenen Beweisstücken in die Hand und knurrte etwas, das sich wie »KTU« anhörte, ehe er in seinem Büro verschwand. Ohne einen klitzekleinen Pastis und wenigstens eine halbe Zigarette würde erst mal gar nichts laufen, ein Hauptkommissar im pensionsreifen Alter war schließlich kein ICE.

Doch er wurde bitter enttäuscht. Als er den Ordner wegnahm und die Flasche hervorholen wollte, griff er ins Leere. Da schiss doch der Hund ins Feuerzeug – er hatte schon wieder vergessen, für Nachschub zu sorgen! So konnte das nicht weitergehen, nahm er sich zum wiederholten Male vor und zündete fahrig eine Zigarette an. Nach wenigen Zügen drückte er sie wieder aus und öffnete das Fenster. Er wollte Vögelein keinen Anlass bieten, in stummem Protest den Leidenden zu spielen.

Pünktlich auf die Sekunde standen die beiden auf der Matte. Jo hatte ihr wichtigstes Gesicht aufgesetzt, siegessicher schwenkte sie ihren Notizblock, während Vögelein seine überdimensionale Nase hochstreckte und zu schnuppern begann.

»Eine Frage, ehe du anfängst, Jo: Sind die Phantombilder raus?«, wollte Wolf wissen.

»Wie? Ach so, ja, alle verschickt, auch an den ›Seekurier‹. Darf ich jetzt …«

»Und das Amulett mit der Kette ist bei der KTU?« Diese Frage war an Vögelein gerichtet.

»Na klar. Oder denken Sie, ich hätte Alzheimer?«, schnappte Vögelein. Und nach erneutem Schnuppern fügte er aufmüpfig hinzu: »Kann es sein, dass es bei Ihnen nach kaltem Rauch riecht, Chef?«

»Schon möglich. Ich hab aber gelüftet.« Er sah Vögelein durchdringend an. »Vielleicht solltest du dir ab und zu selber mal eine reinziehen, dann wären deine Atemwege nicht so empfindlich. Schau mich an: Hast du mich schon jemals schniefen hören? So, wir fangen an. Schieß los, Jo.«

»Also, Sie hatten mal wieder recht, Chef: Die Sterberate vermögender älterer Witwen ist in dem Zeitraum, den Karin Winters

Liste umfasst, tatsächlich exorbitant hoch. Präziser gesagt: Im letzten Quartal des Vorjahres gab es nur zwei Todesfälle, die in unser Raster passen, im ersten Quartal dieses Jahres sogar nur einen. Danach stieg die Zahl plötzlich an: Im zweiten Quartal waren es schon drei, davon die beiden letzten gegen Ende des Quartals. Und zwischen dem 30. Juli und dem 15. Oktober verstarben, wie wir wissen, sogar sechs Zielpersonen. Das heißt im Klartext: Die Sterberate lag über einen längeren Zeitraum konstant niedrig, ehe sie etwa zur Jahresmitte auffallend anstieg. So viel zu Punkt eins. Und nun zu Punkt zwei, den Totenscheinen: Die waren eigentlich unauffällig.«

»Ja, und?«

»In allen Fällen waren natürliche Todesursachen angegeben.« Sie warf einen Blick auf ihren Notizblock. »Allein dreimal Herzversagen, je einmal Leberzirrhose, Lungenemphysem und Nierenversagen infolge eines Krebsleidens. Ich habe daraufhin zwei der Ärzte angerufen, die die Totenscheine ausgestellt haben. Während der erste bei den beiden von ihm untersuchten Leichen auf natürlichen Todesursachen beharrte, räumte der zweite in mindestens einem Fall ein, kurzzeitig Zweifel gehabt zu haben. Es handelt sich dabei um die Frau, die ihr Vermögen Havanna und Einstein vermachte.«

»Hat er begründet, was ihn an einem natürlichen Tod zweifeln ließ?«

»Sehr ausführlich, ich habe alles mitgeschrieben. Soll ich vorlesen?«

»Untersteh dich! Trotz aller Zweifel hat er dann doch den natürlichen Tod bescheinigt. Warum?«

»Er sagt, er habe letztlich nach Abwägen aller Umstände und unter Einbeziehung der Krankengeschichte der Frau sowie deren familiärer und erbrechtlicher Situation einen unklaren Hintergrund ausgeschlossen, der eine Obduktion zwingend vorgeschrieben hätte.«

Wolf erhob sich und trat ans Fenster. Währenddessen ging Jo kurz in ihr Büro hinüber und kam mit einem Tablett zurück, auf dem eine Kaffeekanne nebst zwei Tassen und dem erforderlichen Zubehör sowie ein Glas Mineralwasser standen.

Auch Wolf kehrte wieder an den Tisch zurück und nahm Platz,

stillschweigend goss Jo Kaffee ein und stellte das Wasser vor Vögelein hin. Anschließend fragte Wolf: »Du sagtest vorhin, er habe in mindestens einem Fall gezögert. Wie hieß die andere Verstorbene, bei der sich der Doktor nicht sicher war?«

Jo schob ihm einen Zettel hin.

»Ich werde eine Exhumierung beantragen. Sommer muss uns die Genehmigung beschaffen, er versteht sich gut mit Staatsanwalt Dr. Hirth. Ich hoffe, dass sie es mit vereinten Kräften schaffen, den diensthabenden Richter – ich denke, das wird Dieterich sein – weichzuklopfen.«

***

Das musste man Sommer lassen: War er erst Mal für eine Sache gewonnen, machte er Nägel mit Köpfen. Kaum hatte ihm Wolf den aktuellen Stand ihres Falles dargelegt, griff Sommer auch schon zum Telefon. Nach ein paar kurzen Sätzen knallte er den Hörer auf die Gabel zurück. »Hirth erwartet uns«, sagte er und erhob sich. »Am besten, du kommst gleich mit!«

Wenig später standen sie vor Hirths Büro. Während Sommer klopfte, glitt Wolfs Auge über das Schild neben der Tür. »STAATSANWALTSCHAFT, DR. HIRTH«, stand da. Oben links in der Ecke war das Landeswappen von Baden-Württemberg aufgedruckt.

Als von innen ein forsch gerufenes »Ja!« ertönte, traten sie ein. Wolf war stets aufs Neue überrascht über die Größe des Raums. In der Polizeidirektion würden sich gut und gerne sechs Beamte dieselbe Fläche teilen. Die Außenwand war mit vier großen, nach Süden gehenden Fenstern versehen, deren Rollos wegen der Sonne zur Hälfte heruntergelassen waren. Gegenüber befand sich ein über die gesamte Breite des Raumes reichender, lediglich durch die Eingangstür unterbrochener Einbauschrank. Die verbleibende Fläche teilten sich ein gewaltiger Schreibtisch, auf dem ein 21-Zoll-Monitor und ein Laptop dominierten, ein Besprechungstisch mit sechs Stühlen direkt gegenüber sowie ein Glasgefäß vom Ausmaß einer überdimensionalen Badewanne, das sich bei näherem Hinsehen als magisch beleuchtetes Aquarium erwies.

»Guten Tag, die Herren. Ich bin gleich bei Ihnen.«

Zu Wolfs Verwunderung schien Hirths Stimme aus dem Aquarium zu kommen. Dabei handelte es sich allerdings um eine akustische Täuschung, denn unvermittelt tauchte Hirths Kopf hinter dem Glasungetüm auf. Er hatte ein Döschen in der linken Hand, vermutlich Fischfutter, das er nun sorgsam verschloss und anschließend in eines der Schrankelemente stellte. Wolf konnte sich im Moment nicht erinnern, Hirth jemals bei einer anderen Tätigkeit als dem Füttern seiner Fische angetroffen zu haben, von seinen Auftritten im Gerichtssaal abgesehen.

Ohne Eile öffnete der Staatsanwalt sodann eine andere Schranktür, hinter der ein Waschbecken zum Vorschein kam, an dem er sich sorgfältig die Hände wusch. Derweil hatte Sommer an dem Besprechungstisch Platz genommen. Mit einem kurzen Wink forderte er Wolf auf, es ihm gleichzutun. Sommer konnte sich das leisten; er war mit Hirth gut befreundet, was sich in der Vergangenheit schon mehrfach als äußerst hilfreich erwiesen hatte.

Endlich nahm sich Hirth Zeit für seine Besucher. Zunächst schilderte Wolf den Hintergrund des aktuellen Falles, ganz besonders stellte er die Tatsache heraus, dass die Zahl der Todesfälle bei der fraglichen Zielgruppe ab Mitte des Jahres auffällig angestiegen war. Dezidiert wies er dann auf die Leichenschau hin, bei der dem untersuchenden Arzt vorübergehend Zweifel über die Todesursache gekommen waren.

»Vor diesem Hintergrund halten wir eine Exhumierung der alten Dame mit nachfolgender Obduktion für zwingend erforderlich«, schloss Sommer.

Gespannt blickten die beiden auf den Staatsanwalt. Seine Beurteilung würde darüber entscheiden, ob sie in dieser Sache weiterkamen. Eine volle Minute lang rieb sich Hirth die Nase, ehe er aufstand und zu seinem Schreibtisch hinüberging. Er nahm den Telefonhörer ab und drückte eine Taste.

»Staatsanwaltschaft Überlingen, Hirth. Guten Tag. Ich brauche einen Termin für eine Exhumierung. Es ist dringend.« Er las Name, Geburts- und Sterbetag der zuletzt verblichenen alten Dame von einem Zettel ab, den Wolf ihm gereicht hatte. Es folgte eine kurze Pause, ehe er weitersprach: »Ja, ich notiere! Gut! Vielen Dank auch. Auf Wiederhören.«

Dann setzte er sich wieder zu ihnen an den Tisch. »Sechzehn

Uhr auf dem Überlinger Hauptfriedhof. Schneller ging's nicht«, grinste er.

»Und ich hab schon befürchtet, wir müssten bei Richter Dieterich antreten«, grinste Sommer zurück.

»Wieso? Wir sind doch hier nicht im Kindergarten, wo man bei jedem Problem erst mal die Tante Richter fragen muss«, flachste Hirth, wurde jedoch sofort wieder ernst. »Nein, lieber Ernst, dafür reicht die Entscheidungsbefugnis der Staatsanwaltschaft voll und ganz aus. Möchte nicht wissen, wie der Richter die Sache beurteilt hätte. Zumindest hättet ihr eine Menge Zeit verloren.«

Sommer hatte Wolf gebeten, ihn noch kurz in sein Büro zu begleiten. »Kaffee?«, fragte er auf dem Weg durch das Vorzimmer.

Wolf wehrte ab. »Danke.«

»Was heißt das – danke ja oder danke nein?«

»Eher nein, nicht vor dem Essen. Sag mir lieber, was noch anliegt, mir brennt die Zeit unter den Nägeln.«

»Also: Morgen erscheinen die Phantombilder zu eurem Fall in der Presse, richtig?«, fragte Sommer, als sie Platz genommen hatten.

Wolf nickte. »In allen Zeitungen der Region, hoffe ich.«

»Genau darauf will ich hinaus. Erfahrungsgemäß laufen nach einem solchen Aufruf die Telefone heiß. Das bedeutet, ihr braucht Verstärkung. Deshalb bilden wir eine Soko. Die Leitung übernimmt das D1, also du, Leo. Nimm einen deiner Leute ...«

»Vögelein«, warf Wolf dazwischen.

»Gut, also Vögelein. Dazu stellen die anderen Dezernate je einen Kollegen ab. Damit verfügst du ab morgen früh über eine Soko von fünf Leuten. Das müsste fürs Erste reichen, um allen eingehenden Hinweise nachzugehen. Ich werde die Dezernatsleiter sofort informieren.«

Auf dem Weg zurück in sein Büro hatte Wolf einen gesunden Hunger verspürt und sich in der Kantine kurzerhand zwei Butterbrezeln besorgt. Nun saß er in seinem Büro und kaute auf beiden Backen, als sein Telefon klingelte.

»Wollen Sie vorab den Artikel lesen, der morgen früh neben Ihren Phantombildern stehen wird, Herr Wolf?«, fragte Karin Winter.

»Was soll das bringen? Ich verlass mich da ganz auf Sie, *Sie* sind der Profi. Hauptsache, die Bilder kommen gut ... Entschuldigen Sie, nichts gegen Ihre Schreibe, ich meine nur ...«

»Schon verstanden. Aber dass mir später keine Klagen kommen. Was ist eigentlich aus meiner Liste der vermögenden alten Damen geworden? Haben Sie in dieser Sache schon etwas erreicht?«

Wolf, der ihre Frage befürchtet hatte, versuchte abzuwiegeln. »Nicht wirklich. Wenn's was Neues gibt, melde ich mich.« Er musste der Winter ja nicht unbedingt auf die Nase binden, was sie angeleiert hatten. Was nicht aus der Direktion herausdrang, konnte auch nicht an die große Glocke gehängt werden.

So einfach ließ sich Karin Winter jedoch nicht abspeisen. »Und das soll ich Ihnen abnehmen? Nun enttäuschen Sie mich aber, Herr Wolf. Wie ich Sie kenne, haben Sie die Namen längst überprüfen lassen. Ich bin mir sogar ziemlich sicher, dass sich dabei bestimmte Verdachtsmomente ergeben haben und dass Sie weiterermitteln. Nun kommen Sie schon, lassen Sie die Katze endlich aus dem Sack!«

Wolf versuchte es mit einem Winkelzug: »Wohnen Sie eigentlich noch im Hotel?«

Doch Karin Winter durchschaute das Spiel. »Lenken Sie nicht ab! Mein Chef vertritt seit Langem die Meinung, ich sei Ihr bestes Pferd im Stall. Wenn dem so ist, sollten Sie mich bei Laune halten.« Sie begann, verhalten zu kichern. »Sie wollen doch nicht, dass ich auf eigene Faust ermittle, oder?«

Wolf begann vernehmlich zu seufzen. Er hatte es geahnt: Wenn ihm die Winter so kam, konnte er ihr sein Wissen kaum vorenthalten. Es war ja richtig, sie hatte eine wichtige Vorarbeit geleistet, ohne die die Ermittlungen kaum so weit gediehen wären – zumindest nicht so schnell. Genau genommen hatte sie sie überhaupt erst an diesen Ermittlungsstrang herangeführt. Sicher, früher oder später wären sie von selbst drauf gekommen ... trotzdem ...

Dieses »trotzdem« gab den Ausschlag, entschlossen schob er alle Bedenken beiseite. »Also gut«, meinte er versöhnlich, »Sie lassen ja doch nicht locker. Noch heute wird eine der Frauen, die auf Ihrer Liste stehen, exhumiert.«

»Wo?«

»Auf dem Hauptfriedhof Überlingen.«
»Wann?«
»Sechzehn Uhr.«
Sie kicherte erneut. »Ich werde da sein.«
»Aber …«
»Weiß schon: dezent im Hintergrund. Und die Information hab ich selbstverständlich nicht von Ihnen. Sie können sich auf mich verlassen, Herr Wolf. Ich weiß auch, dass das Ganze sehr unspektakulär verlaufen wird, aber ich brauche wenigstens ein Bild von der Ausgrabung, zur Abrundung meines späteren Berichts. Danke – bis später.«

Wolf konnte nur hoffen, dass sie sich auch an ihre Zusage hielt. Mit zwiespältigen Gefühlen fingerte er eine Zigarette heraus und steckte sie an.

***

Punkt sechzehn Uhr verließ eine kleine Gruppe das Verwaltungsgebäude des Städtischen Friedhofs Überlingen. Ihr Ziel war eines der neueren Gräberfelder im nördlichen Teil des Gottesackers. Außer Wolf waren Staatsanwalt Dr. Hirth, ein Beamter der Friedhofsverwaltung mit zwei ihm unterstellten städtischen Arbeitern sowie der Inhaber des seinerzeit beauftragten Bestattungsunternehmens anwesend – diese Gruppe nun unterschied sich von den üblichen Trauerzügen im Wesentlichen dadurch, dass der von ihr mitgeführte Wagen den Sarg nicht, wie sonst üblich, auf dem Hinweg, sondern erst auf dem Rückweg tragen würde. Im Übrigen war ihr Auftritt ganz offenkundig rein geschäftlicher Natur: Sämtliche Beteiligten gingen ohne schwarze Anzüge, ohne zur Schau getragene Trauermienen, ohne das bei solchen Gängen zelebrierte respektvolle Schweigen.

Ein Glück, dass das Wetter heute mitspielt, dachte Wolf. Das ersparte ihm dreckige Schuhe durch das Herumstapfen in dem aufgeweichten Aushub. Er hatte im Verlauf seiner fast vierzig Dienstjahre ein gutes Dutzend Exhumierungen mitgemacht, der Vorgang selbst berührte ihn nicht mehr sonderlich.

Während des fünfminütigen Fußmarsches hielt er immer wieder Ausschau nach Karin Winter, konnte sie jedoch nirgends entdecken. Wahrscheinlich wartete sie in der Nähe des Grabes. Wolf konnte nur hoffen, dass sie sich unauffällig verhielt; es wäre ihm unangenehm, wenn Hirth sie entdeckte. Staatsanwälte hatten von Berufs wegen eine Aversion gegen Presseleute, noch dazu bei einer kurzfristig anberaumten Exhumierung. Misstrauisch, wie sie waren, vermuteten sie sofort eine undichte Stelle im Sicherheitsapparat.

Endlich waren sie an ihrem Bestimmungsort angelangt. Akribisch überzeugte sich der Beamte der Friedhofsverwaltung davon, dass sie auch wirklich das gesuchte Grab vor sich hatten und machte einen entsprechenden Vermerk in sein Protokoll. Sodann stellte er die Anwesenheit der für eine Exhumierung vorgeschriebenen Personen fest. Auf eine entsprechende Frage des Staatsanwaltes erklärte er, dass die Verstorbene keine Angehörigen gehabt habe. Dann begannen die beiden Arbeiter damit, rings um die Grabstelle Plastikplanen auszulegen, ehe sie mit den Grabarbeiten begannen.

Über den Zustand der Leiche machte sich Wolf keine großen Gedanken. Von dem Beerdigungsunternehmer hatte er erfahren, dass für die Bestattung ein Eichensarg verwendet worden war. Solche Särge waren, unabhängig von Erddruck und Bodenbeschaffenheit, nach nur drei Monaten mit Sicherheit noch völlig intakt. Wolf kannte sogar einen Fall, wo ein Eichensarg nach über dreißig Jahren aus der Erde geholt worden war und sich der Sarg wie auch der Verstorbene noch in gutem Zustand befunden hatten.

Je tiefer die Arbeiter gruben, desto stärker frischte ein kühler Wind auf, sodass Wolf sein Barett fester über den Kopf ziehen musste. Fast kam es ihm so vor, als wolle sich die Verstorbene gegen die Störung der Totenruhe wehren. Irgendwann stieß einer der Spaten auf Widerstand. Mit erhöhter Vorsicht gruben die Arbeiter weiter, bis der Sarg freigelegt war. Nun führten die Männer zwei kräftige Gurte unter dem Sarg hindurch, anschließend stiegen beide auf einer hinabgelassenen Leiter nach oben und zogen den Sarg mit Hilfe der Gurte hinauf, um ihn auf den Wagen zu setzen. Eine Viertelstunde später war die Prozedur überstanden.

Wolf hatte sich verabschiedet und befand sich auf der Rückfahrt in die Polizeidirektion. Noch am Abend würde Dr. Reichmann die Leiche obduzieren, und bereits am folgenden Morgen läge ein Vorabergebnis auf seinem Tisch, das sich freilich durch die nachfolgenden chemischen Analysen noch ändern konnte. Immerhin: Mit einiger Sicherheit würden sie danach beurteilen können, ob die alte Dame eines natürlichen Todes gestorben war oder ob sich ihr Verdacht auf einen Gifttod erhärtete.

Noch einmal fiel ihm Karin Winter ein. Hatte sie die Exhumierung vergessen? Das würde überhaupt nicht zu ihr passen. Hatte sie den falschen Friedhof aufgesucht? Quatsch, er hatte ihr ausdrücklich den Hauptfriedhof genannt. Oder war ihr etwas Wichtigeres dazwischengekommen? Jedenfalls hatte er sie nirgends gesehen. Schnell verdrängte er den Gedanken an die Journalistin wieder; er würde den Grund ihrer Abwesenheit noch früh genug erfahren. Jetzt musste er erst mal nachdenken! Aus unerklärlichen Gründen hatte er das Gefühl, dass sie mit ihrem Fall an einem Wendepunkt standen. Gebe Gott, dass es so war, denn spätestens beim nächsten Toten hätten sie ein ernstes Problem.

Dann würde sie die Presse in der Luft zerreißen.

***

Langsam, einen Laut des Wohlbehagens ausstoßend, glitt der Rothaarige in den Whirlpool. Dieses herrlich vitalisierende Prickeln auf der Haut, diese wohlige Wärme, die den Körper umhüllte – das war so ganz nach seinem Geschmack. Konnte man den Tag angenehmer ausklingen lassen? Wohl kaum.

Doch schnell machte er sich von dem Gedanken frei; zu ernst war der Anlass seines Hierseins, um sich in derart banalen Vorstellungen zu verlieren. Wo nur sein Kompagnon blieb? In immer kürzeren Abständen sah er zu der Normaluhr hinauf, die von der Hallendecke hing und deren großer Zeiger sich unerbittlich weiterbewegte. Um zwanzig Uhr hatten sie sich in der Meersburger Bodenseetherme treffen wollen, nun war es bereits dreißig Minuten nach der vereinbarten Zeit. Beunruhigt ließ er den Blick durch die Halle schweifen, sah, mühsam beherrscht, hinaus auf den See, auf die ein- und auslaufenden Fähren, auf die nahe Mainau und das Konstanzer Ufer, auf die zahllosen Lichterketten drüben auf der schweizerischen Seite, bis er – endlich – hinter seinem Rücken das näherkommende »platsch, platsch, platsch« nasser Füße vernahm.

Der Rothaarige zwang sich, nicht herumzufahren; das hätte noch gefehlt, dass ein fremder Badegast sich zu ihm gesellte. Doch seine Befürchtung erwies sich als unbegründet. Hatte es der gnädige Herr also doch noch einrichten können! Erleichtert atmete er auf. Offensichtlich war die Verspätung nicht, wie befürchtet, auf unvorhergesehene Ereignisse zurückzuführen.

Aus den Augenwinkeln musterte er die stattliche Figur des Igelmanns bis hinab zu den knappen Badeshorts, die den nicht zu übersehenden Bauchansatz eher betonten, als dass sie ihn verdeckten.

Ohne sich auch nur im Geringsten um ihn zu kümmern, schwang sich der Dicke überraschend leichtfüßig ins Becken, wo er sofort in den sprudelnden Fluten versank. Schon fürchtete der Rothaarige, den Igelmann als Wasserleiche bergen zu müssen, als dieser überraschend doch noch auftauchte und sich unter heftigem Prusten wie ein nasser Hund zu schütteln begann. Danach klammerte er sich mit beiden Händen an die Haltestange und ließ sich von einem kräftigen Wasserstrahl den Bauch massieren. Endlich drehte er sich um.

»Zwanzig Uhr war ausgemacht«, knurrte der Rothaarige vorwurfsvoll. »Vergessen?«

»Entschuldige, aber ich hab auf dich auch schon warten müssen. Vergessen? Diese konspirativen Treffs sind ohnehin ziemlich hirnrissig«, kam es aufgebracht zurück. »Wieso können wir uns nicht wie ganz normale Leute zu Hause besprechen?«

»Diese Frage stellst du jetzt nicht im Ernst, oder? Dann könnten wir unsere Pläne ja gleich im ›Seekurier‹ veröffentlichen! Du weißt so gut wie ich, dass wir nicht das geringste Risiko eingehen dürfen. Nicht bei dem, was wir vorhaben! Zu Hause haben die Wände Ohren: Ein unbedachtes Wort – von einem der Brüder oder Schwestern zufällig aufgeschnappt –, und alles fliegt auf. Willst du das?« Als der Angesprochene nur schweigend mit den Füßen strampelte, fasste der Rothaarige das als Zustimmung auf. »Na also!«

Mit einem schnellen Blick versicherte er sich, dass keine unge-

betenen Zuhörer in der Nähe waren, ehe er fortfuhr: »Die Polizei versucht, uns ins Handwerk zu pfuschen.«

»Wieso ... was ist passiert?«

»Morgen früh erscheinen im ›Seekurier‹ unsere Konterfeis samt Personenbeschreibung.«

Die Augen des Dicken weiteten sich. »Was soll das heißen? Wie kommst du darauf?«

»Hab vor einer Stunde einen Anruf erhalten«, erläuterte der Rothaarige. Übergangslos glitt ein Lächeln über sein Gesicht, sein Zorn schien bereits wieder verraucht. »Keine Angst, es handelt sich um Phantombilder, von den Bullen nach Zeugenaussagen angefertigt. Die Ähnlichkeit mit uns soll allerdings sehr zu wünschen übrig lassen; genau genommen hätten die beiden Typen auf den Bildern mit uns nicht das Geringste zu tun.«

Nachdenklich kaute der Igelmann auf seiner Unterlippe. Plötzlich fuhr er hoch. »Augenblick mal: Wieso eigentlich zwei Typen? Wie können die von dir ein Phantombild fertigen, du bist doch den Bullen noch gar nicht aufgefallen?«

»Nun, das ist der zweite Punkt, über den ich mit dir sprechen wollte. Offensichtlich ist mir gestern Abend jemand gefolgt.« Detailliert schilderte er den Zwischenfall in dem ÜRC-Bootshaus.

»Verdammte Scheiße! Und du hast keine Ahnung, mit wem du zusammengerasselt bist?«, hakte der Igelmann nach.

»Könnte die junge Polizistin gewesen sein, die Kollegin von diesem Wolf. Ja, ich bin mir sogar ziemlich sicher. Weiß der Henker, wie sie mir auf die Spur gekommen ist ...«

»Nein, ich meine den anderen. Den, der sie herausgehauen hat«, unterbrach ihn der Igelmann.

»Darüber zerbrech ich mir schon die ganze Zeit den Kopf. Tut mir leid, ich habe nicht die geringste Ahnung.«

»Klingt nicht gerade beruhigend.«

»Trotzdem – kein Grund, sich deswegen gleich in die Hose zu machen. Unsere Maskierung war perfekt, niemand kann uns erkannt haben. Und daran wird sich auch in Zukunft nichts ändern. Vorausgesetzt, wir gehen weiterhin vorsichtig zu Werke.«

»Wir werden sehen ... spätestens morgen früh, wenn wir den ›Seekurier‹ aufschlagen.« Besorgt legte der Igelmann den Kopf in den Nacken und starrte zur Hallendecke hinauf.

Der Rothaarige blieb unbeeindruckt. Er kannte das, es war schon immer so. Nicht nur, dass er selbst sich stets als der psychisch und physisch Stärkere erwiesen hatte, als der rationale Analyst und kreative Planer, der seine Vorhaben, einmal beschlossen, auch konsequent in die Tat umsetzte. Wie sonst hätte er binnen Kurzem zum Kopf der Gruppe aufsteigen können? Im Gegensatz zu seinem fülligen Partner, der häufig zu Kleinmut neigte und Risiken nach Möglichkeit aus dem Weg ging, war er selbst, Gott sei's getrommelt und gepfiffen, aus härterem Holz geschnitzt. Schwierigkeiten waren dazu da, um aus dem Weg geräumt zu werden – das war sein Credo!

»Viel mehr Sorgen als die Phantombilder macht mir der Text, der dabeistehen wird«, sagte er. »Die Winter wird zunehmend gefährlicher für uns. Sie hat unsere Warnung in den Wind geschlagen und recherchiert weiter in der Sache.«

Hellhörig geworden, hob der Igelmann den Kopf. »Und … was willst du dagegen unternehmen? Bisher hat sie uns ja nicht groß geschadet. Außerdem: Wenn du sie ausschaltest, rückt ein anderer nach. Was sollte sich also dadurch ändern?«

Da war er wieder, dieser Kleinmut. Am besten, er behielt seine Pläne für sich. Warum sollte er die Katze jetzt schon aus dem Sack lassen? Wenn es so weit war, würde dieses Weichei sowieso tun, was er von ihm verlangte. »Wir reden darüber, wenn's so weit ist«, beruhigte er seinen Kompagnon. »Jetzt komm, lass uns an der Bar einen Schampus trinken, das regt an.«

7

Es war eigenartig und doch irgendwie tröstlich: Auch wenn Wolfs Körper längst nicht mehr wie gewohnt funktionierte, auf seine innere Uhr konnte er sich noch immer verlassen. Er hatte sich vorgenommen, um fünf Uhr aus den Federn zu steigen – und tatsächlich war er um kurz vor fünf aufgewacht und wenig später aufgestanden.

Wie immer hatte sein erster Blick dem Wetter gegolten. Er war nicht wirklich überrascht, als er aus dem Fenster sah: dichter Nebel. Wieder einmal! Für seine allmorgendliche Fahrt mit dem Fahrrad nach Überlingen gab es wahrhaft angenehmere Bedingungen.

Als er am Vorabend in seine Wohnung zurückgekehrt war, hatte er die schmerzliche Erfahrung machen müssen, dass der sich selbst auffüllende Kühlschrank erst noch erfunden werden musste. Wieder einmal hatte ihn gähnende Leere erwartet, worauf er den festen Vorsatz fasste, bis heute Abend Nachschub zu beschaffen, koste es, was es wolle.

Sofort hatte er eine umfangreiche Liste erstellt und diese samt dem nötigen Bargeld in seinen Einkaufskorb gelegt. Zuoberst auf der Liste stand eine Flasche Pastis. Den Korb würde er auf der Fahrt zur Polizeidirektion im Edeka-Markt abgeben. Er kannte die Betreiberin des Ladens recht gut, sie würde ihm bis Dienstschluss alles zusammenstellen. Tagsüber fände er garantiert keine Zeit zum Einkaufen – vorausgesetzt, es verlief alles nach Plan. Schließlich war heute »der Tag des Herrn«, um mit den Worten seines Kollegen Marsberg zu sprechen. Heute würden sich, so Gott wollte, einige entscheidende Sachverhalte klären, die sie der Lösung ihres Falls einen großen Schritt näherbringen könnten.

Entsprechend aufgeräumt erledigte er seine allmorgendlichen Verrichtungen, wobei er vor allem Fiona nicht vergaß, für die er glücklicherweise im Katzenschränkchen noch eine Packung Trockenfutter gefunden hatte – die letzte. Er selbst musste sich wohl oder übel mit einer Tasse Kaffee begnügen, die er, da ihm auch

Milch und Zucker ausgegangen waren, widerwillig hinunterstürzte, ehe er sich aufs Rad setzte.

Irgendwie schaffte er es, den Weg zum See zu finden. Ohne nennenswerte Kollisionen legte er die vier Kilometer zwischen Nussdorf und Überlingen zurück, nicht gerade ein Vergnügen bei diesem Nebel, der wie ein weißes Laken über der Landschaft lag und die Sicht nicht selten auf wenige Meter beschränkte. In Überlingen machte er bei Edeka halt. Nach einem kurzen Plausch – über den Nebel, was sonst? – versprach er, rechtzeitig vor Ladenschluss seinen bis dahin gefüllten Korb abzuholen.

Kurz nach halb sieben saß Wolf bereits hinter seinem Schreibtisch. Schon beim Betreten des Büros war ihm der Umschlag ins Auge gefallen, den ihm der Kollege von der Nachtschicht auf den Tisch gelegt hatte. Er wusste, was er enthielt: den vorläufigen Obduktionsbericht der Pathologin. Würde sich sein Verdacht bestätigen?

Gestern Abend hatte er in immer kürzer werdenden Abständen in der Pathologie des Kreiskrankenhauses angerufen, in der bedarfsweise auch die Rechtsmediziner der Uni Tübingen arbeiteten. Dr. Reichmanns Untersuchungen an der exhumierten Leiche hatten weit mehr Zeit in Anspruch genommen, als ihnen beiden lieb war. Entnervt hatte sich die Pathologin zuletzt seine Anrufe verbeten. Sie hatte allerdings versprochen, ihm bis zu seinem Dienstbeginn am folgenden Morgen wenigstens einen vorläufigen Bericht zukommen zu lassen.

Gespannt öffnete Wolf nun den Umschlag und zog ein einzelnes Blatt heraus, das den Titel »Pathologischer Befund entspr. der vorläufigen chemisch-analytischen Untersuchung« trug. Es handelte sich um einen Computerausdruck, mit zahlreichen handschriftlichen Anmerkungen versehen. Flüchtig überflog er die Einleitung, ehe sein Blick nach unten glitt und schließlich an einem dick unterstrichenen, zusätzlich mit gelbem Marker hervorgehobenen Textblock hängenblieb: »Der Tod oben benannter Person ist nach derzeitigem Kenntnisstand auf die Verabreichung einer tödlichen Dosis Arsentrioxid zurückzuführen.«

Darunter hatte Dr. Reichmann noch etwas gekritzelt, das Wolf nur mit Mühe entziffern konnte: »Lieber Leo, ausführlicher Bericht wird morgen nachgereicht. Gruß, Franzi.«

Also doch! So paradox es auch sein mochte: Für einen Moment atmete Wolf erleichtert auf. Ab sofort würden sie nicht mehr ins Blaue hinein ermitteln. Jetzt würden sie einer konkreten Spur folgen!

Wolf schloss die Augen und versuchte, sich die nächsten Schritte durch den Kopf gehen zu lassen, als ihn ein Klopfen aufschreckte. Er musste das Kommen der Kollegen glatt überhört haben.

Mit einem für Wolfs Ohren übertrieben munteren »Morgen, Chef« traten Jo und Vögelein ein und stellten sich vor seinen Schreibtisch.

»Haben Sie schon unsere Phantombilder im ›Seekurier‹ gesehen?«, fragte Vögelein. Aus irgendeinem Grund schien er heute von keinem Leiden geplagt. Sollte die positive Entwicklung ihres Falls, vielleicht sogar die Soko, in die er ab heute federführend eingebunden sein würde, für die wundersame Genesung verantwortlich sein?

Wolf, in Gedanken noch immer bei dem Befund der Pathologin, beantwortete seine Frage mit einem Kopfschütteln. Daraufhin breitete Vögelein eine mitgebrachte Zeitung vor ihm aus und wies auf einen bebilderten Artikel.

»Bestens aufgemacht«, erläuterte er. »Auch der Text ist gut. Müsste uns eigentlich weiterbringen.«

Wolf brummte etwas Unverständliches, ehe er einen Blick auf die Veröffentlichung warf.

»Gibt es schon Ergebnisse von der Obduktion?«, wollte Jo wissen. Wortlos wies Wolf auf den Befund. Während sie las, schaute ihr Vögelein über die Schulter.

»Warum überrascht mich das Ergebnis nicht?«, fragte Jo, als sie das Blatt an Vögelein weiterreichte.

Wolf hob den Kopf und sah sie an. »Wenigstens haben wir es jetzt schwarz auf weiß.«

Zwischen Jos Augenbrauen bildete sich eine steile Falte. »Tja, Chef, dann veranlassen Sie schon mal einen Beschluss zur Exhumierung der restlichen Leichen auf unserer Liste. Ich bin sicher, wir finden unter den verstorbenen alten Damen noch weitere Arsenopfer.«

»Was würde das ändern? Wir haben nachgewiesenermaßen jetzt schon vier Giftmorde. Reicht dir das noch nicht? Nein, weitere Exhumierungen wären im Augenblick reine Zeitverschwendung, deshalb werden wir uns diesen Zwischenschritt sparen.«

»Zwischenschritt?«, fragte Vögelein verständnislos, und auch Jo schien verblüfft.

»Überlegt doch mal: Ob vier Morde oder vierzehn – wo ist der Unterschied? Das Wichtigste ist zunächst, die Täter zu finden, je schneller, desto besser. Also sollten wir uns auf das konzentrieren, was uns auf ihre Spur führt. Und was ist das?« Gespannt sah Wolf auf seine Mitarbeiter.

»Das Arsen!«, antwortete Jo wie aus der Pistole geschossen.

»Genau. Irgendwo müssen die Kerle das Zeug ja herhaben, Arsen bekommt man schließlich nicht im Supermarkt um die Ecke. Da Hanno in die Soko eingebunden ist, dürften diese Nachforschungen wohl an dir hängen bleiben, Jo. Also mach dich vom Acker ...«

»Aber ...«

»Sprich mit dem Labor, frag den Computer, das LKA, bei negativem Bescheid auch das BKA ...«

»Aber ...«

»Geh alle diesbezüglichen Fälle und unsere Datenbanken durch. Du weißt schon: Einbrüche, Diebstähle, Überfälle, verdächtige Handelsgeschäfte, das ganze Programm. Beginne mit der Bodenseeregion und erweitere nach und nach den Radius. Gegen Mittag möchte ich einen vorläufigen Zwischenbericht.«

Endlich kam Jo zu Wort. Entsprechend geladen machte sie ihrem Ärger Luft: »Diese Aufgabe haben Sie mir bereits gestern Vormittag übertragen – erinnern Sie sich nicht mehr? Das meiste davon ist längst erledigt!«

»Entschuldige bitte«, entgegnete Wolf ungerührt und wandte sich Vögelein zu. »Dann zu dir, Hanno.«

»Es gibt Neuigkeiten von der Spurensicherung. Wollen Sie hören?«

»Klar. Aber fang mit dem Auge an.«

»Auge?«

»Das Auge, das die Täter in Karin Winters Wohnung platziert haben, falls du dich erinnerst. So ein Teil dürfte nicht ganz einfach zu beschaffen sein. Zumindest hab ich noch keinen Fleischer gesehen, der Rinderaugen im Angebot gehabt hätte.«

Vögelein nickte. »Richtig. Ich hatte vor, die Soko darauf anzusetzen. Es gibt nämlich allein in Überlingen und der näheren Umgebung elf Schlachthöfe und fleischverarbeitende Betriebe. Dazu kommen dann noch gut und gerne vierzig Metzgereien, die wir zunächst jedoch außer Acht lassen können, da sie nicht mehr selbst schlachten. Trotz allem sollten wir die Hoffnung nicht aufgeben, schließlich werden Rinderaugen eher selten verlangt, würde ich sagen. An so einen Kunden dürfte sich jeder Betrieb erinnern.«

»Okay. Und jetzt zur Spurensicherung«, knurrte Wolf.

»Zu dem Amulett, das wir im Bootshaus gefunden haben: Die Kollegen konnten daran genügend DNA-Material sicherstellen. Ein Abgleich mit der BKA-Datenbank verlief jedoch negativ, die DNA ist dort nicht gespeichert.«

»Merkwürdig. Sollten wir es doch nicht mit Profis zu tun haben?« Wolf wurde vom Läuten seines Telefons unterbrochen.

Als er den Hörer wieder auflegte, gab er Vögelein ein Zeichen. »Die Kollegen verlangen nach dir, offenbar trudeln die ersten Anrufe ein. Ich verlass mich darauf, dass ihr mich auf dem Laufenden haltet.«

Kaum hatte Vögelein den Raum verlassen, zog Wolf seine Gitanes hervor und zündete sich eine an. Dann griff er erneut zum Telefon.

»Frau Winter, ich grüße Sie. Haben Sie zwei Minuten für mich?«

»Für Sie immer«, antwortete sie. »Na gut, sagen wir: *fast* immer. Um was geht's?«

»Nur für den Fall, dass bei Ihnen Anrufe zu den Phantombildern eingehen ...«

»Hätten Sie heute früh einen Blick in den ›Seekurier‹ geworfen«, unterbrach sie ihn, »dann wüssten Sie, dass wir potenzielle Anrufer an die dafür zuständige Überlinger Polizeidienststelle verweisen. Wir haben sogar die Nummer Ihrer Soko angegeben.«

»Gut so. Soviel ich weiß, sind bereits Meldungen bei uns eingegangen. Ach, übrigens, waren Sie eigentlich zur Exhumierung auf dem Friedhof? Gesehen hab ich Sie jedenfalls nicht.«

»Das will ich hoffen«, kicherte Karin. »Ich hatte Ihnen ja versprochen, mich dezent im Hintergrund zu halten. Um gute Bilder zu bekommen, muss man heutzutage nicht unbedingt in der ersten Reihe stehen.«

Den letzten Satz bekam Wolf nur noch halb mit – Jo war wie ein Wirbelwind in sein Zimmer gestürmt. Sie wirkte aufgekratzt, fast fiebrig. Überrascht hielt sie inne und starrte auf den Hörer in seiner Hand. Im Zwiespalt, ob sie den Rückzug antreten oder bleiben sollte, verharrte sie auf der Stelle, bis Wolf sie heranwinkte.

»Ich muss Schluss machen«, entschuldigte er sich bei Karin Winter, »hier scheint etwas unerhört Wichtiges passiert zu sein. Bis zum nächsten Mal.« Er unterbrach die Verbindung und raunzte: »Schon mal was von Anklopfen gehört?«

»Entschuldigung, Chef, aber es gibt ein erstes Ergebnis bei meinen Arsenrecherchen. Sehen Sie mal hier!« Sie legte einen Computerausdruck vor ihn hin.

Wolf drückte seine Zigarette aus, ehe er den Text überflog. Es handelte sich um einen Bericht des Bundeskriminalamtes. Ein Blick auf das Datum verriet ihm, dass der beschriebene Fall gut fünf Monate zurücklag.

»Könnte passen«, knurrte er. »Ich nehme an, hier in der Region gab es in den letzten Monaten keine relevanten Vorfälle, die sich mit den Arsenmorden in Verbindung bringen lassen, richtig?«

»Keine, mal abgesehen von einem Einbruch in eine Überlinger Apotheke und in eine Arztpraxis in Ludwigshafen. Dabei wurden zwar kleine Mengen Barbiturate und diverse Giftstoffe erbeutet, jedoch kein Arsen.«

»Augsburg also! Das würde erklären, warum wir nichts darüber wussten. Gut gemacht, Jo. Nimm bitte sofort Kontakt mit den Augsburger Kollegen auf. Wir brauchen die Akten, und zwar per Express … oder noch besser per Fax, das geht am schnellsten.«

»Aber Chef, wo leben Sie denn?« Jo verbiss sich ein Lachen. »In großen Polizeipräsidien wie Augsburg werden Falldokumentationen heutzutage digital erstellt und abgelegt, also können uns die Augsburger Kollegen die Unterlagen per E-Mail schicken. Wenn wir Glück haben, ist das Zeug in weniger als einer Viertelstunde da. Ich kümmere mich sofort darum.«

»Kaum zu glauben.« Wolf schüttelte voll Staunen den Kopf. »Wird Zeit, dass ich mich endlich ins Privatleben zurückziehe.«

»Tun Sie uns das nicht an, Chef. Sie wissen doch: Es kommt selten was Besseres nach«, grinste Jo. Beim Hinausgehen fragte sie: »Spricht was dagegen, dass ich mich anschließend an der Suche nach dem Rinderauge beteilige, genauer gesagt, an der Suche nach dessen Herkunft?«

Wolf grinste. »Den Job wollt ich dir sowieso aufs Auge drücken.«

»Hab ich Ihnen an den Augen abgelesen!«, gab Jo fröhlich zurück, und beide lachten.

Gleich nachdem Jo das Büro verlassen hatte, machte sich auch Wolf auf den Weg. Sommer hatte ihn um allmorgendliche Berichterstattung gebeten, um bei überraschenden Nachfragen seitens des BKA um keine Antwort verlegen zu sein. Sollte ihn sein Kenntnisstand gar in die Lage versetzen, Nachfragen hartnäckiger Medienleute angemessen zu beantworten – oder auch abzuschlagen –, umso besser.

Wolfs Rapport bei Sommer dauerte eine knappe halbe Stunde. Auf dem Rückweg schaute er kurz bei der Soko vorbei. Für die fünf Kollegen hatte man im Erdgeschoss ein provisorisches Büro eingerichtet, das mit zwei langen Tischen und den erforderlichen Sitzmöbeln auf den ersten Blick etwas spartanisch eingerichtet schien. Dieser Eindruck wurde durch eine Vielzahl elektronischer Kommunikationsgeräte und Apparaturen wieder wettgemacht.

Da hatten die Mitarbeiter der Technik wohl eine Nachtschicht eingelegt, dachte Wolf anerkennend, als er den Raum betrat. Sein Blick schweifte über zahlreiche Mobil- und Festnetztelefone, Fax- und Aufzeichnungsgeräte, Laptops und Flipcharts. An die Wände hatten die Kollegen Übersichtskarten und Stadtpläne der westlichen Bodenseeregion gepinnt, ein Beamer warf Bilder und Grafiken auf eine Leinwand.

»Hallo, Chef«, winkte Vögelein aufgekratzt. Er stand, offenbar vor Gesundheit strotzend, an einem der Flipcharts und übertrug mit verschiedenen Farbstiften Stichworte von seinem Notizblock auf einen der großformatigen Bögen. »Für ein qualitatives Urteil über die Veröffentlichungen ist es noch zu früh«, berichtete er nebenbei, »doch zumindest die Quantität stimmt. Wir haben bereits jetzt vierundzwanzig Anrufe, dazu ein paar Faxe und E-Mails. Ist aber verdammt mühsam, die Spreu vom Weizen zu trennen. Jedenfalls haben wir alle Hände voll zu tun.« Dabei wies er auf seine Kollegen, die abwechselnd telefonierten, sich an einem der Faxgeräte zu schaffen machten oder die erhaltenen Informationen in ihren Laptop tippten.

»Dann will ich euch nicht länger die Zeit stehlen. Gib mir Bescheid, wenn sich was tut – und vor Dienstschluss jeweils einen Kurzbericht, in Ordnung?«

»Geht klar, Chef.«

Wolf winkte den Männern flüchtig zu, ehe er sich zurückzog.

Kaum saß er wieder am Schreibtisch, meldete sein Computer den Eingang einer neuen E-Mail. Er öffnete das Mailprogramm und überflog den Text. Mit dürren Worten teilte Jo ihm mit, dass er die aus Augsburg eingegangenen Unterlagen über den Arsendiebstahl im Anhang finden würde, ein Klick genüge. Sie selbst sei in der besprochenen Sache bis Mittag außer Haus.

Donnerwetter, das geht ja wie's Katzenmachen, dachte Wolf beeindruckt. War schon irgendwie toll, wie die moderne Kommunikationstechnik ihre Arbeit vereinfachte. Aber die alten Methoden waren ihm trotzdem lieber; da hatte er wenigstens verstanden, wie alles funktionierte. Fast wehmütig erinnerte er sich an die Zeiten, als sie zwei oder drei, oftmals sogar vier Tage warten mussten, bis sie angeforderte Unterlagen endlich auf den Tisch bekamen. Kein Mensch hatte sich darüber aufgeregt, es war halt so – und nicht ein einziger Fall war deshalb liegen geblieben! Was soll's, dachte er, das Rad war nicht mehr zurückzudrehen. Es wäre besser, sich auf den Bericht aus Augsburg zu konzentrieren. Gespannt öffnete er den Anhang.

Die folgende halbe Stunde verging wie im Flug. Was er las, war spannend und unglaublich zugleich. Mit einem plumpen Trick war es zwei Männern gelungen, aus einer Augsburger Apotheke trotz aller Sicherheitsvorkehrungen Barbiturate und Giftstoffe zu entwenden, deren Menge ausgereicht hätte, die halbe Großstadt Augsburg ins Jenseits zu befördern.

Kopfschüttelnd las Wolf den Tathergang ein zweites Mal. Er war sich nicht klar darüber, was ihn mehr beeindruckte: die Kaltschnäuzigkeit, die die Täter bei ihrem Raubzug an den Tag gelegt hatten, oder das Glück, das ihnen zur Seite gestanden war – bis zum heutigen Tag! Die Ermittlungen, obwohl mit größtem Nachdruck geführt, waren ausgegangen wie das sprichwörtliche Hornberger Schießen, nämlich ergebnislos.

Nun drängte sich die Frage auf, welche Konsequenz dieser ungelöste Fall für die aktuellen Ermittlungen hatte. Gab es überhaupt eine Verbindung zur Bodenseeregion oder genauer: nach Überlingen? Wenn Wolf alles richtig gelesen und verstanden hatte, deutete nichts, aber rein gar nichts darauf hin, dass dieselben Täter jetzt in seinem Revier agierten und mit dem in Augsburg erbeuteten »Weißen Gift« Überlinger Penner um die Ecke brachten – von den reichen alten Damen einmal ganz zu schweigen.

Andererseits: War es nicht etwas vermessen, sich bereits nach dem ersten Studium des Ermittlungsberichtes ein abschließendes Urteil zu bilden? Er musste mit den Augsburger Kollegen sprechen, am besten mit dem Leiter der damaligen Ermittlungen. Vielleicht gab es Zeugenaussagen oder Indizien, die damals nebensächlich erschienen waren, aus heutiger Sicht aber eine Verbindung zum Bodensee schlugen. Im Nachhinein war es immer einfacher, solche Verbindungen zu erkennen, das wusste Wolf aus eigener leidvoller Erfahrung.

Mit einem Klick holte er sich die Startseite des Berichts auf den Bildschirm. Hier stand es: Federführend war ein Kriminalhauptkommissar Jakoby gewesen. Für den Bruchteil einer Sekunde blitzte eine Erinnerung auf, unscharf formte sich ein Bild vor seinen Augen. Wo war das doch gleich? Richtig, ein Lehrgang. In Lindau, wenn er sich recht erinnerte. Er hatte sich mit einem Herbert oder Hermann Jakoby oder so ähnlich das Zimmer geteilt. War schon eine Ewigkeit her! Aber Jakobys gab's vermutlich wie Sand am Meer. Er nahm den Hörer hoch und wählte die angegebene Nummer.

***

Skeptisch sah Jo an der Fabrikfassade hoch. Ihre anfängliche Zuversicht hatte einen Dämpfer erhalten. Elf Schlachthöfe und fleischverarbeitende Betriebe zwischen Friedrichshafen und Singen einschließlich dem dazugehörenden Hinterland waren auf dem Blatt vermerkt, das ihr die Kollegen in die Hand gedrückt hatten. Drei Namen hatte Vögelein durchgestrichen, zwei weitere hatte ein Kollege aus der Soko heute morgen abgehakt. Hinter jedem stand der Vermerk »ohne Ergebnis«. Es waren die fünf, die Überlingen am nächsten lagen. Klar, die hatten am wenigsten Arbeit gemacht.

Da blinder Aktionismus noch nie Jos Sache war, beschloss sie, die Aufgabe methodisch anzugehen. Jede Minute, die sie in die Vorarbeit steckte, würde sie später leicht wieder einsparen.

Die Täter waren sicher alles andere als dumm. Rinderaugen, das dürfte auch ihnen bekannt gewesen sein, galten als Schlachtabfall, sie flogen beim Zerlegen der Tiere in den Abfallcontainer. War er voll, wurde er zur Entsorgung in die Tierkörperbeseitigungsanstalt geschafft. Einen Schlachter oder Fleischer nach einem Rinderauge zu fragen, war demnach zumindest ungewöhnlich. Wer es dennoch tat, fiel zwangsläufig auf. Genau das aber mussten die Täter unter allen Umständen vermeiden. Daraus schloss Jo zweierlei. Erstens: Ein Rinderauge war nur auf illegale Weise zu besorgen. Zweitens: Je weiter weg von Überlingen das geschah, desto sicherer war man im Falle einer Entdeckung.

Jo warf einen Blick auf die Liste: Am weitesten von Überlingen entfernt lagen die Schlachthöfe in Friedrichshafen und Markdorf sowie die fleischverarbeitende Fabrik in Singen.

Demnach würde sie in Friedrichshafen beginnen.

Der nächste Dämpfer ließ nicht lange auf sich warten: Bedauernd teilte ihr der Kollege von der Fahrbereitschaft mit, im Augenblick stünde kein Dienstfahrzeug zur Verfügung. Verdammt und zugenäht – ausgerechnet heute, wo ihr eigener Wagen in der Werkstatt war. Was sollte sie tun? Die Nachforschungen verschieben? Einen Kollegen um sein Auto bitten? Oder gar eine Taxe nehmen? Nein, da würde sie bloß auf den Kosten sitzen bleiben.

Andererseits: Wenn sie an ihre letzte Taxifahrt dachte … der Fahrer hatte sich bei der Verfolgung des Penners überaus professionell verhalten. Vielleicht würde er ihr einen Sonderpreis machen? Der Kerl war charmant gewesen, außerdem sah er verdammt gut aus … obwohl das natürlich nicht die geringste Rolle spielte! Jo seufzte. Versuchen konnte sie es ja zumindest, zumal es im Augenblick ihre einzige Chance war, diese Sache voranzutreiben. Wo hatte sie nur die Quittung? Ah, hier! Vermutlich war er eh unterwegs, oder er arbeitete nur nachts, oder …

»Schürmann.«

Im ersten Moment brachte Jo keinen Ton heraus. »Hallo, Herr Schürmann«, krächzte sie wie ein schüchterner Teenager. »Louredo, Kripo Überlingen. Sie erinnern sich vielleicht, wir haben vor zwei Tagen zusammen einen Golf verfolgt.«

»Oh ja, war mir ein Vergnügen. Was liegt heute an, Lady?«

Jo fand augenblicklich zu ihrer Normalform zurück. Dieses blöde Lady war ihr neulich schon aufgestoßen, mit der Zeit würde es ihr gehörig auf den Keks gehen. Mit kurzen Worten schilderte sie ihm ihr Vorhaben. Wenige Minuten später stieg sie unweit der Polizeidirektion in seinen Wagen und nannte als Fahrtziel den Schlachthof Friedrichshafen.

Zu Beginn der Fahrt war sie seltsam gehemmt. Während Thomas Schürmann unentwegt plauderte, gab sie nichtssagende Antworten oder beschränkte sich aufs Zuhören. Das änderte sich erst, als sie Friedrichshafen wieder verließen und die zweite Station, die fleischverarbeitende Fabrik in Markdorf, ansteuerten.

Die Mitarbeiter im Schlachthof der Zeppelinstadt hatten sich kooperativ gezeigt, aber dennoch war das Gespräch ein Flop gewesen: Weder war dort jemals ein Rinderauge verlangt worden, noch hatte es Unregelmäßigkeiten oder Auffälligkeiten im Zusammenhang mit Schlachtabfällen gegeben. Auf die Frage, ob vielleicht durch Mitarbeiter oder Betriebsfremde etwas entwendet werden könnte, erntete Jo nur ein mitleidiges Lächeln; die lückenlose Überwachung der Produktionsabläufe ließe das nicht zu. Und dann noch ein Rinderauge … pff. Unverrichteter Dinge war sie wieder in Tom Schürmanns Auto gestiegen.

Das Markdorfer Ergebnis war wenig später so gut wie identisch; auf jede ihrer Fragen erntete Jo nur ein Achselzucken. Merkwürdigerweise schien die Enttäuschung jedoch ihre Zunge zu lösen. Durch geschicktes Fragen hatte sie während der Weiterfahrt herausbekommen, dass Thomas Schürmann, der ihr sogleich angeboten hatte, ihn Tom zu nennen, in Konstanz Informatik studierte und sich sein Studium mit Taxifahren verdiente.

Dank ihrer angeregten Unterhaltung verging die Zeit wie im Flug, sodass Jo kaum mitbekam, wie der Morgennebel allmählich der von den Wetterfröschen des SWR angekündigten spätherbstlichen Hochdruckwetterlage wich und die Landschaft rings um den See in anmutigen Herbstfarben erstrahlte. Fast bedauerte sie es, als sie in Singen eintrafen. Auf dem Firmenparkplatz brachte Schürmann sein Fahrzeug zum Stehen und wies auf die vor ihnen liegenden Gebäude. »Sie wollten zur Firma SFV. Voilà, Lady, wir sind am Ziel.«

Sie brauchte ein, zwei Sekunden, um in die Wirklichkeit zurückzufinden. Er hatte recht, auf der Fassade stand es braun auf weiß: »SFV Süddeutsche Fleischverarbeitungs-GmbH«. Kunstvoll waren die Buchstaben SFV in das Emblem eines vergnügt dreinschauenden Schweins eingewoben, das sich nicht nur durch einen umgebundenen Latz, sondern vor allem durch Messer und Gabel in den Vorderpfoten vom Gros seiner Spezies deutlich unterschied – vermutlich sollten auch Analphabeten auf Anhieb erkennen, was hinter diesen Mauern Sache war.

»Ich denke, in einer Viertelstunde bin ich wieder zurück«, sagte Jo und stakste davon. Sie spürte förmlich Schürmanns Blicke im Rücken. Normalerweise waren ihr solche Anwandlungen fremd. Umso überraschter reagierte sie auf das sanfte Kribbeln, das sie bei der Vorstellung daran durchströmte.

Nachdem sie sich am Empfangsschalter ausgewiesen hatte, verlangte sie den Betriebsleiter zu sprechen. Sie musste in einem engen Kabuff ein paar Minuten warten, ehe ein hagerer Mittfünfziger in weißem Mantel und mit einer Haube auf dem Kopf auf sie zutrat und ihr die Hand hinstreckte.

»Jeschke«, stellte er sich vor.

Abermals rasselte Jo ihr Sprüchlein herunter, um sogleich ohne Umschweife ihr Anliegen vorzubringen: »Wir ermitteln gerade in einem Einbruchsdelikt, das möglicherweise im Zusammenhang mit einem Mordfall steht. Ich suche nach der Herkunft eines Rinderauges, das bei diesem Fall eine gewisse Rolle spielt. Es könnte uns zu den Tätern führen.«

Jeschke gab sich keine Mühe, sein Erstaunen zu verbergen. »Sagen Sie das noch mal: ein Rinderauge? Bei einem Mordfall? Doch nicht als Tatwaffe? Entschuldigen Sie, kleiner Scherz. Aber so was ist mir wirklich noch nicht untergekommen.«

Jo hielt es für klüger, nicht näher darauf einzugehen. Sie fragte sich, wie sie ihn zu einer Aussage bewegen konnte, ohne dass sie allzu viel preisgab.

»Ich gebe zu, es ist schwer verständlich«, sagte sie schließlich. »Aber sehen Sie, für Sie mag ein Rinderauge ein alltäglicher Anblick sein, bei einem Normalsterblichen jedoch kann es durchaus ein gewisses Gruseln auslösen – zum Beispiel, wenn er in seine Wohnung zurückkehrt, und dann liegt da so ein Ding auf dem Tisch.«

»Warum sollte jemand so etwas tun?«, fragte Jeschke verwundert.

Jo zuckte mit den Schultern. »Tut mir leid, dazu kann ich Ihnen nichts sagen. Aber zurück zu meiner Frage: Könnte das Auge aus Ihrem Haus stammen?«

Jeschke schüttelte den Kopf. »Ausgeschlossen.«

»Wirklich? Bitte denken Sie noch einmal darüber nach.«

»Ich werde doch unseren Laden kennen.«

Jo hatte wenig Lust, Jeschke auf die Füße zu treten, aber sie wusste, dass sie auch hier Detailfragen zum Produktionsablauf stellen musste, um die Vergleichbarkeit der Ergebnisse zu sichern.

»Wo werden die Augen ausgelöst? Und was passiert anschließend mit ihnen?«

Jeschke zögerte mit der Antwort. »Bitte kommen Sie mit«, sagte er unvermittelt. Mit großen Schritten eilte er den Flur entlang, nur mit Mühe vermochte Jo ihm zu folgen. Sie erreichten schließlich eine zweiflügelige Tür, die nach Jos Dafürhalten in das angrenzende Gebäude führte. »Zutritt strengstens verboten« verkündete ein Schild, das Jeschke jedoch ignorierte. Ohne seine Schritte zu verlangsamen, trat er in den dahinterliegenden Raum und bedeutete Jo, ihm zu folgen.

Größer hätte der Kontrast nicht sein können: Waren draußen auf dem Flur allenfalls gedämpfte Geräusche aus den angrenzenden Büros zu hören gewesen, so erfüllte nun ein unbeschreiblicher Lärm die Luft.

Sie befanden sich in dem großen Schlachtersaal.

Jo wusste nicht, was stärker auf sie eindrang: das unaufhörliche Rattern der Kreisförderer, die permanent neue Schweine- und Rinderhälften herbeischafften, denen weiß gekleidete, mit Sägen und

Messern bewaffnete Männer ohne Zögern zu Leibe rückten, der durchdringende Geruch nach Blut und zerlegten Tierkörpern oder das grelle Neonlicht, das nichts verbarg und dessen kalte Strahlen bis in den letzten Winkel des Raums drangen.

Jeschke steuerte einen Tisch an, an dem einer der weiß gekleideten Männer geschickt mit einem Messer hantierte und die aus Rinderköpfen ausgelösten Teile in Container verteilte, von denen eine ganze Batterie den Tisch umstand.

»Mach mal Pause, Zygmunt«, brüllte Jeschke gegen den Lärm an und gab dem Mann ein Zeichen, sich zu entfernen.

»Nix Pause jetzt, Chef. Nix Zeit haben, mussen fertig werden«, begehrte der Angesprochene auf.

»Verschwinde.« Jeschkes Ton duldete keinen Widerspruch, sodass sich der Mann widerwillig trollte.

Verwundert war Jo dem Auftritt des Betriebsleiters gefolgt. Noch ehe sie weiter darüber nachdenken konnte, wies er auf den Abfallcontainer.

»Sie sehen ja selbst, wie das läuft«, erläuterte er. »Hier in diesem Container wird alles gesammelt, was von den Rinderköpfen nicht verwertet werden kann. Dazu gehören auch die Augen. Schätze, da drin befinden sich mindestens fünfzig von diesen Dingern. Sobald der Container voll ist, wird das Zeug verbrannt.«

»Hier im Hause?«

»Nein. Wir schaffen das in eine Tierkörperbeseitigungsanstalt.«

Jo nickte. So war das auch in den beiden anderen Betrieben gehandhabt worden. »Das heißt aber, solange der Behälter hier steht, kann sich jeder bedienen«, hakte sie nach.

»Nicht bei uns, Frau Kommissarin, nicht bei uns. Dieser Platz hier ist während der ganzen Früh- und Spätschicht besetzt, da kommt kein Unbefugter ran.« Noch eine Gemeinsamkeit.

Täuschte sie sich oder wurde Jeschke zunehmend nervöser? Jo sah sich um. In dem Saal arbeiteten gut und gerne dreißig Leute, durchweg in der typischen Einheitskleidung, wie sie aus Hygienegründen in einem Lebensmittelbetrieb vorgeschrieben war. »Und wenn einer Ihrer eigenen Leute ...«

»Ich bitte Sie, sollen wir jetzt auch noch über unsere Abfälle Buch führen? Das können Sie nicht im Ernst erwarten.«

Jo, das war zu spüren, ging Jeschke zunehmend auf die Nerven. Oder waren es gar nicht ihre Fragen, die ihn so aufbrachten? Was aber dann? Wovor sollte er sich fürchten?

»Unsere Leute«, fuhr Jeschke fort, »sind samt und sonders integer, die lassen nichts mitgehen, und so nutzlose Teile wie Rinderaugen schon dreimal nicht. Tut mir leid, aber mehr kann ich zur Aufklärung Ihres Falls nicht beitragen.« Er ließ keinen Zweifel daran, dass er die Unterredung für beendet hielt.

»Und es gab in der zurückliegenden Woche auch beim Abtransport der Container keine Auffälligkeiten?«, hakte Jo noch einmal nach.

»Nein. Wenn es da etwas gegeben hätte, wäre ich als Erster informiert worden.«

»Gut. Das war's dann, Herr Jeschke. Lassen Sie sich durch mich nicht weiter aufhalten, ich finde den Ausgang alleine. Danke und auf Wiedersehen.«

»Kommt nicht in Frage. Ich bringe Sie raus.«

Ganz offensichtlich wollte der Betriebsleiter Jo nicht nur möglichst schnell loswerden, sondern darüber hinaus sicherstellen, dass sie den Betrieb wirklich verließ. Wieso eigentlich? Was war ihm so wichtig, dass er ihr aufkeimendes Misstrauen billigend in Kauf nahm?

Noch während Jeschke sie zur Tür begleitete, blieb hinter ihnen einer der Kreisförderer stehen. Sofort halbierte sich der Geräuschpegel und ein Teil der Männer ließ die Werkzeuge sinken. Aufgeregt wurde nach Jeschke gerufen. Ob er wollte oder nicht, er musste Jo allein ziehen lassen.

Die stieß, kaum dass sie den Schlachtersaal verlassen hatte, auf den von seiner Zwangspause zurückkehrenden Zygmunt. Ob sie ihn ansprechen sollte? Warum eigentlich nicht?

»Hallo, Zygmunt. Tut mir leid, dass Sie meinetwegen Ihre Arbeit unterbrechen mussten. Dabei wollte ich nur wissen, was mit den Abfällen von den Rinderköpfen passiert.«

»Rinderköpfe?«

»Ja. Wenn jemand zum Beispiel ein Rinderauge haben möchte: Wie kommt er da dran?«

»Sie brauchen *auch* Rinderauge?« Ungläubiges Staunen stand dem Mann ins Gesicht geschrieben.

Jo versuchte, ihr Interesse nicht allzu deutlich werden zu lassen. »Wieso *auch*? Wer außer mir hat sich denn noch dafür interessiert?«

Doch der Mann ließ sich nicht aufs Glatteis führen, misstrauisch sah er sie an. »Warum wollen wissen, he?«

Jo wusste aus Erfahrung, dass jetzt nur noch die Insignien geballter Staatsmacht helfen würden, wollte sie den Mann zum Sprechen bringen. Sie hielt ihm ihren Dienstausweis unter die Nase und schnarrte mit amtlicher Stimme: »Kripo Überlingen ...«

»Kripo?«

»Keine Angst, Sie haben nichts zu befürchten, wenn Sie mir Ihren Namen sagen und eine kurze Frage beantworten: Wer wollte von Ihnen ein solches Auge haben, und wann genau war das?«

Jos betont amtlicher Auftritt zeigte die beabsichtigte Wirkung. Zwar rang der Mann sichtlich mit sich selbst, schien vor irgendetwas Angst zu haben, bequemte sich aber schließlich zu einer Antwort: »Ich heißen Kacinsky, Zygmunt Kacinsky. War Montag ... nein, Dienstagabend, dicker Mann mit viel weiße Haar, ungefähr so groß ...« Er deutete mit der rechten Hand eine Körpergröße an, die zwischen einssechzig und einssiebzig liegen mochte.

»Haben Sie den Mann gekannt?«

»Nix kennen. Hat nach Auge gefragt, hab ihm gegeben.«

»Hat er Sie dafür bezahlt?«

»Nix bezahlen.« Die Antwort erfolgte viel zu schnell, natürlich hatte er gelogen.

In diesem Augenblick wurde die Tür der Halle aufgerissen, Jeschke erschien und bekam augenblicklich einen roten Kopf.

»Dacht ich mir's doch«, schnaubte er. »Hab ich Ihnen nicht bereits alles beantwortet? Was gibt es da noch herumzuschnüffeln? Wenn Sie nicht augenblicklich den Betrieb verlassen, werde ich Sie vor die Tür setzen lassen, haben wir uns verstanden?«

»Kann ich helfen, Lady?«, ertönte in derselben Sekunde eine Stimme hinter Jos Rücken. Von allen unbemerkt war Tom Schürmann an sie herangetreten. Er baute sich neben Jo auf und meinte entschuldigend: »Sie waren überfällig. Dachte, ich muss mal nach dem Rechten sehen.«

»Alles in Ordnung. Ich wollte gerade gehen. Auf Wiedersehen, meine Herren.« Und an Jeschke gewandt fügte sie hinzu: »Lassen

Sie Ihren Frust nicht an Ihrem Mitarbeiter aus. Er hat rundweg abgelehnt, mit mir zu sprechen.«

Zurück im Taxi, stieß Jo erst mal hörbar die Luft aus.

»Ärger?«, fragte Tom.

»Im Gegenteil. Erfolg auf der ganzen Linie«, erwiderte Jo mit zufriedenem Lächeln.

***

Es ging bereits auf eins zu, als Wolf, hungrig wie seine vierbeinigen Namensvettern, aus dem Dienstwagen kletterte. Die Fahrt nach Augsburg hatte er sich etwas anders vorgestellt. Normalerweise nahm die Strecke über Lindau, Memmingen und Landsberg alles in allem nicht mehr als drei Stunden in Anspruch. Doch kurz nach Wasserburg war die B31 dicht gewesen, eine volle Stunde lang war kein Vor und kein Zurück mehr möglich. Stau!

Dabei hatte alles so gut angefangen. Jakoby, bei dem es sich tatsächlich um seinen alten Kollegen handelte, war über seinen Anruf höchst erfreut gewesen und hatte Wolf jede Unterstützung bei seinen Recherchen zugesagt. Der hatte sich daraufhin bei Sommer abgemeldet, alle Unterlagen in seiner schwarzen, abgegriffenen Collegemappe verstaut, die ihn auf Dienstfahrten stets begleitete, und war gestartet. Als er dem Stau entkommen war und endlich die Stadtgrenze Augsburgs erreichte, fingen die Schwierigkeiten erst richtig an. Seine Erinnerung hatte ihn völlig im Stich gelassen, mühsam musste er sich zur Gögginger Straße durchfragen, dem Sitz der Polizeidirektion Augsburg, in der er sich mit Jakoby verabredet hatte.

»Mensch, Leo, alter Gauner, hab schon gedacht, du hättest es dir anders überlegt. Sei gegrüßt!« Mit ausgestreckten Pratzen schoss ein stattliches Mannsbild auf Wolf zu und schüttelte ihm überschwänglich die Hand.

Fast hätte Wolf ihn nicht wiedererkannt. Jakoby hatte seit jenem Lehrgang gute zwanzig Pfund zugelegt. Er trug jetzt einen respektablen Schnauzer, dafür waren die Haare auf dem Kopf merklich lichter geworden. Nach der Begrüßung führte er Wolf in sein Büro, wo er ihm seine beiden engsten Mitarbeiter vorstellte.

Dann forderte er einen der beiden Kollegen auf, in die Kantine zu gehen und Butterbrezeln zu beschaffen, da Wolf für ein ordentliches Mittagessen die Zeit zu schade war.

»Aber heute Abend kommst du mir nicht aus. Da lassen wir die Puppen tanzen, so wie damals in Lindau, was, Leo?« Lachend knuffte Jakoby Wolf in die Rippen.

»Und wie. Doch Dienst ist Dienst und Schnaps ist Schnaps, deshalb lass uns erst mal über den Arsenraub reden.«

»Richtig, der Arsenraub. Eine verteufelte Geschichte.« Jakoby räusperte sich. »Also: Vor etwa fünf Monaten, genauer gesagt am 13. Mai, dem Dienstag nach Pfingsten, wurden wir in eine Apotheke in der Altstadt gerufen. Folgendes war passiert: Kurz nach Öffnung des Geschäftes um halb neun, der Betrieb war noch gar nicht richtig angelaufen, legte ein Kunde ein Rezept vor. Die Angestellte war eben dabei, das Medikament herauszusuchen, als ein zweiter anwesender Kunde aus unerfindlichen Gründen zusammenbrach. Verzweifelt bemühte sich die Angestellte um den Mann, der keinen Mucks mehr von sich gab. Schließlich holte sie von hinten ihren Kollegen zu Hilfe. Gemeinsam brachten die beiden den Mann wieder auf die Beine und schickten ihn nach Hause. In der Aufregung war der Angestellten völlig entgangen, dass der erste Kunde mitsamt seinem Rezept zwischenzeitlich das Weite gesucht hatte. Als sie es bemerkte, dachte sie sich noch nichts dabei. Kurze Zeit später fielen die beiden Apotheker jedoch aus allen Wolken: Im Giftschrank, der in einem angrenzenden Raum steht und während des normalen Geschäftsbetriebes nicht abgeschlossen ist, fehlten mehrere Verpackungen und eine Kunststoffbox.«

»Das Arsen.«

»Nicht nur. Wie die nachfolgenden Recherchen ergaben, enthielten die Behältnisse neben verschiedenen Barbituraten insgesamt vierundzwanzig Gramm Arsen, vorschriftsmäßig in zwölf Glasampullen abgefüllt.«

»Wenn ich recht informiert bin, reichen bereits sechzig Milligramm, um einen Menschen ins Jenseits zu befördern. Was, glaubst du, haben die Täter damit bezweckt?«

»Es ist müßig, darüber nachzudenken. Wir wissen es nicht.«

»Was ich nicht verstehe: Warum hat eine einzige Apotheke so

viel von diesem Zeug auf Lager? Das ist doch eine potenzielle Gefahrenquelle.«

Jakoby nahm einen Zettel von seinem Schreibtisch und las laut ab: »Arsen, hochtoxisch durch die Unterbrechung biochemischer Prozesse wie die DNA-Reparatur, den zellulären Energiestoffwechsel, rezeptorvermittelte Transportvorgänge und die Signaltransduktion. Akute Arsenvergiftung führt zu Krämpfen …«

»Danke, ich hab mit eigenen Augen gesehen, wozu das führt. Also noch mal: Weshalb diese Menge?«

»Auch heute noch kommt Arsen, wenn auch in minimalen Dosen, bei bestimmten Rezepturen zum Einsatz. Dafür halten Apotheken stets eine bestimmte Grundmenge unter Verschluss. Bei dieser Apotheke hier wurde der größere Teil jedoch für ein hiesiges Forschungslabor vorgehalten, das sich mit der Neuentwicklung von Hautpräparaten und Herz-Kreislauf-Mitteln sowie von Medikamenten gegen akutes Nierenversagen beschäftigt.«

Wolf dachte kurz nach. »Ich möchte gerne mit der Apothekenangestellten sprechen. Geht das?«

»Klar, geht das. Die Frau ist heute Nachmittag bei der Arbeit anzutreffen, der Inhaber hat es mir zugesichert. Wenn du willst, können wir sofort los.«

Eine halbe Stunde später stand Wolf dem Inhaber und seiner Angestellten gegenüber. Nachdem die Frau das Vorkommnis äußerlich unbewegt geschildert hatte, geriet sie durch Wolfs Fragen zunehmend in Erregung. Immer häufiger strich sie sich eine blonde Strähne aus dem Gesicht, zupfte sich am Ohrläppchen oder drehte nervös an den Knöpfen ihres Arbeitsmantels. Offensichtlich hatte sie den Vorfall noch immer nicht verarbeitet.

»Wissen Sie, welcher Arzt das Rezept ausgestellt hat?«, fragte Wolf nach der Begrüßung.

»Nein, ich konnte den Aufdruck nur ganz kurz sehen, außerdem hielt der Mann seinen Finger auf den Stempel der Arztpraxis.«

»Aber an den Namen auf dem Rezept können Sie sich noch genau erinnern?«, vergewisserte sich Wolf noch einmal.

»Ja. Das Rezept, das mir der Mann hinhielt, war auf einen gewissen Gabriel Bretschwiler ausgestellt. Für Namen habe ich ein gutes Gedächtnis, müssen Sie wissen.«

»Das stimmt«, pflichtete der Apotheker bei.

»Der Ermittlungsakte zufolge verliefen alle diesbezüglichen Nachforschungen im Sande, richtig?«, wandte sich Wolf an Jakoby.

»Leider. Als hätte es diesen Namen nie gegeben. Entweder ist der Mann nirgends gemeldet, oder das Rezept war gefälscht, eins von beiden.«

Wolf zog zwei Blätter aus seiner Jackentasche und entfaltete sie. Es handelte sich um die Phantombilder. Er reichte sie der Frau. »Bitte sehen Sie sich die Gesichter darauf sehr genau an. Könnten das die Männer sein?«

Aufmerksam betrachtete die Angestellte die Ausdrucke. Gut eine Minute verstrich, ehe sie sich zu einer Antwort entschloss. »Ja … und auch wieder nein.« Sie reichte das Blatt mit den unverkleideten Tätern an Wolf zurück und tippte auf die beiden anderen. »Bei diesen hier ist zwar eine gewisse Ähnlichkeit vorhanden, aber sicher bin ich mir nicht.« Unschlüssig wiegte sie den Kopf hin und her. »Wer sind diese Männer?«

»Sie werden in Überlingen verschiedener Straftaten verdächtigt, möglicherweise im Zusammenhang mit dem bei Ihnen entwendeten Arsen.«

Noch einmal sah sich die Frau die beiden Gesichter genau an. Sie schloss die Augen, als spüre sie einem Bild in ihrer Erinnerung nach, bis sie unvermittelt den Kopf hob und den Blick auf Wolf richtete. »Was die Frisuren und die Gesichter angeht, ist meine Erinnerung etwas schwammig, muss ich gestehen. Aber an eines erinnere ich mich jetzt wieder genau: Einer der beiden Männer – der etwas pummelige, der zusammenbrach – hatte eine Warze unter dem Kinn, genau wie auf dieser Zeichnung. Ich dachte noch, irgendwie sieht das Ding komisch aus, so, als wäre es gar nicht echt.«

»Und was ist mit dem zweiten Mann?«

»Nun … auch da bin ich mir nicht sicher … allerdings, je länger ich mir das Gesicht ansehe, desto eher passt es zu meiner Erinnerung.«

Es hätte nicht viel gefehlt, und Wolf hätte einen Freudensprung getan. Die Zeugin hatte ihnen soeben den ersten ernst zu nehmenden Hinweis auf einen Zusammenhang zwischen dem Arsendiebstahl in Augsburg und den Morden in Überlingen geliefert. Sollte sich das bestätigen, käme es einem Durchbruch gleich.

»Wieso haben Sie uns das nicht schon bei der ersten Vernehmung gesagt, damals, kurz nach der Tat?«, fragte Jakoby leicht angesäuert.

»Tut mir leid, Herr Kommissar. Es fiel mir erst jetzt wieder ein, nachdem ich das Bild hier sah.«

»Und Sie sind sich ganz sicher?«, hakte Wolf noch einmal nach.

»Absolut.«

***

Jo schaltete den Rechner aus und steckte ihren Notizblock in die Umhängetasche. Es war kurz vor halb fünf. Heute würde sie ausnahmsweise einmal früher Schluss machen. Sie hatte das Wichtigste abgearbeitet, vor allem aber musste sie sich noch für den Abend umziehen und etwas herrichten. Tom Schürmann sollte nicht denken, er hätte sich mit einem Trampel zum Essen verabredet.

In Rekordzeit hatte sie den Bericht über ihren heutigen Außeneinsatz geschrieben. Jetzt musste sie nur noch die Ausdrucke auf Wolfs Schreibtisch legen und schleunigst das Weite suchen – da klingelte ihr Telefon. Sofort beschlich sie eine dunkle Ahnung, wie so oft, wenn sie Wolfs Mobilfunknummer auf dem Display erkannte.

»Hallo, Chef. Sie haben Glück, dass Sie mich noch erreichen. Ich muss heute früher Schluss machen«, meldete sie sich mit forscher Stimme. Er sollte ruhig wissen, dass sie bereits auf dem Absprung war. Wenn Sie an die vielen Überstunden auf ihrem Zeitkonto dachte, hatte sie sich diesen freien Abend redlich verdient.

»Du hast's gut«, antwortete Wolf mit ungewohnt matter Stimme, »ich muss heute Abend noch Kontaktpflege betreiben.«

»Der Kollege aus Lindau?«

»Derselbe.«

»Denken Sie an Ihre Leber.«

Wolf ging nicht darauf ein. Stattdessen erklärte er, nicht vor zehn am folgenden Morgen zurück sein zu können, leider, leider, aber für zwischenkollegiale Beziehungen müsse man eben manchmal Opfer bringen.

»Und wie ist es sonst gelaufen? Gibt's neue Erkenntnisse?«, fragte Jo.

»Kann man so sagen, doch du musst dich gedulden. Wir tauschen uns morgen aus, ja? Ich muss jetzt los.«

Jo atmete auf. Gott sei Dank war der Kelch an ihr vorübergegangen, der freie Abend gerettet.

»Ach ja, eine Kleinigkeit noch«, schob Wolf nach, »wir müssen unbedingt wissen, welcher Art das Arsen ist, das bei unserer Mordserie verwendet wurde. Die genaue chemische Formel, du weißt schon. Wäre schön, wenn du noch schnell den Obduktionsbericht heraussuchen und die Werte, die dort stehen, ans Labor durchgeben könntest, damit die das bestimmen können. Ansonsten sehen wir uns morgen, tschüss!« Verdammter Mist! Hätte sie das Gespräch nur nicht angenommen. Das würde ihr so schnell nicht noch mal passieren. Sie suchte die Daten aus dem Wust von Papieren heraus und schrieb eine E-Mail an das Labor. Dann sah sie auf die Uhr: Noch konnte sie es schaffen. Eilig riss sie ihre Tasche an sich und verließ das Büro.

Sie hatte die Tür noch nicht geschlossen, als das Telefon erneut klingelte. Augenrollend eilte sie noch einmal zurück und nahm den Hörer auf. Nein, es war nicht Wolf, wie sie durch einen schnellen Blick auf das Display feststellte. Der Nummer nach musste es sich um einen Anschluss der Stadtverwaltung handeln. Sie meldete sich.

»Schönen guten Abend. Mein Name ist Steckborn, ich bin der Leiter des Standesamtes Überlingen. Uns wurde heute ein Todesfall gemeldet, eine alleinstehende Frau, neunundsiebzig, vermutlich nicht unvermögend. Todeszeitpunkt heute Vormittag neun Uhr dreißig. Wie Sie sicher wissen, wurden wir gestern von der Staatsanwaltschaft angewiesen, alle Fälle, die bei uns auflaufen und in dieses Raster fallen, bis auf Weiteres an Sie weiterzumelden. Fangen Sie damit was an?«

»Aber sicher. Was hat der diensthabende Arzt als Todesursache angegeben?«

»Akutes Nierenversagen. Die Frau hatte es wohl schon längere Zeit mit den Nieren.«

»Ja, könnte passen«, antwortete Jo gedehnt. »Würden Sie uns bitte den Totenschein rüberfaxen?«

»Gerne. Sagen Sie mir schnell die Nummer?«

Jo nannte ihm die Faxnummer und bedankte sich für den Anruf. Ungeduldig trommelte sie mit den Fingern auf den Tisch, während sie darauf wartete, dass das Gerät den Totenschein ausspuckte. So langsam schwammen ihr die Felle davon. Jetzt musste sie Wolf auch noch über die neue Tote unterrichten.

Ihr Date mit Tom Schürmann konnte sie sich vermutlich abschminken. Zumindest würde sie nicht pünktlich an ihrem Treffpunkt sein.

Hektisch suchte sie seine Karte heraus und wählte die Nummer. Nichts. Genauer gesagt: seine Mailbox. Bei Wolf dasselbe. Sie verlor keine weitere Sekunde.

8

Als Jo am darauffolgenden Morgen zum Dienst erschien, war sie noch immer stinksauer. Zum ersten Mal in ihrem Leben hasste sie ihren Job. Sie hatte sich am Vorabend so ins Zeug gelegt, war anschließend in Windeseile zu ihrer Wohnung gerast, um sich wenigstens notdürftig herzurichten, doch alles war umsonst gewesen. Tom war nicht mehr da gewesen; wie hätte sie auch erwarten können, dass er sich eine Dreiviertelstunde lang die Füße in den Bauch stand. Sie hatte ihn angerufen und sich kleinlaut entschuldigt.

»Tut mir leid, Lady, bin bereits wieder im Dienst. Sie wissen ja: Ohne Eier keine Feier, wie man bei uns zu sagen pflegt. Vielleicht ein andermal.«

Er hatte nicht sehr enttäuscht geklungen. Das war's dann wohl, dachte sie und knallte ihre Tasche auf den Schreibtisch.

Erschreckt schnellte am zweiten Tisch eine Gestalt auf. Vögelein. Was wollte der denn schon hier? Als Frühaufsteher war er ihr bisher noch nicht aufgefallen. Mit leichter Sorge musterte sie sein Äußeres. Anders als sonst ging er heute nicht barhäuptig, sondern hatte sich eine Wollmütze über den Kopf gezogen und den Hals womöglich noch dicker als sonst mit einem Schal umwickelt. Teilnahmslos starrte er auf seinen Bildschirm.

»Du hier?«, staunte sie und schluckte den üblichen Morgengruß hinunter. »Solltest du nicht besser bei deiner Soko sein?«

»Geht nicht, muss zum Arzt«, hauchte er leidend, was umso ungewöhnlicher war, da er am Vortag vor Gesundheit doch nur so gestrotzt hatte.

Sie betrachtete ihn aufmerksam von allen Seiten. »Wo fehlt's denn heute, wenn man fragen darf?«

»Nun ja«, setzte er mit halb geschlossenen Augenlidern zu einer Erklärung an, »über den drohenden grippalen Infekt, mit dem ich heute früh aufgewacht bin, will ich jetzt nicht reden, der wäre noch das Wenigste. Nein, Sorgen macht mir der Bauchbereich ... Ein Tumor vielleicht ... der mich langsam von innen auffrisst.«

»So plötzlich? Woran erkennt man das?«

»Hab mich heute früh gewogen. Drei Mal, wie jeden Morgen. Beim dritten Mal zeigte die Waage hundertfünfzig Gramm weniger.«

Ohne es zu wollen, brach Jo in lautes Gelächter aus. Es dauerte eine Weile, bis sie sich beruhigt hatte.

»Ja, lach du nur«, quittierte Vögelein ihren Heiterkeitsausbruch mit beleidigter Miene. Dann sah er flüchtig auf die Uhr. »Um acht macht mein Arzt seine Praxis auf. Er wird mir die ungeschminkte Wahrheit sagen, dann werden wir ja sehen.«

Jo riss sich zusammen und blickte mitfühlend auf Vögeleins zusammengesunkene Gestalt hinab. »Sag mal«, setzte sie vorsichtig an, »könnte es vielleicht sein, dass der wahrhaft dramatische Gewichtsverlust nur deshalb eingetreten ist, weil du zwischen dem zweiten und dritten Wiegen auf der Toilette warst?«

Vögelein stand abrupt auf und stapfte mit gesenktem Kopf zur Tür.

»Der Chef hat für zehn Uhr eine Lagebesprechung angesetzt«, rief Jo ihm kopfschüttelnd hinterher.

Ob Vögelein den Sermon, den er da verzapfte, selber glaubte? Vermutlich ja. Sie wusste, dass Hypochondrie im weitesten Sinne als Krankheit galt, nicht umsonst lautete die medizinisch korrekte Bezeichnung »hypochondrische Neurose«. Wäre es anders gewesen, hätte sie sich über Vögeleins Fehlinterpretationen körperlicher Zeichen und Empfindungen bestens amüsiert. So aber gefror ihr Lachen oft zu einer Maske, schließlich lag ihr nichts ferner, als sich über ihn lustig zu machen. Er war, von der Hypochondrie mal abgesehen, ein ganz brauchbarer Kollege, auf seine kriminalistischen Fähigkeiten jedenfalls hielt sie große Stücke.

Die nachfolgende Stunde verbrachte Jo damit, mit der Spurensicherung und dem Labor zu telefonieren und die erhaltenen Informationen zu protokollieren. Anschließend schaute sie im Büro der Soko vorbei. Sie wollte Vögelein entschuldigen und sich – für den Fall, dass er bis zehn Uhr nicht zurück sein sollte – über die aktuellen Ergebnisse der Sonderabteilung unterrichten lassen.

Zu Jos Überraschung hatte Wolf Wort gehalten: Zwei Minuten vor zehn stapfte er in ihr Büro, wünschte ihr aufgeräumt einen guten Morgen und fügte hinzu, von ihm aus könne die Lagebesprechung pünktlich beginnen. Irritiert sah er auf den leeren Stuhl vor dem zweiten Schreibtisch. »Wo ist Hanno?«, fragte er mit erhobenen Brauen, und als hätte Vögelein nur auf dieses Stichwort gewartet, betrat er just in diesem Augenblick den Raum und gab Jo verstohlen ein Zeichen, die Sache mit dem Arztbesuch für sich zu behalten.

»Wir sind komplett, es kann losgehen«, stellte Jo fest, schnappte Block und Schreibzeug und machte sich auf den Weg in Wolfs Büro. Auf dem Konferenztisch stand bereits eine Kanne Kaffee nebst den erforderlichen Utensilien. Was Vögelein anbetraf, so hatte er heute auf sein Mineralwasser verzichtet – Jo vermutete, er wolle seinen Tumor nicht reizen.

»Soll ich anfangen?«, fragte Jo, als sie Platz genommen hatten. Wolf nickte zustimmend.

Sie überflog kurz die ersten Stichworte auf ihrem Block, dann hob sie den Kopf. »Bei mir geht es um vier Punkte, die ich mal schnell zusammenfasse. Den wichtigsten vorneweg: Ich habe den Herkunftsort des Rinderauges gefunden. Es handelt sich um ein fleischverarbeitendes Unternehmen in Singen. An einem speziellen Arbeitsplatz ist dort ein Mann nur mit dem Zerlegen von Rinderköpfen beschäftigt, ein Pole namens Kacinsky. Alles, was nicht verwendet wird, also auch die Augen, wirft dieser Kacinsky in einen Abfallcontainer. Am vergangenen Dienstagabend nun tauchte überraschend ein unbekannter Mann bei ihm auf und wollte so ein Auge haben.«

»Beschreibung?«, fragte Vögelein.

»Ungefähr einssiebzig groß, füllige Statur, üppiger, fast weißer Haarschopf.«

»Sieh mal einer an«, murmelte Wolf. »Entschuldige bitte. Weiter.«

»Der Pole hat ihm ein Auge mitgegeben. Ich gehe davon aus, dass er dafür Geld bekommen hat, auch wenn er das Gegenteil behauptet. Wenn es allerdings nach dem Betriebsleiter gegangen wäre, hätte ich das nicht erfahren, er hat Kacinsky gleich bei meinem Eintreffen weggeschickt. Als ich den Mann schließlich doch noch zu fassen bekam, wurde er sogar regelrecht feindselig. Hat wohl nicht gedacht, dass ich so tief graben werde. Am Ende hätte er mich fast hinausgeworfen.«

»Wieso das denn? Versteh ich nicht«, warf Vögelein träge dazwischen.

»Ging mir zunächst auch so. Aber die Erklärung liegt auf der Hand: Ich nehme an, dass zumindest ein Teil der Belegschaft – wie's aussieht Osteuropäer – nicht angemeldet ist, also schwarzarbeitet. Vermutlich hat er sich anschließend die Haare gerauft, dass er mich überhaupt in die Halle mitgenommen hat.«

»Das wäre ja ein dicker Hund«, gab Wolf seiner Überraschung Ausdruck und griff nach seiner Tasse. »Du solltest sofort die Kollegen vom Zoll verständigen.«

»Längst passiert. Weiter zu Punkt zwei: Der Anruf vom Leiter des Standesamtes gestern Abend. Demnach gibt es eine neue Tote.« An Vögelein gewandt gab sie mit knappen Worten den Inhalt des Telefonates wider.

Nun war selbst Vögelein alarmiert, für kurze Zeit wich alle Schlaffheit aus seinem Gesicht. Wolf fingerte reflexartig nach seinen Zigaretten. Er ließ erst davon ab, als er sich der warnenden Blicke seiner Mitarbeiter bewusst wurde. »Du hast die Leiche zur Rechtsmedizin schaffen lassen?«

»Klar.«

»Okay, weiter zu Punkt drei«, brummte er.

Jo goss noch einmal Kaffee nach, ehe sie einen kurzen Blick auf ihre Notizen warf und fortfuhr: »Die Spurensicherung teilt mit, dass die Fingerabdrücke auf dem Boot, in dem die beiden toten Stadtstreicher gefunden wurden, mit denen auf der Wodkaflasche aus dem Kellerloch identisch sind. Und zum letzten Punkt, er betrifft Ihre Frage von gestern Abend, Chef: Das Labor hat inzwischen die Spezifizierung des verwendeten Arsens hereingegeben.« Jo legte ein Schreiben vor ihn hin. Mit gierigen Fingern grabschte Wolf nach dem Blatt, um es zu überfliegen, offenbar auf der Suche nach einer ganz bestimmten Angabe. Schließlich schien er fündig geworden zu sein, mit zufriedenem Lächeln legte er das Schriftstück beiseite.

»War's das?«, vergewisserte er sich mit einem fragenden Blick auf Jo, um sich nach deren Nicken Vögelein zuzuwenden. »Du bist dran, Hanno. Was macht die Soko?«

Hanno Vögelein räusperte sich. Er hatte seinen Schal inzwischen abgelegt, die Leidensmiene vom frühen Morgen war einem eher gefassteren Ausdruck gewichen. Jo bedauerte, dass sie das Ergebnis seines Arztbesuches nicht erfahren hatte; vermutlich hatte ihn der Mediziner ordentlich in den Senkel gestellt.

»Wir hatten bis heute früh zweiundsiebzig direkte Kontakte, dazu weitere sechs, die vom ›Seekurier‹ an uns weitergeleitet wurden. Gut drei Viertel davon haben wir bereits abgearbeitet, darunter auch jene vier, die besonders vielversprechend klangen. Zuerst meldete sich Grasmück ... Sie erinnern sich doch an Grasmück, Chef?«

»Grasmück? Nie gehört.«

»Aber natürlich, Chef, dieser Rentner, der im Haus von Karin Winter wohnt. Ihm sei die Nummer des Wagens wieder eingefallen, den der Augenfetischist ... äh, ich meine natürlich: den der Einbrecher unweit des Winter'schen Hauses abgestellt hatte. Auf diese Nummer war jedoch, wie sich herausstellte, kein grauer Audi zugelassen. Ich habe dann spaßeshalber nach Zahlenkombinationen gesucht, die entstehen, wenn geeignete Ziffern auf einfache Art mit schwarzem Klebeband verändert werden, wenn also beispielsweise aus einer Eins eine Vier gemacht wird. Auf diesem Weg konnten wir tatsächlich einen älteren grauen Audi ermitteln. Allerdings hielt sich unsere Freude in Grenzen. Da war nämlich noch ein zweiter Anruf, und jetzt halten Sie sich fest, Chef: Einer jungen Frau, die ein paar Häuser weiter wohnt, war aufgefallen, dass exakt um die fragliche Zeit ein solcher Wagen mit hochgedrehtem Motor und stark überhöhter Geschwindigkeit an ihrem Fenster vorbeifuhr, weg vom Winter'schen Haus. Wenn die Angaben der Zeugin stimmen, und die persönliche Befragung ließ daran keinen Zweifel, dann müsste der Audi ... warten Sie ...«, er machte eine überschlägige Berechnung im Kopf, »... ja, der Audi müsste über einen Formel-1-Motor verfügen und in längstens vier Sekunden von null auf hundert beschleunigen können – bei einer so alten Karre schlicht ein Ding der Unmöglichkeit.«

Er machte eine kurze Pause, ehe er fortfuhr: »Andererseits schwört die gute Frau Stein und Bein, der Wagen habe eine Überlinger Nummer gehabt, und die letzten drei Ziffern waren mit der von Grasmück genannten Zahlenfolge identisch ...«

»Eins verstehe ich nicht: Wieso rief die Frau überhaupt an?«, wurde er von Wolf unterbrochen.

Vögelein reagierte, als wäre ihm Wolf auf die Zehen getreten: »Sie müssen mir schon Zeit lassen, Chef, ich bin ja noch nicht fertig. Also, die Frau war ziemlich sicher, in dem verhinderten Rennfahrer einen der Männer wiedererkannt zu haben, die in der Zeitung abgebildet waren.«

»Wie – sie hat den Mann *und* die Autonummer erkannt? Stark. Und das bei dieser Geschwindigkeit?«

»Kam mir zunächst auch unglaubwürdig vor. Aber die Frau war nicht zu erschüttern, die geborene Zeugin. Ich glaube ihr.«

»Ihr habt den Halter selbstverständlich überprüft?«

»Ja, gestern Abend noch. Der Mann scheint sauber. Es handelt sich um einen gewissen Hartmut Neidling, Verwaltungsangestellter in einer Landesbehörde, vierzig, zirka einssiebzig groß. Alter und Größe sind aber auch das Einzige, was er mit dem einen der beiden gesuchten Männer gemein hat. Zwar wirkt er ein bisschen untersetzt, das ist richtig, aber längst nicht pummelig. Im Übrigen ist er dunkelhaarig, bartlos und Brillenträger.«

Die ganze Zeit über hatte Wolf scheinbar unbewegt aus dem Fenster gesehen. Dennoch hätte Jo schwören können, dass er von den am zartblauen Himmel hängenden Schäfchenwolken nicht viel mitbekommen hatte. Sie ahnte, was ihm durch den Kopf ging, und seine nächsten Worte bestätigten ihre Annahme.

»Wenn unser Täter sein Äußeres wirklich durch eine Verkleidung ändert, dann kommt dieser Mann ebenso in Frage wie tausend andere.«

»Moment, ich bin noch nicht fertig«, schob Vögelein nach. »Der Mann hat nämlich für die fragliche Zeit ein Alibi.«

»Und wo will er gewesen sein?«

»Beten.«

»Wie bitte?« Jo und Wolf waren gleichermaßen überrascht.

»Ja, ihr habt richtig gehört: Er hat mit einem Bekannten zusammen an einem Frühgottesdienst teilgenommen.«

»Und dieser Bekannte hat das bestätigt?«

»Hat er.«

»Was hältst du von ihm? Ich meine, ist der Mann vertrauenswürdig?«

»Absolut. Heißt Peter Loske und ist Schwachstromer bei einem Elektromotorenhersteller ...«

»Schwachstromer?«

»Schwachstromtechniker, so nennt man die eben«, erklärte Vögelein. »Beide engagieren sich seit Jahren in einer kirchlichen Vereinigung.« Dazu machte er ein Gesicht, als hätte er auf eine Zitrone gebissen.

»Okay, du hast gewonnen«, seufzte Wolf. Er wirkte enttäuscht.

Jo hatte noch eine Frage. »Sagtest du nicht, es seien vier vielversprechende Anrufe eingegangen? Wenn ich richtig mitgezählt habe, fehlen noch zwei. Was ist damit?«

»Die kamen von einem Krankenpfleger und einer Patientin des Kreiskrankenhauses. Beide bezogen sich auf den Auftritt des Täters auf der Intensivstation. Sie haben nicht nur unsere eigenen Beobachtungen bestätigt, sondern ein paar ganz interessante Details beigesteuert. So haben beide den Täter beim Einschlagen des Feuermelders beobachtet.«

»Und sie haben den Mann nicht zur Rede gestellt?«

»Ging nicht. Der Krankenpfleger musste genau in diesem Moment einen Patienten aus dem Bett hieven, während die Patientin … na ja, sie lag ja selbst danieder. Danach haben beide den Mann nicht mehr gesehen, außerdem ging wegen des Alarms sowieso alles drunter und drüber.«

Damit war Vögelein mit seinem Bericht am Ende. Fragend sah er zu Wolf hinüber. Auch Jo, die mit verschränkten Armen neben ihm saß, war auf die Ausführungen des Chefs gespannt. Doch der ließ sich Zeit. »Gibt's noch Kaffee?«, fragte er und schob seine Tasse über den Tisch.

»Nein«, antwortete Jo kurz angebunden und fasste Wolf fester ins Auge. »Was ist nun – wollen Sie uns nicht endlich von Augsburg erzählen?«

Wolf erhob sich und ging mit den Händen in der Tasche ein paar Schritte hin und her. Er dachte an Augsburg und den Abend mit Jakoby. Wirre Gedanken schossen ihm durch den Kopf, Schüsseln, mit deftigen Inhalten gefüllt, zogen an seinem inneren Auge vorüber, gefolgt von Batterien schäumender Bierkrüge und Myriaden von Gitanes, dazwischen verschwommen Jakobys freundlich lachendes Gesicht …

Über alles Weitere hatte ein gnädiges Schicksal den Schleier des

Vergessens gelegt. Er hatte nicht die geringste Ahnung, wie er nach dieser unglaublichen Fress- und Sauforgie in den »Augsburger Hof« zurückgekommen war. Doch eins war merkwürdig: Noch immer sah er glasklar das Schild vor sich, das über dem Eingang des Lokals in der Augsburger Altstadt hing: »Bauerntanz«. Diesen Namen würde er sein ganzes restliches Leben lang nicht vergessen!

Er nahm wieder Platz und setzte endlich zu einer Antwort an.

»Da gibt's nicht viel zu erzählen.« Er gab seinen Mitarbeitern einen kurzen Abriss über den Trickdiebstahl in der Augsburger Apotheke und schilderte anschließend das Gespräch mit der Apothekenangestellten.

»Alles, was ich bis zu diesem Zeitpunkt erfuhr, kannte ich bereits aus den Protokollen. Spannend wurde es erst, als ich die Frau mit den Phantomzeichnungen konfrontierte.« Hier legte Wolf eine kleine Kunstpause ein.

»Spannen Sie uns nicht auf die Folter. Hat die Frau die beiden Männer wiedererkannt?«, drängte Jo.

»Tja, zunächst nicht. Sie blieb, gelinde gesagt, skeptisch – bis ihr einfiel, dass einer der Männer, die das Arsen gestohlen haben, eine Warze unter dem Kinn hatte, wie die auf dem Phantombild. Um es kurz zu machen: Die Täter von Augsburg und die von uns gesuchten Männer sind identisch. Das hat jetzt auch unsere Technik bestätigt.« Triumphierend schwenkte er den Laborbericht hin und her, den er vor wenigen Minuten von Jo erhalten hatte.

»Das Augsburger und das Überlinger Arsentrioxid ebenso?«

»So ist es.«

»Heiliger Strohsack«, flüsterte Jo beinahe andächtig.

Vögelein nickte verhalten. »Damit wäre eines der vielen Rätsel gelöst. Aber hilft uns das wirklich weiter?«

Wolf, der entschlossen sein Barett zurückschob, wollte Hannos Einwand nicht gelten lassen. »Herrje, jetzt geht's aber los! Ich finde, wir sind einen Riesenschritt vorangekommen.« Er sah, um Antwort heischend, auf Jo.

»Nun, wenn ich ehrlich sein soll …«

»Pah, euer Kleinmut enttäuscht mich. Niemand wird uns fertige Täter backen. Im Übrigen ist das auch gar nicht nötig – wir kennen sie ja bereits.«

»Wir kennen die Täter? Sollte ich da was verpasst haben?«, fragte Vögelein mit erhobenen Brauen.

»Ihr habt richtig gehört. Schließlich waren wir ihnen schon mehrfach dicht auf den Fersen. Seit heute wissen wir sogar, wie sie in den Besitz des ›Weißen Giftes‹ gekommen sind. Gut, wir kennen die genaue Identität der Leute noch nicht ...«

»Ach, wenn's nur das ist«, spöttelte Jo, die offenbar vergeblich zu verstehen suchte, wie Wolf die aus ihrer Sicht ins Stocken geratenen Ermittlungen derart positiv bewerten konnte.

»Immerhin haben wir drei Stoßrichtungen«, fuhr Wolf unbeirrt fort. »Erstens: die Nachlassregelungen der Mordopfer, speziell der vermögenden alten Witwen. Ich werde das Gefühl nicht los, dass sie einer der Schlüssel zur Aufklärung der Giftmorde sind. Zweitens: der Audifahrer, dieser ... wie hieß er noch gleich?«

»Hartmut Neidling.«

»Richtig. Alibi hin, Alibi her, an dieser Spur sollten wir dranbleiben. Und schließlich drittens: Wir kennen aus dem Augsburger Fall sogar den Namen eines der Tatbeteiligten: Gabriel Bretschwiler – vorausgesetzt, bei dem Rezept handelte es sich nicht um eine Fälschung. Dieser Bretschwiler ist bereits zur Fahndung ausgeschrieben.« Wolf hatte sich regelrecht in Rage geredet. Nach einem tiefen Atemzug schloss er mit einem »Und das alles soll uns nicht weiterhelfen?« Dabei starrte er herausfordernd auf Jo und Vögelein.

Jo, die während seiner letzten Worte unruhig hin und her gerutscht war, nickte. »Also gut. Was machen wir nun konkret?«

»Das fragst du noch?« Wolf lächelte bereits wieder. »Ich werd's dir sagen: Du kümmerst dich um die Nachlassregelungen, und zwar *pronto*. Nimm dir zunächst die jüngste Tote vor. Wenn du ohne richterlichen Beschluss nicht weiterkommst, komm zu mir. Ab sofort werden die Samthandschuhe ausgezogen, keiner dieser Rechtsverdreher soll sich mehr mit Schweigepflicht herausreden können.«

»Hab verstanden.«

»Nun zu dir, Hanno.«

»Weiß schon, ich soll mich um Neidling kümmern.«

»Du hast's erfasst. Such ihn noch einmal auf, verunsichere ihn, frag ihm Löcher in den Bauch, zieh sein Alibi in Zweifel, stell ihm meinetwegen Fangfragen, was weiß ich. Vielleicht macht er ja einen Fehler.«

»Falls er der ist, für den Sie ihn halten.«

»Falls nicht, wird er's verwinden. Es steht inzwischen mehr auf dem Spiel als der Seelenfrieden eines möglicherweise unschuldigen Angestellten. Keine Samthandschuhe, vergiss das nicht.«

Vögelein kaute auf der Unterlippe. »Soll ich nicht gleich mit einem Durchsuchungsbeschluss anrücken? Vielleicht sogar zeitgleich einen Kollegen zu Neidlings Glaubensbruder schicken, der ihm das Alibi gab? Ich meine, wenn die beiden wirklich das sind, wofür Sie sie halten, dann könnten sie durch eine neuerliche Vernehmung gewarnt werden und belastende Gegenstände verschwinden lassen. Perücken zum Beispiel.«

»Nein, den großen Knüppel wollen wir mal hübsch im Sack lassen. Im Übrigen bezweifle ich, dass wir bei der dürren Faktenlage überhaupt einen Durchsuchungsbeschluss bekämen. Da gibt es subtilere Mittel.«

»Subtilere Mittel? Zum Beispiel?«

»Nun, du könntest dich zum Beispiel nach der Befragung unauffällig vor seinem Haus auf die Lauer legen. Vielleicht lässt er ja etwas im Müllcontainer verschwinden. Oder er fährt weg, dann folgst du ihm.«

In Vögeleins Augen blitzte so etwas wie Verstehen auf. *»Aye aye, Sir.«*

»Gut. Dann treffen wir uns wieder ... sagen wir um eins, ja?« Wolf hielt die Lagebesprechung offensichtlich für beendet.

»Gehe ich recht in der Annahme, Chef, dass Sie sich höchstselbst um diesen Bretschwiler kümmern?«, wollte Jo abschließend wissen.

Noch ehe Wolf antworten konnte, klingelte sein Telefon. Er nickte Jo flüchtig zu, was diese als Zustimmung auffasste, griff zum Hörer und meldete sich. Was er hörte, schien ihn nicht sonderlich zu fesseln. Routinemäßig fragte er nach: »Wo genau ist das?« Während er eine Notiz machte und das Gespräch mit einem knappen »Okay, bin gleich da!« beschloss, verließ Jo gemeinsam mit Vögelein Wolfs Büro.

***

Karin Winter schloss den Wagen ab und sah auf die Uhr: gleich halb elf. Wie häufig am Freitagvormittag hatte sie sich in der Redaktion für eine Stunde abgemeldet. Ihre Textbeiträge für die Samstagsausgabe waren von Matuschek abgesegnet und an die Produktion weitergeleitet worden. Rechtzeitig zum Seitenumbruch, der um zwölf begann, würde sie wieder zurück sein. Dann bliebe noch ausreichend Zeit für Korrekturen und etwaige Nachläufer. Ihr Arbeitstag würde, wie an jedem Freitag, noch lange genug dauern; wenn sie Pech hatte, konnte es Mitternacht werden – was also sollte sie davon abhalten, diese Vormittagsstunde für einen ausgiebigen Lauf zu nutzen? Es gab nichts Besseres, um den Kopf freizukriegen, noch dazu hier oben, auf der Hochfläche hinter Hödingen mit ihrer abwechslungsreichen Landschaft und den weiten Ausblicken.

Schon wollte sie loswalken, als ihr einfiel, dass ihre Stöcke noch im Wagen lagen. »Wo hab ich heute bloß meine Gedanken«, schimpfte sie und schloss noch einmal auf. In diesem Augenblick klingelte ihr Handy. Au weia! Mit Schrecken fiel ihr ein, dass sie heute früh vergessen hatte, den Akku aufzuladen. Ärgerlich. Doch sei's drum: In der folgenden Stunde wäre es kein Weltuntergang, wenn der Akku ausfiel. Spätestens um zwölf war sie wieder in der Redaktion, so lange musste man dort eben ohne sie auskommen. Sie drückte auf die Empfangstaste.

»Hier spricht Friedhelm, guten Tag Karin. Störe ich?«, tönte eine gutturale Stimme.

»Nicht im Mindesten. Ich grüße Sie. Was verschafft mir die Ehre?«

»Ich wollte mich ohnehin mal wieder melden. Heute nun ergab sich ein Anlass, der meinen Anruf quasi zwingend erforderlich macht. Haben Sie von dem neuen Todesfall gehört?«

»Wie – sterben die Leute etwa immer noch?«, flachste Karin, wohl wissend, dass Männer wie Friedhelm Sonntag, die den in ihren Augen trockenen Beruf eines Notars ausübten, für derlei Späße nicht viel übrig hatten. Prompt überhörte Sonntag ihre Frage.

»Um es kurz zu machen: Ich habe hier die Nachlasssache einer gestern verstorbenen Neunundsiebzigjährigen auf dem Tisch. Sie erinnern sich an unser Gespräch im Mokkas?«

»Wie könnte ich das vergessen?«

»Diese Tote, eine nicht unvermögende Witwe, könnte möglicherweise zu der Personengruppe gehören, der bei unserem letzten Treffen Ihre besondere Aufmerksamkeit galt, wenn Sie wissen, wovon ich spreche.«

»Und ob ich das weiß. Können Sie ... Hallo, hallo ...« Der Empfang war unterbrochen, die Leitung tot. Verdammt, ausgerechnet jetzt! Doch plötzlich war die Verbindung wieder da. »Entschuldigen Sie, Friedhelm, mein Akku ist leer. Sagen Sie, können Sie mir zu dem neuen Todesfall etwas Näheres sagen?«

»Nicht am Telefon. Wir könnten uns ja noch mal treffen ... um zwölf, wieder im Mokkas, wäre Ihnen das recht?«

Karin verdrehte die Augen zum Himmel. Nach nichts stand ihr heute weniger der Sinn als nach einem Plauderstündchen mit Friedhelm Sonntag. »Aber gerne«, hörte sie sich dennoch flöten, »bis Mittag also.« Wenn ihre Ahnung nicht trog, dann war die Sache dieses Opfer wert.

Friedhelms Antwort konnte sie nicht mehr hören, ihrem Handy war endgültig der Saft ausgegangen. Egal, die Information des Notars hatte sie *just in time* erreicht, wie Matuschek jetzt wahrscheinlich gesagt hätte. Achtlos warf sie das Gerät in den Wagen. Sie war nicht traurig, denn zum Sport gehörte schließlich das Naturerlebnis, da störte die Quasselbox nur. Außerdem konnte sie so in Ruhe über das eben Gehörte nachdenken.

Während sie nach ihren Stöcken griff und den Wagen abschloss, rief sie sich noch einmal das letzte Treffen mit Friedhelm Sonntag ins Gedächtnis. Drei Tage lag die Unterredung erst zurück, und dennoch: Welche Dynamik hatte der Fall seitdem entwickelt! Inzwischen gefährdete er sogar ihre persönliche Sicherheit. Seit Tagen schlief sie in einer Nussdorfer Pension, ihre Wohnung hatte sie in dieser Zeit nur einmal aufgesucht – in Begleitung eines kräftigen Kollegen. Leider steckten die Ermittlungen derzeit in einer Sackgasse, aus der bislang nicht einmal Wolf einen Ausweg wusste. In dieser Situation war ihr jede Information willkommen, die sie einer Lösung des Falles näher brachte, mehr noch: Sie war geneigt, Friedhelm Sonntags Anruf als unverhofftes Geschenk zu betrachten, zumal sie von dem Todesfall, auf den sich der Anruf des Notars bezog, noch wenige Augenblicke zuvor nicht die geringste Ahnung hatte.

Solchermaßen ihre Gedanken ordnend, setzte sie sich in Bewegung und lief unbeschwert in den Wald hinein, bei jedem Schritt darauf achtend, die Füße von der Ferse her abzurollen und taktgenau die Stöcke zu setzen. Nach wenigen Minuten hatte sie ihren Rhythmus gefunden, ging ihr Atem ruhig und gleichmäßig. Nahm sie anfänglich nur im Unterbewusstsein das entfernte Brausen und Tosen wahr, das linker Hand aus der Tiefe scholl, so verstärkte sich das Geräusch nun mit jedem Schritt, den sich ihre Laufstrecke dem tief eingeschnittenen Hödinger Tobel mit seinem wilden Sturzbach näherte.

Karin liebte diese Landschaft, die mit Mischwald und dichtem Unterholz bestandene Hochfläche mit ihren lauschigen Wegen, die sich aus dem Hinterland nach Südwesten vorschob, um ganz überraschend, hoch über dem See, den Blick über die flirrende Wasserfläche und das jenseits davon liegende Konstanzer Ufer freizugeben und kurz darauf steil abzubrechen – so steil, dass sich an schönen Wochenenden hier zahlreiche Drachenflieger ein Stelldichein gaben, um von einer hölzernen Rampe aus vogelgleich über den See zu schweben.

Heute jedoch schien der Wald nur ihr zu gehören. Weder Läufer noch Spaziergänger waren ihr bislang begegnet, selbst auf dem Parkplatz am Rande des Naturschutzgebietes, auf dem sie wie gewohnt ihren Wagen abgestellt hatte, war sie zunächst allein gewesen. Später war ein zweiter Wagen aufgetaucht, ein grauer Audi älteren Jahrgangs, wenn sie recht gesehen hatte. Allerdings war er nach kurzem Stopp wieder weggefahren, ein Stück den Berg hinauf. Vermutlich versprach sich der Fahrer von dort eine noch schönere Fernsicht. Hier oben jedenfalls hätte sich selbst eine Hundertschaft tummeln können, es war genug Platz für alle da.

Erneut kreisten ihre Überlegungen um die mysteriösen Arsenmorde, auf die sie sich so gar keinen Reim machen konnte. Selbst durch das schwache Geräusch, das nach einer Weile für einen kurzen Moment hinter ihr aufklang und sich wie entferntes Klappern von Laufstöcken anhörte, ließ sie sich in ihren Gedankengängen nicht stören. Wer war zu diesen abscheulichen Taten fähig, wo war das Motiv? Was verband die toten Witwen mit den gleichfalls toten Pennern? Fragen über Fragen – und keine Antworten.

Auch wenn ihr die mehr oder weniger offenen Avancen Friedhelm Sonntags missfielen: Sollte er es schaffen, wenigstens ein kleines bisschen Licht in das Dunkel zu bringen, so würde er in ihrer Beliebtheitsskala um einige Punkte steigen.

Ein weiteres Mal vernahm sie hinter sich ein metallisches Klackern, diesmal etwas näher. Karin war das Geräusch wohlvertraut: Der Stock eines Walkers oder einer Walkerin hatte einen Stein touchiert. Also war sie doch nicht die Einzige, die durch den Wald trabte. Vielleicht eine Bekannte? Ihre Neugier siegte, mitten im Lauf drehte sie sich um. Doch niemand war hinter ihr. Das war nicht weiter verwunderlich, beschrieb doch der Weg in diesem Abschnitt einige Windungen, sodass sie hinter sich bestenfalls zwanzig, dreißig Meter überblicken konnte. Ohne sich weiter den Kopf zu zerbrechen, setzte sie ihren Lauf fort.

Zehn Minuten später erreichte Karin eine Wegkreuzung. Sie nahm, wie gewohnt, den nach links führenden Pfad, der kurvenreich durch eine Fichtenschonung, etwas später durch jungen Mischwald führte und sich schließlich in einem scharfen Knick nach Westen wandte, vorbei an einem markanten Eichenhain, in dem an wärmeren Tagen zwei rustikale hölzerne Bänke und ein Tisch zur Rast einluden.

Karin allerdings war nicht nach Pause zumute. Immer häufiger hatte sie in den letzten Minuten hinter sich das Klackern von Stöcken vernommen, verschiedentlich sogar geglaubt, Schritte zu hören. Doch immer, wenn sie stehen blieb, schien der nachfolgende Läufer auf denselben Gedanken gekommen zu sein. Eigenartig! Langsam begann sie, nervös zu werden. Sollte sie umkehren und ihm entgegenlaufen? Dazu fehlte ihr plötzlich der Mut. Es wäre schließlich nicht das erste Mal, dass sich ein Sittenstrolch an einer allein laufenden Frau vergreifen würde, zumal in einem so schwach frequentierten Waldgebiet. Oder sollte der Mensch hinter ihr etwa ein ganz anderes Motiv verfolgen? Eines, das mit dem Anschlag in ihrer Wohnung und den Drohanrufen zusammenhing? Karin wurde es abwechselnd heiß und kalt. Hatte man sie nicht gewarnt – und hatte sie diese Warnung nicht in den Wind geschlagen?

Das Beste wäre, Hilfe herbeizurufen. Aber wie? Ihr Handy lag im Auto, und der Akku war leer. Ausgerechnet heute musste ihr das passieren! Sollte sie davonlaufen? Aber wovor? Mit Gewalt zwang sie sich zur Ruhe. Erst mal musste sie wissen, was überhaupt hinter ihr vorging. Wenn es ernst wurde, konnte sie immer noch schreien. Oder sich mit ihren Stöcken zur Wehr setzen. Oder … ja, richtig, das war's! Sie griff in die rechte Seitentasche ihrer Sportjacke, in der sie normalerweise ihr Pfefferspray verwahrte.

Doch da war nichts, die Tasche war leer.

Nun erst wurde ihr der ganze Ernst ihrer Lage bewusst. Zwar war sie alles andere als ängstlich und scheute normalerweise vor keiner Auseinandersetzung zurück, solange sie eine reelle Chance sah – aber würde sie die haben? Sie wusste um die Ohnmacht überfallener Frauen, hatte mit einigen von ihnen gesprochen, über sie geschrieben – und sich jedes Mal gefragt, wie sie selbst eine solche Situation überstehen würde.

Langsam gewann ihr Verstand wieder die Oberhand. Im Weiterlaufen spielte sie noch einmal alle Möglichkeiten durch. Einfach losrennen? Versuchen, quer durch den Wald zu entkommen? Oder doch den Stier bei den Hörnern packen und zurückgehen, dem Verfolger entgegen? Vielleicht entpuppte sich die Hatz ja auch als Missverständnis und ihre Befürchtungen erwiesen sich als unbegründet.

Noch während sie die verschiedenen Möglichkeiten gegeneinander abwog, wurde ihr die Entscheidung abgenommen: Unvermittelt war der vor ihr liegende Wegabschnitt gesperrt. Irgendjemand hatte mehrere kräftige Äste übereinandergelegt, ein schnelles Durchkommen war unmöglich. Auf einem handgeschriebenen Zettel stand »Kein Durchgang, Gefahr durch Astbruch«. Unterzeichnet war die Warnung mit »Das Forstamt«.

Sie saß in der Falle!

Oder doch nicht? Unmittelbar vor der Absperrung zweigte ein schmaler, unscheinbarer Pfad nach links ab. Karin war ihn noch nie gegangen, sie wusste lediglich, dass er zum Startplatz der Drachenflieger führte. Fieberhaft suchte sie nach einem Ausweg, doch nichts wollte ihr einfallen. Eines war jedenfalls klar: Falls sie ein Zusammentreffen mit dem unsichtbaren Verfolger vermeiden wollte, musste sie hier abbiegen, je schneller, desto besser. Was aber würde sie am Ende des Pfades erwarten? Sie wusste, dass das Gelände seeseitig steil abfiel. Ob es eine Möglichkeit gab, vom Rand des Abbruchs zu Fuß zum Talgrund zu gelangen? Egal, irgendwie würde sie den Abstieg schon schaffen, sie hatte genügend Bergerfahrung, und schwindelfrei war sie auch. Schon wollte sie auf den schmalen Pfad einschwenken, als sie sich, einem inneren Zwang gehorchend, noch einmal umwandte.

Da sah sie ihn!

Kaum dreißig Schritte von ihr entfernt verharrte der Mann bewegungslos mitten auf dem Weg und starrte zu ihr herüber.

Also war das Auge in ihrer Wohnung nicht nur eine leere Drohung gewesen!

***

Er könne den Parkplatz gar nicht verfehlen, hatte man Wolf erklärt, und in der Tat: Bereits von Weitem stach ihm der rußig-schwarze Rauchpilz ins Auge, der dort oben am Berg fast senkrecht in den Himmel stieg.

Fünf Minuten später war er da. Das ausgebrannte Fahrzeug, ein kleiner Renault Twingo, stand etwas verloren auf dem großen, leeren Platz. Schräg davor hatte die Überlinger Feuerwehr ihr Löschfahrzeug in Stellung gebracht. Mehrere Feuerwehrleute liefen scheinbar ziellos umher, sie hatten den Brand mit reichlich Schaum erstickt und betätigten sich inzwischen als Spurensucher.

Wolf stellte in gebührendem Abstand seinen Dienstwagen ab und steuerte die Brandstelle an.

»Hallo, Leo, schön, dich zu sehen«, begrüßte ihn Heiner Fleischmann, der Truppführer der Floriansjünger. Er reichte ihm die rußverschmierte Rechte.

»Wie sieht's aus?«, fragte Wolf.

»Totalschaden, nichts mehr zu machen. Zum Glück keine Personen beteiligt. Der Abschleppdienst ist bereits verständigt.«

»Wer ist der Halter?«

Fleischmann händigte Wolf einen Zettel aus. »Wir haben die Frau noch nicht erreicht«, erklärte er.

Wolf grummelte etwas Unverständliches. Ohne großes Interesse besah er sich den Zettel. Ein nichtssagender Name, dazu eine Adresse in Aufkirch samt Telefonnummer. Vermutlich lief die Frau nicht weit von hier entspannt durch die Gegend und erfreute sich an der schönen Natur, womöglich hatte sie von Weitem sogar den Rauchpilz bestaunt. Umso größer würde nach ihrer Rückkehr die Überraschung sein.

»Wer hat den Brand gemeldet?«, fragte Wolf.

»Tja, das ist so eine Sache. Das war ein reichlich konfuser Anruf. Der Mann konnte oder wollte seinen Namen nicht nennen. Er legte auf, sobald er uns den Brandort beschrieben hatte.« Als Wolf diese Mitteilung kommentarlos zur Kenntnis nahm, fuhr Fleischmann fort: »Ich nehme an, der Wagen geht zur KTU?«

Plötzlich war Wolf ganz Ohr. »Oha! Und aus welchem Anlass?«, fragte er zurück.

»Komm mit«, forderte ihn Fleischmann auf und trat an das ausgebrannte, noch immer rauchende Wrack heran. Dort wies er auf einen handelsüblichen Fünf-Liter-Ersatzkanister, der unweit des Wracks auf dem Boden lag. Ein Feuerwehrmann war gerade dabei, ihn von allen Seiten zu fotografieren.

»Verstehe«, sagte Wolf. »Jemand hat die Karre angezündet. Aber wer ist so blöd und lässt ein so wichtiges Beweisstück einfach liegen?« Er sah zum nahen Waldrand hinüber, nachdenklich rieb er sich das Kinn.

»Was überlegst du?«, fragte Fleischmann.

»Nun, hätte der Anschlag in erster Linie der Fahrerin und nicht dem Wagen gegolten, dann hättet ihr ziemlich sicher eine Brandleiche vorgefunden. Ergo muss der Täter aus triftigem Grund so lange abgewartet haben, bis die Fahrerin ausgestiegen und weggelaufen war, vielleicht zu einem der Waldwege dort drüben.«

»Du meinst, er wollte niemanden töten, sondern nur das Auto zerstören? Und warum sollte er das tun?«

»Tja, das ist die Frage. Vielleicht Rache, eine Warnung, als Druckmittel, was weiß ich. Vielleicht ist der Grund auch nur ganz gewöhnlicher Vandalismus, der Respekt vor fremdem Eigentum ist heutzutage nicht mehr sonderlich ausgeprägt.« Wolf bückte sich und nahm den Behälter eingehend unter die Lupe. Als er sich wieder aufrichtete, meinte er: »Auf alle Fälle wird es Zeit, dass ich mir die Dame mal vorknöpfe.«

»Moment, Leo, das ist noch nicht alles.« Mit raumgreifenden Schritten umrundete Fleischmann den Renault. »Hier, hinter der Beifahrertür, kannst du's erkennen?«

Wolf beugte sich vorsichtig in den Wagen und sah sich den Fahrzeughimmel an – vielmehr das, was von ihm noch übrig war.

»Du meinst diesen Knubbel hier hinter dem oberen Querholm? Hat stark unter den Flammen gelitten. Sieht aus wie eine … ja, wie eine Wanze. Genau, wie eine teilweise verschmorte Wanze.«

»Es *ist* eine Wanze, oder besser gesagt: Es *war* eine!«, bestätigte Fleischmann.

Wolf, dem beim Reinkriechen in das Wrack beinahe das Barett vom Kopf gefallen wäre, schob die obligatorische Kopfbedeckung wieder in eine sichere Position. »Reichlich mysteriös, würde ich sagen. Trotzdem, schönen Dank, Heiner. Gute Arbeit. Bin echt gespannt, was die Halterin vorzubringen hat.«

Nachdem Fleischmann wieder zum Löschfahrzeug zurückgekehrt war, ging Wolf ein paar Schritte zur Seite. Er zog sein Handy aus der Tasche und wählte die auf dem Zettel angegebene Nummer. Während er auf die Verbindung wartete, preschte ein Wagen den Berg herauf, bog mit angedeutetem Powerslide auf den Parkplatz ein und legte schließlich eine Vollbremsung hin, dass den Feuerwehrleuten der Kies nur so um die Ohren spritzte. »Aufschneider«, knötterte Wolf abfällig und hielt sich ob des Lärms das freie Ohr zu.

»Guten Tag«, antwortete er, als sich die Teilnehmerin endlich meldete, »Kripo Überlingen, mein Name ist Wolf. Entschuldigen Sie bitte die Störung, ich möchte nur etwas abklären. Sie fahren doch einen blauen Renault Twingo, richtig? … Ah, Sie haben ihn verliehen … an eine Bekannte? … So, schon vor drei Tagen. Dann wissen Sie gar nicht, wo sich das Fahrzeug in diesem Moment befindet, oder? … Dacht ich mir. Wer fährt denn den Wagen gerade?«

Als Wolf die Antwort hörte, traf ihn beinahe der Schlag. »Wie bitte?«, fragte er schrill zurück. Hilfe suchend sah er zu Fleischmann hinüber, doch der parlierte inzwischen mit dem Neuankömmling und hatte infolgedessen kein Auge für Wolf. So blieb ihm nichts anderes übrig, als das Gespräch mit einem halblauten »Danke, ich melde mich später wieder!« zu beenden. Die Frau würde noch früh genug erfahren, dass sie ab sofort kein Auto mehr besaß. Jetzt musste er sich um die Hintergründe des Anschlags kümmern.

Als Wolf zu Fleischmann an das Löschfahrzeug trat, erkannte er den verhinderten Rennfahrer. »Du hier, Hanno? Du wolltest dir doch diesen Neidling vorknöpfen?«

»Hab's ja versucht, aber der Vogel war ausgeflogen, seine Wohnung leer. Ein Nachbarin verriet mir, Neidling sei wie jeden Morgen zur Arbeit gefahren. Hab ihn aber auch dort nicht angetroffen. Nach Aussage eines Kollegen hat er gegen zehn Uhr seinen Arbeitsplatz verlassen, angeblich, um eine wichtige persönliche Angelegenheit zu erledigen. Dachte, ich könnte Sie hier so lange unterstützen.«

»Möchte wissen, bei was«, murrte Wolf und zündete sich eine Gitanes an.

Nun konnte Fleischmann nicht mehr länger an sich halten. »Jetzt sag schon, Leo, was du erfahren hast.« Er deutete auf das Handy, das Wolf noch immer in der Hand hielt.

»Tja, sieht so aus, als sei der Wagen doch nicht grundlos ein Raub der Flammen geworden. Hier, Hanno, sieh dir das mal an.« Er führte Vögelein zu dem Wrack und zeigte ihm die Überreste der Wanze.

Vögelein pfiff erstaunt durch die Zähne. »Können Sie sich schon einen Reim darauf machen, Chef?«

»Das würde mich jetzt aber auch interessieren«, sagte Fleischmann und trat ebenfalls einen Schritt näher. »Wer hat die Karre überhaupt hier abgestellt?«

»Eine Journalistin vom ›Seekurier‹. Karin Winter. Ist über ihre Recherchen in einen Mordfall involviert. Sie hatte sich den Wagen von einer Freundin ausgeliehen, um unbehelligt ihrer Arbeit nachgehen zu können.«

»Ist ja krass – ein Anschlag auf die Winter?«, rief Vögelein überrascht.

»Ich glaube kaum, dass die Winter das Ziel war«, sagte Wolf.

»Na ja, vielleicht war es kein Anschlag auf ihre Person, aber doch eine eindeutige Warnung, so wie das Auge.«

»Vielleicht. Oder es diente einem ganz anderen Zweck, so wie das Feuer in Einsteins und Havannas Unterschlupf.«

Vögelein rieb sich einige Sekunden lang irritiert das rechte Ohr. Dann hob er ruckartig den Kopf. »Moment, Chef … sollte etwa die Wanze …?«

»Bingo!«, nickte Wolf. »Ich vermute, dass jemand das Auto angezündet hat, um die Wanze zu vernichten.«

»Damit wir nicht erfahren, dass die Täter seit geraumer Zeit über jeden Schritt der Winter unterrichtet sind!«

»Vermutlich wussten sie alles: mit wem sie sprach, an was sie arbeitete, wo sie laufen würde. Und ziemlich sicher war das hier nicht die einzige Wanze in ihrem Umfeld.« Wolf legte besorgt die Stirn in Falten. »Aber wenn der Wagen wirklich von diesen Leuten abgefackelt wurde, um Spuren zu beseitigen – müssen wir uns dann nicht fragen, warum sie freiwillig und gerade jetzt auf diese wichtige Informationsquelle verzichten?«

Unruhig trat Vögelein von einem Fuß auf den andern. »Denken Sie, was ich denke, Chef?

In diesem Augenblick klingelte Wolfs Handy. Reflexartig riss er das Gerät ans Ohr und nannte seinen Namen. Eine paar Sekunden hörte er seinem Gegenüber wortlos zu, während sich in seinem Gesicht die unterschiedlichsten Empfindungen spiegelten – von gespannter Erwartung bis zu ungläubigem Staunen. Plötzlich schnappte er nach Luft. »Moment, sagen Sie mir doch wenigstens Ihren Namen ...« Doch der Anrufer hatte das Gespräch bereits unterbrochen.

Wolf war geschockt. Wenn stimmte, was er eben gehört hatte, dann hatte er keine Wahl.

»Auf geht's, Hanno, Einsatz«, stieß er hervor und rannte zu seinem Wagen.

***

Karin wusste, dass sie nicht mehr unbeschadet aus der Geschichte herauskommen würde. Der Mann war Teil des Phantoms, dem Wolf seit Tagen auf den Fersen war – bislang ohne Erfolg. Auch wenn sie ihm noch nie begegnet war, so war sie doch absolut sicher, dass es sich um einen der Täter handelte. Seine Physiognomie hätte sie selbst im Dunkeln erkannt. Das volle Gesicht, die füllige Statur, die wilde Haarpracht ... die Beschreibung kannte sie längst auswendig. Und sie hatte die Phantombilder gesehen.

Ihr fiel das Boot mit den beiden toten Pennern ein. Und Otto, wie er nächtens im Gondelhafen lag, den starren Blick zum Himmel gerichtet, bis ihm der Notarzt die Augen schloss.

Würde sie das nächste Opfer sein?

Panik überkam sie. Wie unter Zwang begann sie zu laufen, weg, nur weg hier. Gerade wollte sie ihre Stöcke zur Seite werfen, als ihr einfiel, dass sie damit ihre einzige Waffe aus der Hand geben würde. Sie beschleunigte ihre Schritte, kam regelrecht ins Rennen, getrieben von der Angst, in die Hände ihres Verfolgers zu fallen. Hinter sich glaubte sie, das Getrappel von Schritten, das Brechen von Ästen zu hören. Angstvoll schnellte sie herum, um den erwarteten Angriff abzuwehren – doch da war niemand.

Sollte sich der Mann etwa seitwärts in die Büsche geschlagen oder gar kehrtgemacht haben? Ein Blick zurück belehrte sie eines Besseren. Natürlich hatte der Kerl nicht aufgegeben, im Gegenteil: Wie ein Panzer, dem nichts widerstehen konnte, stampfte er den Weg entlang, kam Schritt um Schritt näher, direkt auf sie zu. Unaufhaltsam, bedrohlich und ganz ohne Hast, so als hätte er alle Zeit der Welt.

Und die hatte er ja auch, schoss es ihr blitzartig durch den Kopf, als sie mit ein paar letzten, hastigen Schritten den Abbruch erreichte. Hier war der Weg unwiderruflich zu Ende. Es gab nur noch eine Richtung: nach unten. Falls sie keinen Abstieg durch die brüchige Steilwand fand, bliebe ihr nichts anderes übrig, als sich ihrem Verfolger zu stellen. Nur gut, dass sie ihre Stöcke nicht weggeworfen hatte; vielleicht konnte sie ja den Mann mit Hilfe der Stahlspitzen beiseitedrängen und flüchten?

Und dann, ganz plötzlich, fiel es ihr wie Schuppen von den Augen. Die Absperrung da vorne – das war kein Zufall gewesen, das war sorgfältig eingefädelt. Ganz bewusst hatte man sie auf diesen Weg gelockt. Und sie wusste auch, warum: Man wollte sie vorne am Abgrund haben, um sie ohne viel Federlesens in die Tiefe stoßen zu können. Es würde wie ein Unfall aussehen, kein Verdacht würde auf die Arsenmörder fallen, und es würde keine Spuren geben.

Es war merkwürdig, aber mit dieser Erkenntnis kehrte auch ihr Kampfgeist zurück. Nein, so leicht, wie der Kerl annahm, würde sie es ihm nicht machen – jetzt, wo er aus seiner Anonymität herausgetreten war und ihr Auge in Auge gegenüberstand. Ganz im

Gegenteil: Sie war fest entschlossen, sich so teuer wie möglich zu verkaufen.

Kaum zu Ende gedacht, spitzte sich die Lage zu. Auf den letzten Metern hatte der Mann an Tempo zugelegt, nur noch wenige Armlängen trennten ihn von Karin, schon hob er seine Stöcke auf Brusthöhe an. Seine Absicht war offenkundig: Er wollte sie mit einem Stoß über die Kante befördern, etwa so, wie man eine lästige Fliege vom Tellerrand wischt.

Umso überraschter wirkte er, als Karin sich mit einer schnellen Körperdrehung aus dem Gefahrenbereich brachte und postwendend zum Gegenangriff überging. Dabei brauchte sie die Drehung nur weiterzuführen, sich einmal komplett um die eigene Achse zu drehen und ihre ganze Kraft in die mitschwingenden Stöcke zu legen. Tatsächlich verfehlte ihr Rundumschlag den Kopf des Mannes nur um Haaresbreite; er hatte sich gerade noch rechtzeitig weggeduckt. Ein höhnisches Lachen quittierte ihren Misserfolg.

Schneller, als Karin es dem pummeligen Mann zugetraut hätte, hob er seine Stöcke zum erneuten Stoß. Doch Karin war auf der Hut. Ohne lange zu fackeln, ließ sie ihre eigenen Stöcke los und packte zu, zog den Mann mit einem kräftigen Ruck zu sich heran. Dabei kam ihr der Umstand zustatten, dass dessen Hände noch immer in den Stockschlaufen steckten. Halb gezogen, halb vom eigenen Schwung getrieben, stolperte er auf sie zu. Als sie hart aufeinanderprallten, kamen sie der steilen Rampe für einen Augenblick gefährlich nahe. Nur mit Mühe konnte Karin das Gleichgewicht halten und sich zwei, drei Schritte nach hinten absetzen. Hätte sie in diesem Moment weniger Skrupel gehabt, sie hätte ihren Gegner leicht in den Abgrund stoßen können.

Stattdessen drehte der Mann den Spieß nun um. Als wolle er Karin die Stöcke entreißen, wechselte er mehrfach in schneller Folge von Zug auf Druck und drängte sie dabei immer näher an die steile Absprungrampe. Karin ahnte, was sie dort erwarten würde. Der Mann bräuchte nur noch die Stöcke loszulassen, schon würde sie unweigerlich in die Tiefe segeln, und wenige Sekunden später wäre alles vorüber. Die Aussicht daran raubte ihr für einen kurzen Moment den Verstand, schien sie förmlich zu paralysieren. Wahrhaftig, so hatte sie sich das Ende nicht vorgestellt! Mit einer Mischung aus Wut und Verzweiflung sah sie in das Gesicht ihres Gegners, nahm das Glimmen in seinen Augen wahr und registrierte sein selbstgefälliges Grinsen – als wäre der Kampf bereits entschieden.

Genau diese scheinbare Unabänderlichkeit war es, die Karins Kräfte noch einmal mobilisierte – das und ihre Wut. Ihr Denkapparat lief auf Hochtouren, und im Bruchteil von Sekunden gebar er so etwas wie einen Plan: Wenn sie sich schon nicht gegen den körperlich überlegenen Mann behaupten konnte – warum dann nicht eine Finte versuchen? Was hatte sie schon zu verlieren? Ihr Leben natürlich – dagegen zählte alles andere nichts. Doch Fairness war das letzte, das sie sich leisten konnte. Nicht in ihrer Lage.

Sie musste den Kerl dort treffen, wo es wirklich wehtat!

Sie lockerte für einen kurzen Moment wie resigniert ihren Griff, um gleich darauf umso fester anzuziehen. Gleichzeitig hob sie ihr rechtes Knie und stieß es mit aller Macht dem Mann zwischen die Beine.

Die Wirkung war frappierend. Während die Augen des Mannes zusehends glasig wurden und er keuchend und sich krümmend nach Luft schnappte, lösten sich seine Hände von den Stöcken. Stöhnend presste er beide Arme in den Schritt, bemüht, der Schmerzwelle, die sein empfindlichstes Körperteil durchflutete, Herr zu werden.

Schnell trat Karin einen Schritt zurück und holte mit den Stöcken aus, um den Kerl mit einem kräftigen Hieb endgültig von den Beinen zu holen. Dummerweise übersah sie dabei eine hochstehende Wurzel. Sie blieb daran hängen und geriet ins Straucheln, ihr rechter Fuß knickte um, mit einem Aufschrei ging sie zu Boden.

Von jetzt auf nachher schienen die Schmerzen des Mannes verflogen. Karin konnte gar nicht so schnell denken, wie er über sie herfiel, ihr mit einem Ruck die Stöcke entriss, mit seinen kräftigen Fäusten ihre Oberarme packte und sie trotz heftiger Gegenwehr in Richtung Rampe schob. Es gab keine Hoffnung, sich aus dem tödlichen Klammergriff zu befreien, so sehr sich Karin auch anstrengen mochte.

»Das war's also«, dachte sie, als sie die Kante des ehemaligen Steinbruchs auf sich zukommen sah.

Da hörte sie die Stimme.

Karin hielt diesen Moment für ihre erste und wahrscheinlich

einzige Nahtoderfahrung. Die verzerrte, körperlose, wenn auch deutlich vernehmbare Stimme kam gewissermaßen aus dem Off, war ihr seltsam fremd und doch irgendwie bekannt.

»Lassen Sie sofort die Frau los«, schallte es laut vom Talgrund herauf. »Treten Sie zurück und legen Sie sich auf den Boden, oder wir machen von der Schusswaffe Gebrauch. Los, runter auf den Boden, aber ein bisschen plötzlich.«

Nein, diese Stimme hatte sich Karin nicht eingebildet. Sie war real. Und plötzlich wusste sie auch, wem sie gehörte: Es war unverkennbar die Stimme von Hauptkommissar Wolf. Sie wurde verstärkt durch ein Megafon, deshalb dieser seltsam metallische Klang. *Wie* real das Ganze war, erkannte Karin daran, dass ihr Peiniger sie umgehend losließ. Sprungbereit stand er über ihr, lauschte angespannt in den Wald hinein. Und tatsächlich, von halbrechts schienen Leute durchs Unterholz zu brechen, entfernt noch, aber deutlich vernehmbar. Fluchend machte der Mann auf dem Absatz kehrt und hastete das kurze Wegstück zurück, das zu der Absperrung am Hauptweg führte.

Karin wusste kaum, wie ihr geschah. Erst jetzt machte sich die ganze nervliche Anspannung der letzten Minuten bemerkbar. Mit zitternden Beinen versuchte sie aufzustehen. Als es ihr endlich gelang, musste sie sich mit beiden Händen an einer jungen Buche festhalten, um nicht sofort wieder zu Boden zu stürzen. Mit grenzenloser Erleichterung sah sie dem Flüchtenden nach. Sekunden später hatte ihn der Wald verschluckt. Erst jetzt fiel ihr auf, dass während der ganzen Auseinandersetzung kein Wort gefallen war. Sein Fluch eben war, neben einem höhnischen Lachen, der einzige Laut gewesen, den er von sich gegeben hatte.

Geradezu ein Wunder aber war, dass Wolf und seine Leute ausgerechnet jetzt hier auftauchten. Wie kamen sie hierher? Wer hatte sie verständigt?

Unvermittelt spürte sie den Schmerz in ihrem rechten Sprunggelenk. Sie bückte sich, um den geschwollenen Knöchel zu massieren, als unweit von ihr ein lauter Ruf ertönte: »Halt! Stehen bleiben, oder ich schieße!« Die Geräusche brechenden Unterholzes verstärkten sich, kamen näher, abermals hörte sie die Aufforderung und schärfer diesmal, dann fiel ein Schuss, gefolgt von einem unterdrückten Fluch.

Sekunden später tauchte eine Gestalt vor Karin auf. Vögelein. Besorgt trat er an sie heran. »Sind Sie in Ordnung, Frau Winter?«

Als sie nickte, ging er vor an den Rand des Abbruchs und rief hinunter: »Alles in Ordnung, Chef. Frau Winter ist okay. Der Täter allerdings ist flüchtig.«

***

Karin Winters Knöchelverletzung erwies sich als weniger ernst, als anfangs befürchtet. Trotzdem musste sie sich während des nachfolgenden Fußmarsches bei Vögelein aufstützen. Am Waldrand wurden sie von Wolf in Empfang genommen. Der lud die beiden in seinen Wagen und fuhr zunächst den Wanderparkplatz an. Dort wechselte Vögelein in sein Dienstfahrzeug, um die Suche nach Neidling fortzusetzen, während Karin Winter mit großen Augen auf die Überreste ihres Fahrzeugs starrte.

»Ja, die Karre ist hinüber, tut mir leid«, versuchte Wolf sie zu trösten.

Merkwürdig, bei dem Anblick des Autowracks überkam Wolf plötzlich die Lust auf eine Gitanes; Sekunden später paffte er bereits blaue Wolken aus dem heruntergekurbelten Fenster.

»Sagen Sie, hatten Sie eigentlich ihr Handy nicht dabei?«

Karin machte ein schuldbewusstes Gesicht. »Hab ich im Wagen liegen lassen, der Akku war leer.«

»Fällt Ihnen noch ein, worum es bei den letzten Telefonaten ging, die Sie im Wagen geführt haben?«

»Warum fragen Sie?«

»Sag ich Ihnen gleich. Also?«

Karin überlegte kurz. »Es ging fast immer um die Erbschaftsgeschichte, soweit ich mich erinnere. Beim letzten Gespräch stellte mir Friedhelm Sonntag neue Informationen in Aussicht, die uns möglicherweise entscheidend weitergebracht hätten.«

Wolf spuckte einen Tabakkrümel aus dem Fenster, dann sah er Karin einen Moment lang prüfend an. Stand sie noch unter Schock, oder würde sie das, was er ihr zu sagen hatte, schadlos verkraften? Ja, sie würde, entschied er und nickte ihr zu.

»Die Feuerwehr hat in dem Twingo eine Wanze entdeckt. Sie wissen …«

»Ich weiß sehr wohl, was eine Wanze ist, Herr Wolf.«

»Entschuldigung, ich wollte Ihnen nicht zu nahe treten. Wie lange fahren Sie eigentlich den Wagen schon?«

»Lange genug«, antwortete Karin und vergrub das Gesicht in den Händen.

Wolf startete den Wagen und schlug den Weg Richtung Überlingen ein. Dort brachte er Karin Winter zu einem Orthopäden, ihr Fuß musste untersucht und vermutlich geröntgt werden. Als er hörte, dass die Prozedur voraussichtlich nur eine halbe Stunde dauern würde, entschloss er sich, auf sie zu warten. Danach wollte er mit ihr zur Polizeidirektion fahren, um die Vorgänge im Wald bei Hödingen minutiös zu protokollieren. Wenn alles klappte, konnten sie wie geplant um eins mit der Lagebesprechung beginnen.

Wolf war über den glimpflichen Ausgang des Anschlags über alle Maßen erleichtert. Allzu leicht hätte die Sache mit einer weiteren Toten enden können. Dumm nur, dass ihnen der Täter durch die Lappen gegangen war. Zwar hatte er noch auf der Rückfahrt eine Ringfahndung veranlasst, doch rechnete er sich keine großen Chancen aus, dafür schienen die Täter einfach zu gewieft.

Der Name Bretschwiler fiel ihm ein. Hatte er da nicht recherchieren wollen? Stimmt! Doch er konnte sich schließlich nicht zerreißen, und aufgeschoben hieß nicht aufgehoben.

***

Natürlich hatte die Untersuchung länger gedauert als angekündigt. Wolf, der den Betrieb in orthopädischen Praxen kannte, war von vornherein skeptisch gewesen. Als er in Begleitung der leidlich wiederhergestellten Karin Winter in der Polizeidirektion eintraf, stand die Normaluhr in der Halle bereits auf kurz vor eins.

Noch vom Auto aus hatte er Jo angerufen und sie gebeten, in der Kantine eine Platte mit belegten Brötchen zu besorgen – auf seine Kosten, wie er betonte. Er wusste, wenn er nicht bald etwas zwischen die Zähne bekam, war der Rest des Tages für ihn gelaufen. Und Karin Winter würde ein Happen auch nicht schaden.

So kam es, dass sie Schlag eins um Wolfs Konferenztisch saßen und kräftig zulangten – alle außer Vögelein, der steif und fest behauptete, aufgrund funktioneller Beschwerden mit trockenen Vollkornkeksen vorliebnehmen zu müssen. Selbst Karin Winter zeigte großen Appetit, was Wolf ausdrücklich als »guten Weg zur Wiederherstellung einer ausgeglichenen physischen Verfassung« lobte.

»Jetzt aber raus mit der Sprache, Herr Wolf«, konnte Karin schließlich nicht mehr an sich halten: »Woher wussten Sie, dass ich in der Klemme war? Und kommen Sie mir ja nicht mit so albernen Ausflüchten wie ›Gefühl‹ oder ›Erfahrung‹.«

Wolf wischte sich lächelnd mit einer Papierserviette über den Mund. »Nun, die Wahrheit klingt manchmal nicht weniger albern. Um es rundheraus zu sagen: Ich habe einen anonymen Anruf bekommen.«

»Einen anonymen Anruf? Das müssen Sie näher erklären.«

»Da gibt's nicht viel zu erklären, Madame. Ich bin von der Feuerwehr zu einem Fahrzeugbrand auf dem Hödinger Wanderparkplatz gerufen worden.«

»Der Twingo«, nickte sie. »Weiter.«

»Na ja, die Täter haben sich wenig Mühe gegeben, die Ursache des Brandes zu vertuschen. Sie müssen sich ihrer Sache sehr sicher gewesen sein. Wir vermuten, dass sie mit dem Brand die Abhöreinrichtung vernichten wollten. Aber die Feuerwehr war schnell genug vor Ort, um das zu verhindern. Irgendwie müssen Sie den Kerlen verdammt nahe gekommen sein, Frau Winter. So nahe, dass man Sie ein für allemal mundtot machen wollte.«

Karin Winter, die gespannt an seinen Lippen gehangen hatte, legte bei seinen letzten Worten ihr halb aufgegessenes Brötchen auf die Platte zurück. Wolfs Schilderung schien ihr den Appetit verschlagen zu haben. Sie biss sich nachdenklich auf ihre Unterlippe.

»Heiliger Strohsack. Diese Leute machen wirklich keine halben Sachen.« Jo war echt verblüfft.

»Zurück zu dem anonymen Anruf«, bohrte Karin Winter nach. »Wer hat Sie angerufen, und was hat er gesagt?«

»Es war ein Mann. Viel hat er nicht gesagt, nur: ›Sie müssen Frau Winter zu Hilfe kommen. Fahren Sie umgehend zum Startplatz der Drachenflieger‹. Das war alles. Ehe ich ihn nach seinem Namen fragen konnte, hatte er aufgelegt.«

»Und Sie haben die Stimme dieses ›Schutzengels‹ nicht gekannt, Chef?«, wollte Vögelein wissen.

»Nein. Aber der Mann brachte die Warnung so eindringlich vor, dass ich keine Sekunde an ihrer Richtigkeit gezweifelt habe. Außerdem wussten wir ja bereits, dass Frau Winter in der Nähe und vermutlich in höchstem Maße gefährdet war.«

Nervös lief Karin zwischen Tisch und Fenster hin und her. »Jetzt hätte ich gerne einen Schnaps, falls Sie so was haben.«

»Bedaure. Mein Pastis ist alle. Darf's noch ein Kaffee sein oder ein Wasser?«

»Dann ein Wasser bitte.«

Während Jo das Gewünschte holte, fuhr Wolf fort: »Wie wär's, wenn Sie uns jetzt erzählen würden, was genau dort oben im Wald eigentlich passiert ist.«

Karin nickte. Nach einem kurzen Räuspern begann sie, die Ereignisse in aller Ausführlichkeit zu schildern. Jo, von Wolf zum Mitschreiben aufgefordert, musste mehrfach um eine kurze Pause bitten, so hastig sprudelten die Sätze aus ihr heraus.

Als Karin ihren Widersacher beschrieb, hakte Wolf nach: »Sind Sie ganz sicher, dass es sich bei dem Verfolger um einen der beiden Männer handelte, deren Phantombilder Sie im ›Seekurier‹ abgedruckt haben?«

»Absolut sicher. Diese Visage würde ich auf eine halbe Meile Entfernung wiedererkennen.«

Vögelein, der nicht zurückstehen wollte, klinkte sich ein. »Als Sie mich aus dem Wagen schmissen, Chef, bin ich, wie ausgemacht, den Weg in Richtung Startrampe entlanggerannt, bis ich irgendwann im Gebüsch eine schemenhafte Gestalt entdeckte … nein, eigentlich waren es zwei Gestalten, die miteinander rangen. Dann kam auch schon Ihre Aufforderung an den Täter, sich zu ergeben. Gleich danach rannte ein Mann weg. Ich habe ihn aufgefordert stehenzubleiben, aber er hat nicht reagiert, also habe ich einen Warnschuss abgegeben, doch der Kerl war bereits im dichten Unterholz verschwunden. Danach schien es mir wichtig, erst mal nach Frau Winter zu sehen …«

»Gut gemacht, Hanno«, wurde er von Wolf unterbrochen, der fürchtete, dass Vögelein sich zu sehr in Details verlieren würde.

Plötzlich schlug sich Karin Winter mit der Hand an die Stirn.

»Ach du lieber Himmel, mein Termin ... ich hab meinen Termin verschwitzt.«

»Welchen Termin?«

»Ich sollte um eins im Mokkas sein.«

Jo prustete unvermittelt los. »Ich werd verrückt! *Sie* waren also mit dem Notar verabredet?«, sagte sie und hielt sich den Bauch vor Lachen.

Karin hob fragend die Augenbrauen. »Wieso? Was wissen Sie davon?«

Mit einem Seitenblick auf Wolf erläuterte Jo: »Ich sollte mich doch um die Nachlassregelung der gestern Verstorbenen, einer gewissen Frau von Hardenberg, kümmern ...«

»Moment noch, nicht so hastig«, ging Wolf mit erhobener Hand dazwischen. »Liegt denn das Ergebnis der rechtsmedizinischen Untersuchung schon vor?«

»Aber ja. Akute Arsenvergiftung. Wieder einmal.« Keiner der Anwesenden schien überrascht, sodass Jo ohne Zögern fortfuhr: »Ich habe zunächst die Wohnung der alten Dame aufgesucht, sie hatte sich in einem noblen Seniorenheim im Überlinger Westen einquartiert. Durch gutes Zureden konnte ich die Heimleiterin dazu bringen, dass sie mich auch ohne Durchsuchungsbeschluss einließ. In einem Schrank bin ich auf einen Ordner gestoßen, in dem ein Schriftwechsel mit Friedhelm Sonntag abgelegt war. Dabei ging es offensichtlich um die Nachlassregelung im Falle ihres Ablebens. Also bin ich zur Kanzlei dieses Notars gefahren. Die Vorzimmerdame dort erwies sich als ungleich härtere Nuss als die Heimleiterin. Erst eine massive Drohung, Staatsanwaltschaft, Gerichtsbeschluss und so weiter, konnte sie dazu bewegen, mir wenigstens den derzeitigen Aufenthaltsort von Sonntag zu verraten: das Café Mokkas.« Sie grinste Karin an. »Dort hab ich ihn auch angetroffen. Meinte, er sei mit einer Mandantin verabredet gewesen, die habe ihn aber leider versetzt.«

Entschuldigend hob Karin Winter die Schultern und setzte einen bedauernden Blick auf. Jo lachte kichernd und fuhr fort: »Natürlich hat er jegliche Auskunft über den Nachlass der Verstorbenen kategorisch abgelehnt – nur über seine Leiche, meinte er. Oder allenfalls mit einem richterlichen Beschluss.«

Karin, die bei den letzten Sätzen unruhig auf ihrem Stul hin-

und hergerutscht war, stand vorsichtig auf. »Tut mir leid, aber ich muss mal. Bin gleich wieder da.« Schon humpelte sie aus dem Raum.

»Wie kommen wir in dieser Sache nun weiter, Chef? Besorgen Sie eine richterliche Anordnung?«

»Sobald wir hier fertig sind, kümmere ich mich darum. Weiter: Was ist mit Neidling?« Die letzten Worte waren an Vögelein gerichtet.

»Den hab ich vorhin endlich an seinem Schreibtisch angetroffen. Er ist widerspruchslos mit mir zu seiner Wohnung gefahren. Allerdings habe ich weder bei ihm selbst noch in seiner Wohnung oder an seinem Wagen irgendwelche Auffälligkeiten bemerkt.«

»Dein Eindruck?«

»Weiß nicht, der Kerl scheint sauber. Auf alle Fälle ist er gottesfürchtig, in jedem zweiten Satz kommen Worte wie ›Gott der Herr‹ und Ähnliches vor. Als ich ihn nach seinem Alibi für Donnerstag so zwischen sechs und neun Uhr morgens fragte ...«

»Wieso gerade diese Zeit?«, wunderte sich Wolf.

»Da muss nach Auskunft der Rechtsmedizin der alten Dame das Arsen verabreicht worden sein.«

Jo nickte bestätigend.

»Schön zu wissen«, brummte Wolf. »Was war also mit dem Alibi?«

»Raten Sie mal.«

»War er etwa wieder beten?«

»Bravo, der Kandidat hat ein Fahrrad mit Raketenantrieb gewonnen. Und was denken Sie, wer seine Angaben bestätigt hat? Natürlich der Loske, sein Glaubensbruder. Würde mich nicht wundern, wenn die beiden in Kürze heiliggesprochen werden. Jedenfalls hab ich mich nach dem Weggang von Neidling in der Nähe seines Hauses auf die Lauer gelegt. War aber nichts; schon eine Minute später ist er wieder aufgetaucht und schnurstracks zur Arbeit gefahren.«

»Klingt alles so unschuldig, dass es schon wieder verdächtig ist. So sehr kann sich deine Zeugin wohl kaum getäuscht haben ... oder Grasmück, der sich das Kennzeichen ebenfalls gemerkt hatte.«

»Warum nehmen wir seine Wohnung und sein Auto nicht gründlich auseinander?«, fragte Jo. »Ich meine, gerade wenn der

Mann ein Meister der Verkleidung ist, wie wir vermuten, dann müsste sich davon was finden lassen. Und was ist mit seinem Alibi für die Zeit zwischen zehn und zwölf Uhr heute Vormittag?«

»Ja, was ist damit?«, reichte Wolf die Frage an Vögelein weiter.

Der wand sich etwas, ehe er verlegen zugab: »Hab ich versäumt, zu fragen. Sorry, mein Fehler.«

»Dann such ihn nochmal auf, oder noch besser: Bestell ihn in die Direktion ein. Schadet nichts, wenn er sich bedrängt fühlt, im Gegenteil, vielleicht macht er aus Nervosität sogar einen Fehler – immer vorausgesetzt, er ist der, hinter dem wir her sind. Allerdings, eine Hausdurchsuchung, die können wir uns vorläufig abschminken, leider. Kein Richter wird uns dafür einen Beschluss ausstellen, nicht bei der dünnen Verdachtslage. Zum Kotzen ist das! Und wenn wir diesen Bretschwiler nicht auftreiben, dann können wir vollends einpacken.«

Karin, die soeben wieder das Büro betreten und sich umständlich auf ihrem Stuhl niedergelassen hatte, stutzte, als sie Wolf den Namen Bretschwiler aussprechen hörte. »Moment mal – sprechen Sie von Gabriello?«, fragte sie erstaunt.

»Wieso Gabriello? Der Mann, den wir suchen, heißt Gabriel Bretschwiler. Was hat der eine mit dem anderen zu tun?«

»Nun, mein Gabriello *heißt* in Wirklichkeit Gabriel Bretschwiler. Und der Name kommt nicht eben häufig vor, wie Sie zugeben müssen. Im Übrigen muss ich leider sagen: Für Leute wie Sie eine gute Zeitung zu machen heißt echt Perlen vor die Säue zu werfen.« Sie verbiss sich ein Lachen. »Im Ernst, es ist weniger als ein Jahr her, da hat der ›Seekurier‹ einen ganzseitigen Bericht über eine Glaubensgemeinschaft gebracht, auf gut Deutsch: eine Sekte, die hier in Überlingen enormen Zulauf hat. Ihr Gründer und Leiter nennt sich Gabriello, mit bürgerlichem Namen Gabriel Bretschwiler.«

Wolf runzelte die Stirn. Ihm schwante, dass sie diesem Mann schon wesentlich näher gewesen waren, als ihnen bewusst war. »Verraten Sie uns, wie diese Sekte heißt?«

»Wenn ich es recht in Erinnerung habe, nennt Sie sich *Heaven's Gate*.«

Vögeleins Kopf, bisher über seine Notizen gebeugt, fuhr ruckartig hoch. »Sagten Sie eben *Heaven's Gate*?«

»Ja. Diese Glaubensrichtung ist vor ein paar Jahren mit der

Psychowelle aus den USA herübergeschwappt. Verspricht gottgefälligen Anhängern Vergebung ihrer Sünden und ewiges Leben. Wenn Sie mich fragen, so halte ich die Leute für Seelenfänger.« Bei den letzten Worten hatte sie auf die Uhr gesehen. Erschrocken sprang sie auf. »Meine Güte, wo bleibt nur mein Zeitgefühl. Ich muss dringend in die Redaktion.«

Bevor sie den Raum verließ, drehte sie sich noch einmal um: »Ach ja, Herr Wolf, sollten Sie meinen unbekannten Retter noch einmal an der Strippe haben, bestellen Sie ihm meinen tief empfundenen Dank. Ohne ihn wäre ich jetzt wohl in den ewigen Jagdgründen. Also dann, gehaben Sie sich wohl. Und viel Erfolg auch. Wäre schön, wenn Sie mir bald ausführlich davon erzählen würden. Sie wissen schon …«

»Ich weiß, Frau Winter, unsere Abmachung! Keine Angst, Sie bekommen Ihre Informationen.«

Sichtlich zufrieden humpelte sie davon.

Wolf, dem Vögeleins zunehmende Nervosität nicht verborgen geblieben war, ermunterte ihn durch ein Nicken zum Sprechen.

»Der Neidling … ich meine, da, wo der beten geht, also der Neidling und dieser Loske … die sind in dieser Sekte. *Heaven's Gate*! Genau dieser Name ist bei der Vernehmung gefallen.«

»Heiliger Strohsack«, entfuhr es Jo.

»Wenn das ein Zufall ist, Chef, dann fress ich einen Besen«, ereiferte sich Vögelein.

Alle Blicke richteten sich nun auf Wolf, der, die Hände auf dem Rücken verschränkt, nachdenklich zu einem der Fenster gegangen war und endlose Sekunden auf den Parkplatz hinunterstarrte, bis er sich endlich wieder umdrehte.

»Ihr habt recht, da kommt wirklich ein bisschen viel zusammen«, sagte er und überlegte seine Worte genau. »Seit Monaten suchen wir, genauer gesagt: die Augsburger Kollegen, wie die Nadel im Heuhaufen diesen Bretschwiler, einen Mann, der auf dubiose Weise in den Augsburger Arsenraub involviert ist – und dabei sitzt er direkt vor unserer Nase und spielt den Messias. Dann taucht ein gewisser Neidling auf, der auf ebenso dubiose Weise in die Überlinger Serienmorde verwickelt scheint – und wie es das Schicksal will, gehört er Bretschwilers Sekte an. Da fällt es auch mir schwer, an einen Zufall zu glauben.«

»Ich weiß nicht, das klingt mir alles ein bisschen weit hergeholt«, warf Jo zögernd ein.

»Wenn du meinst, dann setz ich sogar noch eins drauf«, fuhr Wolf nach kurzem Nachdenken fort. »Ich ahne nämlich, wo diese Sekte ihren Unterschlupf hat.« An dieser Stelle machte er eine kleine Kunstpause.

»Nun sagen Sie schon, Chef.«

»Wundert mich, dass ihr nicht von selber draufkommt. Natürlich in der Überlinger Altstadt, präziser gesagt: in der Turmgasse.«

»Sie meinen dieses Haus, in das der flüchtige Täter aus der Intensivstation verschwunden ist?«, platzte Vögelein dazwischen.

»Genau. Würde dich *das* überzeugen, Jo? Oder brauchst du noch mehr Beweise?«

Jo wirkte verblüfft. »Klingt im ersten Moment ziemlich abenteuerlich, aber Sie könnten recht haben«, musste sie zugeben.

»Halleluja! Sieht wirklich so aus, als seien wir einer ganz heißen Kiste auf der Spur«, pflichtete Vögelein enthusiastisch bei.

Hoffentlich klopft er sich vor lauter Begeisterung nicht auf die Schenkel, dachte Wolf; wie er Vögelein kannte, hätte das womöglich eine komplizierte Fraktur zur Folge. »Wenn es so ist, sollten wir ganz schnell eine richterliche Anordnung auf Überwachung von Neidlings Telefon beantragen, was meint ihr?«

»Gute Idee, Chef – falls der Richter nicht doch noch ein Haar in der Suppe findet«, stimmte Jo zu.

Wolf erhob sich seufzend. »Dann mach ich mich mal zum Staatsanwalt auf. Hoffentlich können wir den Richter überzeugen. Ich bin in einer guten halben Stunde wieder zurück, dann marschieren wir ab.«

»Wohin soll's gehen?«

»Wohin wohl? Zur Turmgasse, in die Höhle des Löwen.«

9

Wolf hatte sich in seiner Zeiteinschätzung gründlich vertan. Wie hätte er auch ahnen können, dass Staatsanwalt Hirth sich ausgerechnet an diesem Tag so viel Zeit nehmen würde? Dabei hatte alles ganz gut angefangen: Nach ausführlicher Anhörung bekundete Hirth mit Nachdruck seine Bereitschaft, den Antrag zur Überwachung von Neidlings Telefonanschluss beim zuständigen Richter zu stellen.

»Wäre nach Lage der Dinge nicht sogar ein Durchsuchungsbeschluss für die Wohnung des Verdächtigen anzuraten?«, fragte Hirth, einmal in Fahrt gekommen. »Mal sehen, ob wir Richter Settele davon überzeugen können.«

»Settele? Noch nie gehört. Neu am Gericht?«

»Allerdings. Dieterich fällt für mindestens ein Vierteljahr aus, ist bei der Apfelernte von der Leiter gefallen. Splitterbruch im rechten Sprunggelenk, sieht übel aus. Settele übernimmt die Vertretung, aber mir scheint, mit ihm ist nicht gut Kirschen essen. Trotzdem, wir sollten es versuchen.«

Nun rückte Wolf mit seinem anderen Anliegen heraus: »Wie Sie wissen, Herr Dr. Hirth, ist die ominöse Erbschaft der beiden ermordeten Obdachlosen einer der Knackpunkte des Falles.« Er schilderte dem Staatsanwalt detailliert die Fakten, um schließlich die Katze aus dem Sack zu lassen: »Was wir brauchen, um voranzukommen, ist ...«

»Weiß schon, mein lieber Wolf«, unterbrach ihn Hirth, »Sie wollen die entsprechenden Unterlagen bei den Nachlassverwaltern einsehen.« Skeptisch wiegte er den Kopf hin und her. »Würde mich nicht wundern, wenn wir den neuen Mann mit diesem Anliegen überfordern.« Mehrere Minuten detaillierten Nachhakens verstrichen, bis er sich zu einem Entschluss durchgerungen hatte: »Also gut, versuchen wir es.«

Die nachfolgende, nicht enden wollende Plauderei des Staatsanwalts brachte Wolf schließlich vollends aus dem Tritt. Welcher Teufel mochte Dr. Hirth nur geritten haben? Der war doch sonst nicht so redselig. Als es Wolf schließlich zu bunt wurde, brach er die einseitige Unterhaltung kurzerhand ab; er schob einen dringenden Vernehmungstermin vor und drängte zum Aufbruch.

Als Wolf eine Stunde später mit Hirth zusammen das Gerichtsgebäude verließ, war er maßlos enttäuscht. Dieser neue Richter war eine einzige Zumutung! Zwar hatte er sie überraschend herzlich empfangen und die Entschuldigung des Staatsanwalts über den unangemeldeten Besuch mit einer wegwerfenden Handbewegung abgetan. Doch bereits bei der Darlegung des Obdachlosenfalls gab es erste Differenzen. Settele fiel seinen Gesprächspartnern ständig ins Wort. Und als es schließlich ans Eingemachte ging, lehnte er den geforderten Durchsuchungsbeschluss für Neidlings Wohnung rundweg ab. Selbst der Hinweis auf die Schwere der Straftaten blieb wirkungslos. Die Herren könnten sich ihre Belehrungen sparen, meinte er pikiert, er habe nicht die Absicht, sich reinreden zu lassen.

Zu ihrer großen Verwunderung ließ Settele den Antrag auf Telefonüberwachung passieren – allerdings erst, nachdem Wolf damit gedroht hatte, im Falle einer Ablehnung die nach Auffassung der Ermittler zwingend notwendige Abhöraktion ersatzweise auf dem Wege eines »rechtfertigenden Notstandes« durchzuführen.

Hirth wollte sich bereits erheben, als Wolf ansetzte, um sein drittes Anliegen zur Sprache zu bringen. »Da wäre noch ...«, setzte er an, doch Hirth legte ihm seine Hand auf den Arm und bedeutete ihm, zu schweigen.

»Danke, Herr Richter, das war's. Bemühen Sie sich nicht, wir finden alleine raus.«

Wolf hatte sich notgedrungen fügen müssen. Jetzt stapfte er sauer die Treppe hinunter. Man sah ihm seinen Ärger an. Warum, so fragte er sich, hatte sich das Schicksal ausgerechnet Richter Dieterich ausgesucht? Warum holte es nicht einen arroganten Schnösel wie den Settele von der Leiter? Es traf eben immer die Falschen!

»Wieso haben Sie meinen Antrag auf Akteneinsicht abgeblockt? Wir waren uns doch im Vorfeld einig, dass es einen Versuch wert wäre!«

»Weil ich glaube, dass wir bei Settele auf taube Ohren gestoßen wären.« Hirth begründete seinen Eindruck nicht, stattdessen fügte er hinzu: »Keine Sorge, das kann ich auf meine Kappe nehmen. Gleich nach unserer Rückkehr stell ich Ihnen den Wisch aus.«

Wolf war ohnehin spät dran, doch als er im »Aquarium« ankam, lief ihm zu allem Unglück auch noch Sommer über den Weg. Der Kriminalrat allerdings wirkte erleichtert über die unverhoffte Begegnung.

»Leo, gut dass ich dich treffe. Die Journaille schreit Zeder und Mordio. Will wissen, ob an den Gerüchten über eine neue Tote etwas dran ist und vor allem, ob die Arsenmörder, so nennen sie die Täter inzwischen, dahinterstecken. Was soll ich denen sagen? Lange kann ich die Bande nicht mehr im Zaum halten.«

Was blieb Wolf anderes übrig, als das Gespräch in Sommers Büro fortzusetzen. Er machte es kurz. Ja, die Rechtsmedizin hatte den Tod der Frau durch eine akute Arsenvergiftung bestätigt; ja, sie verfolgten gerade eine heiße Spur; ja, die Verdachtsmomente verdichteten sich, mit etwas Glück könnte sich bereits in wenigen Stunden eine Lösung abzeichnen. Sommer solle sich mit seinen Aussagen auf die Obdachlosen beschränken – ohnehin wäre es besser, diesen Teil des Falls nicht mit dem der Witwen zusammen in einen Topf zu werfen.

Sommer blickte skeptisch. Er hörte aus Wolfs Ausführungen vor allem eines heraus: Der Fall war komplizierter, als sie ursprünglich angenommen hatten; von einer Lösung waren sie noch Meilen entfernt. Dennoch oder gerade deswegen musste er zähneknirschend akzeptieren, dass Wolf genau das brauchte, was sie am wenigsten hatten: Zeit.

»Hat Frau Winter den Anschlag schadlos überstanden?«, fragte Sommer, während Wolf bereits wieder der Tür zustrebte.

Mit wenigen Worten informierte Wolf ihn über das Geschehen im Hödinger Wald. Dabei hob er besonders den anonymen Anruf hervor, dem die Rettung der Journalistin zu verdanken war. Zu seiner Verwunderung ging Sommer jedoch nicht näher darauf ein.

Als Wolf fast eine Stunde später als geplant in sein Büro zurückkehrte, atmeten Jo und Vögelein hörbar auf. Wolf überhörte es geflissentlich; Polizisten verbrachten nun mal einen nicht unerheblichen Teil ihrer Dienstzeit mit Warten, das war schon immer so. Was ihm weit mehr zu schaffen machte, war die durch sein Zuspätkommen gänzlich unnötig verzögerte Einvernahme dieses Bretschwiler. Von dessen Aussage hing schließlich Entscheidendes ab. Sollte sich der Verdacht bestätigten, dass er als einer der Apothekenräuber mit den Überlinger Arsenmördern unter einer Decke steckte, möglicherweise sogar als Kopf des Ganzen fungierte – dann wären sie der Lösung des Falles weit näher, als sie es sich noch vor einer Stunde hätten vorstellen können.

***

Der Dienstwagen der Überlinger Kripo preschte die steile Turmgasse hinauf, bog kurz vor ihrem Ende in eine enge Einfahrt ein und kam in dem dahinterliegenden Innenhof gerade noch rechtzeitig zum Stehen, ehe er einen der dort abgestellten Wagen touchierte.

Drei Türen sprangen gleichzeitig auf, und im Stechschritt eilten Wolf, Jo und Vögelein auf die Treppe zu, die zum Eingang des stattlichen, rosenüberwucherten Fachwerkgebäudes hinaufführte. Als Erster erreichte Wolf, immer zwei Stufen auf einmal nehmend, die Eingangstür. Dann standen sie auch schon in dem düsteren, hallenartigen Innenraum.

Wieder schwebten, gregorianischen Chorälen gleich, seltsame Klänge durch den Raum, wieder verbreiteten unzählige Kerzen an den Längswänden ein flackerndes Licht. Ganz im Gegensatz zu ihrem letzten Besuch jedoch war keine Menschenseele zu sehen. Waren die Vögel ausgeflogen?

»Wie kann ich Ihnen helfen?«

Wolf fuhr herum. Wie aus dem Nichts war plötzlich ein Mann hinter ihnen aufgetaucht. Während Wolf seinen Dienstausweis aus einer Jackentasche fischte, taxierte er die vor ihm stehende Gestalt. Mittelgroß und offenbar gut trainiert, die dunklen Haare zu einem Pferdeschwanz zusammengebunden, hielt der Mann die Arme vor der Brust verschränkt und sah sie fragend an. Sein drahtiger Körper wurde von einem schwarzen Leinenanzug umhüllt, der, dem Gewand eines Judokämpfers ähnlich, in der Taille von einem ebenfalls schwarzen Stoffgürtel zusammengehalten wurde. An den Füßen trug er leichte Gymnastikschuhe mit Gummisohlen. Das war wohl auch der Grund, weswegen sie sein Kommen nicht gehört hatten.

»Guten Tag«, sagte Wolf und überlegte krampfhaft, wo er dem Mann schon einmal begegnet war. »Ich bin Hauptkommissar Wolf von der Kripo Überlingen.« Er hielt seinen Ausweis hoch. »Das sind meine Kollegen Louredo und Vögelein. Wir haben im Zuge bestimmter Ermittlungen ein paar Fragen an Herrn Bretschwiler. Geht das?«

Wolf hielt nichts davon, Verdächtige bereits im Vorfeld gegen sich aufzubringen. Nach seiner Erfahrung hätte er sich damit nur selbst geschadet, schließlich war er derjenige, der rasch und ohne große Schwierigkeiten an Informationen gelangen wollte. Sollten sich die Befragten nicht äußern oder erkennbar lügen, konnte er immer noch die Daumenschrauben anziehen. Aus diesem Grund schlug er einen konzilianten Ton an, auch wenn Jo und Vögelein verwundert die Augenbrauen hochzogen – wo er doch selbst die Parole ausgegeben hatte, ab sofort die Samthandschuhe auszuziehen.

Die Antwort des Mannes schien ihm recht zu geben. »Bitte warten Sie hier. Ich werde Herrn Bretschwiler ...« – er betonte den Namen, als hätte er ihn zum ersten Mal gehört – »... über Ihren Besuch unterrichten und ihn fragen.« Damit verschwand er im hinteren Teil des Raumes, von wo aus, im Zwielicht kaum erkennbar, eine Treppe in den Keller und in die Obergeschosse führte.

Bereits wenig später kehrte er zurück. »Der Meister wird für Sie seine Gebete unterbrechen, bitte folgen Sie mir.« Er ging zur Treppe und nach oben, die drei Polizisten in seinem Schlepptau. Nach den ersten Stufen drehte er sich noch einmal zu Wolf um.

»Übrigens ... wir wären Ihnen sehr verbunden, wenn Sie Herrn Bretschwiler ...« – wieder dieses kaum merkliche Zögern – »... also wenn Sie ihn mit ›Meister‹ oder seinem von Gott verliehenen Namen ›Gabriello‹ anreden würden.«

»Welche Funktion haben Sie eigentlich in diesem Hause?«, überging Wolf die Bitte. »Ich meine, alle anderen Bewohner scheinen Weiß zu tragen, während Sie ...« Er ließ den Satz unvollendet, stattdessen musterte er ihren Begleiter von Kopf bis Fuß.

»... während ich als Einziger in Schwarz gehe, wollten Sie sagen? Ihre Frage ist berechtigt. Der Grund ist, dass ich für die Sicherheit auf dem Gelände der Kirche zuständig bin.«

»Kirche?«, fragte Jo bewusst provokant.

»Ganz recht. *Heaven's Gate*, wie sich unsere Gemeinschaft nennt, ist eine Kirche im Geiste des Herrn – eine der wenigen übrigens, die sich mit Fug und Recht so nennen darf. Aber das kann Ihnen der Meister besser erklären. So, hier sind wir, bitte treten Sie ein.«

Sie hatten den oberen Treppenabsatz erreicht. Der »schwarze Sheriff«, wie Wolf den Mann insgeheim nannte, führte sie in einen etwa vier mal vier Meter großen, fensterlosen Raum, der von einigen Kerzen mehr recht als schlecht beleuchtet wurde. Die Einrichtung konnte man, gelinde gesagt, als spartanisch bezeichnen. Ein länglicher, aus dunklem Holz geschnitzter und mit einer Polsterauflage versehener Schemel nahm die Raummitte ein. Er stand auf einem Teppich, der nahezu die gesamte Bodenfläche bedeckte und den Wolf, der sich in früheren Jahren ein wenig mit Teppichen beschäftigt hatte, für einen handgeknüpften Gabbeh hielt.

Mehr gab es nicht zu sehen – sah man einmal von der stattlichen, weiß gekleideten Männergestalt ab, die, den Kopf gesenkt und die Augen geschlossen, scheinbar völlig entrückt auf dem Schemel kniete. Wie eine Monstranz reckte der Mann ein gut handgroßes silbernes Kreuz in die Höhe, in das einige merkwürdige Symbole eingraviert waren und das er, von rhythmischen Verbeugungen begleitet, immer wieder an die Lippen führte, um einen Kuss daraufzuhauchen.

In dem kleinen Raum herrschte völlige Stille.

Wolf, dem das Brimborium bereits jetzt auf den Wecker ging, kam nicht umhin, den *Heaven's-Gate*-Leuten einen ausgeprägten Minimalismus zu attestieren – in Verbindung mit einer Schwäche für die Farbe Weiß.

Nach ihrem Eintritt ließ der »Meister« noch eine halbe Minute verstreichen, ehe er geruhte, die Besucher wahrzunehmen. Mehrfach war Wolf nahe daran, ihn mit groben Worten in die Wirklichkeit zurückzuholen.

Endlich nahm der Mann das Kreuz herunter. Wenig später öffnete er die Augen und richtete sich auf.

»Die Herrschaften von der Polizei«, sagte der Schwarzgewandete und übergab sie in die Obhut des »Meisters«. Wolf ahnte den Grund seines überstürzten Rückzugs. Ihm war sicher nicht entgangen, dass Jo zurückgeblieben war und mit offenen Augen durch den Vorraum spazierte, mal dies, mal jenes kritisch in Augenschein nehmend.

Derweil hatte es der »Meister« in die Senkrechte geschafft. Wie segnend hob er die Arme, ehe er Wolf und Vögelein ins Auge fasste. »Gott mit Ihnen. Sie haben Fragen, wie mir Mirko sagte. Mit des Herrn Hilfe werde ich sie zu beantworten suchen.«

Wolf erkannte in seinem Gegenüber den weißhaarigen Sektenchef in dem makellos weißen Anzug, dem sie bei ihrem ersten Besuch hier begegnet waren. Er hatte die Szene noch lebhaft vor Augen: Inmitten einer Horde aufgebrachter Glaubensanhänger hatte der Mann sie in dem Versammlungsraum im Erdgeschoss empfangen und steif und fest behauptet, in den letzten Minuten habe niemand das Haus betreten. Der Glaubenseifer, mit dem er und seine Anhänger ihre Behauptung vorbrachten, hatte ihnen fürs Erste weitere Unannehmlichkeiten erspart, zumal eine flüchtige Überprüfung der Räume ergebnislos verlaufen war.

Wolf zwang sich, die zurückliegenden Ereignisse vorläufig auszublenden und sich auf den Grund ihres Hierseins zu konzentrieren. »Sie sind Herr Bretschwiler, Gabriel Bretschwiler, ist das richtig?«, eröffnete er die Befragung.

»Das ist mein weltlicher Name, ja.«

»Ich nehme an, Sie können sich ausweisen?«

»Natürlich. Aber wollen Sie mir nicht sagen, warum Sie gekommen sind?«

»Wir ermitteln, rein routinemäßig, wegen eines Gesetzesverstoßes, der sich am 13. Mai dieses Jahres ereignet hat. Dabei sind wir auf Ihren Namen gestoßen. Sie sind uns ganz schnell wieder los, sobald wir Ihre Identität geprüft und von Ihnen erfahren haben, wo Sie sich am Vormittag des 13. Mai aufgehalten haben.«

Mit unbewegtem Gesicht griff Bretschwiler in die Gesäßtasche seiner mustergültig gebügelten Hose und zog daraus ein Mäppchen hervor, dem er eine scheckkartengroße, laminierte Identifikationskarte entnahm und sie an Wolf weiterreichte.

»Sie stammen aus Zürich?«, stellte Wolf fest, nachdem er den Ausweis eingehend studiert hatte.

»Geboren und aufgewachsen bin ich in Freiburg, um genau zu sein. Später hat meine Familie ihren Wirkungskreis in die Schweiz verlegt.«

»Und seitdem sind Sie Schweizer Staatsbürger und leben in Zürich?«

»Ja. Bis mich meine Mission vor einem halben Jahr an den Bodensee führte.«

»Gut.« Er reichte Bretschwiler den Ausweis zurück. »Also: Wo waren Sie am Vormittag des 13. Mai?«

»Ich bitte Sie, darauf erwarten Sie hoffentlich keine spontane Antwort. Gott der Herr hat mir zwar ein gut funktionierendes Gedächtnis geschenkt, aber der Tag, nach dem Sie fragen, liegt über drei Monate zurück, wie soll ich das auf Anhieb wissen? Da muss ich nachsehen. Bitte folgen Sie mir in unser Büro.«

Mit gemessenen Schritten, die Hände wie betend aneinandergelegt, verließ er den Andachtsraum. Wolf und Vögelein folgten ihm. Als er im Gang Jo und den Schwarzgekleideten erblickte, schien Bretschwiler kurz zu stutzen.

»Würdest du uns bitte folgen, Mirko?«, bat er gleich darauf. »Die Herrschaften sind an meinem Alibi interessiert.« Geflissentlich ignorierte er den fragenden Gesichtsausdruck seines Glaubensbruders und ging weiter.

Sie passierten einen weiteren Raum, wie die anderen weiß gestrichen und eingerichtet. Flüchtig nahm Wolf eine Gruppe von sieben oder acht Gestalten in weißen Umhängen wahr, Frauen zumeist, die um einen runden Tisch saßen und den Worten eines Predigers lauschten.

Endlich erreichten sie das Büro. Während Mirko die Tür hinter sich schloss, steuerte Bretschwiler einen Schreibtisch an, der mit Stapeln von Büchern, Zeitschriften und Ordnern sowie zahlreichen Notizzetteln und Zeitungsausschnitten geradezu überladen war. Eine Mineralwasserflasche mit einem Glas sowie diverse Schreibutensilien vervollständigten das Durcheinander. Auffallend war das Fehlen eines Computers. Von den Errungenschaften des elektronischen Zeitalters scheint der Sektenchef nicht allzu viel zu halten, dachte Wolf.

Zielsicher griff Bretschwiler nach einem obenauf liegenden Buch mit weißem Ledereinband. Es stellte sich als Terminkalender heraus. Nach kurzem Blättern hatte er den gesuchten Tag gefunden

»13. Mai, sagten Sie. Das war der Dienstag nach Pfingsten, richtig? Ja, jetzt hab ich's wieder im Kopf. Hier, sehen Sie selbst.« Er hielt Wolf das aufgeschlagene Buch hin. ›H.G. Treffen Dornbirn, 9.00 Begrüßung, 9.15 Licht-Ritus, 10.00–12.00 Exerzitien‹, stand da. Während Wolf den krakelig hingeworfenen Eintrag studierte, nahm Bretschwiler einen Schluck aus dem Wasserglas.

»Können Sie das näher erklären? Ich nehme an, H.G. heißt *Heaven's Gate*?«, fragte Wolf.

»So ist es. Ansonsten gibt es nicht viel zu erklären. An diesem Tag waren wir mit unseren Vorarlberger Glaubensbrüdern in Dornbirn zusammen. Dazu hatten wir einen kleinen Saal angemietet, darüber gibt es Unterlagen. Ich habe das Treffen von Beginn an geleitet. Wenn ich mich recht erinnere, ging es bis vierzehn Uhr, danach haben wir die Rückreise angetreten. Reicht Ihnen das?«

»Wer ist wir?«

»Meine Glaubensbrüder und -schwestern von der Seezelle.«

»Seezelle?«

»So nennen wir unsere Überlinger Glaubensgemeinschaft.«

»Demnach gibt es mehrere Zeugen, die Ihren Aufenthalt in Dornbirn, sagen wir von neun Uhr bis vierzehn Uhr, bestätigen können. Ist das so?«

»Gott, der Herr, ist mein Zeuge. Und natürlich die Glaubensbrüder und -schwestern, die bei uns waren, da haben Sie recht.«

»Dann hätten wir gerne eine Liste mit den Namen der Personen, die Sie nach Dornbirn begleitet haben«, meldete sich nun erstmals Vögelein zu Wort.

Überrascht wechselte Bretschwilers Blick von Wolf zu Vögelein. Als Wolf nickte, gab Bretschwiler Mirko einen Wink. Der kramte daraufhin ein Blatt Papier aus einem Fach, schnappte sich einen Kugelschreiber und begann zu schreiben. Mehrere Minuten lang herrschte Stille. Endlich übergab Mirko das Blatt an Bretschwiler. Der prüfte die Liste und setzte noch zwei weitere Namen hinzu, ehe er sie an Wolf weiterreichte. Während Wolf las, trank Bretschwiler erneut von seinem Wasser und betrachtete die Angelegenheit offenbar als erledigt.

»Danke, meine Herren«, nickte Wolf. »Wie gesagt, eine reine Routineuntersuchung. Dazu sind wir verpflichtet, wenn wir bei Ermittlungen auf uns unbekannte Namen stoßen.«

Während Jo und Vögelein sich bereits in Richtung Tür bewegten, fiel Wolf noch eine allerletzte Frage ein. Als müsse er dafür die Hände frei haben, legte er die Liste auf dem Schreibtisch ab. »Stimmt es eigentlich, dass die Mitglieder Ihrer Glaubensgemeinschaft einen Sündenablass und das ewige Leben erhalten?«

Bin mal gespannt, wie der weißhaarige Fuchs sich aus der Affäre zieht, dachte Wolf bei sich und schob sein Barett etwas zurück. Auch Jo und Vögelein verharrten auf der Schwelle. Nur Bretschwiler blieb die Ruhe selbst. Diplomatisch erwiderte er: »Sie sollten zu unserem nächsten Erleuchtungsabend kommen. Ich lade Sie herzlich dazu ein. Übermorgen, hier, um achtzehn Uhr.« Noch einmal hielt er segnend die Arme über Wolf. »Und nun: Der Herr sei mit Ihnen.«

Wolf wechselte einen schnellen Blick mit Jo und Vögelein. Eins zu null für den »Meister«. Wortgewandt war er, das musste der Neid ihm lassen. Und nervenstark dazu.

Sie verließen das Büro und schlugen denselben Weg ein, den sie gekommen waren. Nach einigen Schritten griff sich Wolf unvermittelt an den Kopf. »Die Liste! Ich hab die Liste vergessen«, rief er scheinbar betreten, und noch ehe Mirko oder Bretschwiler reagieren konnten, rannte er zu dem Büro zurück. Sekunden später holte er die anderen an der Treppe wieder ein.

»Sie brauchen sich nicht zu bemühen«, winkte Wolf ab, als die beiden Sektenmänner Anstalten machten, mit nach unten zu kommen. »Wir finden alleine raus, danke. Falls es noch Fragen gibt, melden wir uns.«

»Was war das denn?«, motzte Vögelein, als Jo den Dienstwagen rückwärts aus dem Innenhof steuerte. »Das nennen Sie also ›die Samthandschuhe ausziehen‹?« Aufgebracht förderte er eine kleine Schachtel zutage, aus der er zwei runde, hellblaue Pillen fieselte, die er sich zwischen die Lippen schob.

»Hanno hat recht«, pflichtete ihm Jo bei. »Wir hätten genügend Munition gehabt, um die beiden Typen in die Enge zu treiben. Zumindest hätten wir nicht so schnell klein beigeben dürfen.«

»Ihr seid wie junge Hunde, wollt gleich mit dem Kopf durch die Wand. Bretschwilers Alibi war über jeden Zweifel erhaben, das war der springende Punkt. Das heißt aber noch lange nicht, dass wir mit leeren Händen abziehen. Hier zum Beispiel – ist das etwa nichts?«

Mit diesen Worten griff Wolf in seine Jackentasche und zog einen Plastikbeutel mit einem Gegenstand darin heraus.

»Bretschwilers Trinkglas«, sagte er lapidar. »Wenn mich nicht alles täuscht, strotzt es nur so vor Fingerabdrücken. Allerdings habe ich das dumpfe Gefühl, dass den Kollegen in Augsburg kein Pendant dazu vorliegt. Trotzdem: Seine Abdrücke könnten hilfreich sein, und sei es nur, um ihn als Mittäter auszuschließen.«

»Also war die angeblich vergessene Liste bewusst inszeniert«, kicherte Jo hinter dem Steuer. »Pfui, Chef, wie hinterhältig.«

»Warum fällt mir so was nicht ein?«, brummte Vögelein.

Noch einmal griff Wolf in seine Jackentasche. »Sobald wir zurück sind, marschiert Jo in der Nachlasssache zu diesem Notar Sonntag. Der richterliche Beschluss, der ihn von seinem Amtsgeheimnis entbindet, liegt im Handschuhfach. Und du, Hanno, machst Folgendes.« Er reichte Vögelein das Blatt, das er soeben aus seiner Tasche gezogen hatte. »Du schickst dieses Bild hier per Fax an unsere Augsburger Kollegen. Ich will wissen, ob der darauf abgebildete Mann an dem Arsenraub in der Apotheke beteiligt war … Pass doch auf, Mädchen!«

Die letzten, hastig hervorgestoßenen Worte galten Jo, die in dem vergeblichen Bemühen, einen Blick auf das Bild zu erhaschen, beinahe das Steuer verrissen hätte.

»Wo haben Sie denn das her?«, staunte Vögelein.

»Und ihr, wo habt ihr bloß eure Augen? Davon lag ein ganzer Stapel neben dem Ausgang. Offenbar ein Flyer, mit dem die Sekte neue Mitglieder wirbt. Den Text kannst du vergessen, aber das Bild ist echt gut. Es zeigt den großen Meister in seiner ganzen eindrucksvollen Schönheit.«

»Der Meister, der seinen Schäfchen ihre Sünden vergibt und ihnen das ewige Leben schenkt – wo bekommt man das heute noch?«, nickte Jo.

»Ist euch sonst noch was aufgefallen?«, fragte Wolf.

Ratlos blickten sich Jo und Vögelein an. »Was meinen Sie?«, fragte Jo schließlich.

»Ich sage nur: das Kreuz.«

»Sie meinen das Kreuz, mit dem Bretschwiler seinen Hokuspokus veranstaltet?«

»Genau.«

Abermals wechselten Jo und Vögelein einen Blick.

»Nun spucken Sie's schon aus.«

»Bretschwilers Kreuz gleicht aufs Haar dem Amulett, das wir vor einigen Tagen in der Bootshalle sichergestellt haben.«

Hanno Vögelein bekam große Augen. »Moment mal, gab es dort nicht auch einen Mirko? Dieser redefaule Platzwart, Sie erinnern sich, Chef?«

Nun war es an Wolf, sich mit der flachen Hand an die Stirn zu schlagen. »Klar doch, daher kenn ich den Kerl. Beim letzten Mal hatte er 'ne Mütze auf, deshalb bin ich nicht gleich draufgekommen. Gut aufgepasst, Hanno. Vielleicht sind wir ja doch auf der richtigen Fährte?«

***

Der unscheinbare dunkelblaue Toyota preschte auf der autobahngleichen B 31 in Richtung Überlingen. Am Rastplatz Nellenburg, unterhalb der gleichnamigen Burgruine und halbwegs zwischen dem Kreuz Hegau und Überlingen, drosselte er das Tempo. Entschlossen setzte er den Blinker und steuerte den Rastplatz an.

Nachdem der Rothaarige die Reihen der abgestellten Pkws und Trucks suchend abgefahren hatte, hielt er kurz an. Ganz offensichtlich war das Fahrzeug, nach dem er Ausschau gehalten hatte, noch nicht da. Nun hieß es warten. Nach kurzem Überlegen fuhr er in eine Lücke zwischen zwei Brummis; hier würde man ihn nicht so leicht sehen, falls zufällig ein Bekannter aufkreuzen sollte.

Endlose Minuten verstrichen. Immer unruhiger trommelten seine Finger auf das Lenkrad, das Warten ging ihm an die Nerven. Nur gut, dass sie es bald hinter sich hatten. Kaum hatte ihn dieser Gedanke etwas beruhigt, tauchte in der Einfahrt ein dunkelgrauer Audi auf. Langsam passierte er die parkenden Fahrzeuge. Als der Fahrer den Toyota entdeckte, stellte er sich unmittelbar dahinter und stieg aus.

»Wo bleibst du denn, verdammt noch mal«, explodierte der

Rothaarige, kaum dass der Igelmann neben ihm Platz genommen hatte.

»Sag mir lieber, was los ist«, verlangte dieser ungerührt.

Statt einer Antwort startete der Rothaarige den Motor und fuhr vorsichtig aus der Parklücke heraus, dabei misstrauische Blicke auf seine Umgebung werfend. Sekunden später erreichte er die Bundesstraße, in zügigem Tempo fuhr er auf Überlingen zu.

»Was los ist, fragst du? Der Teufel ist los! Vergessen wir mal die Tatsache, dass wir seit zwei, drei Tagen einen Schnüffler in unseren Reihen haben – weiß der Geier, wer uns diese Laus in den Pelz gesetzt hat. Ich will auch nicht näher auf deinen gründlich schiefgegangenen Plan eingehen, der Frau im Hödinger Wald den Garaus zu machen. Im Verhältnis zu unseren wirklichen Problemen ist das alles Pipifax.«

»Von welchen Problemen redest du, verdammt noch mal?«

Der Rothaarige wurde plötzlich laut. »Ich rede davon, dass dir jemand während der ganzen gottverdammten Hatz auf diese Winter gefolgt sein muss, ohne dass es dir aufgefallen ist – oder denkst du, der liebe Gott hat diesen Wolf auf den Plan gerufen? Ich rede davon, dass sich seit zwei Tagen die Kripo für dich interessiert. Und ich rede davon, dass dieser Wolf vor kaum einer Stunde bei Gabriello war und ihm äußerst unangenehme Fragen gestellt hat.«

»Was, die waren bei Gabriello?«, fuhr der Igelmann erschrocken auf. Verflogen war sein provokant zur Schau getragener Gleichmut. »Was wollten sie von ihm?«

»Frag mich was Leichteres«, erwiderte der Rothaarige und knirschte mit den Zähnen. »Eines steht jedenfalls fest: Die Einschläge kommen immer näher.«

»Ja, aber … was sollte die Bullen auf unsere Spur geführt haben? Dafür agieren wir viel zu vorsichtig.«

Argwöhnisch sah der Rothaarige zu ihm rüber. »Das musst ausgerechnet du sagen! Jeder Coup hinterlässt Spuren«, dozierte er, »manchmal mehr, manchmal weniger, da kannst du noch so umsichtig agieren. Es gibt nun mal kein perfektes Verbrechen. Die Bullen sind irgendwie auf den Apothekenüberfall gekommen und bringen Gabriello damit in Verbindung. Mehr weiß ich leider auch nicht.«

»Ich hab gleich gesagt, dass ich es hirnrissig finde, den Coup mit einem Rezept von Gabriello durchzuziehen.«

»Ach ja? Wir haben aber ein Rezept gebraucht. Hättest ja eines von dir zur Verfügung stellen können!«

»Du weißt genau, dass das auf die Schnelle nicht ging …«

»Dann halt gefälligst die Klappe.«

Während der Igelmann beleidigt durch das Frontfenster starrte, schlich sich über das Gesicht des Rothaarigen ein verschlagenes Lächeln. Doch so schnell, wie es gekommen war, verschwand es wieder. Er wendete bei der Ausfahrt Überlingen, um anschließend dieselbe Strecke wieder zurückzufahren. Heikle Gespräche führte er oft beim Autofahren – seiner Erfahrung nach die beste Methode, um unerwünschte Augen- und Ohrenzeugen auszuschließen.

»Tut mir leid, dass das mit der Winter in die Hosen gegangen ist«, räumte der Igelmann zerknirscht ein. »Das nächste Mal …«

»Es gibt kein nächstes Mal«, fuhr ihm der Rothaarige ins Wort, »die wichtigen Jobs mache ich in Zukunft selbst.« Und nach kurzem Überlegen fügte er hinzu: »Aber wer weiß, vielleicht hatte ja alles auch sein Gutes.«

»Was meinst du?«

»Na, was schon? Wenn wir der Winter das Schnüffeln schon nicht austreiben können, sollten wir wenigstens von ihrem Wissen profitieren.«

»Sie wird uns die Ergebnisse ihrer Recherchen wohl kaum zur Verfügung stellen.«

Erneut warf der Rothaarige einen prüfenden Blick auf seinen Beifahrer. »Wird sie doch. Sie kriegt es nur nicht mit. Wir zapfen nämlich Ihre E-Mails an.«

»Wie willst du das anstellen?«

»Wozu haben wir unsere beste Spürnase im ›Seekurier‹ platziert?«, gab der Rothaarige zurück.

»Wie … du willst deine Tussi einspannen?«

»Du sollst sie nicht immer Tussi nennen, verdammt noch mal. Was spricht dagegen? Sie ist am nächsten an der Winter dran. Und was noch wichtiger ist: Sie hat Zugang zum Zentralrechner des Verlages. Außerdem müssen wir unsere Pläne ändern – jetzt und freiwillig, ehe uns die Ereignisse dazu zwingen.«

»Übertreibst du da nicht ein bisschen?«, gab der Igelmann aufgebracht zurück.

»Keineswegs. Unsere Haupteinnahmequelle ist praktisch jetzt schon versiegt …«

»Moment mal – heißt das, du willst das Erbe der von Hardenberg ausschlagen?«

»Sollen wir wegen läppischer dreihundert Mille unseren großen Coup gefährden? Das kann nicht dein Ernst sein, nicht mit mir. Es war abgesprochen, dass wir uns über die Vermögen der Alten das nötige Startkapital beschaffen. Ist bis jetzt auch ganz gut gelungen, aber leider haben sich die Verhältnisse inzwischen geändert, also müssen wir auch unsere Pläne ändern. Wohlgemerkt: unsere Pläne, nicht unser Ziel. Wenn du allerdings den Hals nicht voll kriegen kannst – bitte sehr, treten wir das Erbe eben an. Aber danach werden die Konten geräumt und dann ab durch die Mitte. Zum großen Finale stehe ich in dem Fall nämlich nicht mehr zur Verfügung, mir wird die Kiste langsam zu heiß. Schade nur um das hübsche Päckchen mit dem weißen Pulver …«

»Okay, okay, hab schon verstanden«, versuchte der Igelmann gut Wetter zu machen. »Im Grunde hast du recht. Wär ja bescheuert, so kurz vor dem Ziel aufzugeben. Lassen wir eben die dreihundert Mille sausen und kommen gleich zum großen Finale. War ja ohnehin alles nur ein Vorspiel.«

»Siehst du, so gefällst du mir schon besser.«

Inzwischen hatten sie wieder den Rastplatz Nellenburg erreicht. Schon machte der Igelmann Anstalten, auszusteigen, als ihm noch etwas einfiel: »Ach ja, dieser Typ, der mir im Hödinger Wald gefolgt ist: Was passiert mit dem?«

»Erst mal müssen wir rauskriegen, wer dahintersteckt und welche Pläne er verfolgt«, antwortete der Rothaarige ausweichend.

»Und dann?«

»Frag nicht so blöd. Wir müssen den Mann ausschalten, er weiß zu viel. Oder siehst du einen anderen Weg, uns der Gefahr einer vorzeitigen Entdeckung zu entledigen? Ich nicht. Im Gegenteil: Dieser Kerl wird mir immer unheimlicher. Ich hab da auch schon einen Plan. Lass mich nur machen.«

***

»Friedhelm Sonntag, Notar und Anwalt« verkündete das Schild am Eingang zur Kanzlei. Jo klopfte kurz an, ehe sie das Vorzimmer betrat. Die Angestellte an der Anmeldung brauchte einen Moment, um sie wiederzuerkennen. »Warten Sie ... sind Sie nicht die Kommissarin von der Kripo? Ich hoffe, Sie haben diesmal einen Termin bei Herrn Sonntag.«

»Leider nein, aber lassen Sie sich dadurch nicht davon abhalten, mich anzumelden. Er wird mich schnell wieder los sein, das verspreche ich Ihnen. Ich habe lediglich eine kurze Frage, die er im Übrigen bereits kennt. Am Besten zeigen sie ihm das hier, es wird seine Bereitschaft, mich zu empfangen, sicher erhöhen.« Jo händigte der Angestellten den Beschluss zur Akteneinsicht aus.

Stirnrunzelnd überflog die Frau das Schreiben. Mit einer Handbewegung wies sie auf einen Stuhl, ehe sie in das angrenzende Büro entschwand. Jo hatte noch nicht richtig Platz genommen, da stand sie bereits wieder unter der Tür. »Bitte sehr«, sagte sie und ließ Jo passieren.

Im Café Mokkas hatte der Notar Jo höflich, aber bestimmt abgefertigt. Heute sah die Sache etwas anders aus: Mit der Anordnung der Staatsanwaltschaft im Rücken würde ihm gar nichts anderes übrig bleiben, als ihr Einsicht in die Nachlassregelung zu gewähren und alle gewünschten Auskünfte zu erteilen.

Nach einer verhältnismäßig kühlen Begrüßung griff Sonntag denn auch zu einer Akte und schlug sie auf. »Wenn ich mich richtig erinnere, wollten Sie wissen, wem die jüngst Verstorbene Magdalena von Hardenberg ihren Nachlass vermacht hat, richtig?« Er hob den Kopf und sah Jo ins Gesicht.

»So ist es, Herr Sonntag. Die Gründe dafür hab ich Ihnen bereits bei unserem letzten Gespräch dargelegt.«

Er nickte und suchte nach der entsprechenden Passage in der Verfügung. »Ah ja, da haben wir's ja. Also ...« Als wolle er die Spannung weiter erhöhen, machte er eine kleine Pause. Dann senkte er den Blick und las ab, was in der Akte stand.

Im ersten Moment dachte Jo, sie hätte sich verhört. »Würden Sie das bitte noch einmal wiederholen?«

Irritiert hob Sonntag für einen Moment den Kopf, ehe er Jos Wunsch nachkam. Nachdem er ein zweites Mal vorgelesen hatte, klappte er die Akte zu und stand auf.

Mit einem Blick auf Jos verblüfften Gesichtsausdruck fragte er: »Gehe ich recht in der Annahme, dass die Antwort auf Ihre Frage nicht ganz zu Ihrer Zufriedenheit ausfiel?«

Nun stand auch Jo auf und reichte ihm die Hand. »Aber ganz im Gegenteil, Herr Sonntag, sie stellt mich sogar außerordentlich zufrieden, ich kann's nur nicht so zeigen. Berufskrankheit, wissen Sie. Haben Sie vielen Dank und einen schönen Tag noch.«

Zwei Minuten später fand sich Jo auf der Bahnhofstraße wieder. Zweifelnd blickte sie zum Himmel hoch, doch was sie sah, war wenig erbaulich. Aus niedrig hängenden Wolken sprühte feiner Nieselregen, dazu war es merklich kühler geworden, die milden, sonnigen Spätherbsttage schienen endgültig vorüber zu sein. Mit resigniertem Seufzen hielt sie ihre Tasche über den Kopf, um ihre dunkle Lockenpracht vor dem sicheren Ruin zu retten. Hätte das verdammte Herbstwetter nicht einen Tag länger halten können?, grollte sie, während sie am Eingang zum Kurpark vorbeihastete. Wie gerne hätte sie sich jetzt auf eine Bank gesetzt und über das Gespräch mit dem Notar nachgedacht. Sie stellte sich die Gesichter ihrer Kollegen vor, wenn sie Ihnen die Namen der Erben verriet. Sie war sicher, allgemeines Aufatmen wäre die Folge, Erleichterung darüber, dass sie endlich das Motiv der Mordserie kannten. Es würde sie zwangsläufig zu den Tätern führen.

Als sie bei ihrem Wagen angelangt war, sah sie auf die Uhr: halb drei. Wenn sie sich beeilte, bekam sie sogar noch einen weiteren Knopf an die Geschichte. Sie wollte noch mal zu der Fleischfabrik in Singen fahren und dem polnischen Arbeiter das Phantombild zeigen. Immerhin hatte er einem der Täter gegenübergestanden.

Tom Schürmann fiel ihr ein und der verpatzte gestrige Abend. Lag die Fahrt mit ihm tatsächlich erst einen Tag zurück? Kaum zu glauben. Ob sie ihn noch einmal anrufen sollte? Besser nicht. Sie hatte noch sein schnippisches »Vielleicht ein andermal« im Ohr, als sie sich bei ihm entschuldigt hatte. Obwohl sie ihn sogar verstehen konnte. Wer ließ sich schon gerne auf eine Beziehung ein, bei der bereits das erste Rendezvous unter einem ungünstigen Stern stand?

Andererseits war es geradezu lächerlich, bereits jetzt von einer

Beziehung zu reden. Sie hatten sich zum Essen verabredet, nicht mehr und nicht weniger. Natürlich war ihr Tom sympathisch gewesen, sie hatte seine lockere, freundliche Art vom ersten Augenblick an gemocht. Das war's aber auch schon. Warum also sollte sie sich zieren, ihn anzurufen und einzuladen? Mehr als absagen konnte er nicht.

Überleg nicht so viel! Nimm dein Handy und ruf ihn an. Alles Weitere wird sich finden, sagte ihr eine innere Stimme.

»Tom Schürmann hier.«

Pause.

»Ist da jemand? Hallo?«

»Hallo Tom, hier ist Jo.«

»Ah, die Frau Kommissarin. Was kann ich für Sie tun? Lassen Sie mich raten: Sie brauchen mein Taxi, stimmt's?«

Das wäre ja reine Geldverschwendung und vollkommen albern. Sie müsste ihr eigenes Auto hier stehen lassen und später wieder abholen.

»Wären Sie denn frei?«, hörte sie sich sagen.

»Kommt drauf an, wann?«

»Wie wär's mit gleich? Ich muss noch mal nach Singen.«

»Das ginge. Wo sind Sie gerade?«

»Bahnhofstraße. Gegenüber dem Eingang zum Kurpark.«

»Bin sofort da.«

Das leichte Nieseln hatte sich zwischenzeitlich zu einem veritablen Landregen gemausert. Dunkle Wolkengebirge verfinsterten den Himmel, Wasserschleier jagten waagrecht die Bahnhofstraße entlang. Jo fand hinter einem Baum notdürftig Schutz.

Endlich kam Schürmanns Taxi. Die wenigen Schritte bis zum Wagen reichten aus, um Jo bis auf die Haut zu durchnässen. Erleichtert atmete sie auf, als sie die Wagentür hinter sich zuzog.

»Hallo, Lady«, wurde sie von Tom empfangen. Er reichte ihr ein kleines Handtuch hinüber. »Ist frisch«, bemerkte er. »Hab mir schon gedacht, dass ich Sie pitschnass auflesen muss. Ein Schirm passt nämlich nicht zu Ihnen.« Er lachte amüsiert und fuhr los.

»Moment, fahren Sie nicht zur B31 hoch?«, fragte Jo, während sie sich mit dem Handtuch die Haare trocknete.

»Ist leider gesperrt. Ein Unfall.« Angestrengt starrte er geradeaus. »Die Sturmfrisur steht Ihnen gut«, versicherte er nach einem kurzen Seitenblick auf ihre Haare.

Die weitere Fahrt war nicht dazu angetan, sich auszutauschen. Zu sehr nahmen Verkehr und Straßenzustand Schürmanns Aufmerksamkeit in Anspruch. Die Scheibenwischer konnten die Wassermengen kaum bewältigen. Immer wieder kamen ihnen Fahrzeuge ohne Licht entgegen, sodass sie erst im letzten Moment erkennbar wurden. Mehr als einmal fluchte Tom Schürmann lauthals über die Unvernunft mancher Zeitgenossen.

Hinter Radolfzell wurde es etwas besser. Kaum zehn Minuten später trafen sie in Singen ein, wo das Unwetter vorübergehend von einem normalen Landregen abgelöst wurde.

»Bitte warten Sie hier auf mich. Müsste diesmal etwas schneller gehen«, bemerkte Jo beim Aussteigen und hastete mit eingezogenem Kopf dem Eingang des SFV-Verwaltungsgebäudes entgegen.

»Ich muss eine Auskunft von Herrn Kacinsky haben. Würden Sie ihn bitte kurz herholen?«, verlangte Jo und zeigte Ihren Dienstausweis vor.

»Tut mir leid, Herr Kacinsky arbeitet nicht mehr bei uns.«

»Das kann nicht sein. Würden Sie sich bitte noch einmal vergewissern? Ich habe gestern erst hier im Haus mit ihm gesprochen. Da war keine Rede davon, dass er den Betrieb verlassen will.«

»Und dennoch arbeitet er nicht mehr hier! Ich werde ja wohl über unsere Mitarbeiter Bescheid wissen.«

»Davon möchte ich mich selbst überzeugen«, rief Jo über die Schulter zurück und steuerte bereits die Tür an, die in die Schlachterhalle führte.

»Warten Sie.« Ein Unterton in der Stimme der Angestellten ließ Jo stocken. Erwartungsvoll kehrte sie zum Tresen zurück, wo sich die Frau misstrauisch umsah, ehe sie sich zu Jo hinüberbeugte.

»Gestern Abend sind acht polnische Mitarbeiter völlig überraschend heimgefahren. Mehr kann ich Ihnen leider nicht sagen«, flüsterte sie.

»War Herr Kacinsky darunter?«, flüsterte Jo zurück.

Die Angestellte nickte.

Jo hob dankend die Hand und verließ das Gebäude. Um die Hintergründe dieser Massenflucht – um was sonst sollte es sich bei dem überstürzten Auszug aus dem Gelobten Land handeln? – würden sich die Kollegen vom Zoll kümmern. Leider war damit auch die Gelegenheit dahin, sich von Kacinsky die Übereinstimmung des Phantombildes mit dem Käufer des Rinderauges bestätigen zu lassen.

Die Rückfahrt verlief nur wenig entspannter. Nach wie vor regnete es Bindfäden, immer wildere Böen schüttelten den Wagen, je näher sie Überlingen kamen, und alles, was fuhr, war von einer undurchdringlichen Gischtwolke umhüllt. Schürmann musste sich voll auf die Straße konzentrieren, nur das Nötigste wurde gesprochen. Bei Espasingen gerieten sie in einen Stau, der ganz offensichtlich die Folge eines Regenunfalls war. Als sie die Unfallstelle schließlich passierten, glich die Straße einem Schlachtfeld. Verletzte wurden in Sankas verladen, genervte Polizisten versuchten, den Gaffern Beine zu machen, die Szenerie ertrank im Regen.

Kein Wunder, dass selbst Jo den eigentlichen Anlass der gemeinsamen Fahrt vorübergehend verdrängte. Erst kurz vor der Ortseinfahrt Überlingen wurde er ihr wieder bewusst. Sie nahm all ihren Mut zusammen und fragte mit leicht belegter Stimme: »Wenn ich schon unser gestriges Date versaut habe, darf ich Sie dann für heute Abend einladen … sozusagen als Wiedergutmachung?«

Plötzlich wirkte Tom Schürmann total entspannt. »Wenn Sie meinen, Lady, dass es Ihr Dienst erlaubt?«, grinste er. »Wann und wo?«

***

Die Dämmerung hatte bereits eingesetzt, als Jo wieder in der Polizeidirektion eintraf. Bereits bei der Anfahrt hatte sie bemerkt, dass in Wolfs Büro noch Licht brannte. Am besten schaute sie gleich mal bei ihm rein. Wenn sie an ihr Date mit Tom Schürmann dachte, konnte sie sich gar nicht früh genug zurückmelden, zumal sie wichtige Neuigkeiten mitbrachte.

»Na endlich«, wurde sie von Wolf empfangen, der vor einer Platte mit Butterbrezeln saß und auf beiden Backen kaute. »Hanno hat es mal wieder den Appetit verschlagen. Du musst für ihn einspringen.« Einladend schob er ihr die Platte zu, ehe er lautstark Kaffee aus einer Tasse schlürfte – wenigstens hielt Jo es für Kaffee.

»Geht nicht. Hab heute Abend ein Essen«, erklärte sie und schob die Platte zurück.

Jetzt erst gewahrte sie Hanno Vögelein, der Wolf gegenübersaß und noch immer wie ein Häufchen Elend wirkte. Zudem schien er um seine Atemwege zu fürchten, warum sonst hatte er Hals und Oberkörper so dick eingepackt? Apathisch sah er zu, wie Jo ihren Block aus der Tasche zog und sich rittlings auf einem Stuhl niederließ. »Wo fehlt's denn heute?«, fragte sie ihn und schenkte sich eine Tasse Kaffee ein.

»Vermutlich eine besonders heimtückische Form der Vogelgrippe«, vermutete Wolf, noch ehe Vögelein antworten konnte. »Schau uns an, Hanno: Wir ignorieren sämtliche Symptome, deshalb geht's uns blendend.«

»Das denken Sie! In Wirklichkeit hat man Sie nur nicht gründlich genug untersucht«, entgegnete Vögelein matt.

»Du redest, als hätte der Doktor ausgerechnet bei dir einen virulenten Raucherhusten im Endstadium diagnostiziert. Das ist doch Kokolores. Gegen Atemwegserkrankungen gibt's ein ganz einfaches Rezept: immer weiteratmen! Wer atmet, lebt, wer nicht atmet, ist tot, so einfach ist das.« Augenzwinkernd sah Wolf zu Jo hinüber.

»Sie sollen sich nicht immer über Hannos Symptome lustig machen, Chef«, sagte sie tadelnd, doch auch in ihren Augen funkelte es schelmisch. Lassen Sie uns lieber über unseren Fall sprechen. Sie wollen doch sicher wissen, was mir Friedhelm Sonntag erzählt hat, oder?«

»Schieß los.«

»Der Nachlass der zuletzt verstorbenen alten Dame geht laut Testament an … na, was denken Sie?«

»Ich will keine Fragen. Ich will Antworten.«

»*Heaven's Gate*«, sagte sie und zwang sich zu einem möglichst beiläufigen Ton.

Vögeleins Kopf ruckte hoch, während sich zwischen Wolfs Augen eine steile Falte bildete.

»Also doch!«, stieß Wolf hervor und legte die halbe Brezel, die er in der Hand hielt, auf die Platte zurück.

»Sie scheinen damit gerechnet zu haben.«

»Jedenfalls wundert's mich nicht. Hast du sonst noch was auf der Pfanne?«

»Ich war noch einmal bei der Firma in Singen, von der das Auge stammt. Wollte dem polnischen Arbeiter das Phantombild zeigen. Doch der Mann ist weg.«

»Was soll das heißen – weg?«

»Offensichtlich haben sie ihn gestern noch, zusammen mit sieben weiteren Mitarbeitern, nach Polen zurückverfrachtet.«

»Ist nicht unser Bier. Gib's weiter an den Zoll.«

»Mach ich. Und was war hier so los?«

»Es gibt eine Antwort aus Augsburg. Gabriello, wie sich der große Meister unter Eingeweihten nennt, war an dem Arsenraub offensichtlich nicht beteiligt. Weder haben ihn die Angestellten der Apotheke auf dem Bild erkannt, noch wurden seine Fingerabdrücke gefunden. Auch sein Alibi für den Dienstag nach Pfingsten ist hieb- und stichfest.«

»Wird ja immer geheimnisvoller. Hat die Telefonüberwachung von Neidling schon etwas ergeben?«

Wolf sah zu Vögelein hinüber. Der räusperte sich ausgiebig, was prompt einen längeren Hustenanfall auslöste. Mit zittrigen Fingern kramte er eine Pillenschachtel hervor.

»Negativ«, hauchte er schließlich mit brüchiger Stimme. »Er hat zwar mehrere Gespräche geführt, allerdings ohne ein verräterisches Wort in den Mund zu nehmen. Aber was nicht ist, kann noch werden.«

Das Telefon klingelte. Unwillig über die Störung stand Wolf auf und meldete sich. Nach kurzem Zuhören reichte er den Hörer an Jo weiter. Kaum hatte sie ihren Namen genannt, runzelte sie die Stirn. Nach mehrmaligem »Aha« und »Verstehe« dankte sie dem Anrufer und legte auf.

»Das war Friedhelm Sonntag, der Notar. Jetzt haltet euch fest: Die Sekte hat das Erbe ausgeschlagen.«

»Ausgeschlagen? Was soll das heißen?«, fragte Vögelein.

»Na, was wohl. Sie lehnen die Erbschaft ab, nicht mehr und nicht weniger.«

»Haben sie die Absage begründet?«, wollte Wolf wissen.

»Haben sie. Der Dienst an Gottes Wort vertrage sich nicht mit weltlichem Besitz, oder so ähnlich. Jetzt fällt das Erbe an eine gemeinnützige Organisation.«

»Wozu die Obdachlosenszene wohl kaum gehören dürfte. Penner haben bekanntlich keine Lobby«, spielte Vögelein auf Einstein und Havanna an.

»Apropos Penner«, griff Wolf Vögeleins Gedankengang auf. Er war zum Fenster getreten, nachdenklich nagte er an seiner Unterlippe. »Hat die Fahndung nach Göbbels schon was gebracht?«

Jo und Vögelein schüttelten stumm den Kopf.

Wolf schob sein Barett zurück und kratzte sich an der Stirn. »Wenn da mal nicht eine weitere Schweinerei dahintersteckt. Der Typ ist mir irgendwie ans Herz gewachsen, wär direkt schade um ihn. Ich denke, ich werde heute Abend mal die einschlägigen Treffs aufsuchen, vielleicht kommt ja von seinen Kumpanen ein brauchbarer Hinweis. Jedenfalls sollten wir sein spurloses Verschwinden nicht tatenlos hinnehmen.«

»Ich könnte nachher die Kollegen vom Streifendienst drauf ansetzen, Chef«, bot sich Vögelein an.

»Gute Idee. Tu das.«

Zum zweiten Mal klingelte das Telefon. Unwillig riss Wolf den Hörer hoch und nannte seinen Namen.

»Sieh an, unsere Mitarbeiterin Karin Winter«, grinste er. »Falls Sie noch Stoff für Ihre Samstagsausgabe suchen, Madame: Bedaure, außer den bekannten Morden können wir nichts Neues liefern … Wie bitte? Leserbriefe? Was haben wir mit Ihren Leserbriefen am Hut?«

Er hörte ihr mit zunehmender Aufmerksamkeit zu, mehrfach zog er dabei die Augenbrauen hoch, bis er sich mit dem geknurrten Satz verabschiedete: »Diesen Stuss glaube ich erst, wenn ich ihn schwarz auf weiß lese.« Damit unterbrach er das Gespräch.

»Das muss man erst mal einordnen …«, schimpfte er aufgebracht und lief wie ein Tiger im Käfig ein paar Schritte hin und her.

»Was ist los? Was wollte die Winter? Spannen Sie uns nicht so auf die Folter, Chef«, drängte Jo.

Wolf holte erst mal tief Luft, ehe er antwortete. »Die *Heaven's-Gate*-Anhänger mucken auf. Dem ›Seekurier‹ liegt ein gutes Dutzend Briefe vor, in denen sich Leser über die Behandlung der Sek… äh, der Glaubensgemeinschaft beschweren. Von Repressalien der Polizei ist da die Rede, von Störungen bei Gottesdiensten bis hin zur Einschränkung der Glaubensfreiheit.«

»Starke Worte«, warf Jo ein.

»Nicht alle Leserbriefe sind polemisch angehaucht. Nach Einschätzung von Karin Winter treibt die Leute teilweise echte Sorge um ungestörtes gottgefälliges Arbeiten in ihrer Gemeinschaft um – was immer sie darunter verstehen.«

»Das heißt, die Anhänger von *Heaven's Gate* mobilisieren die Öffentlichkeit – kann man das so sehen?«, brachte Vögelein den Tenor der Zuschriften auf den Punkt.

»So ist es. Und damit sind wir beim Kernpunkt angelangt: Wie beurteilen wir die Sekte und deren Mitglieder unter Berücksichtigung der vorliegenden Ermittlungsergebnisse und im Hinblick auf die nächsten zu unternehmenden Schritte?« Herausfordernd sah er Jo und Vögelein an.

»Lassen wir doch mal die jüngsten Ereignisse außer Acht«, sagte Jo nachdenklich, »ebenso die Namen der Verdächtigen, auf die wir in den letzten Tagen gestoßen sind, wie Neidling, Loske, Mirko und so weiter.«

»Bretschwiler nicht zu vergessen«, warf Vögelein dazwischen.

»Auf den komme ich noch. Erinnern wir uns zunächst, was den Fall ausgelöst hat: Es war der Tod von Einstein und Havanna, gefunden in einem Boot, vor der Birnau treibend. Kurz darauf erwischte es Otto. Etwa zur gleichen Zeit stießen wir auf mehrere mysteriöse Todesfälle von alten Damen, die vor allem eines verband: ein mehr oder weniger großes Vermögen …«

»Sind doch alles alte Hüte. Worauf willst du hinaus?«, wurde sie erneut von Vögelein unterbrochen.

»Jetzt lass sie doch ausreden«, mischte Wolf sich ein und gab Jo ein Zeichen fortzufahren.

»Auf den ersten Blick scheint es, als handle es sich um zwei verschiedene Fälle. Doch alle genannten Personen wurden Opfer einer Mordserie, begangen mit Arsen. Dieses Gift stammt, wie wir inzwischen wissen, von dem Apothekendiebstahl in Augsburg. Das alles ist Fakt! Am Diebstahl beteiligt waren nach unseren Recherchen zwei Männer, von denen mindestens einer auch hier bei uns mehrerer Straftaten verdächtigt wird. So! Worauf ich nun hinauswill: Der einzige Name, der im Zusammenhang mit dem Coup in Augsburg genannt wurde, ist: Bretschwiler. Und ich fresse einen Besen, wenn dieser Bretschwiler nicht mit dem Hohepriester von *Heaven's Gate* identisch ist.«

»Und was ist mit seinem Alibi?«, warf Vögelein ein.

Jo setzte eine spöttische Miene auf. »Ich habe nicht gesagt, dass sich Bretschwiler selbst die Finger schmutzig gemacht hat. Dafür wird er schon seine Leute haben.«

»Recht und schön, aber wo bleiben die Beweise? Worauf genau soll sich eine Anklage stützen?«

»Hanno hat recht«, pflichtete Wolf ihm bei. »Kein Richter würde uns bei dieser dürftigen Beweislage einen Haftbefehl ausstellen. Fakt ist nämlich auch, dass wir unsere Hausaufgaben noch nicht gemacht haben. Es ist unbestritten, dass die Spur von Augsburg direkt nach Überlingen führt – aber wer genau hat sie gelegt? Weshalb wurden die Witwen umgebracht? Und wieso hängen die Penner in dieser Sache drin? Wir haben von den gottverdammten Motiven der Täter noch immer null Ahnung. Wir denken zwar, dass die Vermögen der ermordeten Frauen eine Rolle spielen, wissen aber dank der Geheimniskrämerei der Testamentsabwickler noch immer nicht, wie die Erben heißen – abgesehen vom letzten Mordopfer, bei dem uns die Kenntnis der Erbregelung jedoch keinen Schritt weitergebracht hat. Jedenfalls, wenn Bretschwiler das Erbe ausschlägt, können wir ihm das kaum als Motiv für die Morde an den alten Frauen anhängen.«

Jo, die währenddessen ihren Kaffeerest ausgetrunken und danach leicht angewidert das Gesicht verzogen hatte, meldete sich erneut zu Wort. »Ist euch eigentlich aufgefallen, dass sich unter den Sektenmitgliedern besonders viele ältere Frauen befinden?« Nachdenklich kaute sie auf ihrer Unterlippe. »Ich frage mich gerade, ob die ermordeten Witwen nicht ebenfalls dazugehörten.«

Wolf und Vögelein wechselten einen überraschten Blick. Daran hatten sie in der Tat noch nicht gedacht.

»Ich will ja gar nicht abstreiten«, setzte Wolf seine Ausführungen fort, »dass die Fäden in jenem Haus in der Turmgasse zusammenzulaufen scheinen. Was jedoch Bretschwiler betrifft, da bin ich etwas anderer Meinung als du, Jo. Ich nehme ihm sein Alibi *und* sein Heiligengetue durchaus ab. Der Mann scheint mir von seinem Glauben – oder sollte man eher sagen: seinem Sendungsbewusstsein? – so durchdrungen, dass für kriminelle Handlungen kein Raum mehr bleibt. Zugegeben, wir reden hier nur über ein Gefühl; nichts, aber auch gar nichts davon kann ich beweisen. Aber gesetzt den Fall, ich hätte recht – müsste dann die Frage nicht lauten: Wer sonst, wenn nicht Bretschwiler, hat die Taten ausgeführt oder veranlasst? Wer sind die Leute im zweiten Glied? Wer in dieser Gruppe verfügt über eine so starke Position, dass er hinter Bretschwilers Rücken schalten und walten kann, wie es ihm beliebt? Den- oder diejenigen müssen wir ausfindig machen, dann beantworten sich vermutlich alle anderen Fragen von selbst.«

»Und was heißt das nun genau?«, wollte Jo wissen.

»Das heißt, dass Hanno und ich noch einmal zur Turmgasse fahren, um genau diese Fragen an Bretschwiler zu richten. Und ich will verdammt sein, wenn wir seinen Tempel ohne schlüssige Antworten wieder verlassen.«

»Und was ist mit mir?«, wollte Jo wissen.

»Du versuchst rauszukriegen, ob die ermordeten Frauen tatsächlich in irgendeiner Beziehung zu *Heaven's Gate* standen.«

»Wäre es nicht besser, ich komme mit und wir klären das vor Ort?«

»Das halte ich für keine so gute Idee. Wir haben es ja wohl nicht mit einem kaufmännisch geführten Unternehmen zu tun, das mit ordentlichen Mitgliederlisten aufwarten kann. Versuch's zunächst über die zuständigen Finanzämter, das wäre ein Anfang. Was uns weiterhelfen würde, sind Angaben zur Kirchensteuer oder beispielsweise Spendenquittungen. Streng dein hübsches Köpfchen an. Wir treffen uns wieder …«, er sah auf die Uhr, »spätestens um halb sieben.«

»Ich muss heut unter allen Umständen um sieben die Fliege machen, Chef. Dringender Termin. Der ist mir gestern schon geplatzt, das kann ich heute nicht noch mal bringen.«

»Keine Sorge, du wirst pünktlich entfleuchen.«

***

Karin sah prüfend auf die Lokalseite der Samstagsausgabe. »Kannst du das Bild auf die rechte Spalte rüberziehen? Lass meinetwegen den Text ins Bild reinlaufen.« Es war eine rein hypothetische Frage. Sie wusste, dass der Metteur, der für die Erstellung des Seitenumbruchs zuständig war, damit keine Schwierigkeiten haben würde.

»Müsste gehen ... So, schon erledigt. Zufrieden?«

»Gut so. Von mir aus ist die Seite gebongt. Lass Matuschek noch mal drübergucken, okay?«

»Geht klar.«

Karin Winters Telefon klingelte. Sie eilte an ihren Schreibtisch zurück und nahm den Hörer ab.

»Kommen Sie in dreißig Minuten zu der Autowaschstraße in der Lippertsreuter Straße«, flüsterte eine Männerstimme. »Ich fahre einen dunkelblauen BMW mit Ravensburger Kennzeichen. Steigen Sie bei mir zu, sobald ich in die Waschstraße einfahre. Wir haben dann genau vier Minuten. Und seien Sie pünktlich.« Noch ehe Karin etwas fragen konnte, war die Leitung tot.

Was hatte das zu bedeuten? War das nicht die Stimme von Felger gewesen? Sigi Felger, dem sie seinen derzeitigen, wenn auch nicht ganz legalen Job verschafft hatte, falls man die Tätigkeit als Maulwurf bei *Heaven's Gate* überhaupt als Job bezeichnen konnte. Naturgemäß waren Kontakte mit Sigi eher selten, genau genommen hatten sie sich bisher nur einmal getroffen. Da hatten sie vorgegeben, in einem Supermarkt einkaufen zu wollen. Mit unbeteiligtem Gesicht hatte er ihr am Kühlregal ein paar Sätze zugeflüstert, danach waren beide wieder ihrer Wege gegangen. Zwei-, dreimal hatten sie noch miteinander telefoniert, das war's dann. Auch der Treffpunkt war ziemlich eigenartig. Hatte Sigi zu viele James-Bond-Filme gesehen? Und wieso so kurzfristig? Es musste triftige Gründe geben, das Treffen so überstürzt anzusetzen – sehr triftige Gründe sogar!

Kurz entschlossen nahm sie ihre Tasche auf. Im Vorübergehen informierte sie Matuschek, dann machte sie sich auf den Weg.

Bereits eine Viertelstunde vor der genannten Zeit stand sie gegenüber der Einfahrt in die Waschanlage, die an der Ausfallstraße Richtung Lippertsreute/Salem lag. Auf diese Weise konnte sie das Eintreffen ihres Mittelsmanns kontrollieren – und falls man ihn beschattete, würde ihr das nicht entgehen. Zwar hatte die Dämmerung aufgrund des schlechten Wetters bereits eingesetzt, das ganze Gelände jedoch war taghell erleuchtet.

Endlos zogen sich die Minuten dahin. Unmittelbar vor dem genannten Zeitpunkt wurde es plötzlich spannend. Ein dunkelblauer BMW näherte sich der Anlage. Das Kennzeichen stimmte, ein »RV« für Ravensburg. Im Wagen saß nur ein Mann – *ihr* Mann. Sie hatte ihn gleich erkannt. Verstohlen winkte er ihr zu.

Karin machte sich bereit. Sie musste das Ganze sekundengenau timen, wenn sie im richtigen Moment unauffällig zusteigen wollte. Jetzt fädelte sich der Wagen in die Einfahrt ein. Schon wollte Karin auf ihn zugehen, als einer der rot gekleideten Angestellten der Waschanlage neben dem BMW auftauchte. Mit geübten Griffen schob er die Antenne ein, ehe er die Fahrertür öffnete und dem Fahrer eine Bemerkung zuwarf. Danach entfernte sich der Mann wieder.

Schnell entschlossen eilte Karin zu dem BMW hinüber. Mit einem halblaut gemurmelten »Hallo« schlüpfte sie hinein – keine Sekunde zu früh, die rotierenden Bürsten waren bereits verdammt nahe. Aufatmend ließ sie sich in den Beifahrersitz fallen.

Sofort fuhr sie wieder hoch. Auf der Sitzfläche lag etwas Hartes. Sie griff nach dem Ding und nahm es weg, wollte es vor sich auf die Ablage legen, als sie überrascht innehielt.

Das war doch … nein, sie hatte sich nicht getäuscht: Das Ding war tatsächlich eine Pistole! Karin schnellte herum, nahm mit aufgerissenen Augen den Fahrer ins Visier. Der verzog darüber keine Miene, sah unverändert geradeaus.

Plötzlich sprühten tausend Düsen fein zerstäubtes Wasser auf den Wagen, mannshohe Bürsten begannen zu rotieren, knallten wie Peitschenhiebe auf die wassertrüben Scheiben, die Sicht nach außen war gleich null.

Noch immer blieb der Fahrer stumm.

»Falls Sie's noch nicht bemerkt haben …« Sie musste beinahe schreien, um den Lärm der Bürsten zu übertönen. »Ich bin jetzt da. Legen Sie schon los!«

Im Hintergrund vernahm sie näherkommendes Sirenengeheul.

Sigi Felger reagierte nicht.

»*Sie* haben *mich* angerufen, falls Sie's vergessen haben sollten. Wenn Sie nicht bald reden, sind die vier Minuten um, dann sind wir durch die Anlage durch. Also?«

Nichts. Langsam kam bei Karin Panik auf. Einem plötzlichen Impuls folgend, hielt sie die Waffe hoch.

»Hören Sie! Wenn Sie glauben, mit solchen Spielzeugen Eindruck auf mich zu machen, dann haben Sie sich geschnitten. Sagen Sie, was Sie zu sagen haben. Wir haben nicht ewig Zeit.«

Sie tippte ihm bekräftigend an die Brust – als der Mann zu ihrer Verblüffung seitlich wegkippte.

Impulsiv presste sie beide Hände vor den Mund, wollte aufschreien und brachte dennoch keinen Ton heraus. Nun endlich realisierte sie, was in dem Wagen nicht gestimmt hatte.

Ein kalter Schauer rieselte ihr den Rücken hinab. Sie hatte die ganze Zeit neben einem Toten gesessen!

Karin zwang sich, ihm ins Gesicht zu sehen. Dabei entdeckte sie an der ihr abgewandten Seite seines Gesichts einen dünnen roten Streifen, der an einem dunklen, kreisrunden Fleck am Haaransatz seinen Anfang nahm und sich bis zum Kinn hinunterzog. Der Kragen der schwarzen Jacke glänzte feucht, als sei der Stoff mit einer dunklen Flüssigkeit getränkt. Blut!

Nichts wie raus hier, war Karins erste Reaktion. Doch daran war im Augenblick nicht zu denken. Sie versuchte, ihre aufkommende Panik zu unterdrücken, sich mit Gewalt zur Ruhe zu zwingen, was ihr leidlich gelang. Ihr nächster Gedanke galt der Waffe. In einem Anflug von Ekel warf sie die Pistole auf den Boden – als ein Rest von Geistesgegenwart sie veranlasste, sie noch einmal hochzunehmen. Mit dem linken Zipfel ihrer Jacke fasste sie die Waffe am Lauf, wischte mit der anderen Seite alle Flächen darauf ab, bevor sie sie erneut fallen ließ.

Krampfhaft bemühte sie sich, einen klaren Gedanken zu fassen. Als der Mann vor wenigen Minuten in die Anlage einfuhr, war er noch quicklebendig gewesen. Was, um Himmels willen, war danach passiert?

Endlich schwenkten die Bürsten weg, der Wagen wurde in die Trockenstrecke gezogen. Sekundenbruchteile später hatte Karin den Beifahrersitz verlassen. Sie wollte nach vorne, zum Ausgang der Halle, doch von dort kamen Polizeisirenen, vermischt mit lauten Rufen. Verdammt, ging denn heute alles schief? Also zurück in Richtung Einfahrt! Sie quetschte sich zwischen Wagen und Wand hindurch, musste wohl oder übel an den Düsen vorbei, die sie über und über nassspritzten. Kurz vor der Einfahrt bemerkte sie an der Wand mehrere Kleiderhaken. Sie schnappte sich eine der dort hängenden roten Personaljacken und zog sie sich im Laufen über.

Wenige Augenblicke später verließ sie, ohne angehalten zu werden, das Gelände.

***

Nervös spielte der Rothaarige in dem dunkelblauen Toyota mit dem Gaspedal, während sich die schmiedeeisernen Torflügel mit leichtem Quietschen öffneten. Das Gummi des Scheibenwischers hatte sich an einem Ende gelöst und schlug klopfend gegen die Windschutzscheibe. In wenigen Augenblicken würde er den engen Innenhof verlassen. Gerade wollte er gefühlvoll die Kupplung kommen lassen, als die Beifahrertür aufgerissen wurde und der Igelmann sich neben ihn fallen ließ.

»Fahr los«, keuchte der Igelmann und zog die Tür hinter sich zu.

»Was willst du?«, herrschte der Rothaarige ihn an. »Es war ausgemacht, dass ich alleine fahre. Du sollst hier die Stellung halten.«

»Na und? Sind wir eben beide weg, darauf kommt's jetzt auch nicht mehr an. Du wirst noch froh sein, mich da draußen dabei zu haben, wart's nur ab.«

Der Rothaarige knurrte etwas Unverständliches und fuhr los.

Wenig später parkte er den Wagen nicht weit vom Gelände des Ruderclubs. Die beiden Männer legten die letzten Meter zu Fuß zurück. Kaum hatten sie das ÜRC-Gelände betreten, steuerten sie zielstrebig auf das Bootshaus zu, wo sie bereits erwartet wurden.

Ein jüngerer, sportlich wirkender Mann zog sie eilig ins Innere. Er hatte seine dunklen, strähnigen Haare zu einem Pferdeschwanz zusammengebunden, der bei jedem seiner Schritte hin und her wippte. Er warf noch einen misstrauischen Blick auf die im Halbdunkel liegende Umgebung, konnte aber niemanden entdecken. Gut so! Aufatmend schloss er die Tür und trat zu den beiden anderen. »Wo bleibt ihr denn, verdammt noch mal?«, flüsterte er aufgebracht.

Ohne auf eine Antwort zu warten, ging er zu einem Regal hinüber. Flüchtig wies er auf eine große Segeltuchtasche in einem der Regalfächer. »Hier, ein kompletter Anzug, inklusive Flossen, Maske, Bleigurt, Atemregler und Jacket mit Flasche. Ach ja, und eine starke Lampe, wie gewünscht. Spätestens morgen ist das Zeug wieder hier, ist das klar?«

Der Rothaarige öffnete die Tasche und prüfte gründlich deren Inhalt. »Okay, scheint in Ordnung zu sein. Um acht morgen früh hast du alles zurück. Versprochen. Und kein Wort, zu niemandem, hörst du?«

»Bin ja nicht taub. Ihr findet sicher alleine raus, oder? Wäre nicht so gut, wenn man uns zusammen sehen würde.«

Zwanzig Minuten später stellten die beiden Männer ihren Wagen in Ludwigshafen ab. Vom Parkplatz nahe dem Seeufer bis zu den Bootsstegen waren es nur wenige Schritte. Trotzdem stieß der Rothaarige vernehmlich die Luft aus, als sie ein Motorboot namens »Elfi« erreichten und er die schwere Tasche endlich absetzen konnte.

Der Igelmann zog das Boot zum Steg heran und kletterte hinüber. Dann nahm er von seinem Partner die Tasche entgegen. Ums Haar wäre er dabei auf dem regennassen Bootsdeck ausgeglitten und mitsamt seiner Last ins Wasser gefallen.

Nachdem ihm der Rothaarige gefolgt war, ließ der Igelmann den Motor an und steuerte, sorgfältig alle Hindernisse umschiffend, aus dem kleinen Hafen. Bald erhöhte er die Geschwindigkeit und schlug einen südöstlichen Kurs ein, der sie in stets gleichbleibender Entfernung zum Ufer bereits nach wenigen Minuten an ihren Zielpunkt führte, halbwegs zwischen Ludwigshafen und Sipplingen gelegen.

Als ihm das Navigationsgerät das Erreichen ihrer Tauchposition meldete, stellte der Igelmann den Motor ab. Er ging zum Heck und warf ein aufgerolltes Seil von gut fünfzig Metern Länge ins Wasser, an dessen Ende ein Gewicht befestigt war. Dieses Seil würde den Rothaarigen bei dem bevorstehenden Tauchgang führen – zunächst zu seinem Ziel tief unten am Seegrund, danach wieder hinauf zum Boot.

Sie packten den Inhalt der Tasche aus und reihten die verschiedenen Teile auf einer Seitenbank auf. Im strömenden Regen begann der Rothaarige, die Taucherausrüstung anzulegen. Nur gelegentlich benutzte er für Sekunden eine Lampe. Zuletzt schulterte er das Jacket mit der Flasche. Ohne viele Worte zu verlieren, prüf-

ten sie noch einmal die Funktion der einzelnen Ausrüstungsteile. Alles paletti – keiner von beiden hatte etwas auszusetzen.

Nun fehlte nur noch eines: das »Mitbringsel«. Mit äußerster Vorsicht händigte der Igelmann dem Rothaarigen einen flachen Gegenstand aus. Das nicht mal fingerdicke Päckchen maß etwa zehn mal zehn Zentimeter. Seine metallfarbene Oberfläche war von einem regelmäßigen schwarzen Punktraster bedeckt, sodass man es bei flüchtiger Betrachtung für ein Stück Lochblech hätte halten können.

Mit spitzen Fingern verstaute der Rothaarige das Päckchen in einer Reißverschlusstasche seiner Neoprenjacke. Dann legte er Daumen und Zeigefinger aneinander, um »okay« zu signalisieren und drehte sich langsam um. In seinen Flossen tapste er an den Rand des Bootsdecks, von wo aus er schließlich ins Wasser sprang.

»Mach's gut«, rief ihm der Igelmann nach und machte mit der Rechten das Victoryzeichen. Er wusste um die Risiken, die seinen Partner erwarteten, das Ziel seiner Mission lag schließlich mehr als fünfzig Meter unter der Wasseroberfläche.

Andererseits hegte er nicht den geringsten Zweifel, dass ihr Vorhaben gelingen würde. Nicht umsonst hatten sie es immer und immer wieder durchgesprochen und bis ins letzte Detail geprobt. Da er in der folgenden Stunde zur Untätigkeit verdammt war, schob er solche Gedanken jedoch vorläufig beiseite. Er sah auf die Uhr: kurz vor sieben. In wenigen Minuten würde Gabriello den »Lichtstrahl der Neuen Erde«, wie er ihre Gottesdienste nannte, ausklingen lassen, würden die monotonen Gesänge und das endlose Beten ein Ende haben.

Wie er ihre Abwesenheit wohl aufgenommen hatte? Das Fehlen beim »Lichtstrahl« war ein ernstes Sakrileg, für einen seiner Jünger nachgerade unerhört.

Ein hämisches Grinsen überzog das Gesicht des Igelmanns. Einen Tag noch, und sie hätten es geschafft, dann könnten sie das alles hinter sich lassen. Heißa, wie er sich auf sein neues Leben freute! Noch aber war es nicht so weit. Mehr als eine Stunde musste er warten, bis sein Partner wieder an die Oberfläche kam; die langwierigen Dekompressionsphasen – beim Tauchen in diese Tiefen unverzichtbar – würden beträchtliche Zeit verschlingen.

Es platschte, und der Igelmann beugte sich über die Reling. Obwohl Erschöpfung das Gesicht des Tauchers zeichnete, reckte er den rechten Daumen hoch: Mission geglückt, sollte das bedeuten! Erleichtert atmete der Igelmann auf. Dann half er seinem Partner auf das Boot.

Der Igelmann startete den Motor und lenkte die »Elfi« zurück Richtung Ludwigshafen. Der Rothaarige, kaum dem Taucheranzug entstiegen, war derweil samt seinem Laptop unter Deck verschwunden. In diesem Augenblick würde er eine E-Mail verschicken, adressiert an die Bodenseewasserversorgung in Sipplingen – wohl wissend, dass sich der Absender über die IP-Adresse zurückverfolgen ließ. Doch wen juckte das schon? Sie beide jedenfalls nicht. Noch am Montag würden sie Europa verlassen und via Zürich in die Karibik fliegen.

Sie würden endlich ihr neues Leben beginnen!

Seit Langem hatten sie alles minutiös geplant. Bis es so weit war, würden sie einfach untertauchen. Nicht irgendwo hinter den sieben Bergen. Nein, direkt vor der Nase der Bullen.

Ein genialer Plan!

10

Der Zahl der abgestellten Wagen nach zu urteilen, die – anders als bei Wolfs letztem Besuch vor wenigen Stunden – die steile Turmgasse und den Innenhof des Sektengebäudes verstopften, schien der »Meister« diesmal seine ganze Streitmacht aufgeboten zu haben. Komisch: Wie konnte er wissen, dass sie ihn noch einmal aufsuchen würden? Hatte er eine himmlische Botschaft erhalten, hatte ihn sein Gott und Herr persönlich vorgewarnt?

Doch für Sarkasmus war jetzt kein Platz, fand Wolf. Mit Vögelein im Schlepptau stieg er die Außentreppe des »Tempelgebäudes« hoch.

Wieder tauchten unzählige Kerzen die Halle in ein flackerndes Licht. Fast fühlte sich Wolf an eine Christmette erinnert. Weniger ob der dicht an dicht stehenden Menschen und der voll Inbrunst vorgetragenen Choräle, die wie ein Klangteppich über dem Raum lagen. Eher schon wegen der erwartungsfrohen Gesichter und der weißen Gewänder, die ausnahmslos alle Anwesenden trugen. Sie verliehen der Ansammlung etwas seltsam Unwirkliches, um nicht zu sagen Spukhaftes.

Wolf fühlte sich unbehaglich. Wie sollten sie in diesem Gedränge zu Bretschwiler alias Gabriello vordringen, ihn gar zu einer Aussage bewegen? Schon einmal hatten sie die Feindseligkeit der Sektenmitglieder zu spüren bekommen. Ach was, tat Wolf seine Bedenken ab. Alles Firlefanz. Schnell wechselte er einen Blick mit Vögelein, dann deutete er zum hinteren Ende des Raums, auf das bis zu ihrem Eintreffen die Blicke der Anwesenden gerichtet waren. Dort baumelte die einzige elektrische Lampe von der Decke, und dort würden sie vermutlich auch den »Meister« finden. Höchst unwillig nur machten die Umstehenden Platz, als sie sich durch die Menge drängten.

Dann standen sie vor Bretschwiler. Als hätte er auf sie gewartet, hob er die Arme, das aufkommende Murren der Sektenmitglieder verstummte, mit ihm der Gesang.

»Herr Bretschwiler, wo können wir Sie kurz sprechen?«, sprach

Wolf in die Stille und hoffte, dass er seiner Stimme genügen Festigkeit verleihen konnte.

Sein Ansinnen löste unterschiedliche Reaktionen aus. Im Gegensatz zu dem »Meister«, der keine Miene verzog, begannen seine Anhänger nun erneut zu grummeln, lauter diesmal und drohender. Und wieder war es Bretschwiler, der mit seinen Händen die Menge zum Schweigen brachte.

»Mäßigt euch, meine Schwestern, meine Brüder«, rief er den Umstehenden zu, »diese beiden Männer tun nur ihre Pflicht.« Danach wandte er sich direkt an Wolf: »Sprechen Sie ruhig hier, vor aller Ohren, Herr Kommissar. In unserer Gemeinschaft gibt es keine Geheimnisse.« Damit legte er die Hände wie betend aneinander und wartete auf Wolfs Fragen.

Wolf ließ sich nicht lange bitten. Er wusste aus Erfahrung, dass es gerade in solchen Situationen mehr als sonst auf forsches Auftreten ankam. »Wir haben eigentlich nur eine Frage, Herr Bretschwiler: Wer außer Ihnen übt in Ihrer Glaubensgemeinschaft noch leitende Funktionen aus?«

»Leitende Funktionen? Wie meinen Sie das? Wir sind, wie Sie sehr richtig bemerkten, eine Glaubensgemeinschaft auf der Suche nach dem Schöpfer und dem ewigen Leben. Wir sind kein Unternehmen, bei uns gibt es keine Hierarchien ...«

»Ich bitte Sie, Herr Bretschwiler, Sie werden doch so etwas wie einen Stellvertreter, eine rechte Hand haben, jemand, der sich um die Organisation und die Abwicklung des ganzen Betriebes hier kümmert.« Wolf wies mit den Händen auf die Menge hinter sich. »Mit dieser Person oder diesen Personen hätten wir gerne ein paar Worte gewechselt, und zwar in einem anderen Raum, wenn ich bitten dürfte. Also?«

Das Murren schwoll an, die Umstehenden schlossen noch dichter auf, falls das überhaupt möglich war. Die von Wolf hartnäckig gebrauchte Anrede »Bretschwiler« musste sie verunsichern, ja empören. Wer sich so respektlos verhielt, konnte nichts Gutes im Schilde führen.

»So beruhigt euch doch, meine Brüder und Schwestern. Ihr wisst, unsere Wege liegen in der Hand des Herrn.« Bretschwiler setzte alles daran, die Wogen zu glätten. Und tatsächlich, die Atmosphäre schien sich etwas zu entspannen. »Lasst mich den Herren von der Polizei antworten: Ja, es gibt in der Tat zwei Brüder, die den von Ihnen angesprochenen Aufgaben nachkommen und die dennoch Gleiche unter Gleichen sind, wie Gott, der Herr es in seiner Güte befiehlt.«

»Und wer ist das? Sind die Herren anwesend?«

»Wo sind Rufus und Jakobus?«, fragte Bretschwiler in die Runde. Allgemeines Achselzucken war die Antwort.

»Dürfen wir Sie fragen, wie die richtigen Namen dieser beiden Herren lauten?«, meldete sich nun Vögelein zu Wort.

»Unsere Brüder haben, wie wir alle hier, ihre Namen von Gott, dem Herrn erhalten. Ich bedaure, aber wir kennen keine weltlichen Namen.«

»Sie werden bald noch etwas ganz anderes bedauern, Herr Bretschwiler, wenn Sie nicht mit uns kooperieren. Dann müssen wir Sie nämlich zur Polizeidirektion mitnehmen.« Unerschrocken war Vögelein an Bretschwiler herangetreten.

Die Reaktion der Umstehenden war verblüffend: Ohne Scheu vor der Staatsmacht rückten sie noch enger an die Polizisten heran und zogen einen undurchdringlichen Kordon um sie. Vereinzelt reckten sich Arme hoch und versuchten, nach Wolf und Vögelein zu fassen, als völlig überraschend die Donnerstimme des großen »Meisters« den Aufruhr übertönte: »Bewahrt Ruhe, ich bitte euch. Verdrängt eure Furcht, es kann uns nichts geschehen, denn Gott der Herr ist mit seinen Kindern.« Dann senkte er seine Stimme auf Zimmerlautstärke und wandte sich wieder Wolf und Vögelein zu.

»Eigentlich sollten Rufus und Jakobus zur Messe da sein. Sie kehren sicher bald zurück, dann können Sie sie befragen. Sie müssen mir glauben, die weltlichen Namen meiner Brüder und Schwestern sind mir unbekannt.«

Doch Wolf wollte sich auf keinen Handel einlassen. »Tut mir leid, aber unter diesen Umständen müssen wir Sie bitten mitzukommen, Herr Bretschwiler«, ordnete er an.

Der daraufhin entstehende Tumult war unbeschreiblich. Laute Rufe erklangen, steigerten sich zu einem wilden Crescendo. Die aufgebrachte Menge geriet in Bewegung, Wolf und Vögelein fühlten sich von Fäusten gepackt und in Richtung Ausgang geschoben, während andere einen Ring um Bretschwiler bildeten und ihn abzuschirmen suchten. Eine Tür quietschte und schlug kurz darauf mit lautem Knall zu – und Wolf und Vögelein standen im Freien. Allein. Nur noch schwach drang der Lärm aus dem Veranstaltungsraum nach außen.

Aufgebracht rüttelte Vögelein an der Tür, versuchte, in die Höhle des Löwen zurückzukehren. Respekt, dachte Wolf, so viel Mut hätte ich ihm gar nicht zugetraut. Doch Vögeleins Bemühungen blieben erfolglos, offensichtlich war die Tür inzwischen verschlossen worden.

»Lass uns gehen«, brummte Wolf und begann, die Stufen hinabzusteigen.

»Ja, aber …«

»Komm schon, Hanno, wir sind hier Persona non grata. Oder willst du Hausfriedensbruch begehen? Hier ist nur mit einem richterlichen Beschluss etwas zu machen – oder mit Verstärkung. Aufschlussreich war's allemal.« Mit festem Schritt lief Wolf zu ihrem Wagen.

»Aber so kenn ich Sie gar nicht, Chef«, lamentierte Vögelein hinter ihm her. »Bei Gefahr im Verzug können wir Bretschwiler hier und jetzt festnehmen!«

»Und in Erzwingungshaft stecken, bis er uns die beiden Namen nennt?«, grinste Wolf. »Vermutlich kennt er sie tatsächlich nicht.«

»Sie wollen also klein beigeben?«, entgegnete Vögelein empört, als er aufgeschlossen hatte.

»Warum denn mit dem Kopf durch die Wand rennen, wenn's auch sanfter geht?«

***

»Ah, welch hoher Gast in unserer bescheidenen Hütte«, meinte Wolf bei der Rückkehr in sein Büro und warf seine Jacke über den Schreibtischstuhl. Erst als die Antwort ausblieb, sah er sich den Gast genauer an.

Wie ein Häufchen Elend saß Karin Winter am Besprechungstisch, neben ihr Jo, die, ohne aufzublicken, etwas auf ihren Block kritzelte.

So geknickt hatte Wolf die lebensfrohe Journalistin noch nie gesehen. Irgendetwas war hier oberfaul.

»Was ist passiert?«, fragte er, aufs Höchste alarmiert.

Mit unruhigen Augen blickte Karin ihn an. »Sie müssen mir helfen, Herr Wolf. Ich bin vor einer Dreiviertelstunde Zeugin eines Mordes geworden.«

Nachdem er einen Stuhl zu sich hergezogen und ihr gegenüber Platz genommen hatte, legte Wolf beruhigend seine Hand auf ihren Arm. »Ein Mord? Davon wüsste ich. Wo soll der sich denn ereignet haben?« Sein Blick wanderte zwischen Karin und Jo hin und her.

»Frau Winter hat recht, Chef. In der Autowaschstraße in der Lippertsreuter Straße wurde ein Mann erschossen. Die Meldung ging um siebzehn Uhr fünfundzwanzig hier ein. Ich hab versucht, Sie über Ihr Handy zu erreichen, aber Sie sind nicht rangegangen. Daraufhin habe ich Sommer konsultiert. Der hat Marsberg darauf angesetzt. Wir sollen erst mal unseren Fall zu Ende bringen, und zwar möglichst bevor ihn die Medienvertreter lynchen, hat Sommer gemeint.«

»Das Unglaubliche daran ist«, fiel ihr Karin ins Wort, »ich bin erst fünf Minuten nach diesem Anruf dort eingetroffen.«

»Moment mal, Madame, immer schön der Reihe nach. Was wissen Sie von der Sache?«

Karin Winter versuchte, sich zu konzentrieren. Dann erzählte sie in allen Einzelheiten, was sich in der Autowaschanlage ereignet hatte. Wolf und Jo hörten aufmerksam zu.

Endlich raffte sich Wolf zu einer Antwort auf: »Offenbar kannten Sie den Mann, der Sie zur Waschstraße bestellt hat, sehe ich das richtig?«

Karin schluckte, ehe sie stockend antwortete. »Ja. Sein Name ist Sigi Felger. Er war ... er war gewissermaßen mein V-Mann bei der Sekte.«

Wolf war perplex. »Ihr was?«

»Als ich die Reportage über *Heaven's Gate* schreiben sollte, habe ich ihn gebeten, den Kontakt herzustellen und mir einige Insiderinformationen zu beschaffen. Oder besser gesagt eine Insiderperspektive. Er sollte an ihren Betstunden teilnehmen, im Übrigen Augen und Ohren offenhalten und mir dann darüber berichten. Das war alles. Wie sollte ich ahnen, dass der Fall so eskaliert?«

»Aus Ihrer Schilderung folgt, dass der Mörder noch vor der Tat die Polizei gerufen hat«, konstatierte Vögelein, der sich in der Zwischenzeit ebenfalls zu ihnen gesetzt hatte. »Alle Achtung, gut getimt – oder schlecht, je nachdem.«

»Ich denke, es ist offensichtlich, dass ich in eine Falle gelockt werden sollte. Die Rechnung wäre auch sicher aufgegangen, wenn es mir nicht in letzter Minute gelungen wäre abzuhauen.« Karin schluckte. »Wie ein Lamm bin ich denen in die Falle gegangen! Nachdem ihre bisherigen Anschläge gescheitert waren, wollten mir die Kerle nun einen Mord anhängen, um mich aus dem Verkehr zu ziehen. Wäre ihr Plan geglückt, hätten sie damit nicht nur mich ausgeschaltet, sondern einen unliebsamen Maulwurf dazu. Weiß der Himmel, wie sie ihm auf die Schliche gekommen sind. Jedenfalls blieb mir keine andere Wahl, als klammheimlich vom Tatort zu verschwinden.«

»Sie hätten vor Ort mit unseren Kolleginnen und Kollegen Kontakt aufnehmen und aktiv zur Aufklärung der Tat beitragen können«, gab Vögelein zu bedenken.

»Ich bitte Sie, wie hätte ich mich da rausreden sollen, im selben Wagen mit einem Toten und der Mordwaffe! Wahrscheinlich wäre die Wahrheit früher oder später ans Licht gekommen, vielleicht aber auch nicht.«

»Bleibt die Frage: Wenn Sie es nicht waren, wer war's dann?«, brachte Wolf die Sache auf den Punkt.

»Der Mann, der kurz vor der Einfahrt des Wagens die Antenne eingeschoben und die Beifahrertür geöffnet hat! Der war so wenig ein Angestellter der Firma wie ich. *Er* muss der Killer gewesen sein!«

Plötzlich knallte Wolf seine Pranke auf den Tisch, sodass die anderen erschreckt zusammenfuhren. »Das darf doch einfach nicht wahr sein!«, rief er aufgebracht. »Ständig sind uns diese Leute einen Schritt voraus!«

»Dabei sind wir so dicht dran«, meinte Jo. »Was Sie nämlich noch nicht wissen, Chef: Alle ermordeten Frauen waren Mitglieder bei *Heaven's Gate*. Eigentlich hatte ich gehofft, Sie würden den Sektenchef hier anschleppen.«

»Seine Anhänger haben ihn mit Zähnen und Klauen verteidigt«, empörte sich Vögelein.

»Ich bin mehr denn je der Ansicht, dass dieser selbst ernannte Christusverschnitt ...«

»Sie meinen Gabriello?«, fragte Karin Winter und lächelte zum ersten Mal wieder.

»Ja, genau. Ich bin der Ansicht, dass der seine Hände in Unschuld wäscht, zumindest was unseren Fall angeht. Wenigstens wissen wir jetzt, dass er den Laden nicht alleine schmeißt. Es gibt ein paar Leute im zweiten Glied, an die müssen wir rankommen. Leider kennen wir deren Klarnamen nicht. Der Sekte sind sie als Rufus und Jakobus bekannt, und Gabriello schwört ...«

»Rufus und Jakobus?«, Karin runzelte die Stirn.

»Ja. Warum?«

»Die kenn ich.«

»Waaas?« Wolf sah Karin Winter fassungslos an.

»Ich hab Ihnen doch erzählt, dass wir über *Heaven's Gate* einen ausführlichen Bericht gebracht haben. Dabei sind die beiden Namen gefallen, da bin ich mir ganz sicher ... Ich fass es nicht: Rufus und Jakobus sind das Phantom!«

»Sie meinen, die Namen der beiden standen in dem Artikel?«

»Anzunehmen. Auf alle Fälle hab ich sie mir damals notiert. Ich könnte in meinen Notizen nachsehen, dazu brauche ich allerdings das genaue Datum, an dem der Artikel erschien. Kann ich mal telefonieren?« Sie war bereits auf dem Weg zu Wolfs Schreibtisch. »Ist Matuschek da?«, fragte sie, als die Verbindung zustande kam. Kurze Pause. »Immer wenn man ihn braucht, ist der Mann weg. Vielleicht kannst du mir helfen, Moni. Versuch mal, eine Datei zu finden und sie mir vorzulesen. Es geht um einen Bericht, den wir Ende April gebracht haben. Dabei handelt es sich um eine Überlinger Sekte ... Nein, die Hintergründe kann ich dir nicht verraten ... In welchem Verzeichnis der Text liegt? Das müsstest du aber wissen. Also: lokal, Punkt, großes Ü, großes B, Punkt, Sekte ... Hast du's? ... Was soll das heißen, du findest die Datei nicht? Dann probier's noch mal, Schätzchen ... Was sagst du, gelöscht? Wieso gelöscht? Das kann nicht sein ...«

Ohne sich zu verabschieden, unterbrach sie das Gespräch und wählte neu. »Wozu hat man schließlich ein Archiv?«, flüsterte sie Wolf und seinen Kollegen hinter vorgehaltener Hand zu, um gleich darauf laut fortzufahren: »Karl, schön, dass ich dich noch antreffe … Ja, ich weiß, es ist schon spät, aber tu mir bitte, bitte noch einen klitzekleinen Gefallen. Ich brauche das Erscheinungsdatum eines Berichts über eine Sekte, oder noch besser den ganzen Bericht, erschienen irgendwann im März oder April, Aufmacher Lokalseite. Wirst du das finden? … Gut, ich warte.«

Sie blinzelte den anderen zu, offensichtlich hatte sie sich inzwischen gefangen. »Ja, ich höre … Genau, der ist es. Bitte leg den Text aufs Fax und schick ihn an folgende Nummer …« Sie nannte dem Archivmitarbeiter die Nummer, die Jo ihr auf einen Zettel gekritzelt hatte. »Danke, Karl, du bist ein Schatz.«

»Gibt's hier eigentlich keinen Kaffee?«, wandte sich Karin an Jo und lächelte bereits wieder.

»Wenn's der Wahrheitsfindung dient, koch ich gerne Kaffee für Sie. Sonst noch jemand?«

»Ich hol Butterbrezeln«, bot sich Vögelein an. »Hoffe, die Cafeteria hat noch welche.«

Er hatte kaum den Raum verlassen, da trudelte das Fax ein. Aufgeregt riss Karin das Blatt an sich und vertiefte sich in den Text. Kurz darauf legte sie ihn wieder zur Seite.

»Tut mir leid, die beiden Namen sind wider Erwarten nicht erwähnt. Aber jetzt weiß ich wenigstens, in welcher Ausgabe der Artikel stand. Kann mich schnell jemand zur Redaktion fahren, damit ich meine Notizen hole?«

»Ja, ich. Hier ist für die nächsten Minuten sowieso tote Hose«, sagte Wolf und bestellte bei der Fahrbereitschaft einen Dienstwagen.

Zwanzig Minuten später saßen alle vier wieder um Wolfs Konferenztisch. Karin Winter blätterte hektisch in ihren Notizen. Plötzlich sprang sie triumphierend auf: »Da haben wir's ja. Also … Rufus und Jakobus heißen in Wirklichkeit … mit bürgerlichem Namen, meine ich …« Sie hob den Blick und sah die Umsitzenden der Reihe nach an.

»Kommen Sie, machen Sie's nicht so spannend«, drängte Wolf.

»Peter Loske und Hartmut Neidling.«

Für einen Moment herrschte Grabesstille – bis sich Vögelein auf die Schenkel klatschte und laut »Also doch!« rief.

»Augenblick mal, heißt das, Sie sind bereits auf die Namen gestoßen?«, wunderte sich Karin.

»So ist es«, klärte Wolf sie auf. »Trotzdem danke, Ihr Hinweis ist außerordentlich wichtig für uns. Jetzt können wir wenigstens sicher sein, dass wir in die richtige Richtung ermitteln. Geht aus Ihren schlauen Notizen auch hervor, welche Funktion die beiden bei der Sekte ausüben?«

»Nur ansatzweise. Wenn ich mich recht erinnere, war Loske für das Organisatorische, die Öffentlichkeitsarbeit und die Gebäudetechnik zuständig, während Neidling sich um die Finanzen und alles Kaufmännische kümmerte.«

»Das könnte passen«, sagte Jo und warf einen versteckten Blick auf ihre Uhr.

»Welchen der beiden würden sie als den Dominanteren einschätzen?«, wollte Wolf wissen.

»Loske scheint mir gewandter, intelligenter. Neidling ist eher der Typ ›Befehlsempfänger‹. Leider habe ich keine genaue Vorstellung mehr über ihr Äußeres, zumindest kann ich sie nicht auseinanderhalten.«

»Da kann ich vielleicht behilflich sein«, erklärte Jo und verschwand kurz in ihr Büro. Von dort kehrte sie mit zwei DIN-A4-Blättern zurück, die sie mit der bedruckten Seite nach unten vor Karin Winter hinlegte.

»Sie erinnern sich sicher an unsere Phantomzeichnungen, Frau Winter. Wenn ich Sie jetzt bitten dürfte, die Augen zu schließen und sich, so gut es im Augenblick geht, das Äußere von Loske und Neidling vorzustellen. Konzentrieren Sie sich ganz auf die beiden Physiognomien, ja?«

Karin nickte. Sie schien zu verstehen, worauf Jo hinauswollte. Als sie nach einer längeren Zeitspanne wieder die Augen öffnete und Jo zunickte, drehte diese die beiden Blätter mit den Phantombildern um.

Doch der Knalleffekt blieb aus. Karin starrte auf die vor ihr liegenden Bilder, sichtlich bemüht, die Gesichter in ihrem Kopf mit denen auf den Zeichnungen zur Deckung zu bringen. Endlich schien sie zu einem Urteil gekommen zu sein.

»Schwer zu sagen, schließlich handelt es sich ja nicht um Fotos, sondern um Zeichnungen aus der Erinnerung von Augenzeugen.

Trotzdem könnten die Gesichter hier tatsächlich die von Loske und Neidling sein ... aber eine Wette möchte ich darauf nicht abschließen. Andererseits ... je länger ich mir die Visagen ansehe, desto wahrscheinlicher wird es ... ja, es könnte hinkommen. Was wissen Sie über Größe und Statur der beiden?«

»Sag es ihr, Hanno«, bestimmte Wolf.

»Nun, Neidling ist der Kleinere, etwa so groß wie ich, mit einem gedrungenen, fast massigen Körperbau. Er ist der mit der Stoppelfrisur hier.« Vögelein zeigte auf das entsprechende Bild.

»Hm, ich habe Neidling als eher korpulent und kurzhaarig in Erinnerung, das stimmt. Der Mann, der mich verfolgte, hatte allerdings alles andere als eine Stoppelfrisur, eher so wie hier auf dem Bild mit Verkleidung. Was ist mit dem zweiten?«

»Nun, der ist vom Typ her schlank, irgendwie drahtig, gut eins achtzig groß. Er hat rote, mittellange Haare«, klärte Wolf sie auf.

Wieder versank Karin Winter in sich selbst, schien in ihrer Erinnerung zu kramen. Endlich kam sie zu einem Entschluss. Sie nickte. »Ich bin mir ziemlich sicher, dass es Neidling war, der mir im Hödinger Wald ans Leder wollte. Und die Beschreibung des Zweiten passt auf Loske.«

»Gut«, sagte Wolf aufatmend. Er hatte sich erhoben und sein Barett angriffslustig zurückgeschoben. Konzentriert ging er im Raum auf und ab, den linken Zeigefinger ans Kinn gelegt. »Jetzt haben die Täter endlich ein Gesicht – und sie haben Namen! Worauf warten wir also noch? Lasst uns die beiden einsammeln. Jo und Hanno«, sein Zeigefinger stach in ihre Richtung, »ihr fahrt zu Neidling. Schafft ihn her. Nehmt euch ein paar Kollegen vom Streifendienst mit. Ich selbst werde mir Loske greifen.«

»Gehe ich recht in der Annahme, dass es sich um eine vorläufige Festnahme handelt?«, fragte Vögelein.

»Ja. Wir lassen die beiden morgen dem Haftrichter vorführen.«

Jo sprang auf. »Ja, aber ... was ist mit meinem Termin, Chef? Ich hab Ihnen doch erklärt ...«

»Ich weiß, was du mir erklärt hast, und ich erinnere mich sehr wohl an meine Antwort. Da wusste ich aber noch nicht, was ich jetzt weiß. Tut mir leid, aber Neidlings Verhaftung hat Vorrang. Jetzt, wo wir so nah am Ziel sind, wirst du deinen privaten Termin wohl verschieben müssen. So, Leute, auf geht's.«

Jo verbiss sich eine harsche Antwort. Es war ihr anzusehen, dass sie mit Wolfs Ansinnen alles andere als einverstanden war.

»Und was ist mit Mirko?«, wollte Vögelein wissen. »Der gehört todsicher ebenfalls zu dem Haufen.«

»Kleiner Fisch. Um den kümmern wir uns später, zusammen mit Gabriello. Und was Sie betrifft, Frau Winter: Ich würde Ihnen raten, sich ab jetzt noch vorsichtiger zu bewegen. Diese Leute haben auf ihre Art einen Narren an Ihnen gefressen, wenn Sie verstehen, was ich meine ...«

Noch ehe Wolf seinen Satz zu Ende brachte, klingelte das Telefon. Unwillig riss er den Hörer hoch und bellte seinen Namen. Je länger er zuhörte, desto stärker wuchs seine Verwunderung. Schließlich legte er wortlos auf. »Ihr glaubt es nicht«, sagte er und ließ sich mit unbestimmtem Lächeln auf einen Stuhl niedersinken, während ihn die Umstehenden erwartungsvoll anstarrten.

Nach einigen spannungsgeladenen Sekunden ertrug Jo das Warten nicht mehr. »Könnten Sie sich eventuell dazu durchringen, uns an Ihrem Wissen teilhaben zu lassen, Chef?«, fragte sie ironisch.

Wolf schreckte hoch, als erwache er aus einem Tiefschlaf. »Wie? Äh, ja, natürlich. Ihr werdet es nicht glauben ... das war Göbbels!«

»Göbbels?« riefen die anderen verwundert aus.

»Ja, Göbbels. Wollte sich zurückmelden, was immer das heißen mag. Er sei wieder im Lande und so weit ganz okay, wir könnten die Suche nach ihm einstellen. In Kürze wolle er alles aufklären.«

»Das war's?«

»Das war's. Nein, nicht ganz: Er meinte, ich solle nicht allzu überrascht sein und schon mal eine Buddel kaltstellen.«

***

Gleich einer spitzen Nadel stach der von Scheinwerfern angestrahlte Sipplinger Kirchturm in den nächtlichen Himmel. Drumherum, wie Küken um eine Glucke, die Lichter aus kleinen bunten Häuschen, die sich terrassenförmig den Hang hochzogen, nach Süden hin mit weitem Blick über den See, den man zu dieser Stunde allerdings mehr ahnte, als dass man ihn sah. Dahinter nachtschwarzer Wald, der sich bis zum Haldenhof hochzog und insbesondere Fe-

riengäste an heißen Tagen mit schier endlosen, schattigen Wegen erfreute. Natur pur eben.

Die beiden Männer jedoch, die auf der Suche nach einer geeigneten Unterkunft langsam das Dorf auf und ab fuhren, hatten anderes im Sinn. Nachdem sie die Nachricht von ihrer drohenden Enttarnung erreicht hatte, waren sie, kaum dass sie ihr Boot in Ludwigshafen vertäut hatten, eiligst in einen weißen Golf gestiegen und nach Sipplingen aufgebrochen. Den Toyota hatte Loskes Freundin nach Überlingen zurückgefahren, damit keine Spur zum Bootsliegeplatz in Ludwigshafen führte. Schade um den Wagen; spätestens morgen würde er den Bullen in die Hände fallen. Egal. Ihnen konnte das nichts mehr anhaben.

»Wie hast du eigentlich von der überraschenden Wendung erfahren?«, hatte Loske noch von ihr wissen wollen, bevor er zu Neidling in den Wagen gestiegen war.

»Die Winter hat sich plötzlich für eure Vergangenheit interessiert. Sobald ihr wieder einfällt, dass sie euch kennt, wird sie garantiert zu Wolf rennen.« Sie hatte leise gekichert. »Aber das werd ich zu verhindern wissen, ich bin schließlich auch nicht blöd.«

Sie waren auf der sicheren Seite, alles klappte wie am Schnürchen. Es war genau das Richtige gewesen, die heiße Phase etwas früher einzuläuten.

Ein hartes Bremsmanöver riss Loske aus seinen Gedanken. Wortlos wies Neidling auf ein Schild am Straßenrand: »Frühstückspension Säntisblick, Zimmer frei«, stand da. Ebenso wortlos stieg Loske aus und lief zu dem Haus hinüber, als wolle er die Aussicht prüfen.

»Astrein! Freier Blick auf den See«, nickte er und klingelte am Hauseingang. Fünf Minuten später bezogen sie in dem Haus ein Doppelzimmer.

»Besser hätten wir's nicht treffen können«, bemerkte Neidling zufrieden, als sie vom Balkon aus zum See hinabsahen.

»Warten wir's ab. Am besten, wir hauen uns gleich in die Falle. Spätestens morgen früh muss unsere ganze Aufmerksamkeit dem See gelten, nicht mal ein hustender Wasserfloh darf uns entgehen. Wo sind die Ferngläser?«

»Dort am Fenster. Hoffentlich klappt das mit der E-Mail. Wär

doch zu schade, wenn die Nachricht irgendwo im Datennirwana verschwindet.«

»Das klappt, verlass dich drauf.«

»Yippieeeh! Vielleicht sind wir morgen um diese Zeit schon reiche Leute, was meinst du?«

Loske streifte Neidling mit einem Seitenblick. »Freu dich mal nicht zu früh. Bei solchen Coups weiß man nie, wie sich alles entwickelt. Jedenfalls sollte einer von uns gleich morgen früh Zahnbürsten und Rasierzeug besorgen.«

Neidling grinste. »Ist das erste Urlaubsquartier, bei dem ich ohne Gepäck anreise.«

***

Die Vögel waren ausgeflogen.

Vergeblich hatte Wolf an Loskes Wohnungstür geklingelt und zuletzt, als sich nichts rührte, mit der Faust dagegengehämmert. Der Lärm hatte lediglich einen Nachbarn auf den Plan gerufen. Loske sei bereits um die Mittagszeit weggefahren, seitdem habe er ihn nicht mehr gesehen, versicherte er. Unverrichteter Dinge musste Wolf wieder abziehen, nicht ohne die zwei mitgebrachten Beamten vom Streifendienst zur Beschattung zurückzulassen – mit der strikten Anweisung, Loske bei seinem Auftauchen sofort festzunehmen und an das D1 zu überstellen.

Kaum war er in seinen Wagen geklettert, hatte Jo angerufen. Auch Neidling habe sich in Luft aufgelöst, berichtete sie. »Fast könnte man auf den Gedanken kommen, die beiden seien gewarnt worden«, fügte sie hinzu.

»Ich bitte dich; wer hätte das tun sollen? Außer uns hat niemand von der drohenden Festnahme gewusst.«

»Was machen wir jetzt?«

»Du und Hanno, ihr schnappt euch Bretschwiler und Mirko. Dann besorgt ihr euch eine Genehmigung zur Konteneinsicht, und zwar für Loske, Neidling, Bretschwiler und *Heaven's Gate*. Ich bin sicher, dass wir auf Beweise stoßen.«

»Fahndung nach Loske und Neidling einleiten, Chef?«

»Umgehend. Und schreibt auch die Fahrzeuge zur Fahndung aus.«

Wolf hatte eben den Anlasser betätigt, als das Funkgerät schnarrte. »Leo, wo bist du?«, fragte Sommer.

Der Chef höchstpersönlich, mitten in einem Einsatz? Wolf informierte ihn über seinen Standort und die geplanten Festnahmen.

»Klink dich aus, Leo, du wirst hier gebraucht.«

»Ja, aber ...«

»Es ist dringend!«

»Verstanden.« Mussten Jo und Vögelein eben sehen, wie sie ohne ihn zurechtkamen.

Zurück im »Aquarium«, erlebte Wolf die Überraschung seines Lebens. Dieser Kerl da neben Sommer ... täuschte er sich oder kam ihm die Visage bekannt vor? Nein, es gab nicht den geringsten Zweifel – das musste Göbbels sein, Göbbels, der zwielichtige, lautstarke, unerschrockene Wortführer der Überlinger Penner! Wolf war völlig perplex. Das also hatte Göbbels gemeint, als er am Telefon von Aufklärung sprach!

»Du kannst den Mund wieder zuklappen, Leo. Darf ich dich mit einem Kollegen bekannt machen: Klaus Hindemith, Sonderermittler beim LKA. Staatsanwalt Dr. Hirth kennst du ja.«

Wie in Trance schüttelte Wolf Göbbels' Hand, dann die des Staatsanwalts.

»Mit dem Komponisten gleichen Namens weder verwandt, noch verschwägert«, ergänzte Hindemith und weidete sich diebisch an Wolfs Verblüffung.

»Sonderermittler LKA? Ich versteh nicht ... Was hat das mit unseren Pennern hier zu tun?« Wolf konnte die Neuigkeit noch immer nicht fassen.

»Verdacht auf Drogenhandel in großem Stil – aber das ist eine längere Geschichte. Seit gestern wissen wir jedenfalls, dass die Dealer nicht von der Überlinger, sondern von der Friedrichshafener Pennerszene aus operieren, deshalb sollte ich abgezogen werden. Allerdings ...«

»Allerdings?«

»Nun, ich bin zufällig auf gewisse Verbindungen zwischen den Überlinger Pennern und *Heaven's Gate* gestoßen, da hab ich um ein paar Tage Verlängerung gebeten. Wollte rauskriegen, was dahintersteckt.«

»Ah, verstehe! Darum warst du also immer in der Nähe, um Jo und Karin Winter vor Schlimmerem zu bewahren.« Wolfs Gesicht verzog sich zu einem beifälligen Grinsen, mit einer schnellen Drehung wandte er sich zu Sommer um. »Und du hast die ganze Zeit über Bescheid gewusst! Du bist mir ein schöner Freund!«

Wolf umrundete Hindemith einmal zur Gänze. »Und, was macht die Leber?«, fragte er.

Hindemith gelang es nur mit Mühe, ernst zu bleiben. »Danke der Nachfrage. Regeneriert sich gerade wieder.«

Kopfschüttelnd musterte Wolf ihn von Kopf bis Fuß. »Hätte nicht gedacht, dass aus dir jemals wieder ein anständiges Mitglied der Gesellschaft wird.«

»Da siehste mal wieder: Kleider machen Leute.«

»Wie schön. Hinken tun wir auch nicht mehr … und selbst die Beißerchen sind wieder vollzählig an ihrem Platz. Wunder über Wunder!«

»Ja, Herr Kommissar, äh, Leo … Mensch, an diese Anrede muss ich mich erst noch gewöhnen.« Hindemith grinste breit. »Du kennst doch die kleinen Tricks: Mit einer spitzen Einlage im Schuh gehst du bei jedem Schritt ganz automatisch leicht in die Knie – oder hast du noch nie einen Stein im Schuh gehabt? Und was die Zahnlücke angeht: Ein bisschen schwarzen Mattlack auf die Hauer gepinselt, und schwupp, sind sie weg.«

»Stimmt. Selbst ich bin drauf reingefallen«, grinste Wolf.

»Das einzige Problem ist, den Lack hinterher wieder abzukriegen.«

»Bitte, meine Herren«, unterbrach Dr. Hirth den Disput der beiden, »für Ihre Fachsimpeleien haben Sie später noch genügend Zeit. Hier nur so viel, Herr Wolf: Kollege Hindemith vom LKA wird Sie bei den Ermittlungen im BWVG-Erpressungsfall unterstützen«, erläuterte Sommer.

»BWVG-Erpressungsfall? Ich glaub, ich bin im falschen Film. Würde mich bitte mal jemand aufklären?«

Sommer reichte Wolf ein Blatt Papier. »Hier, lies selbst, dann weißt du alles. Kaffee kommt gleich.«

Wolf überflog den Ausdruck, dann ließ er das Blatt sinken.

Zwischenzeitlich hatte Frau Bender den Kaffee gebracht. Ohne ein Wort zu verlieren, verschwand sie wieder.

Wolf nippte flüchtig an seiner Tasse. Er fluchte unterdrückt, als er sich den Mund verbrannte. Danach nahm er sich das Blatt ein zweites Mal vor.

Zunächst fiel sein Auge auf die Absenderadresse im Kopf des Formulars. Vier Buchstaben standen da: BWVG, das Kürzel für die Bodenseewasser-Versorgungsgesellschaft mbH mit Sitz in Sipplingen. Wolf erinnerte sich, das Pumpspeicherwerk, oberhalb von Sipplingen gelegen, irgendwann einmal besichtigt zu haben. Die Tatsache, dass von hier aus halb Süddeutschland mit Bodenseewasser versorgt wurde, hatte ihn außerordentlich beeindruckt.

»Als E-Mail eingegangen, wenn ich es recht sehe«, sagte er, nur um sicherzugehen.

»Richtig«, nickte Hindemith. »Und eine deutliche Spur. Ganz schön unvorsichtig von den Leuten. Dabei hätte ich nach der Höhe der Forderung eher auf Profis getippt.«

Nachdenklich wiegte Wolf den Kopf hin und her. »Vielleicht haben sie ja einen fremden Computer benutzt, in einem Internetcafé oder so. Oder sie nehmen das Risiko, entdeckt zu werden, bewusst in Kauf.«

»Du meinst, sie haben für diesen Fall vorgesorgt? Dann hätten wir allerdings schlechte Karten.«

Wolf knurrte etwas Unverständliches, ehe er sich, diesmal gründlicher, in den Text vertiefte. Als Betreff stand da nur das lapidare Wort »Forderung«.

»Wir fordern bis spätestens kommenden Montag, 12.00 Uhr, zehn Millionen Euro. Die Summe ist bis zum genannten Zeitpunkt auf einem Kreditkartenkonto der Sparkasse Überlingen bereitzustellen, die Nummer lautet 00145936. Sollten Sie unserer Forderung nicht nachkommen, werden wir an den Wasserentnahmetürmen zwanzig Gramm Arsentrioxid freisetzen – mit verheerenden Folgen für viele tausend Haushalte, wie Ihnen kompetente Kenner des weißen Giftes gerne darlegen werden. Die Haftladung ist bereits installiert, die Freisetzung kann jederzeit von uns ausgelöst werden. Jeder Versuch, die Ladung zu entfernen oder auch nur zu berühren, leitet unwiderruflich ihre Zerstörung ein und setzt das Gift frei. Alle Folgen, die daraus entstehen, haben Sie zu verantworten.

Kein Absender, kein Hinweis auf eine weitere Kontaktaufnahme – aber auch kein Zweifel, wer als Täter in Frage kam. Das Arsen, insbesondere die genannte Menge, sprach eine allzu deutliche Sprache.

Für einen kurzen Moment glaubte Wolf zu träumen. Wieso hatten sich die Gangster ausgerechnet die BWVG als Opfer ausgesucht? War da überhaupt etwas zu holen? Ein Unternehmen, das sich auf hochriskante Cross-Border-Geschäfte einließ, seine kompletten Betriebsanlagen an einen windigen amerikanischen Finanzier verkaufte und im gleichen Atemzug wieder zurückpachtete, konnte ja nur Verluste produzieren. Aber vermutlich verstand er zu wenig davon.

Wolf reichte den Ausdruck an Sommer zurück. Ein wahrhaft perfider Plan, dachte er. Diese beiden Witwenmörder waren ja noch viel kränker, als er angenommen hatte.

Dr. Hirth, der Wolf die ganze Zeit über aufmerksam beobachtet hatte, ergriff nun das Wort. »Ich denke, Sie sind auf der richtigen Spur, Hauptkommissar Wolf. Auch wir gehen davon aus, dass es sich bei den Erpressern und den von Ihnen gesuchten Arsenmördern um ein und dieselben Leute handelt.«

Wolf kaute auf seiner Unterlippe. Dr. Hirth sprach aus, was er dachte, doch er wollte nicht vorschnell urteilen. »Was macht Sie da so sicher?«, fragte er darum.

»Wir haben soeben den Direktor der Volksbank Friedrichshafen befragt. Das Konto, das die Erpresser in ihrer E-Mail angeben, gehört einem gewissen Peter Loske.«

»Das darf doch nicht wahr sein!«, platzte Wolf heraus. Wie immer, wenn ihn etwas aufwühlte, sprang er von seinem Stuhl auf und begann, wie ein gefangenes Raubtier hin und her zu tigern – bis er plötzlich abrupt stehen blieb, eine Zigarette aus seiner Tasche fummelte und sie anzündete. Dass sich trotz des Rauchverbots in Diensträumen, zumal in Sommers Büro, kein Protest regte, machte den Ernst der Lage umso deutlicher.

Kaum hatte Wolf den ersten Zug inhaliert, blickte er reihum auf seine Mitstreiter. »Dass Loske und seine Leute alte Damen um die Ecke bringen, um an deren Nachlass zu kommen, das kapier ich ja noch, und irgendwie passen sogar die toten Penner ins Bild – Leute wie Loske lassen sich nicht ungestraft die Butter vom Brot nehmen. Aber ein Unternehmen um zehn Millionen zu erpressen, indem man das Leben von hunderten, im schlimmsten Fall von tausenden unschuldigen Menschen riskiert, das ist eine völlig neue Dimension! Ich frage mich …« Hier stockte Wolf.

Ungeduldig zog Sommer die Augenbrauen hoch. »Ja?«

»Nun, ich frage mich, warum mich dieser Coup dennoch nicht sonderlich überrascht. Diese Kerle sind kaltblütig, durchtrieben, und sie haben eine unglaubliche kriminelle Energie. Würde mich nicht wundern …« Wieder ließ er den Rest des Satzes in der Luft hängen.

»… wenn das von Anfang an Teil ihres Plans war«, vollendete Sommer.

»Kommt mir jedenfalls so vor.« Eine Sekunde lang herrschte Schweigen. »Verdammt, verdammt, verdammt«, brach es plötzlich aus Wolf heraus, anklagend reckte er beide Arme in die Höhe. »Wir waren schon so nah dran an ihnen, so nah …«

Sommer winkte ab. »Das bringt uns jetzt nicht weiter, Leo. Wir müssen vorwärtsschauen. Am besten schilderst du uns den aktuellen Stand der Ermittlungen, dann entscheiden wir über das weitere Vorgehen.«

Mit einer gemurmelten Entschuldigung drückte Wolf seine Zigarette auf seiner Untertasse aus, ehe er Sommers Wunsch nachkam.

»Gut«, resümierte Sommer, als Wolf seinen Bericht beendet hatte, »wenn ich das recht verstanden habe, werden Loske und Neidling bei ihrer Rückkehr von deinen Leuten erwartet. Allerdings können wir uns wohl kaum darauf verlassen, *dass* sie zurückkehren. Viel eher müssen wir davon ausgehen, dass die beiden zwischenzeitlich über alle Berge sind und ihre Tat aus dem Untergrund zu Ende führen. Was schlägst du konkret vor, Leo?«

In diesem Augenblick klingelte Wolfs Handy. Er sah aufs Display. »Frau Louredo«, erklärte er und nahm das Gespräch an. Schon wenige Augenblicke später beendete er es wieder.

»Bretschwiler und Mirko sind festgenommen und befinden sich auf dem Weg hierher. Allerdings stufe ich die beiden lediglich als Mitläufer ein, sie werden uns nicht wirklich weiterbringen. Deshalb schlage ich folgende Sofortmaßnahmen vor. Erstens: eine Fangschaltung bei der BWVG-Verwaltung. Das Unternehmen ist, zumindest im Augenblick, alleiniger Ansprechpartner der Täter, ziemlich sicher werden sie noch einmal Kontakt mit ihm aufnehmen, zum Beispiel wegen genauer Durchführungsmodalitäten. Zweitens: Die Wohnungen von Loske und Neidling müssen durchsucht werden. Sofort. Ich bin mir sicher, dass wir dort Spuren finden, die uns weiterhelfen. Drittens: Die Täter werden alle Aktivitäten auf dem See kontrollieren wollen. Nach meiner Einschätzung sind sie keineswegs über alle Berge, sondern ziemlich sicher noch hier in der Gegend. Es führt wohl kein Weg daran vorbei, aber wir müssen sämtliche gewerblichen und privaten Vermieter in den Räumen Überlingen, Sipplingen, Ludwigshafen und Bodman abklappern, sobald die Angabe über die Haftladung überprüft ist.«

»Und das am Wochenende«, stöhnte Dr. Hirth.

»Die haben nicht ohne Grund diesen Termin gewählt«, erwiderte Sommer und griff zum Telefon. »Wir setzen natürlich die Kollegen von der Soko ein, doch das wird nicht reichen. Ich versuche, zusätzliche Leute zu bekommen.«

»Was Leo vorschlägt, scheint mir sinnvoll«, sagte Hindemith. »Da ist aber noch was: Die Täter müssen ein Boot benutzt haben. Möglicherweise ist es auf ihren Namen zugelassen. Wenn sich feststellen ließe, wo dieses Boot liegt, könnte uns das vielleicht zu ihrem derzeitigen Aufenthaltsort führen.«

»Falls wir's personell überhaupt schaffen«, meinte Hirth.

»Wenn wir das nicht sicherstellen können, müssen wir eben bei der Bundespolizei Verstärkung anfordern. Ich brauche wohl nicht daran zu erinnern, was passiert, wenn wir die Täter nicht vor Ablauf der gesetzten Frist aus dem Verkehr ziehen und die Ladung unschädlich machen. Als letztes Mittel bliebe dann nur noch die Abstellung der Wasserversorgung – mit all ihren Folgen.«

»So oder so wäre es eine Katastrophe«, stieß Wolf ins gleiche Horn. »Egal, ob am Ende ›nur‹ fünf oder fünfhundert Tote stehen: Wenn wir versagen, haben wir jeden einzelnen Toten mitzuverantworten.«

»Augenblick mal, ich hab da eine Idee.« Hindemith war von seinem Stuhl aufgesprungen und legte angestrengt nachdenkend den Zeigefinger auf die Lippen. »Ihr sagt, wir brauchen Leute. Wären zehn Mann fürs Erste genug?«

»Wo willst du die hernehmen?«, fragte Sommer erstaunt.

»Gib mir ein bisschen Zeit, und ich bringe sie dir.«

Sommer hob die Augenbrauen, nickte aber.

»Sind bereits Taucher angefordert?«, wollte Wolf wissen.

»Müssten in Kürze vor Ort sein.«

»Gut. Und was das Boot der Täter betrifft: Gleich morgen früh rufe ich das zuständige Schifffahrtsamt in Konstanz an. Außerdem muss ein Sprengstoffspezialist des Landeskriminalamtes her.«

»Ist bereits im Anrollen«, entgegnete Hindemith.

Erneut klingelte Wolfs Handy. Wieder war es Jo, diesmal mit der Meldung, die gesuchten Fahrzeuge von Loske und Neidling seien gefunden worden. »Zur KTU damit«, knurrte Wolf und gab die Information weiter.

Hindemith erhob sich. »Ich fahre nach Sipplingen zur BWVG-Verwaltung. Die Leute dort müssen ja über unsere Pläne informiert werden. Außerdem muss über die Zahlung des Lösegeldes gesprochen werden für den Fall, dass die Vergiftung des Wassers nicht verhindert werden kann. Bei der geringsten Neuigkeit bitte sofortige Kontaktaufnahme.« Schon war er unter der Tür.

»Ich komme mit«, beeilte sich Dr. Hirth zu sagen. Der Fall schien selbst dem leitenden Staatsanwalt Feuer unter dem Hintern zu machen, jedenfalls hatte Wolf ihn noch nie so schnell aufspringen sehen.

Flüchtig winkte er dem noch immer telefonierenden Sommer zu, ehe er sich selbst aufmachte. Ohne richterlichen Beschluss konnten sie sich die Durchsuchung der Wohnungen von Loske und Neidling abschminken, also musste er erst mal diese Hürde aus dem Weg räumen. Hoffentlich hieß der diensthabende Richter nicht Settele!

***

»Wir beginnen bei Loske. Er scheint mir der Kopf der Gruppe zu sein. Drei Kollegen von der Spurensicherung begleiten uns. Einer von ihnen ist Schönborn, er versteht sich auf das Öffnen von Türschlössern.«

Mit diesen Worten ließ sich Wolf in den Beifahrersitz fallen und bedeutete Vögelein, endlich loszufahren. Er musste den Ärger mit

Richter Settele möglichst rasch vergessen. Der »Kotzbrocken«, wie Wolf ihn insgeheim getauft hatte, hatte sich anfänglich vehement gegen die Ausstellung der Durchsuchungsbeschlüsse und den Antrag auf Konteneinsicht gesträubt und war erst durch den unverblümten Hinweis des Staatsanwaltes auf die drohende Vergiftung und das nachfolgende Inferno zum Einlenken bereit gewesen.

»Wäre es nicht klüger, wir teilen uns auf und nehmen uns beide Wohnungen gleichzeitig vor?«, ertönte da eine Stimme vom Rücksitz.

Überrascht drehte Wolf sich um. »Du hier? Was ist mit deinem dringenden Termin?« Er hatte es nicht übers Herz gebracht, Jo den Abend zu versauen und ihr im Anschluss an Bretschwilers Verhaftung freigegeben. Zu diesem Zeitpunkt hatte er noch nicht absehen können, dass sie alle verfügbaren Kräfte brauchen würden.

»Dieser Arsch hielt es auch diesmal nicht für nötig, auf mich zu warten«, antwortete Jo giftig. »Wegen lumpiger zehn Minuten, das muss man sich mal reinziehen! Auf so jemand kann ich gerne verzichten.«

»Na ja, wir sind jedenfalls froh, dass wir dich dabeihaben, nicht wahr, Hanno?«

»Das will ich meinen, als Trio sind wir geradezu unschlagbar. Aber nun lassen Sie mal die Katze aus dem Sack, Chef: Hinter was genau sind wir eigentlich her?«

Mit kurzen Worten schilderte Wolf die neueste Entwicklung. Er war kaum fertig, da trat Vögelein auch schon auf die Bremse. »Wir sind da, Herrschaften.«

Nachdem sich einer der Streifenbeamten als Türöffner betätigt hatte, zogen die Beamten ihre Latexhandschuhe über und verteilten sich wie abgesprochen auf die einzelnen Räume.

Es waren noch keine zehn Minuten vergangen, als Wolf einen überraschten Ausruf vernahm.

»Das ist ja irre! Kommen Sie mal, Chef?«

Jo hatte sich den Raum vorgenommen, der von Loske anscheinend als Arbeitszimmer genutzt wurde. Sie saß an einem Schreibtisch neben dem Fenster, umgeben von Bergen von Unterlagen, und starrte wie gebannt auf ein Blatt Papier. Als Wolf hinzukam, hielt sie ihm das Schriftstück entgegen.

»Hier, sehen Sie. Kommen Ihnen die Namen auf dieser Liste nicht auch bekannt vor?«

Wolfs Augen zogen sich zu Schlitzen zusammen, als er die Aufstellung überflog. »Teufel noch mal ... das sind doch die ...«

»Genau. Die gut betuchten alten Damen, die die Brüder des Himmlischen Tores ins Jenseits geschickt haben.«

»Aber hier stehen viel mehr Namen. Es sind insgesamt achtzehn.«

»Das Geschäft mit den Erbschaften muss einträglicher gewesen sein, als wir angenommen haben. Ach, übrigens, hier ist auch eine Mappe mit Kontoauszügen. Enthält auf den ersten Blick allerdings nichts Außergewöhnliches, Bewegungen und Kontostände liegen im üblichen Rahmen.«

»Wenigstens wissen wir jetzt, mit wem er seine Geldgeschäfte tätigt; ist ja auch was wert, oder?«, sagte Vögelein, der sich zu ihnen gesellt hatte.

Wolf zündete sich eine Gitanes an, Jos hochgezogene Augenbrauen wohlweislich übersehend. »Ich gehe jede Wette ein, dass die wirklich interessanten Summen längst ins Ausland transferiert wurden«, sagte er. »Aber die müssen sich ihrer Sache sehr sicher gewesen sein, wenn sie alles hier rumliegen lassen.«

Draußen im Flur verlangte eine Männerstimme nach Wolf. Knurrend löschte er seine Zigarette und machte sich auf die Suche nach dem Rufer. Kurze Zeit später war er wieder zurück. »Hier, das hat die Spusi unter der Post gefunden«, erklärte er. Er legte ein Mäppchen mit dem Aufdruck eines Reisebüros vor Jo auf den Schreibtisch.

»Was ist das?«

»Unter anderem ein Formular mit den Einreisebestimmungen nach Barbados und zwei Kofferanhänger.«

Jo kaute auf ihrer Unterlippe. »Es ist wohl, wie Sie vermutet haben, Chef: Die Kerle haben den Schachzug von langer Hand vorbereitet. Jetzt wird mir auch langsam klar, wie das ablief: Über die Erbschaften besorgten sie sich gewissermaßen das Betriebskapital, bei so einem Coup fällt ja einiges an Kosten an. Schließlich müssen eine neue Identität vorbereitet und eine standesgemäße Bleibe am neuen Domizil erworben werden, dazu ein völlig neues Outfit, ein schickes Boot und natürlich neue Wagen, eine Menge technisches Equipment im Zusammenhang mit dem Sprengsatz. Dann der Transfer und die sichere Anlage des Geldes im Ausland … man ist umzingelt von Leuten, die ständig die Hand aufhalten.«

»So ist es. Ganz zu schweigen von dem erhofften sorgenfreien Leben auf Barbados oder sonst wo, und das, wenn möglich, bis ans Ende ihrer Tage.«

»Das wiederum ist durch die zehn Millionen gedeckt, die dürften dafür wohl reichen. Falls nicht, kann man den Coup ja wiederholen.« Jos Stimme triefte vor Sarkasmus.

In diesem Augenblick stürmte einer der Schneemänner herein, beinahe hätte er Wolf umgerannt. »Hier«, näselte er und hielt Wolf einen unscheinbaren Kartonschnipsel dicht vor die Nase. Unstrittig handelte es sich dabei um den Rest einer kleinen Faltschachtel.

»Woher hast du das?«, fragte Wolf muffig.

»Na, aus dem Abfalleimer in der Küche. Gut, was?«

»Der Müll unserer Kundschaft ist doch immer wieder eine wahre Fundgrube«, seufzte Wolf.

Mit spitzem Zeigefinger wies der Kollege auf eine bestimmte Stelle. »Interessant ist dieser angerissene Aufkleber da.«

Wolf nahm ihm das Kartonstück aus der Hand und führte es nahe an die Augen. »Ziemlich poplig, die Schrift … nee, das kann wirklich keine Sau lesen.«

»Wie wär's mit 'ner Brille, Chef?«, fragte Jo.

»Liegt im Büro«, räumte er zerknirscht ein. Er reichte ihr den Schnipsel: »Lies vor, du hast bessere Augen.«

Anfänglich schien auch Jo zu scheitern. »Bei der handschriftlichen Notiz nützen die besten Augen nichts, das ist einfach eine fürchterliche Klaue. Anders verhält es sich mit den beiden gedruckten Zeilen. Warten Sie … die obere heißt ›om-Apotheke‹, die untere ›ugsburg‹. Die Lösung beim letzten Wort scheint mir einfach, da würde ich auf Augsburg tippen. Aber das erste?«

»Das heißt Dom-Apotheke«, klärte Wolf sie auf. »Die Apotheke in Augsburg befand sich in unmittelbarer Nähe des Doms. Demnach lagen wir richtig mit unserem Verdacht: Loske und Neidling sind tatsächlich die Augsburger Arsenräuber.« Mit spitzen Fingern reichte er dem Schneemann den Schnipsel zurück. »Bin mir ziemlich sicher, dass sich der handschriftliche Vermerk auf den Inhalt des Päckchens bezieht. Und der Teufel soll mich holen, wenn darin nicht die Begriffe Barbiturat und Arsentrioxid vorkommen.«

Wolf konnte mit dem bisherigen Erfolg der Durchsuchung mehr als zufrieden sein. Die Namensliste der Mordopfer, die Verpackung aus Augsburg – was wollten sie mehr? Dass die beiden Burschen sich ins Ausland absetzen wollten, war zudem ein deutlicher Hinweis auf ihre Beteiligung an der BWVG-Erpressung.

Und wer konnte wissen, welche Schätze in Neidlings Wohnung auf sie warteten? Er hatte den Gedankengang kaum zu Ende gebracht, da hielt ihm Vögelein sein Handy unter die Nase. »Für Sie, Chef.«

Wolf zerdrückte einen Fluch zwischen den Lippen. Hatte sein eigenes Gerät wieder mal den Betrieb eingestellt? Diese Scheißakkus, immer waren sie im falschen Moment leer. Mit entsprechend schlechtem Gewissen meldete er sich.

Es war Sommer. Er forderte Wolf auf, umgehend zur Schiffslände zu kommen. »Dort wartet ein Boot, das uns nach Sipplingen bringt. Wir wollen uns die Haftladung mal aus der Nähe ansehen. Wir werden drei Polizeitaucher mit Unterwasserkamera dabeihaben. Bis gleich also.«

Mit keinem Wort hatte Sommer nach dem Durchsuchungsergebnis gefragt. Das war typisch für den Kripochef: Warum für derlei Fragen Zeit verschwenden, wenn man sich in wenigen Minuten ohnehin traf. Wolf sagte Jo und Vögelein Bescheid, dann machte er sich auf den Weg. Bereits im Gehen fischte er eine Gitanes aus der Packung und zündete sie an.

Fünfzehn Minuten später legte das Polizeiboot am Mantelhafen ab. Fast wäre Wolfs Barett im Wasser gelandet, als das Boot Fahrt aufnahm. Noch immer dräute schweres Gewölk am Himmel, die Luft war kühl und klamm. Wenigstens hatte der Regen aufgehört. An Bord befanden sich neben den uniformierten Kollegen von der Wasserschutzpolizei mit Wolf, Sommer und Hindemith die leitenden Ermittler, verstärkt durch Staatsanwalt Dr. Hirth und einen weiteren Mann in Zivil, der Wolf als der Sprengstoffexperte des LKA vorgestellt wurde. Auf dem Vorschiff legten die Polizeitaucher gerade ihre Ausrüstung an.

Eine weitere Viertelstunde später hatten sie ihren Zielpunkt erreicht. Alle Lichter außer den Positionslaternen wurden gelöscht. Nach einigen letzten Instruktionen signalisierten die Taucher ihr »Okay« und sprangen nacheinander ins Wasser. Alle anderen – außer dem Wachhabenden – drängten sich um den Monitor, der auf einer Konsole im Steuerhaus stand.

Ihre Geduld wurde auf eine harte Probe gestellt. Außer graugrün wabernden Schleiern war minutenlang so gut wie nichts zu sehen. Doch dann, irgendwann, schoben sich auf den Bildausschnitten, von einem der Techniker nebeneinander auf den Monitor gelegt, graue kantige Metallkörper ins Bild, schemenhaft zuerst, doch schnell größer und schärfer werdend, bis sie den Monitor schließlich zur Gänze ausfüllten. Es musste sich um das obere Ende der Wasserentnahmetürme handeln, drei Ungetüme, von denen jedes etwa zehn Meter aus dem Seegrund aufragte. Ihre gleichmäßig gelochte Oberfläche erinnerte ein bisschen an übergroße Küchensiebe.

Lähmend langsam fuhr die Kamera nun an der Turmoberfläche entlang, mit unbestechlichem Auge Meter um Meter inspizierend, immer auf und ab und rundherum. Schon drohte Wolfs Interesse zu erlahmen, als unvermittelt beim linken Ausschnitt etwas die Gleichmäßigkeit der Metallwandung störte, eine handtellergroße Unregelmäßigkeit nur, im diffusen Licht kaum erkennbar, und doch ausreichend, um den Taucher zu alarmieren.«

»Stopp!«, rief Wolf, »können wir Bild eins mal größer haben?«

Per Zoom fuhr die betreffende Kamera mitsamt ihrer Lichtquelle auf den Gegenstand zu, bis er sich scharf und bildfüllend den Beobachtern oben auf dem Schiff präsentierte.

Kein Zweifel, sie hatten die gesuchte Stelle gefunden, den kritischen Punkt, um den sich in den folgenden Stunden alles drehen würde. Und wehe, es gelang ihnen nicht, dieses verfluchte Ding rechtzeitig unschädlich zu machen!

Über die Kommunikationsleitung wies der Sprengstoffexperte den Taucher an, die Haftladung mit der Kamera einmal langsam zu umkreisen. Während der Taucher die Anweisung ausführte, sprach der LKA-Mann seine Beobachtungen in ein Diktiergerät, das plötzlich wie hingezaubert in seiner rechten Hand auftauchte.

»... kubischer Körper, Größe etwa zehn mal zehn Zentimeter, Dicke zirka ein Zentimeter, Oberfläche metallfarben, vermutlich Kunststoff, darauf aufgebracht ein Muster aus schwarzen Punkten, in Größe und Anordnung dem Lochraster des Turmgehäuses täuschend ähnlich. Legt die Vermutung nahe, dass den Tätern die Oberflächenstruktur der Türme bekannt war. Anbringung vermutlich per Magnethaftung. Keine Kabel, keine Kontakte, keine Schalter oder Dioden sichtbar. Zu Sprengkraft und Auslöser sind keine genauen Angaben möglich, jedoch ist das Volumen des Körpers groß genug, um neben dem Gift ausreichend Sprengstoff zu einer vollständigen Zerstörung des Gehäuses aufnehmen zu können.«

»Die Hauptfrage ist doch: Wie wird das Scheißding ausgelöst?«, unterbrach ihn Wolf ungeduldig.

»Schön eins nach dem andern, Kollege, darauf wollte ich gerade zu sprechen kommen.« Der LKA-Mann fuhr fort, in sein Diktiergerät zu sprechen. »Was die Auslösung betrifft, so kann sie aufgrund der räumlichen Verhältnisse nicht über eine Uhr erfolgen. Nach Lage der Dinge scheidet ein fest eingestellter Zeitzünder ohnehin aus, da er den Tätern nicht genügend Freiheit im Tatablauf bieten würde. Die Gehäusemaße lassen auf einen USK-Schaltkreis beziehungsweise einen baugleichen Typ schließen. Er erlaubt es den Tätern, den Sprengsatz beispielsweise über ein Handy auszulösen ...«

»Über Handy? In fünfzig Meter Tiefe? Das ist wohl kaum möglich«, warf Sommer ein. Auch Wolf und Hindemith machten zweifelnde Gesichter.

Der Sprengstoffexperte unterbrach sein Protokoll. »Na klar, ist das möglich. Auch in der Unterwassertelefonie ist die Zeit nicht stehen geblieben. Die Firma Thales Safare zum Beispiel hat ein Modem für Point-to-Point-Anwendungen entwickelt, das noch in Tiefen von mehr als hundert Metern funktioniert. Drahtlos. Und vergessen Sie nicht: Was da unten ankommen soll, ist kein störungsfreies Gespräch, sondern lediglich ein Signal, das den Zünder auslöst.«

In diesem Augenblick betrat ein Wapo-Beamter die Kabine. »Gespräch für den Kollegen Wolf, dringend!«, sagte er entschuldigend in die Runde.

Wolf verließ die stickige Kabine. An Deck holte er erst einmal tief Luft, dann sah er auf die Uhr: beinahe halb zehn. Ein paar Urlaubstage wären schön – wenn er das alles hinter sich hatte. Pastis in Quiberon genießen, Austern schlürfen an der Côte d'Émeraude, die Herbststürme der Bretagne durch die Haare wehen lassen …

Ein Räuspern holte ihn in die Wirklichkeit zurück. Seufzend nahm er dem Kollegen den Hörer aus der Hand und nannte seinen Namen.

Als er zu den anderen zurückkehrte, hatte der LKA-Mann seine Ausführungen beendet. Fragend sahen Sommer, Hindemith und Dr. Hirth auf Wolf.

»Das war Jo«, berichtete er, »sie haben in Loskes Wohnung eine Tasche mit Perücken und anderen Dingen gefunden, die man für Verkleidungen benutzt. Wichtiger für uns hier dürfte aber etwas anderes sein: Auf Loskes PC konnten die Spusi eine gelöschte Datei wiederherstellen, die eine Art Schaltplan enthält. Wenn wir Glück haben, gehört er zu dieser Bombe hier unter uns.« Spätestens bei den Worten »Schaltplan« und »Bombe« waren auch der LKA-Mann und die Wapo-Beamten ganz Ohr. »Ich habe veranlasst, dass Jo uns mit dem Plan am Mantelhafen erwartet«, fügte Wolf hinzu.

An dieser Stelle machte er eine kurze Pause. Dann sah er die Anwesenden der Reihe nach an: »Außerdem haben sich die Täter gemeldet. Telefonisch. Allerdings kam der Anruf aus einer Zelle.«

»Ja und? Was wollten sie?«, fragte Sommer, der seine Unruhe nicht länger verbergen konnte.

»Sie warnen uns vor Tauchgängen im Seegebiet vor Sipplingen. Drohen damit, die Bombe vorzeitig hochgehen zu lassen.«

Unruhe brach aus, alle redeten durcheinander, bis der Wapo-Schiffsführer seine Stimme hob: »Unsere Taucher müssen sofort hoch! Wir sollten die Aktion auf der Stelle abbrechen, inzwischen wissen wir ohnehin, was wir wissen wollten.«

Wolf winkte ab: »Es besteht keinerlei Anlass zur Eile, Kollegen. Ich denke, wir können die Drohung getrost ignorieren. Die Leute sind scharf auf die zehn Millionen, aber die können sie abschreiben, wenn sie die Ladung vorzeitig zünden. Schließlich ist der Sprengsatz mit dem Gift ihr einziges Druckmittel. Vergessen wir nicht: Ihr Weg zu den Millionen ist bereits jetzt mit Leichen gepflastert; sie werden, ja sie müssen ihn zu Ende gehen, soll das nicht alles für die Katz gewesen sein.«

»Leo hat recht«, nickte Hindemith, »wir dürfen uns nicht ins Boxhorn jagen lassen. Trotzdem bin ich für Abbruch, wir können hier im Moment nicht mehr erreichen.«

»Außerdem möchte ich so rasch als möglich einen Blick auf den Schaltplan werfen«, erinnerte der Sprengstoffexperte.

Ringsum ertönte Zustimmung, da hob Wolf die Hand. »Moment noch, nicht so eilig, Kollegen. Ich finde, wir sollten den Anrufern dankbar sein, dass sie unsere Ermittlungen so konsequent unterstützen, wenn auch gänzlich unbeabsichtigt.«

»Unterstützen? Wie meinst du das?«

»Ist doch klar.« Der Anflug eines Lächelns umspielte Wolfs Gesicht. »Für mich ist der Anruf vor allem der Beweis, dass die Dreckskerle noch hier in der Nähe sind. Vermutlich sitzen sie in diesem Augenblick irgendwo da oben und haben ihre Ferngläser auf uns gerichtet.« Er wies auf die Lichter von Sipplingen.

»Ich hoffe, sie haben Muffensausen«, nickte Sommer düster.

»Hoffentlich nicht. Denn jetzt, wo wir wissen, wo wir sie zu suchen haben, sollen sie da bitte auch noch eine Weile bleiben«, fügte Hindemith hinzu.

***

Mit einer Verwünschung machte Wolf seinem Ärger Luft. Er hatte vergessen, beim Edeka-Markt vorbeizugehen und seinen Einkaufskorb abzuholen. Ausgerechnet heute, wo er sich so auf einen Feierabend-Pastis gefreut hatte! Ganz zu schweigen davon, dass er sich auch am folgenden Morgen mit einer Tasse Kaffee würde begnügen müssen.

Grimmig fuhr er nach Hause und schleppte sein Fahrrad in den Abstellraum, stapfte die Treppe hoch und steckte den Schlüssel in das Schloss – da hielt er überrascht inne. Die Tür war zwar eingeschnappt, aber nicht verschlossen. Dabei war er sicher, den Schlüssel wie jeden Morgen zweimal umgedreht zu haben.

Leise schob er die Tür gerade so weit auf, dass er hindurchschlüpfen konnte. Und wirklich, er hatte sich nicht getäuscht: Jemand war in seine Wohnung eingedrungen, aus der Küche kamen merkwürdige Geräusche. Auf Zehenspitzen schlich er weiter. Dann stieß er die Tür mit aller Kraft auf. »Sie?«, rief er erstaunt und ließ sich auf einen Stuhl fallen.

Frau Öchsle, die sich rasch wieder gefasst hatte, setzte ein breites Lächeln auf. »Da staunen Sie, was?«, nickte sie triumphierend und nahm verschiedene Gegenstände aus seinem Einkaufskorb, um sie im Kühlschrank zu verstauen. »Damit Sie mir nicht vom Fleisch fallen«, erklärte sie beiläufig. »Bei dem hier bin ich mir allerdings nicht ganz sicher, wo es hingehört.« Sie hielt eine Flasche nahe vor die Augen und studierte das Etikett. »Pastis«, las sie laut, mit Betonung auf der ersten Silbe und hinten mit scharfem S. »Vermutlich ein Reinigungsmittel, nicht wahr?«

Wolf rieselte bei so viel Unkenntnis ein kalter Schauer über den Rücken. »Geben Sie her«, sagte er eine Spur zu ruppig und brachte die Flasche in Sicherheit. »Woher haben Sie das ganze Zeug überhaupt?«

Frau Öchsle sah ihn entrüstet an. »Nun muss ich mich aber doch sehr wundern, Herr Wolf. Sie haben das alles doch gestern selbst bestellt, wissen Sie nicht mehr? Bei Edeka.«

»Ja, schon, aber …«

»Und weil Sie vergessen haben, es abzuholen, hat mich die Marktleiterin angerufen, die kenne ich gut. Wir wissen doch, dass Sie wenig Zeit haben, bei all den schlimmen Verbrechen, die heutzutage passieren …«

»Schön, Frau Öchsle, ich danke Ihnen, Sie sind ein Schatz!«, fuhr Wolf ihr ins Wort und warf einen prüfenden Blick in seinen Kühlschrank. Plötzlich stutzte er. »Und was ist das da hinten?«, wollte er wissen. Ahnungsvoll wies er auf drei verschlossene Gläser mit einem undefinierbaren, dunkelbraunen Inhalt.

»Das? Ooch … das ist nur etwas von meinem Pflaumenmus. Das essen Sie doch so gerne.«

Nun war Wolf nahe daran zu explodieren. »Hab ich das jemals behauptet? Es ist ja nett, dass Sie sich um mein leibliches Wohl sorgen, aber das geht entschieden zu weit. Sie können sich das Einmachen zukünftig sparen – zumindest was mich betrifft. Ich esse kein Pflaumenmus.«

Frau Öchsle sah zu Boden. »Ich mach es ja gar nicht selbst ein«, gestand sie verschämt.

Nun war Wolf erst recht perplex. Hatte sie nicht genau das die ganze Zeit über behauptet? »Wo haben Sie es denn dann her?«

»Von meiner Schwester«, flüsterte sie nach kurzer Pause.

»Und wieso essen Sie es nicht selbst?«

Da hob Frau Öchsle den Kopf und sah Wolf leidend an. »Das will ich Ihnen sagen: Ich kann das Zeug nicht ausstehen!«

11

Der nächste Tag war gerade mal zwei Stunden alt, da musste Wolf bereits die ersten Nackenschläge hinnehmen. Begonnen hatte der Ärger bei ihm zu Hause. Als er aufstand, war Fiona verschwunden, offensichtlich durch das halb offen stehende Küchenfenster in die Freiheit entschlüpft. Verhalten fluchend suchte er die nähere Umgebung ab. Als er die Suche bereits aufgeben wollte, strich sie ihm plötzlich schnurrend um die Beine.

»Das machst du nicht noch einmal, sonst sind wir geschiedene Leute«, schimpfte er und trug sie nach oben. Kurze Zeit später der nächste Ärger: Er hatte vergessen, seine Hemden in der Wäscherei abzuholen. Da half kein Grollen – musste er eben das von gestern noch einmal anziehen. Sollten die Kollegen doch die Nase rümpfen.

Im Büro angekommen, hatte er zuerst mit der Wapo gesprochen. Bislang hatten sie die Haftladung unangetastet gelassen, nachdem der auf Loskes Rechner gefundene Schaltplan sich als nicht eindeutig genug erwiesen hatte. Sobald es etwas Neues gäbe, wolle man ihn verständigen. Daraufhin hatte er sich telefonisch mit dem Schifffahrtsamt Konstanz in Verbindung gesetzt und eine sehr nette, wenn auch völlig ahnungslose Mitarbeiterin am Apparat gehabt. Ob er nicht wisse, dass heute Samstag sei, fragte sie schnippisch. Wenigstens hatte sie sich sein Anliegen angehört und treuherzig baldigen Rückruf versprochen.

Um zwanzig nach acht besprach er sich mit den Kollegen von der Soko. Sie sollten möglichst zügig und mit der gebotenen Diskretion alle Sipplinger Vermieter aufsuchen und sie nach Loske und Neidling aushorchen. Die Liste der Hotels und Pensionen hatte Vögelein besorgt. Er war es auch, der den Trupp leiten und zu Wolf Kontakt halten sollte.

Bis neun Uhr lag weder aus Konstanz noch aus Sipplingen eine Rückmeldung vor. Als dann noch Jo aufkreuzte und ihm ohne Erklärung einen Packen Morgenzeitungen auf den Schreibtisch knallte, fuhr Wolf zum ersten Mal an diesem Morgen aus der Haut.

»Was soll ich damit?«, fuhr er sie unwirsch an und schmiss den Stapel auf den Boden.

»Lesen, Chef. Ich hab die wichtigen Stellen für Sie gelb markiert. Es geht um *Heaven's Gate*. Sieht so aus, als hätten die eine PR-Kampagne gestartet.«

»Na und? *Heaven's Gate* war gestern. Schon morgen wird sich kein Mensch mehr für diesen Schmonzes interessieren.«

»Da bin ich mir nicht so sicher. Sie sollten sich das wirklich anschauen, Chef. Hier: Allein elf Leserzuschriften im ›Seekurier‹, sieben in der ›Schwäbischen Zeitung‹, und das scheint erst der Anfang zu sein. Selbst die ›Süddeutsche‹ ist sich nicht zu schade, über angebliche Repressionen an einer konservativ-christlichen Glaubensgemeinschaft zu berichten, deren Führer bei seinen Anhängern höchste Verehrung genießt. Der Gipfel aber sind zwei bezahlte Anzeigen im ›Seekurier‹, in denen gar von polizeilicher Willkür die Rede ist. Ein bisschen habe ich den Eindruck, man will aus Gabriello einen Heiligen machen.

»Das lässt mich kalt, wir haben im Augenblick Wichtigeres zu tun«, winkte Wolf ab. »Was ist zum Beispiel mit dem Mord in der Autowaschstraße? Sind die Spuren schon ausgewertet?«

»Die KTU läuft noch. Was den Tatverdächtigen angeht, da haben sich die Kollegen allerdings zu einer klaren Aussage bequemt.«

»Loske oder Neidling?«

»Weder – noch. Es war Mirko, Mirko Plavic, der *Security Supervisor* von *Heaven's Gate*. Er hat mehrere Fingerabdrücke auf der Fahrertür hinterlassen, die Positionen passen exakt zur Rekonstruktion des Tatablaufs. Er muss die Tatwaffe mitgebracht haben. Unmittelbar bevor der Wagen in die Waschkabine einlief, hat er vorgegeben, die Antenne einschieben und mit dem Pfarrer reden zu wollen. Er öffnete also die Tür, setzte ihm die Pistole an den Kopf und drückte ab. Bei dem Höllenspektakel ringsum ging der Schuss einfach unter. Nun musste er nur noch die Waffe auf den Beifahrersitz werfen und schon hatte der Wagen die Bürstenzone erreicht. Klingt logisch, oder?«

»Klingt logisch. Mirko also!«, wunderte sich Wolf. »Die kriminelle Potenz dieses Vereins ist sogar noch größer, als wir vermuteten.«

»Scheint so. Aber wieso macht der so was? Bislang hab ich den immer für eine Randfigur gehalten.«

»Geld. Der Grund ist meistens Geld. Da fällt mir ein: Bitte hol dir auch für ihn eine Genehmigung zur Konteneinsicht. Auf wann ist übrigens der Haftprüfungstermin für die Festgenommenen angesetzt?«

»Auf heute Nachmittag, sechzehn Uhr. Richter Settele hat durchblicken lassen, dass er Bretschwiler laufen lassen will. Kein hinreichend bewiesener Tatverdacht, soll er geäußert haben.«

»Nachtigall, ick hör dir trapsen«, grollte Wolf. »Oder liege ich schief, wenn ich einen gewissen Zusammenhang zu der Pressekampagne der Sekte sehe?«

»Da liegen Sie in der Tat schief. Richter Settele gilt als völlig areligiös.«

Wolfs Telefon schrillte. Er hob ab. »Hab ich mir fast gedacht«, brummte er in den Hörer, nachdem er eine Zeit lang zugehört hatte. »Trotzdem vielen Dank für die Nachricht.« Er legte auf.

»Es geschehen noch Zeichen und Wunder: der Rückruf des Konstanzer Schifffahrtsamtes und das am heiligen Samstag. Leider ist auf die Namen Loske oder Neidling weder in Konstanz noch in Friedrichshafen ein Boot zugelassen. Also müssen die beiden eines gechartert haben – oder es ist auf einen Strohmann zugelassen. Schade. Hätte eine hilfreiche Spur sein können.«

Erneut klingelte das Telefon. Diesmal galt der Anruf Jo. Verwundert übernahm sie den Hörer. Schon nach wenigen Sekunden überflog ein roter Hauch ihr Gesicht, betreten sah sie in Richtung Fenster, ehe sie sich zu einer Antwort durchrang. »Natürlich, kann ja mal vorkommen, vergessen wir's einfach ... Ob ich was? ... Sie meinen heute? Na gut, versuchen wir's. Um acht am alten Platz? Schön ... Ja, ich freue mich auch.«

Gedankenverloren legte sie den Hörer zurück. Der angespannte Zug in ihrem Gesicht schien wie weggewischt.

»Geh ich recht in der Annahme, dass das der Arsch war?«, scherzte Wolf, der sich gut erinnerte, wie Jo ihren Verehrer noch am Vortag tituliert hatte.

Noch immer lag ungläubiges Staunen auf Jos Gesicht. »Da wird doch der Hund in der Pfanne verrückt. Ich reg mich auf, weil der Kerl es gestern Abend nicht für nötig hielt, ein paar läppische

Minuten zu warten, und jetzt stellt sich heraus, dass er überhaupt nicht da war. Musste überraschend einen Kunden nach Stuttgart fahren.«

»Ah ja. Was arbeitet ›der Kerl‹ denn so?« wollte Wolf wissen.

»Och, das ist eine längere Geschichte«, winkte Jo verlegen ab.

***

Was konnte Matuschek nur von ihr wollen? Sie hatte nichts am Laufen, was den Chefredakteur tangierte, noch dazu an einem Samstagvormittag.

Karin Winter griff nach ihrer Tasche und machte sich auf den Weg. Das Café Walker an der Seepromenade gehörte zu Matuscheks bevorzugten Lokalitäten. Warum wollte er sich gerade dort mit ihr treffen, warum nicht im Büro? Was war so geheim, dass es niemand hören durfte?

»Was soll diese Geheimniskrämerei?«, fragte sie nicht ohne Vorwurf, als sie ihre Jacke auszog und sich neben ihm auf einen Stuhl fallen ließ.

»Kaffee oder Tee?«, fragte Matuschek anstelle einer Antwort.

»Wasser.«

Matuschek gab die Bestellung weiter und nippte kurz an seinem Espresso, bevor er eine verschwörerischer Miene aufsetzte. »Du wirst gleich verstehen, warum wir darüber nicht in der Redaktion reden können«, sagte er halblaut.

»Worüber?«

»Darüber, dass jemand heimlich deine E-Mails liest.«

»Mach keine Witze. Wer sollte so was tun?«, flüsterte sie zurück.

»Du hast keinen Verdacht?«

»Nicht die Bohne. Klär mich auf.« Gespannt sah sie ihn an.

Noch einmal nippte er an seiner Tasse, dann begann er nervös mit einem Bierfilz zu spielen.

»Moni!«, quetschte er schließlich heraus.

»Moni? Dein Moni-Schätzchen? Bist du dir ganz sicher?«

»Sie ist nicht mein Moni-Schätzchen«, regte sich Matuschek auf.

»Jedenfalls hat sie sich redlich bemüht, diesen Eindruck zu erwecken. Warum sollte sie meine Mails anzapfen? Und wie sollte sie das anstellen?«

»Kann ich noch nicht sagen. Fakt ist, dass der Mailserver seit Donnerstag von all deinen E-Mails eine Kopie zieht und auf Monis Rechner spielt. Hab's gerade von unserem Operator erfahren und dachte, du solltest es gleich wissen.«

Karin hatte sich zurückgelehnt und starrte nachdenklich in eine Ecke. Schließlich gab sie sich einen Ruck. »Das erklärt einiges. Ich muss sofort Wolf verständigen.« Sie stand auf und wollte das Lokal verlassen.

»Moment! Heißt das, dass es zwischen diesem Vorgang und deinem laufenden Fall einen Zusammenhang gibt?«

»Mehr noch: Es könnte dazu beitragen, den Tätern endgültig das Handwerk zu legen.«

***

»Und Ihr Chef ist sich da auch ganz sicher, Frau Winter?«, hakte Wolf nach und warf Jo, die ihm gegenüber saß, bedeutungsvolle Blicke zu.

»Ich bitte Sie. Matuschek ist nicht der Typ, der solche Sachen ungeprüft weitergibt«, erwiderte Karin. »Was werden Sie jetzt tun?«

»Zunächst einmal wäre es gut, Sie würden sich alle E-Mails noch einmal ansehen, die Sie seit Donnerstag verschickt oder empfangen haben und die mit unserem Fall zusammenhängen. Am besten machen Sie mir einen Ausdruck davon. Über alles weitere reden wir später.«

Wolf legte den Hörer auf und setzte Jo ins Bild.

»Wir sollten ihr Telefon überwachen und uns mit der Staatsanwaltschaft in Verbindung setzen«, sagte er. »Eigentlich bin ich sogar der Meinung, dass wir – oder besser du, Jo, und ein Kollege von der Soko – Matuscheks Assistentin ab sofort observieren sollten. Sollte Monika Bächle wirklich mit den Tätern zusammenarbeiten, kann sie uns vielleicht zu ihnen führen, schloss er.

»Monika Bächle ... das ist doch die Halterin des Fahrzeugs, das dieser Pseudopenner aus dem Bootshaus angeblich gestohlen hat!«

Wolf stutzte. »Natürlich. Du hast recht. Leider haben wir damals noch nicht gewusst, was wir heute wissen«, fügte er hinzu. »Was für ein Wagen war das noch gleich?«

»Ein weißer Golf IV.«

»Dann such das Kennzeichen raus und schreib ihn gleich zur Fahndung aus.« Jo nickte und wollte das Büro verlassen, als Wolf sie noch einmal zurückrief. »Und krieg raus, ob sie den Wagen irgendwo in der Umgebung ihres Wohnhauses oder der *Seekurier*-Redaktion abgestellt hat.«

Ein Leuchten ging über Jos Gesicht, sie hatte Wolfs Plan sofort durchschaut. »Raffiniert, Chef! Sie vermuten, die Bächle hat den Wagen ihren Komplizen überlassen? Na klar, ohne fahrbaren Untersatz können die wohl schlecht agieren.«

»Was noch? Denk weiter!«

Plötzlich lachte sie lauthals auf. »Vielleicht steht er ja irgendwo in Sipplingen herum ... meinen Sie das?«

»Jedenfalls würden wir den Wagen verdammt noch mal leichter finden als das Versteck von Loske und Neidling.«

Jo hatte eben den Raum verlassen, da schlug es vom nahen Münsterturm zehn. Noch immer keine Meldung von Vögelein – ein schlechtes Zeichen! Unruhe überfiel Wolf.

Doch am Ende war es nicht die Unruhe, die Wolf aus dem Büro trieb: Noch gestern Abend hatte er Herbert Stein, dem Chef der Überlinger Sparkasse, einen Termin abgepresst, um sich Einblick in Loskes Finanzen geben zu lassen. Stein würde ihm was husten, stünde er nicht zum vereinbarten Zeitpunkt auf der Matte.

Pünktlich um Viertel nach zehn klingelte er am rückwärtigen Eingang der Sparkasse. Ein jüngerer Angestellter nahm ihn in Empfang.

»Sie sind sicher Hauptkommissar Wolf. Mein Name ist Gerlach. Ich führe die Konten für Loske und Neidling, deshalb hat mich Herr Stein dazugebeten. Bitte folgen Sie mir, ich bringe Sie zu Direktor Stein.«

Wolf schätzte Stein, den er flüchtig kannte, als kompetenten Bankfachmann, wenngleich ihm sein blasiertes Getue gehörig auf die Nerven ging. Die Begrüßung verlief etwas frostig, vermutlich hatte Stein noch immer nicht verwunden, dass er seinen freien Samstag statt auf dem Golfplatz in der Bank verbringen musste.

Als Erstes legte Wolf unaufgefordert die richterliche Genehmigung zur Konteneinsicht auf den Tisch. Stein würdigte das Schreiben allerdings keines Blickes. Stattdessen starrte er unverhohlen auf Wolfs Barett, als überlege er, wie ein erwachsener Mann zu einer so albernen Kopfbedeckung kam.

»Also, was wollen Sie wissen, Herr Wolf?«, fragte er rundheraus. Dabei wanderte sein Blick zwischen seiner goldenen Cartier-Uhr am linken Handgelenk und Wolf hin und her.

»Ganz einfach: alles über die Konten und Guthaben Ihrer Kunden Peter Loske und Hartmut Neidling. Den Hintergrund kennen Sie ja.«

Stein presste die Lippen zusammen und gab Gerlach einen Wink. Der wies einladend auf einen zweiten Stuhl, den er vorsorglich vor seinem Monitor aufgebaut hatte. Wolf setzte sich.

»Beginnen wir mit Loske. Seine Guthaben und Geldbewegungen liegen durchaus im üblichen Rahmen«, sagte Stein, während Gerlach ein Kontenblatt auf den Bildschirm holte. »Wenn Sie umfangreichere Geldgeschäfte vermuten, sind Sie bei uns im falschen Haus.«

Wolfs Kopf ruckte hoch. »Soll das heißen, Sie wissen von weiteren Bankverbindungen?«

Stein lächelte spöttisch. »Natürlich nicht offiziell. Das Konto, an das ich denke, lautet zwar nicht auf seinen Namen, immerhin verfügt er aber darüber – er allein! Fragen Sie mich nicht, woher unser Wissen stammt.« Er stieß ein selbstgefälliges Lachen aus.

»Interessant. Allerdings wäre ich Ihnen sehr verbunden, wenn Sie etwas mehr ins Detail gehen könnten.«

»Ich weiß nicht, ob ich das darf …«, zierte sich Stein.

Ungehalten schob Wolf das Blatt mit der richterlichen Verfügung ein Stück nach vorne, ehe er Stein scharf ins Auge fasste. »Vielleicht sollten Sie einen Blick auf dieses Formular hier werfen. Darin werden Sie unmissverständlich aufgefordert, uns jede nur mögliche Unterstützung bei der Aufklärung einer Straftat zu gewähren. Was würde das für einen Eindruck machen, wenn der Richter und die Staatsanwaltschaft von Ihrer Weigerung erführen? Von der schlechten Presse einmal ganz zu schweigen.«

Stein hatte einen roten Kopf bekommen. Solche Töne war er nicht gewohnt. Schließlich rang er sich, an Gerlach gewandt, zu einer Antwort durch: »Drucken Sie Herrn Wolf aus, was wir dazu haben«, schnaubte er. »Und jetzt müssen Sie mich entschuldigen, ich habe Dringenderes zu tun. Guten Tag!« Schon schlug die Tür hinter ihm zu.

Gerlach sah Wolf betreten an, doch der winkte nur lächelnd ab: »Ein Sturm im Wasserglas, machen Sie sich nichts draus. Vielleicht hätte ich ihm sagen sollen, dass mir ein freies Wochenende auch lieber wäre. So, jetzt lassen Sie uns aber Nägel mit Köpfen machen …«

Fünfzehn Minuten später verließ Wolf durch einen Nebenausgang das Bankgebäude. Der böige Wind hatte aufgefrischt und drohte, ihm das Barett vom Kopf zu wehen. Nachdem er es tiefer in die Stirn gezogen hatte, fingerte er seine Gitanes heraus, zündete sich eine an und inhalierte in kräftigen Zügen, bevor er den Weg zur Polizeidirektion einschlug.

Stein hatte recht gehabt: Loskes Konten bei der hiesigen Sparkasse konnte er getrost vernachlässigen. Weit gravierender war das Papier, das er in seiner Brusttasche trug. Es enthielt – neben den aufgelisteten Giroguthaben und zwei Sparbriefen bei der Sparkasse Überlingen – Angaben zu einer Bankverbindung bei der Schweizer Großbank UBS. Zwar hatte die Sparkasse keine genaue Kenntnis über den derzeitigen Kontostand, doch immerhin wurde der Gesamtbetrag der Anlagen dort mit zirka 1,9 Millionen Euro bewertet. Das Depot lautete auf den Namen Karl Färber, allein verfügungsberechtigt war Peter Loske.

Wolf ahnte, woher die Sparkasse ihr Wissen bezog, er hatte Ähnliches schon mehrfach erlebt. Da wurde jemandem eines schönen Tages versehentlich ein stattlicher Betrag auf ein Girokonto überwiesen, auf dem dieser partout nichts zu suchen hatte – und schon war das Malheur passiert. Da konnte der Empfänger die Summe noch so schnell auf ein »diskretes« Konto verschieben – die Fehlbuchung ließ sich nicht mehr rückgängig machen. Wie ein Feuermal haftete sie dem Konto an – sehr zur Freude wissbegieriger Finanz- und anderer Ermittlungsbehörden.

So oder so ähnlich waren die zweihundertvierundsiebzigtausend

Euro auf Loskes Girokonto zu erklären, die das Papier in seiner Tasche auswies. Es stand zu vermuten, dass weitere Gelder in ähnlicher Größenordnung geflossen waren, allerdings ohne Spuren zu hinterlassen. Sie erklärten die für Wolfs Verhältnisse schwindelerregende Höhe von Loskes UBS-Guthaben. Gleichzeitig warfen sie ein etwas schiefes Licht auf dessen angebliche Cleverness. Immerhin: Seinem Kompagnon Neidling war ein solch gravierender Fehler nicht unterlaufen.

Mitten in Wolfs Gedankenspielen klingelte sein Handy. Er sah auf das Display: Vögelein. Wurde aber auch Zeit! »Hanno, was gibt's?«

»Sieht schlecht aus, Chef. Wir haben zwar noch nicht alle Betriebe abgeklappert, aber an Loske und Neidling will keiner vermietet haben. Weder auf die Phantombilder noch auf die Namen oder unsere Beschreibung gab es eine Reaktion. Entweder die beiden halten sich gar nicht in Sipplingen auf, oder sie sind unter anderen Namen und mit verändertem Aussehen abgestiegen. Wenn Sie mich fragen: In beiden Fällen sehen wir alt aus.«

Wolf seufzte vernehmbar, es klang enttäuscht. »Vermutlich hast du recht. Trotzdem, macht weiter. Und melde dich, wenn ihr durch seid.« Da er das Telefon nun schon mal in der Hand hatte, drückte er auf Jos Kurzwahl.

»Was tut sich bei der Bächle?«

»Hält sich weiterhin in ihrer Wohnung auf. Ich observiere aus etwa zwanzig Metern Abstand, immer mit Blick auf ihren Hauszugang. Eine Hintertür gibt es nicht. Hoffentlich lässt mich das Weib nicht verhungern, bildlich gesprochen.«

»Was ist mit ihrem Wagen?«

»Sie hatten mal wieder recht, Chef: Ihr Wagen ist weg. Ich habe unauffällig die ganze Umgebung abgeklappert, und eine Garage gibt es nicht.«

»Hast du das Kennzeichen?«

Er notierte die Nummer, die sie ihm nannte. »Gut. Mach weiter. Und pass auf, dass du nicht einschläfst – bei deinem aufreibenden Liebesleben.«

Ehe sie ihm eine harsche Antwort geben konnte, hatte er die Leitung unterbrochen und eilte mit großen Schritten über den Münsterplatz. Vögelein hatte recht: Alles sprach dafür, dass die

Erpresser, sollten sie wirklich in Sipplingen abgestiegen sein, ihren Namen und ihr Aussehen verändert hatten. Damit nahmen sie den Ermittlern jede Chance, sie aufzuspüren.

Wolf konzentrierte sich beim Gehen auf die ihm bekannten Fakten, versuchte, alle denkbaren Lösungen durchzuspielen, sich für die mittägliche Lagebesprechung einen erfolgversprechenden Plan zurechtzulegen. Eines stand jedenfalls fest: Wenn Loske und Neidling sich nach ihrem Coup tatsächlich in die Karibik absetzen wollten, dann nicht mit ihren eigenen Pässen. Bestimmt verfügten sie längst über neue Papiere. Wer mit so viel krimineller Energie seine Pläne verfolgte, der würde nichts dem Zufall überlassen – schon gar nicht seine Flucht; zumal der Preis für eine neue Identität keine Rolle spielte, denn an Geld schien es den beiden wahrhaftig nicht zu mangeln.

Doch eine andere Frage drängte sich auf: Wie wollten die Erpresser das Land verlassen? Der nächstgelegene und gleichzeitig sicherste Flughafen war zweifellos Zürich-Kloten. Garantiert gab es von dort auch Flugverbindungen in die Karibik. Fragte sich, wie die Täter nach Kloten kamen: mit einem Boot ans schweizerische Ufer übersetzen? Könnte klappen. Andererseits, der Fluchtweg übers Wasser war leicht zu kontrollieren. Zu Fuß, mit einem Zweirad, einer Taxe, einem Mietwagen? Zu riskant! Also doch Monika Bächles Golf? Eines war klar: Falls Loske und Neidling tatsächlich den weißen Golf der Bächle benutzten, dann hätten seine Leute leichtes Spiel. Dieser Wagen war erheblich leichter zu finden als die zwei Männer, die sich ganz offensichtlich unter falschem Namen in einem unbekannten Quartier verborgen hielten. Es würde reichen, seine Leute unauffällig durch Sipplingen spazieren zu lassen. Hätten sie erst den Golf, wären die Erpresser nicht weit. Der Zugriff allerdings musste präzise getimt werden, um das Hochgehen der Haftladung unter allen Umständen zu verhindern.

Ohne seine Umgebung bewusst wahrzunehmen, hatte Wolf in der Zwischenzeit den Münsterplatz erreicht. Sein Ziel war das Reisebüro von Fred Kalmund. Bei ihm pflegte er seine Reisen nach Frankreich zu buchen; er würde ihm auch alles über Flugverbindungen von Kloten nach Mittelamerika sagen können.

Zehn Minuten später wusste er, was er wissen wollte: Die Swissair bot Montagabend einen Flug nach Barbados an, abgehend zweiundzwanzig Uhr zwanzig via Miami. War das die Fluchtmaschine der Erpresser? Mit einiger Wahrscheinlichkeit, schließlich passte das Ziel zu den in Loskes Wohnung gefundenen Einreisebestimmungen. Auch die Zeit kam hin. Sie ließ den Tätern ausreichend Spielraum sowohl für einen erfolgreichen Abschluss ihrer Aktion als auch für die nachfolgende Flucht. Zu dumm, dass sie die Namen auf den Pässen der Erpresser nicht kannten. Ohne die machte es keinen Sinn, die Passagierliste der Maschine zu checken.

Gerade wollte er die gotische Ölbergkapelle neben dem Münster passieren, als ihn ein lauter Ausruf stocken ließ. Diese Stimme kam ihm verdammt bekannt vor. Wem gehörte sie nur? Suchend sah er sich um. An ihrem Stammplatz dicht neben der Kapelle hockten gut und gerne zehn Penner, mit kreisenden Flaschen, doch ganz ohne Gegröle.

Mittendrin saß Göbbels!

Für eine Sekunde hatte Wolf das Gefühl, der Teufel würde ihn holen. Ohne mit der Wimper zu zucken, stand Göbbels auf. Als wäre er leicht angetrunken, hinkte er schwerfällig Wolf entgegen.

»Sieh mal an, der Herr Kommissar, unser Freund und Helfer.« Er zwinkerte Wolf zu. »Wollen Sie sich nicht für einen Moment zu uns setzen? Wir bekakeln gerade den traurigen Abgang unserer lieben Freunde ... Sie wissen schon, Einstein, Havanna und Otto. Wir haben da nämlich einen genialen Plan.« Er packte Wolf am Ärmel und zog ihn mit sich.

Mit einem schnellen Blick sah Wolf auf die Uhr. »Na gut, fünf Minuten«, antwortete er und ließ sich neben Göbbels nieder. Einer der Umsitzenden hielt ihm eine halb volle Bierflasche entgegen. Wolf schlug sie aus. Dafür zog er seine Gitanes aus der Jackentasche und ließ das Päckchen herumgehen.

»Es ist nämlich so, Herr Kommissar«, begann Göbbels und rülpste vernehmlich, »dass der Tod unserer Kameraden eine Schweinerei sondergleichen darstellt ... weil da nämlich jemand kräftig nachgeholfen hat, und da ham wir gewaltig was dagegen, so lassen wir nicht mit uns umspringen, stimmt's, Freunde? Deshalb wollen wir unsere Hilfe anbieten, um diese Schweine zu fassen. Verfügen Sie über uns, Herr Kommissar.« Ringsum ertönte zustimmendes Knurren.

Im ersten Moment verschlug es Wolf die Sprache. Das also hatte Hindemith gemeint, als er sich anbot, genügend Leute zu beschaffen. Schlau eingefädelt! Er ließ seinen Blick mit einer gewissen Skepsis über die Gruppe schweifen. Warum eigentlich nicht, dachte er? Zwar waren diese Männer an alles andere als an stundenlanges konzentriertes und körperlich belastendes Arbeiten gewöhnt. Das aber würden sie auf andere Weise wieder wettmachen: In ihren Augen erkannte er die grimmige Entschlossenheit, sich gegen die Gewalt und Brutalität gegenüber ihresgleichen aufzulehnen und den infamen dreifachen Mord an ihren Kameraden zu sühnen.

»Was ist, Herr Kommissar? Haben Sie etwas dagegen, wenn ehrbare Bürger der Staatsmacht ein bisschen unter die Arme greifen? Oder sind wir Ihnen nicht fein genug?«, rief einer aus der Runde.

»Ja, wäre ein Granatenfehler, uns zu unterschätzen, vor allem jetzt, wo Göbbels wieder unter uns ist – nicht wahr, Göbbels?«, brüllte ein Zweiter.

Wolf hob begütigend die Hände. »Im Gegenteil«, erwiderte er und musterte seine Hilfstruppen, »ich finde eure Idee sogar prima. Es gibt da tatsächlich etwas, was ihr tun könnt. Passt auf: Ich schicke euch einen Mannschaftswagen, der fährt euch nach Sipplingen. Wir suchen dort einen weißen Golf mit diesem Kennzeichen, das könnt ihr übernehmen. Was haltet ihr davon?« Er notierte die Nummer von Bächles Wagen und setzte seine Mobilfunknummer darunter. Dann reichte er den Zettel an Göbbels weiter. »Der Golf muss dort irgendwo auf der Straße stehen. Wenn ihr ihn seht, unternehmt nichts, geht einfach weiter, als ob nichts wäre. Wer den Wagen findet, verständigt Göbbels. Der ruft dann die Handynummer, die auf dem Zettel hier steht, an und nennt mir die genaue Position – Straße, Hausnummer und so. Einverstanden?«

Als hätte jemand ihre Sprachwerkzeuge angeschaltet, redeten plötzlich alle durcheinander. Nur mit Mühe konnte sich Göbbels Gehör verschaffen. Er war es, der die lautstarken Kommentare schließlich auf den Punkt brachte: »Sie können sich auf uns verlassen, Herr Kommissar.«

»Wie wär's mit einem kleinen Taschengeld?«, fragte ein anderer. »Ich meine, wir stellen schließlich der Polizei unsere uneingeschränkte Arbeitskraft zur Verfügung …«

Wolf nickte verstehend. »Ihr habt recht, umsonst ist der Tod, und der kostet das Leben. Ich mache euch einen Vorschlag: Wenn ihr den Wagen findet, bringe ich spätestens Montag drei Kästen Bier vorbei.«

»Ich versteh immer nur drei Kästen Bier!«

»Also gut: und ein deftiges Vesper dazu, sagen wir frische Butterbrötchen, mit Schwarzwälder Schinken belegt. Ist das okay?«

Die Männer stimmten ein Freudengeheul an, sodass einige vorübergehende Passanten erschreckt zusammenfuhren.

Wolf war bereits wieder dabei wegzugehen, als sein Handy klingelte.

»Chef, wir haben alles abgeklappert. Totale Fehlanzeige, kein Loske, kein Neidling, es ist zum Verzweifeln. Was machen wir jetzt?«, keuchte Vögelein. Er hustete anhaltend, der Misserfolg schien ihm auf die Bronchien zu schlagen.

Macht nichts, hatte Wolf bereits auf den Lippen, schluckte es aber noch rechtzeitig hinunter. Stattdessen verkündete er: »Dann gehen wir die Sache eben etwas anders an. Ab sofort wird die Suche auf ein Fahrzeug konzentriert, genauer: auf einen weißen Golf IV. Steht vermutlich in Sipplingen auf einer Straße oder einem Parkplatz herum.« Er nannte Vögelein das Kennzeichen. »Was euch betrifft: Ihr macht jetzt erst mal Pause, aber bleibt in Bereitschaft. Ich schicke zehn Mann als Verstärkung rüber, die werden die Sipplinger Straßen durchkämmen. Und wundere dich nicht, wenn Göbbels dabei ist.«

»Göbbels?«, kam es schrill zurück.

»Erklär ich dir später.«

***

Es ging bereits gegen Mittag. Schüchtern stahlen sich ein paar Sonnenstrahlen durch ein versprengtes Wolkenloch. Das Wetter hielt sich alle Optionen offen. Im Büro des Kripochefs saßen sich Sommer und Wolf gegenüber, jeder einen Pott dampfenden Kaffees vor sich, während ein Teller mit Butterbrezeln unberührt daneben stand. Beiden war der Appetit gründlich vergangen.

»Es ist zum Verrücktwerden«, lamentierte Wolf, nachdem er

seine Tasse abgesetzt hatte, »nichts geht voran. Die Bächle sitzt wie paralysiert in ihrer Wohnung und rührt sich nicht, hat noch nicht einmal telefoniert, schon gar nicht mit Loske oder Neidling. Sämtliche Nachforschungen bei den Sipplinger Hotels und Pensionen waren ohne Ergebnis. Auch wenn wir alle Aus- und Einfallstraßen und Wege überwachen: Die Kerle hocken wie Muränen in ihrer Höhle und beobachten, was draußen vor sich geht. Uns läuft die Zeit davon, verdammt noch mal!«

»Sieh's positiv, Leo. Vielleicht ist es ja die Ruhe vor dem Sturm. Irgendwann müssen die aus ihrer Höhle heraus, um bei deinem Bild zu bleiben.«

Wolf sah auf die Uhr. »Vor einer Viertelstunde hat Hindemith mit seinem ›Sondereinsatzkommando‹ die Suche nach dem weißen Golf aufgenommen. Gebe Gott, dass wir da mehr Erfolg haben.«

»Deine Negativliste ließe sich fortsetzen. Auch die Bemühungen der LKA-Spezialisten, hinter das Geheimnis der Haftladung zu kommen, waren bis jetzt nicht gerade von Erfolg gekrönt. Solange die Schaltung der Bombe nicht bekannt ist, müssen wir uns an die Anweisung der Täter halten: keine Berührung und schon gar keine Entfernung dieses Scheißdingens. Das Risiko wäre viel zu hoch.«

»Wenn die Sache nicht so ernst wäre, würde ich sagen: Respekt vor den Tätern, die haben die perfekte Erpressung eingefädelt. Die Gefährdung durch das Gift ist so hoch, dass sie praktisch jede Summe verlangen können; gleichzeitig sind uns alle Wege verbaut, das Gefährdungspotenzial auch nur zu minimieren, geschweige denn zu eliminieren. Und der Gipfel ist, dass die Burschen praktisch mühelos an das erpresste Geld kommen.«

»Du hast recht: Wo keine Geldübergabe stattfindet, kann man auch keine Täter schnappen. Würde mich echt interessieren, was die mit der Kohle anfangen. Ich meine, mit so einer Summe muss man erst mal umgehen können, die kann man auch im Ausland nicht einfach irgendwo bar abheben. Und wenn du's endlich geschafft hast, dann brauchst du einen verschwiegenen Banker, der das Geld für dich deponiert und dir jederzeitigen Zugriff ermöglicht.«

»Und der dich nicht übers Ohr haut.«

»Richtig. Wär ja nicht das erste Mal.«

Wolf stand auf und ging ein paar Schritte. »Das Schlimme an der Sache ist, dass ich den beiden all das zutraue. Wenn die zehn Millionen fordern, bargeldlos, auf einem Kreditkartenkonto bereitgestellt …«

»Wieso eigentlich ein Kreditkartenkonto?«

»Weil der Inhaber dieser Kreditkarte die bereitgestellte Summe jederzeit abrufen kann, egal, wo er sich gerade aufhält.«

»Also auch aus dem Ausland?«

»Klar. Alles, was er braucht, ist eine Bank, die mitmacht, oder noch besser gleich mehrere. Daran wird der Coup garantiert nicht scheitern. Was sagt denn eigentlich das LKA zu der ganzen Chose?«

Sommer winkte ab. »Die konzentrieren sich im Moment ausschließlich auf das Unschädlichmachen der Haftladung. Vorhin wollten sie sogar noch mal tauchen. Offenbar gibt das Video, das beim ersten Tauchgang entstand, nicht genügend Details her, um Rückschlüsse auf Schaltung und Zündmechanismus der Bombe ziehen zu können. Ich habe mich allerdings heftig dagegen verwahrt. Das fehlte gerade noch, dass die Erpresser durch unsere Aktivitäten auf dem See die Nerven verlieren und die Ladung vorzeitig hochgehen lassen. Ist zwar unwahrscheinlich, aber auch nicht ganz auszuschließen. Das Risiko jedenfalls ist mir entschieden zu hoch.«

Wolf nahm wieder Platz und nippte an seinem Kaffee. Nachdenklich kraulte er sich mit der Linken am Kinn. »So verkehrt finde ich das gar nicht«, sagte er.

»Wie … du meinst einen neuen Tauchgang?«

»Ja. Ich persönlich schätze das Risiko einer vorzeitigen Zündung als äußerst gering ein – nahe null, würde ich sagen. Nur mal angenommen, ich läge richtig, und weiter angenommen, die Täter hielten sich tatsächlich irgendwo in Sipplingen auf und würden uns beobachten: Wie würden sie auf ein Boot und entsprechende Tauchaktivitäten im Bereich der Entnahmetürme reagieren?«

»Schwer zu sagen. An was denkst du?«

»Sie werden annehmen, wir wollten sie austricksen, also müssen Sie Kontakt mit der BWVG oder mit uns aufnehmen. Vielleicht machen sie dabei einen Fehler, und wir spüren sie auf? Vielleicht benutzen sie ihr Handy oder fahren zu einer Telefonzelle? In beiden Fällen könnten wir sie orten.«

Wolfs Vorschlag machte sichtlich Eindruck.

»Da könnte was dran sein«, stimmte Sommer nachdenklich zu. Dann gab er sich einen Ruck: »Ich spreche mal mit den Kollegen vom LKA.«

Während Sommer zum Telefon ging, meldete sich Wolfs Handy. Kaum hatte er seinen Namen genannt, sprang er wie von der Tarantel gestochen hoch.

»Ihr habt was?«, rief er in ungewohnt schrillem Diskant, worauf Sommer alarmiert aufsah und den Hörer wieder aufs Telefon legte.

»Sie haben den Wagen gefunden«, rief Wolf triumphierend aus, nachdem er das Gespräch beendet hatte. »Steht am westlichen Ortsrand von Sipplingen, etwa auf halber Höhe, direkt gegenüber von einem Hotel garni. Am Vormittag war Vögelein dort, hat aber vom Besitzer eine abschlägige Antwort erhalten, als er nach Loske und Neidling fragte. Ich denke, jetzt haben wir sie, Ernst. Ich fahre nach Sipplingen. Kommst du mit?«

»Wäre keine so gute Idee. Einer muss schließlich hier die Stellung halten. Ich drücke euch jedenfalls die Daumen.

***

»Du fährst auf der Hauptstraße nach Sipplingen hinein, in der Ortsmitte biegst du rechts ab, den Berg hinauf, dort warte ich auf dich«, hatte Hindemith ihm die Anfahrt beschrieben. Wolf kannte die Stelle.

Als Hindemith plötzlich aus einer Hofeinfahrt trat und ihm zuwinkte, hatte er ihn zunächst für einen Feriengast gehalten – vermutlich wegen der blauen Reisetasche, die er mit sich führte.

»Siehst aus wie ein Knacki auf Urlaub«, grinste Wolf.

»Geradeaus, die zweite links«, antwortet Hindemith gleichmütig, nachdem er die Tasche verstaut und auf dem Beifahrersitz Platz genommen hatte.

Wolf befolgte seine Weisung und bog wie angegeben ab.

»Das ist die Schulstraße«, erläuterte der LKA-Mann. »Nach fünfzig Metern kommt linker Hand ein Hotel garni, es heißt ›Sonnenhügel‹. Auf dem Parkplatz direkt gegenüber steht der weiße Golf.«

»Wie ist die Lage?«

»Wir haben das Haus unauffällig umstellt, da kommt keiner rein oder raus, ohne dass wir es bemerken.«

Wie suchend fuhren sie in geringem Tempo an dem Hotel vorbei. Wolf prägte sich Lage und Umfeld genau ein. Das Haus stand frei am Hang, mit weitem Ausblick über den See und auf das gegenüberliegende Ufer. Alles machte einen gepflegten Eindruck. Menschen waren zu dieser Stunde kaum zu sehen.

Er verspürte so etwas wie Euphorie. Aller Voraussicht nach hielten sich in diesem Gebäude die Erpresser auf. Wenn ihre Annahme stimmte und alles nach Plan verlief, dann konnten sie schon bald befreit aufatmen, dann wären sie den ungeheuren Druck los, den ihnen diese Teufel in Menschengestalt seit Tagen bereiteten. Wie er diesen Moment herbeigesehnt hatte! All die ergebnislosen Versuche, die Täter zu fassen, schossen ihm durch den Kopf. Nun endlich standen sie, mit etwas Glück, dicht vor ihrer Festnahme. Würde es ihnen gelingen, die Auslösung des Sprengsatzes zu verhindern?

»Wie gehen wir vor?«, fragte er mit rauer Stimme, bevor er den Wagen wendete, um wieder zurückzufahren.

»Unser Plan ist folgender.« Hindemith schilderte Wolf in knappen Worten, was er mit Vögelein und den Kollegen der Soko vereinbart hatte. »Ihr beide, du und Vögelein, solltet zunächst im Hintergrund bleiben. Die Täter kennen euch. Wenn sie euch sehen, wären sie gewarnt. Wir müssen unter allen Umständen verhindern, dass sie die Bombe zünden. Zwanzig Meter weiter steht hinter einer Garage ein grauer Kastenwagen, in ihm halten sich die Kollegen von der Soko auf. Warte dort, lass dein Handy auf Empfang, aber schalte den Klingelton ab. Wenn ich Bescheid gebe, kommt ihr nach.«

In Sichtweite des Hotels stieg Hindemith aus, nahm die Reisetasche an sich und ging die letzten Meter zu Fuß, während Wolf an dem Hotel vorüberfuhr und sein Dienstauto hinter dem Kastenwagen abstellte.

Er begrüßte die Kollegen. Sie wirkten angespannt. Kein Wunder: Jeder wusste um das Risiko der Mission, die vor ihnen lag.

Quälend langsam verstrichen die Minuten. Kein Wort wurde gesprochen, kaum ein Außengeräusch drang in das gut abgedichtete Innere des Wagens. Die Verbindung zur Außenwelt wurde durch vier kleine Monitore hergestellt, die von der Decke hingen und über unauffällige Außenkameras die Umgebung des Wagens abbildeten.

Endlich meldete sich Hindemith. Mit gedämpfter Stimme forderte er sie zum Nachkommen auf. Die Beamten stiegen aus und wanderten – ausgelassen palavernd wie Kegelbrüder bei ihrem Jahresausflug – in Richtung Hotel. Wolf hatte sich zur Tarnung von einem Kollegen Mütze und Schal ausgeborgt und zusätzlich eine Brille aufgesetzt.

Sie hatten eben den Eingang passiert, da wurden sie von Hindemith in einen Seitenraum gewinkt, der normalerweise zur Aufbewahrung von Koffern und Fahrrädern diente und nur spärlich erleuchtet war.

»Ich möchte euch mit Herrn Holzinger bekannt machen, dem Besitzer des Hotels.« Beinahe flüsternd stellte Hindemith ein kleines Männchen vor, das sich diskret im Hintergrund hielt und nervös von einem Fuß auf den andern trat. »Nach Auskunft von Herrn Holzinger logieren in einem der seeseitigen Zimmer zwei Männer, bei denen es sich um die Gesuchten handeln muss. Ihre Beschreibung passt: der eine etwas größer, zirka eins achtzig, der andere deutlich kleiner, aber stämmig, mit kurzen Haaren, beide um die vierzig – stimmt doch so, Herr Holzinger, oder?«

Der Hotelier nickte.

»So viel zur Vorgeschichte«, fuhr Hindemith sachlich fort. »Die beiden wohnen in Zimmer fünfundzwanzig, das ist eine Etage tiefer. Da das Haus am Hang steht, haben auch die tiefer gelegenen Zimmer freien Blick zum See. Angeblich haben die beiden heute das Haus noch nicht verlassen, auch beim Frühstück wurden sie nicht gesehen. Wir marschieren jetzt da runter, Herr Holzinger klopft an die Tür und behauptet, für das bevorstehende Wochenende eine Schale mit Obst und andere Erfrischungen abgeben zu wollen. Sobald die Tür geöffnet wird, erfolgt der Zugriff. Haltet die Dienstwaffe bereit. Sollte einer der Täter zum Handy greifen wollen, sofort unterbinden, notfalls mit der Waffe. Ist so weit alles verstanden?«

»Verstanden«, ertönte es ringsum. Wolf zog seine Walther PPK und entsicherte sie. Die anderen taten es ihm nach.

Der Teppichläufer dämpfte ihre Schritte, als sie auf das Zimmer mit der Nummer fünfundzwanzig zugingen. Die Beamten verteilten sich gleichmäßig zu beiden Seiten der Tür. Auf einen Wink Hindemiths klopfte Holzinger zaghaft an; die Situation schien ihn sichtlich zu überfordern.

Statt einer Antwort erklang von innen das Geräusch näher kommender Schritte. Blitzschnell zog Wolf den Hotelier zur Seite. Wenn die Erpresser ohne nachzufragen öffneten, sollte es ihm recht sein.

Kaum war die Tür ein Spalt weit offen, drückten die Beamten sie mit Gewalt nach innen und stürmten mit gezogenen Waffen in den Raum.

»Polizei«, bellte Hindemith. »Auf den Boden legen, wird's bald?« Da die beiden Hotelgäste der Forderung nicht schnell genug nachkamen, halfen die Beamten tatkräftig nach. Schon lagen die beiden Männer mit dem Gesicht nach unten auf dem Boden. Sie wurden mit Handschellen gefesselt und nach Waffen durchsucht.

»Waffen negativ«, meldete einer der Beamten.

Ringsum vernahm Wolf erleichtertes Aufatmen. Ein bemerkenswert unproblematischer Zugriff, dachte er – fast ein bisschen *zu* einfach.

»Sie sind vorläufig festgenommen«, erklärte Hindemith den beiden am Boden Liegenden, ehe er ihnen mit Unterstützung eines Kollegen auf die Beine half. Die übrigen Beamten durchwühlten derweil das Gepäck der Festgenommenen und deren Schrank.

Nur Vögelein schien mit der Situation nicht einverstanden. »Aber – das sind doch …«, krächzte er heiser und starrte verständnislos auf die beiden zitternden Gestalten.

»Was ist los, Hanno?«, fragte Wolf ahnungsvoll.

Es brauchte ein paar Sekunden, bis Vögelein seine Fassung wiederfand. »Das hier«, deutete er schließlich auf die beiden Männer, »das sind nicht Loske und Neidling. Sieht so aus, als hätten wir die Falschen erwischt.«

***

Wie die begossenen Pudel standen Wolf und die Kollegen von der Soko vor Sommer und ließen dessen Donnerwetter über sich ergehen.

Neben Wolf war vor allem Hindemith zerknirscht. Er wusste sehr wohl, dass er es war, der seine Kollegen in die Scheiße geritten hatte. Er hatte die Aktion in dem Hotel nicht gründlich genug vorbereitet. Vor allem hatte er es versäumt, sich vor dem Zugriff eingehender über die beiden Gäste zu informieren. Minutiös schilderte er Sommer den Hergang der Aktion. Er schloss mit den Worten: »Wie hätten wir ahnen können, dass die Personenbeschreibung des Hoteliers so weit danebenlag? In Wirklichkeit waren die beiden Männer praktisch gleich groß, und mir ist schleierhaft, wie er einen der beiden als stämmiger und kurzhaariger bezeichnen konnte.«

»Was erwartest du?«, schlug Wolf in dieselbe Kerbe, »der Mann war fix und foxi; hat zum ersten Mal einen Krimi nicht im Fernsehen, sondern in natura erlebt. Nein, die eigentliche Krux waren eine Reihe von Übereinstimmungen, die ganz eindeutig auf die gesuchten Erpresser hinwiesen: Da waren zwei Männer im Alter von Loske und Neidling; gestern erst eingezogen, genau wie Loske und Neidling; zwei Männer, die partout ein Zimmer mit Seeblick haben wollten, ebenfalls wie Loske und Neidling. Hinzu kam, dass sie sich vor ihrer Umgebung versteckten; selbst zum Frühstück ließen sie sich nicht blicken. Alles hat gepasst. Und dazu noch die Beschreibung des Vermieters. Das Ganze war ein bedauerlicher Missgriff, würde ich sagen.«

»Für den wir uns im Übrigen bei allen Beteiligten entschuldigt haben ...«, fügte Vögelein zerknirscht hinzu.

»Genug jetzt«, unterbrach Sommer die Diskussion. »Fakt ist, dass der Standort des weißen Golfs und das Domizil der Erpresser nicht identisch sind, basta. Eine schmerzliche Erkenntnis. Vermutlich wollten die Kerle von vornherein ausschließen, dass man über den Wagen zu ihnen findet, deshalb haben sie ihn weit weg von ihrer Unterkunft abgestellt. Zusammengenommen heißt das, wir sind so schlau wie zuvor. Solange die sich nicht melden, bleiben wir zur Tatenlosigkeit verdammt. Oder nein, nicht ganz: Das Boot mit unserem Taucher ist bereits wieder draußen, der Sprengstoffexperte vom LKA wird diesmal mit runtergehen, er ist ebenfalls ausgebildeter Taucher. Wenn du recht hast mit deiner Vermutung, Leo, dann wird sie das in Unruhe versetzen. In diesem Fall dürften wir bald von ihnen hören.«

»Wenn nicht, sehen wir alt aus.«

***

Wolf trat aus dem Parkhaus Wiestorstraße, wo er seinen Dienstwagen abgestellt hatte. Er freute sich auf ein paar Schritte zu Fuß; sie würden ihm helfen, den angestauten Frust etwas abzubauen. Sein Gesicht verbarg er hinter einer prall gefüllten Einkaufstüte, die er mit beiden Händen vor sich hertrug. Wie ein Rentner auf Einkaufstour, dachte er und lächelte etwas gequält. Im Gehen sah er auf die Uhr: beinahe halb drei. In längstens drei Stunden würde es dunkel sein.

Ein paar Minuten später hatte er sein Ziel erreicht: einen silbernen Audi, der am Straßenrand parkte. Unauffällig sah er sich um. Als er nichts Verdächtiges bemerkte, öffnete er die Tür hinter dem Fahrer und ließ sich auf die Rückbank fallen. Die Einkaufstüte stellte er neben sich ab.

»Oh, der Chef persönlich. Was verschafft uns die Ehre?«, rief Jo über die Schulter zurück, ohne das Haus der Bächle aus den Augen zu lassen.

Wolf atmete erst einmal tief durch, ehe er eine Antwort gab. »Tja, lass es mich so sagen: Unsere Hoffnungen ruhen auf euch.«

Jo stutzte. »Hört sich nicht gut an. Was ist passiert?«

»Langsam, Mädchen, erst mal das Angenehme.« Wolf machte sich bereits an der Einkaufstüte zu schaffen. Nacheinander förderte er eine Thermoskanne und zwei Becher zutage, gleich darauf zog Kaffeeduft durch das Wageninnere.

Jos Gesicht verklärte sich. »Seit Langem Ihre beste Idee, Chef! Danke.« Begierig setzte sie den Becher an den Mund, ehe sie fortfuhr: »Scheint nicht so gut um das Kriegsglück zu stehen, wenn der Chef höchstpersönlich die Truppe versorgt.«

Noch ehe Wolf darauf eingehen konnte, wurde die Beifahrertür aufgerissen. Jemand hielt Jo eine Tüte hin und rief: »Frisch belegte Brötchen, wenn's gefällig ist«. Als Jo danach griff, plumpste Hartmut Preuss auf den Beifahrersitz. Sein verschmitztes Grinsen machte Überraschung Platz, als er Wolf auf der Rückbank entdeckte, der ihm den zweiten Becher anbot. Preuss nahm dankend an.

»Wie meinten Sie das eben, Chef – von wegen Hoffnung und so?«, kam Jo auf Wolfs Bemerkung zurück, ehe sie in eines der Brötchen biss.

»Erzähl mir erst was über die Bächle. Hat die während eures Hierseins einmal das Haus verlassen? Oder telefoniert?«

»Weder noch. Würde sie nicht hin und wieder an einem ihrer Fenster vorüberhuschen, könnte man glauben, sie sei nicht zu Hause. Auch ihr Telefon ist nach Aussage der Kollegen von der Technik so gut wie tot. Also, wie war das mit der Hoffnung?«

Bevor Wolf Jos Frage beantworten konnte, klingelte sein Handy. Sommer war dran.

»Wo bist du, Leo?«

»Bei Jo und Preuss vor dem Haus der Bächle. Was gibt's?«

»Unsere Freunde haben sich gemeldet.«

»Klasse! Konntet ihr sie orten?«

»Keine Chance, die haben unsere Fangschaltung geschickt umgangen und den Vorstand auf seinem privaten Handy angerufen.«

»Schlau! Was wollten sie?«

»Die Kerle müssen unsere Tauchaktion mitbekommen haben. Sie haben die Deadline vorgezogen. Die geforderte Summe soll nun schon Montag früh um sechs Uhr bereitstehen. Sonst wollen sie die Haftladung mit dem Gift ohne weitere Warnung hochgehen lassen.«

»Kein Wort davon, unsere Finger von der Ladung zu lassen?«

»Keines.«

»Das ist schlecht. Die müssen sich ziemlich sicher sein, dass wir das Ding nicht entschärfen können.«

»Ich weiß nicht … das Vorziehen der Deadline spricht eher für das Gegenteil, würde ich sagen.«

»So kann man's auch sehen«, brummte Wolf und kaute auf der Unterlippe. »Wie wollen sie von dem Vollzug in Kenntnis gesetzt werden?«

»Über eine Anzeige in der Montagsausgabe des ›Seekurier‹. Sie soll lediglich die Buchstaben ›ok‹ enthalten, möglichst plakativ. Sogar die Größe und die Platzierung der Anzeige haben Sie uns vorgeschrieben.«

»Komisch. Und das nehmen die uns ab? Das finde ich ziemlich vertrauensselig.«

»Wieso? Vergiss nicht, die sitzen allemal am längeren Hebel. Solange sie mit dem Arsen die Wasserversorgung bedrohen, haben wir gar keine andere Wahl, als ihren Forderungen nachzukommen.«

»Hmm, eine Anzeige im ›Seekurier‹ also? Höchst interessant.« Nachdenklich pfiff Wolf durch die Zähne. Für den Bruchteil einer Sekunde war ihm ein Gedanke durch den Kopf geschossen, doch er hatte ihn nicht fassen können.

Stutzig geworden, fragte Sommer: »Was willst du damit sagen?«

»Ooch, nichts Konkretes … mehr so ein Gefühl. Gibt es schon ein Statement des LKA oder der Firmenleitung?«

»Nein. Ich gehe aber davon aus, dass man die Forderung erfüllen will, sollte es uns nicht rechtzeitig gelingen, dem Spuk ein Ende zu setzen.«

Wolf überlegte kurz, ehe er Sommer eine letzte Frage stellte: »Kann ich Namen und Telefonnummer des Vorstandes haben, bei dem der Anruf der Erpresser auflief? Ich würde den Mann gerne persönlich sprechen. Vielleicht kannst du mich bei ihm avisieren?«

»Könnte nicht schaden.« Sommer gab ihm die Daten durch. »Übrigens: Wir treffen uns zur Lagebesprechung um sechzehn Uhr dreißig in meinem Büro. Sieh zu, dass du bis dahin zurück bist.«

***

Wolf, normalerweise als äußerst defensiver Fahrer bekannt, brach an diesem Nachmittag seinen eigenen Rekord. In halsbrecherischem Tempo raste er die Aufkircher Straße hinauf, ließ Aufkirch und die alte Bundesstraße jedoch links liegen, überquerte kurz darauf die neue B31 und brauste, parallel zu ihr, in westlicher Richtung weiter, bis er den kleinen Weiler Nesselwangen erreichte. Dort verließ er die Kreisstraße und bog in einen gut befestigten Feldweg ein. Auf diese Weise ersparte er sich den Umweg über Bonndorf. Schon nach wenigen hundert Metern fand er sich auf der Zufahrtsstraße zum BWVG-Betriebsgelände wieder. Von hier aus führte das Sträßchen durch dichten Mischwald steil hügelan, um schließlich, am Scheitelpunkt des Sipplinger Berges, direkt vor dem Werkstor der Bodensee-Wasserversorgungs-Gesellschaft zu enden.

Ein Glück, dass die Straßen trocken sind, dachte er und stellte unmittelbar neben dem Haupttor seinen Wagen ab. Dann steuerte er das rundum verglaste Pförtnerhäuschen an, aus dem ihm ein älterer Brillenträger mit braun gebrannter Glatze entgegensah. »Sie können da nicht stehen bleiben«, rief der Pförtner anstelle eines Grußes barsch.

Wolf beschloss, Nachsicht zu üben. War sicher nicht leicht, den ganzen Tag hier draußen herumzuhocken, während unten am See der Bär tobte. »Guten Tag erst mal. Bitte melden Sie mich umgehend bei Herrn Rothemund. Wolf ist mein Name, wir sind verabredet.«

Kaum war der Name Rothemund gefallen, änderte der Pförtner schlagartig seinen Ton. »Sie haben Glück, Herr Rothemund ist zufällig im Haus«, meinte er leutselig und griff nach dem Telefon. »Samstags ist nämlich sein Golftag, wissen Sie. Na ja, auch als Vorstand hat man wohl hin und wieder etwas aufzuarbeiten ... Ja, hier spricht Müller von der Pforte. Herr Rothemund, bei mir ist ein Herr Wolf für Sie ... gut, ich schick ihn rauf.«

Wenig später wurde Wolf von einem schlanken Sechzigjährigen mit silberweißem, wenn auch sehr lichtem Haupthaar empfangen und in ein gediegen eingerichtetes Büro geführt. Nach einem kräftigen Händedruck stellte sich Wolf als leitender Ermittler der Kripo Überlingen vor, zuständig im Fall der BWVG-Erpressung. Ohne Umschweife kam er auf den Anlass seines Besuches zu sprechen.

»Weil die Täter dieses Mal den BWVG-Anschluss umgangen und sich direkt an Sie gewendet haben, gibt es von ihrem jüngsten Anruf leider keinen Mitschnitt. Ich möchte Sie daher bitten, mir noch einmal den genauen Wortlaut zu wiederholen. Bitte denken Sie genau nach, jedes einzelne Wort kann wichtig sein.«

Ohne lange zu überlegen gab Rothemund wieder, was der Anrufer verlangt hatte.

»Er hat Sie nicht mit Namen angeredet?«

»Nein, das Gespräch verlief sehr formlos. Genau genommen war es nicht einmal ein Gespräch, ich bin so gut wie nicht zu Wort gekommen. Falls das für Sie ein Anhaltspunkt ist: Der Anrufer sprach sehr hastig, ich hatte den Eindruck, er spulte einen vorformulierten Text herunter, so als wolle er nicht eine Sekunde länger als nötig die Leitung blockieren.«

»Ist Ihnen an seiner Sprache etwas aufgefallen?«

»Was meinen Sie?«

»Nun, sprach er gepresst, benommen, wie unter Zwang, hat er sich ständig geräuspert, gehustet, genäselt?«

»Nein, mir ist nichts Besonderes aufgefallen.«

»Können Sie sich vielleicht an Geräusche erinnern: Hintergrundlärm, Stimmen, Vögel, Uhrenticken, Glockengeläut, so was in der Art?«

Rothemund dachte gründlich nach, ehe er den Kopf schüttelte. »Tut mir leid, nichts von alledem.«

»Wie war das, als der Anrufer das Gespräch beendete?«

»Ganz einfach: Nachdem er seine Forderung heruntergebetet hatte, war die Leitung plötzlich tot. Nein, nicht ganz: Zuvor hat er mich noch gefragt, ob ich alles verstanden hätte. Das habe ich bejaht. Dann war Stille. Ich habe anschließend sofort Ihre Kollegen verständigt.« Er sah Wolf besorgt in die Augen. »Jetzt habe ich auch eine Frage: Wie hoch schätzen Sie die Wahrscheinlichkeit ein, die Täter noch vor Ablauf des Ultimatums zu fassen?«

»Wir werden alles in unserer Macht Stehende tun, um es nicht zu dem angedrohten GAU kommen zu lassen. Im Übrigen ist die Erpressung für uns nur die Spitze eines Eisbergs, genauer gesagt: Teil einer Mordserie, von der Sie sicher schon gelesen haben.«

»Diese Arsenmorde, meinen Sie die?«

»Genau.« Wolf erhob sich. »Sie werden verstehen, dass mir die Zeit unter den Nägeln brennt. Vielen Dank für Ihre Mithilfe. Auf Wiedersehen – hoffentlich unter angenehmeren Umständen.«

Er schüttelte Rothemund die Hand und wandte sich dem Ausgang zu. Als Wolf schon unter der Tür stand, griff der BWVG-Mann sich plötzlich an die Stirn.

»Ach, mir fällt da noch etwas ein, eine belanglose Kleinigkeit vermutlich, aber Sie haben ja gesagt …«

»Tun Sie sich keinen Zwang an«, ermunterte ihn Wolf.

»Es geht um die ersten Worte des Anrufers. Er gebrauchte eine etwas merkwürdige Einleitung, der ich keinerlei Bedeutung beimaß und die ich, ehrlich gesagt, auch jetzt noch nicht verstehe. Er sagte: ›Wenn Sie meinen, wir würden das Boot mit den beiden Tauchern nicht sehen ...‹ – den Rest kennen Sie bereits.«

Erneut hatte Wolf einen winzigen Augenblick lang das Gefühl, einer Lösung ganz nahe zu sein – und wieder war ihm der Faden entglitten, ehe er ihn fassen konnte. Drängend sagte er: »Das könnte sich vielleicht noch als wichtig erweisen, Herr Rothemund. Sind Sie sicher, dass der Satz tatsächlich genau so gesagt wurde, oder könnte er auch etwas anders gelautet haben?«

»Nein, das hat der Anrufer Wort für Wort so gesagt«, bekräftigte Rothemund nach kurzem Überlegen.

»Und nach diesem ersten Satz leitete er sofort auf seine Forderung über, ist das richtig?«

»Das ist richtig.«

»Letzte Frage: Ist Ihnen in diesem Zusammenhang sonst noch etwas aufgefallen?«

»Nur dass der Mann danach, wie schon gesagt, sehr schnell weitersprach, so als sei ihm sein erster Satz unbeabsichtigt herausgerutscht.«

»Etwa so, als wolle er ihn ungesagt machen, meinen Sie das?«

»Könnte man so interpretieren.«

Eigentlich hätte Wolf auf dem kürzesten Weg nach Überlingen zurückfahren müssen, um rechtzeitig zur Lagebesprechung wieder in der Polizeidirektion zu sein. Irgendetwas aber sträubte sich in ihm. Das Gespräch mit dem BWVG-Vorstand war aufschlussreicher verlaufen, als er es sich dem Mann gegenüber hatte anmerken lassen – er würde den Teufel tun, jetzt an Sipplingen vorbeizufahren, ohne dem Verdacht nachzugehen, der in ihm aufgekeimt war. Musste Sonntag eben ohne ihn beginnen!

Von einer inneren Unruhe getrieben, entschied er sich für den kürzesten Weg – lieber ein paar Kilometer befestigter Feldwege in Kauf nehmen als die ausgebaute, aber doppelt so lange Strecke über Hödingen. Dabei konnte er immerhin nachdenken.

»Wenn Sie meinen, wir würden das Boot mit den beiden Tauchern nicht sehen« ... Dieser Satz war nichts anderes als eine glasklare Bestätigung, dass die Kerle sich noch immer in Sipplingen aufhielten und alle Aktivitäten auf dem See beobachteten!

Der Anrufer hatte nicht von *einem* Taucher oder von *Tauchern* ganz allgemein gesprochen, sondern ganz präzise von *zwei* Tauchern. Das konnte nur jemand wissen, der den letzten Tauchgang mit einem wirklich guten Fernglas vom Berg herab beobachtet hatte.

So weit, so gut, er hatte sowieso nie daran gezweifelt, dass die Täter sich in der Nähe aufhielten. Aber da schwang noch etwas anderes in dem Gesagten mit. Konnte es sein, dass der Anrufer mit diesem Satz sich darüber beklagte, dass ihm aufgrund gewisser Umstände die freie Sicht auf den See verwehrt war? Präziser gesagt: die freie Sicht auf das Wapo-Boot?

Wenn er recht hatte mit seiner Annahme, dann musste das Polizeiboot beim zweiten Tauchgang auf einer etwas anderen Position gelegen haben als am Vorabend, was durchaus möglich war. Um das rauszukriegen, brauchte er lediglich Sommer anzurufen.

»Ernst, ich bin auf dem Weg nach Sipplingen. Frag mich nicht, warum – nicht jetzt! Kann sein, dass ich erst etwas später zu euch stoße …«

»Stopp!«, wurde er von Sommer unterbrochen, »die Lagebesprechung ist auf morgen früh um neun verschoben. Hindemith und Vögelein sind mit auf dem Boot, sie würden ebenfalls fehlen.«

»Also liegt das Boot noch draußen?«

»Ja. Es soll gewisse Probleme geben.«

»Hast du mitbekommen, ob die Liegeposition von der gestrigen abweicht?«

»Nein, da musst du die Wapo fragen.«

Wolf bedankte sich und unterbrach die Verbindung. Dann wählte er die Nummer der Wapo und verlangte den Schiffsführer. Der verstand auf Anhieb, worauf Wolfs Frage abzielte.

»Kann sein, dass wir ein paar Meter weiter östlich liegen, aber viel macht das nicht aus«, erklärte er. »Doch auch wenn die Position im Grunde dieselbe ist: Etwas *ist* anders. Gestern sind wir mit dem Bug nach Osten gelegen. Heute zeigt unser Bug nach Norden.«

»Und was bedeutet das?«

»Ganz einfach: Unsere Taucher gehen stets von der Backbordseite aus ins Wasser. Gestern demnach landseitig nach Sipplingen, heute in Richtung Ludwigshafen.«

Auf Wolfs Gesicht breitete sich ein zufriedenes Lächeln aus. »Also kann ein Zuschauer von Sipplingen aus die Tauchgänge nur eingeschränkt beobachten, richtig?«

Wolf hörte den Schiffsführer förmlich grinsen. »Ich sehe, wir verstehen uns! Der westliche Teil des Ortes Sipplingen hat freie Sicht, aber im Osten sieht es mau aus.«

Nun war klar, weshalb der Anrufer seinen Satz, kaum ausgesprochen, am liebsten zurückgenommen hätte: Zu spät war ihm aufgegangen, dass er mit ein paar unbedachten Worten seinen Standort eingegrenzt hatte – ein kaum wiedergutzumachender Fehler!

Inzwischen hatte Wolf die ersten Häuser von Sipplingen erreicht. An der höchsten Stelle des Ortes stellte er den Wagen ab. Wenn er sich anstrengte, konnte er draußen auf dem Wasser einen schwach glimmenden Lichtpunkt erkennen.

Was nun folgte, musste er zu Fuß erledigen: Er musste sich den ganzen verdammten Hang hinabarbeiten, Straße um Straße ablaufen und bei jedem Hotel, bei jeder Pension genauestens prüfen, wo die zum See gelegenen Zimmer noch eine freie Sicht auf das Boot zuließen und wo nicht.

Das Ergebnis war ernüchternd. Als Wolf eine halbe Stunde später die Uferstraße erreichte, hatte er nicht weniger als acht Adressen auf seiner Liste. Das waren sieben zu viel. Eine herbe Enttäuschung!

Hatten sie damit ihr letztes Pulver verschossen? Sah ganz so aus. Es sei denn …

Es sei denn, was?

Wirre Gedanken schwirrten Wolf durch den Kopf, vage zunächst und unausgegoren. Doch je länger sie durcheinanderpurzelten, desto mehr gewannen sie an Gestalt, bis so etwas wie ein Plan in seinem Kopf entstand – ein Plan mit mehreren Unbekannten zwar, doch mit etwas Glück konnte er funktionieren. Ärgerlich nur, dass er ihm nicht schon früher eingefallen war. Was willst du, wies er sich selbst zurecht. Besser spät, als nie!

Unvermittelt stand Wolf vor seinem Wagen. Ganz in Gedanken war er wieder den Berg bis zu seinem Ausgangspunkt hochgelaufen, hatte die Steigung und die vielen Kurven kaum wahrgenommen. Komisch, dachte er, ich bin kaum außer Atem. Aufgekratzt sah er auf die Uhr. Es war kurz vor sieben.

»Eine christliche Zeit, da darf man eine Reporterin durchaus noch stören«, entschied er. Ohne der prächtigen Aussicht auch nur einen flüchtigen Blick zu schenken, nahm er sein Handy hoch und drückte die Kurzwahltaste für Karin Winters Nummer.

12

Ein grässliches Schrillen zerriss die Stille, laut und aufdringlich wie eine wild gewordene Feuerwehr. Im Halbschlaf zog Wolf die Decke über den Kopf. Doch das Schrillen hielt an.

Bruchstückhaft kehrte seine Erinnerung zurück. Er sah sich mit einer aufgedrehten Karin Winter verhandeln; die Frau hatte so eine Art, ihm Löcher in den Bauch zu fragen und ständig etwas in ihren Notizblock zu kritzeln. Es folgte eine Szene aus dem Gasthof »Krone«, in der er mit großem Appetit einen Rostbraten verdrückte und genussvoll mit einem Meersburger Roten hinunterspülte. Endlich zu Hause, war er in einen traumlosen Schlaf gefallen – bis dieses nervtötende Schrillen erklang.

Als das Geräusch nicht verstummen wollte, griff er laut fluchend nach dem Hörer. Eine erschreckend muntere Stimme strapazierte sein Trommelfell.

»Chef, Sie sollten mal Ihr Radio aufdrehen. SWR vier. Da läuft ein Bericht über *Heaven's Gate.* Dürfte Sie interessieren.«

»Und deshalb rufst du mich am frühen Sonntagmorgen an? Wie spät ist es?«, schnaubte Wolf.

»Halb sieben.«

»Halb sieben? Und du bist schon auf?«, staunte er.

»*Noch*! Ich bin *noch* auf!«, girrte Jo und kicherte wie ein Schulmädchen.

Wolf drehte nebenbei das Radio an. »Verstehe, du warst mit dem Ar… mit dem Taximann zusammen. Muss ja eine tolle Nacht gewesen sein.« Übergangslos hing er die Frage dran, was sich bei der Bächle getan habe.

»Keine Ahnung, da müssen Sie meine Ablösung fragen. Wir sehen uns dann bei der Lagebesprechung. Bis später also.« Ehe er noch etwas sagen konnte, hatte sie aufgelegt.

Wolf hatte Mühe, sich auf die Sendung zu konzentrieren. Getragen, fast flüsternd beschrieb der Moderator eine Zeremonie, die Wolf irgendwie bekannt vorkam.

»Die Teilnehmer dieser Zusammenkunft – ich nenne sie jetzt mal Gottesdienst – sind ausnahmslos in lange, weiße Umhänge gekleidet, es fehlen lediglich die Kapuzen, um die Illusion einer Ku-Klux-Klan-Verschwörung perfekt zu machen. Andächtig halten sie die Hände gefaltet, scheinen tief ins Gebet versunken, und über allem schweben leise, mystische Klänge, die uns ein wenig an gregorianische Choräle erinnern …«

Nur mit Müde widerstand Wolf dem Impuls, das Gerät abzuschalten und sich wieder hinzulegen.

»Der Blick der Brüder und Schwestern, wie sich die Mitglieder der Glaubensgemeinschaft untereinander nennen, richtet sich nun auf einen Mann in ihrer Mitte, einen Mann von beeindruckender Statur, mit schlohweißen Haaren und markanten Gesichtszügen. Als Einziger trägt er einen Anzug, schlicht im Schnitt und natürlich in weiß, anscheinend die bevorzugte Farbe bei Heaven's Gate. *Dieses Outfit weist ihn, wie wir gehört haben, als spirituellen Führer der Glaubensgemeinschaft aus, die vor gut einem Jahr aus den USA zu uns herüberkam …«*

»Als ob von dort je etwas Gutes gekommen wäre«, grummelte Wolf abfällig, während der Moderator mit seiner Schilderung fortfuhr.

»In diesem Moment scheint der Gottesdienst zu Ende gegangen zu sein. Wir wollen versuchen, mit dem Führer der Gemeinschaft – seine Anhänger nennen ihn ›Gabriello‹ oder auch ›Meister‹ – zu sprechen, um Näheres über die Glaubensrichtung zu erfahren, die ihren Anhängern die Vergebung ihrer Sünden und – man höre und staune – das ewige Leben verspricht und die speziell im Raum Überlingen frappierenden Zulauf haben soll …«

Wolf drehte das Radio etwas lauter und marschierte in die Küche, um nebenher Kaffee aufzusetzen.

»… wir haben eine Mission zu erfüllen«, verkündete Gabriello gerade mit durchaus überzeugendem Tonfall. *»So viele Menschen haben sich von Gott und dem Kreuz abgewandt. Deshalb beten wir täglich um Seine wunderbare Führung, und wir spüren Seine Gegenwart, denn Er hat Seinen Thron bei uns aufgeschlagen.«*

»Sie und Ihre Anhänger halten sich für Auserwählte, verstehe ich das richtig?« Der Moderator schien um neutrale Berichterstattung bemüht.

»Wir haben den heiligen Lebensstrom Gottes empfangen. Die Mitglieder unserer Gemeinschaft leben frei von Sünde, eine der Voraussetzungen für ein ewiges Leben ...«

Spätestens jetzt hatte Wolf genug gehört, mehr konnte er beim besten Willen nicht ertragen. Mit einem Knopfdruck brachte er den Oberguru zum Schweigen. Der Mann glaubte offenbar, was er sagte. Und er schien keinen blassen Schimmer zu haben, welches Natterngezücht er über lange Zeit an seinem Busen genährt hatte.

***

In weiser Voraussicht hatte Sommer die Lagebesprechung in den Konferenzraum verlegt. Inzwischen waren nicht weniger als zwölf Ermittler in den Fall eingebunden, von denen allerdings zwei, darunter Vögelein, zur Observierung der Bächle abgestellt waren. Anwesend waren neben Sommer, Wolf, Jo und Hindemith die vier Kollegen, die mit Vögelein zusammen die Soko gebildet hatten, außerdem vom LKA der Sprengstoffexperte sowie ein Spezialist für Gifte und Drogen, der für eventuell aufkommende Fragen, das Arsen betreffend, zur Verfügung stand. Nicht eingerechnet waren die Kollegen der Technik, welche die Anschlüsse der Bächle und der BWVG einschließlich der Vorstandsmitglieder der Gesellschaft überwachten.

Die Spannung im Raum war mit Händen zu greifen. Jedem der Anwesenden war bewusst: Spätestens morgen früh um sechs würde die Bombe im wahrsten Sinne des Wortes platzen, sollte es ihnen bis dahin nicht gelingen, die Täter – oder die Giftladung! – unschädlich zu machen.

Während Wolf versuchte, seine Nervosität zu verbergen, begann der Sprengstoffexperte, die Ergebnisse des zweiten Tauchgangs zu erläutern. Das Fazit war ernüchternd: Weder die neuen Videoaufnahmen oder die elektronischen Messungen noch der in Loskes Wohnung sichergestellte Schaltplan hatten sie wirklich weitergebracht. Jede Manipulation an der Bombe schied wegen unwägbarer Risiken von vornherein aus. Lediglich beim Zündmechanismus legte sich der LKA-Mann fest: Die Sprengung ließ sich über ein Handy auslösen; die Erpresser mussten dazu lediglich eine vorprogrammierte Kurzwahltaste drücken.

»Lässt sich die Bombe auf diesem Weg von den Tätern auch neutralisieren, sodass sie gefahrlos entfernt werden kann?«, wollte Wolf wissen.

Der Sprengstoffexperte bejahte. »Allerdings dürfte damit erst zu rechnen sein, wenn die Erpresser die auf dem Kreditkartenkonto bereitgestellte Summe bis auf den letzten Cent abgehoben haben – vermutlich irgendwo im Ausland«, fügte er hinzu.

»Weitere Wortmeldungen?«, fragte Sommer und sah sich in der Runde um.

Mehrere Hände gingen hoch, Fragen wurden gestellt, Antworten gesucht und abgewogen; konkrete Pläne jedoch wollten sich partout nicht einstellen – bis Wolf die Hand hob.

Nachdem Sommer ihm das Wort erteilt hatte, lehnte sich Wolf zurück und versuchte, Gelassenheit auszustrahlen. Zunächst gab er das Gespräch mit dem BWVG-Vorstand wieder, schilderte sodann seine Exkursion durch das nächtliche Sipplingen – nicht ohne auf deren dürftiges Ergebnis hinzuweisen – und kam endlich zum spannenderen Teil seiner Rede, nämlich den Schlussfolgerungen – und dem Plan, den er daraus ableitete. Je länger er sprach, desto sicherer wurde er.

Als er geendet hatte, herrschte erst einmal Schweigen.

Erneut war es Sommer, der aufs Tempo drückte: »Herrschaften, eure Meinung bitte. Wer findet ein Haar in der Suppe?«

Als wäre ein Damm gebrochen, hagelte es plötzlich Fragen, Vorschläge und Querverweise, die jedoch allesamt nichts wirklich Neues brachten. Nach einer Viertelstunde brach Sommer die Diskussion ab.

»Also, Leute, ab sofort wird nach Leos Plan vorgegangen. Jeder Einzelne von uns muss durchgehend erreichbar sein, das geringste Vorkommnis ist weiterzumelden. Zentraler Anlauf- und Koordinationspunkt ist hier bei mir, er wird permanent mit zwei Mann besetzt sein. Ich weiß, dass wir allesamt einen langen Tag vor uns haben und vielleicht sogar die Nacht dranhängen müssen, doch es gibt keine Alternative. Sollten wir mit unserem Plan scheitern, kommt es unweigerlich zu einer Katastrophe. So, und nun noch ein Letztes: Über den Kollegen Hindemith hat uns das Landeskriminalamt die Weisung erteilt, je nach Gefährdungslage das SEK anzufordern; die Truppe kann jederzeit in Marsch gesetzt werden, zwischen Anforderung und Einsatzzeit liegen plus minus drei Stunden. Sollte es so weit kommen, wären wir draußen. Dass das jedem klar ist: Wir würden komplett und ausschließlich dem Spezialeinsatzkommando unterstehen und, wie bei derartigen Einsätzen üblich, allenfalls unterstützende beziehungsweise flankierende Aufgaben übernehmen. So, das war's von meiner Seite. Noch Fragen? ... Gut. Ich verlass mich auf euch, Kollegen!«

Ringsum zustimmendes Nicken.

»Okay, ich informiere jetzt die Redaktion des ›Seekurier‹, danach verstärken Jo und ich das Observationsteam vor dem Haus der Bächle. Bis irgendwann also. Drücken wir uns allesamt die Daumen.« Wolf erhob sich und gab Jo einen Wink.

***

Die Geduld der Ermittler wurde auf eine harte Probe gestellt. Bis zur Mittagszeit war nicht das Geringste geschehen: Weder hatte Monika Bächle ihr Telefon angerührt oder gar ihre Wohnung verlassen, noch war von den Erpressern eine neue Nachricht eingegangen. Endlos zogen sich die Stunden dahin. Wer konnte, nahm eine Mütze Schlaf oder trank den vierten, fünften Espresso. Es war mit einem Wort: zermürbend.

Kurz nach sechzehn Uhr klingelte Wolfs Handy. Alle im Wagen schreckten hoch. Doch es handelte sich lediglich um einen Routineanruf Sommers, der von seinem Büro aus die einzelnen Einsatzstellen abtelefonierte.

Dann, als schon niemand mehr damit rechnete, ging es plötzlich Schlag auf Schlag. Monika Bächle trat aus dem Haus. Wie elektrisiert griff Wolf nach seinem Handy, gab die Meldung an Sommer weiter. Die Observierte warf einen prüfenden Blick auf ihre Umgebung, dann schlug sie den Weg Richtung Innenstadt ein. Wolf wies Preuss und Hanno Vögelein an, ihr zu folgen. Wenige Minuten danach meldete Vögelein, sie habe die Redaktionsräume des »Seekurier« betreten.

Es war sechzehn Uhr siebenunddreißig, draußen dämmerte es bereits.

Wolf starrte sein Handy an, als wolle er es hypnotisieren. Komm schon, dachte er, melde dich. Sag uns, was sie vorhat, ob wir mit unseren Überlegungen richtig liegen. Es hängt so viel davon ab. Sag uns wenigstens, was sie gerade tut.

Als hätte das Gerät ein Einsehen, begann es unvermittelt zu vibrieren, dann gab es die erlösende Melodie von sich. Schon nach dem ersten Ton drückte Wolf die Empfangstaste. Er hörte kurz zu, sagte »Danke« und unterbrach das Gespräch.

»Sie marschiert durch die Redaktionsräume und plaudert mit den Kollegen«, gab er an Jo weiter.

»Das heißt, sie schnüffelt herum«, antwortete Jo und wirkte erleichtert.

Wolf gab die Information an Sommer und Vögelein durch.

Erneutes Warten. Die Minuten zogen sich, Wolf wurde zunehmend nervöser. Dann erneutes Klingeln, dieselbe Prozedur.

»Sie hat die Anzeige entdeckt, geht jetzt in ihr Büro«, stieß Wolf triumphierend hervor, kaum dass er das Gespräch beendet hatte. »Fahr los!«, rief er Jo zu.

»Wie sie gesagt haben, Chef«, lobte Jo und startete den Wagen. Sie schafften es gerade mal bis zum Goldbacher Bahnübergang, als der nächste Anruf kam.

»Ja«, meldete sich Wolf formlos. Dann ein Nicken: »Schick sie los«, gab er dem Anrufer durch.

»Alles roger?«, fragte Jo und beschleunigte noch ein bisschen mehr.

»Alles roger«, bestätigte Wolf. »Die Bächle hat ihre Komplizen angerufen. Die Kollegen konnten den Anschluss orten. Jetzt haben wir sie im Sack.«

Sieben Minuten später erreichten sie Sipplingen. Sie bildeten gewissermaßen die Vorhut. In der Ortsmitte bogen sie rechts ab und fuhren den Berg hoch. Auf halber Höhe hob Wolf die Hand, Jo wurde langsamer.

»Stell den Wagen ab. Wenn die Luft rein ist, steigen wir aus und spazieren gemütlich diese Straße entlang, eingehakt, wie es sich für ein altes Ehepaar gehört.«

»Das ›alt‹ will ich überhört haben, Chef«, motzte Jo, tat aber, wie geheißen.

Es war sechzehn Uhr achtundfünfzig. Draußen war es inzwischen dunkel geworden.

Dann passierten sie die Frühstückspension »Säntisblick«, kaum dreihundert Meter von der Stelle entfernt, an der sie den weißen Golf gefunden hatten. Im Vorübergehen drückte Wolf Jos Arm. »Das ist es«, flüsterte er kaum hörbar. Nicht zu glauben, dass er vor gut vierundzwanzig Stunden schon einmal hier vorbeigekommen war. So nah war er den Erpressern gewesen, so nah! Gebe Gott, dass es ihnen gelang, die Kerle noch heute Abend einzusacken. Und wenn nicht? Sofort verbot er sich jeden Gedanken an die Folgen. Es musste einfach gelingen!

Zurück im Wagen, nahm Wolf Kontakt mit Sommer auf.

»Haben das Objekt von der Straße aus inspiziert«, gab er durch, »keine Auffälligkeiten. Wir gehen wie besprochen vor. Uhrenvergleich: siebzehn Uhr acht. Verständige uns, wenn Hindemith und seine Leute auf Position sind.«

Die Meldung kam fünfzehn Minuten später. Wolf und Jo waren inzwischen vor dem Hoteleingang vorgefahren, hatten an der Rezeption nach dem Besitzer gefragt und ihn, kaum dass er auf der Bildfläche erschien, in das angrenzende kleine Büro gedrängt. Der Mann fiel aus allen Wolken, als er von der bevorstehenden Festnahme erfuhr, erklärte sich jedoch bereit, mit ihnen zu kooperieren.

Einzeln oder paarweise trudelten die Kollegen ein, der Tarnung wegen im Jogginganzug oder mit Tennisschläger oder einem Gepäckstück bewaffnet. Sie sammelten sich in dem kleinen Büroraum hinter der Rezeption. Anwesend waren außer Wolf und seinen beiden Mitarbeitern noch zwei Kollegen der Soko und natürlich Hindemith. Weitere vier Mann waren draußen rings um das Haus postiert.

In gewisser Weise ähnelte alles der hochnotpeinlichen Verhaftung vom Vortag, außer dass an der Zimmertür diesmal die Nummer neunzehn prangte.

Geräuschlos nahmen die Polizisten ihre Positionen ein. Dann gab sich der Hotelier einen Ruck und klopfte an die Tür. »Zimmerservice«, rief er. »Bitte entschuldigen Sie, ich habe hier einen Getränkekorb für Sie – ein kostenloses Wochenendpräsent für unsere Gäste.«

Wolf glaubte, hinter der Tür ein Tuscheln zu vernehmen. Schließlich meldete sich eine kräftige Männerstimme: »Danke, wir verzichten.« Es klang so endgültig, wie es gemeint war.

»Wie Sie meinen. Entschuldigen Sie bitte noch mal die Störung«, antwortete der Hotelier wie vereinbart. So leise, wie sie gekommen waren, zogen sich die Polizisten wieder zurück.

»Was nun?«, fragte Vögelein nach ihrer Rückkehr in das kleine Büro.

»Das ist große Kacke«, schimpfte Hindemith. »Die haben todsicher nicht nur die Zimmertür verschlossen, sondern auch ständig das Fenster zum See im Blickfeld.« Er wandte sich an den Hotelier: »Zu dem Zimmer gibt es vermutlich keinen weiteren Zugang – eine Verbindungstür oder so was?«

»Nein, tut mir leid.«

»Ist es möglich, von der Seeseite her einen Blick auf die Terrasse zu werfen, ohne selbst gesehen zu werden?«, fragte Wolf den Hotelbesitzer.

»Das geht. Wenn Sie bitte mitkommen wollen?«

Kurze Zeit später sah Wolf, hinter dichtem Buschwerk verborgen, auf die Rückseite des fraglichen Zimmers. Der Raum war über die ganze Breite verglast. Eine Tür führte auf die Terrasse, auf der Wolf zwei Liegen und einen zusammengeklappten Sonnenschirm ausmachen konnte. Die Terrassentür stand einen Spalt weit offen. Das Innere des Zimmers war nur schwach erleuchtet, vermutlich brannte eine der Nachttischlampen. Immerhin bemerkte Wolf eine kleinere, stämmige Männergestalt, die gelegentlich ein Fernglas an die Augen hob und auf den See hinausstarrte. Dabei musste es sich um Neidling handeln. Loske hingegen blieb unsichtbar.

Vorsichtig zog Wolf sich wieder zurück, er hatte genug gesehen.

»Wie sieht's aus?«, wollte Hindemith wissen.

Wolf hob sein Barett leicht an, um sich am Kopf zu kratzen. »Besch…eiden. Ich sehe nur eine Möglichkeit, unser Ziel zu erreichen: Wir müssen versuchen, durch die Terrassentür einzudringen. Das setzt voraus, dass der Mann am Fenster für einen Moment abgelenkt wird.« Er dachte kurz nach, ehe er den Hotelier ins Auge fasste: »Sie haben doch sicher einen Generalschlüssel dabei?«

Statt einer Antwort förderte der Hotelbesitzer einen umfangreichen Schlüsselbund zutage.

»Gut«, fuhr Wolf fort. »Also, mein Vorschlag ist folgender: Ihr steckt zu einem vereinbarten Zeitpunkt den Generalschlüssel ins Schloss und sperrt, so schnell es geht, die Tür auf. Das dürfte bei dem Mann am Fenster für genügend Ablenkung sorgen. Im gleichen Moment dringe ich von der Terrasse her ein. Alles hängt davon ab, dass die einzelnen Schritte genau aufeinander abgestimmt sind – und dass es uns gelingt, die Erpresser von ihren Handys fernzuhalten.«

Hindemith, der während Wolfs Rede mehrfach Anstalten gemacht hatte, ihn zu unterbrechen, konnte nun nicht länger an sich halten. »Entschuldige, Leo, aber das ist mir zu abenteuerlich. Das Risiko, dass einer der beiden Täter mit dem Finger zuckt und dabei, mit oder ohne Absicht, die Ladung in die Luft jagt, ist mir viel zu hoch.«

»Haben wir eine Alternative – ich meine, außer dass wir die Gangster ziehen lassen und brav das Lösegeld bezahlen?«

»Ja. Das SEK muss her. Das ist ein Fall für Spezialisten. Die machen die Gangster mit einer Blendgranate reaktionsunfähig, eine Sekunde später sind sie drin, und ehe du Piep sagen kannst, haben sie die beiden überwältigt.«

»Und wer sagt uns, dass Loske nicht ausgerechnet bei der Blendgranate die Ladung hochjagt, und sei es nur aus Schreck? Außerdem: Du vergisst, dass die Bächle Loske und Neidling vor einer knappen Stunde über die Anzeige informiert hat, mit der wir ihnen die Bereitstellung der geforderten Summe signalisieren. Sie wissen also, dass ihr Plan aufgegangen ist. Wieso, frage ich dich, sollten sie eine weitere Nacht in diesem Haus verbringen? Sie haben noch eine beschwerliche Flucht vor sich, also werden sie so bald als möglich von hier verschwinden wollen. Und dabei werden sie mit Sicherheit wachsamer sein, als wenn wir sie in ihrem relativ sicheren Zimmer überraschen.«

Über Hindemiths Gesicht flog ein Leuchten. »Aber jaa … das wäre doch überhaupt *die* Gelegenheit! Schnappen wir sie uns, wenn sie den Bau verlassen.«

»Ach! Und dabei drückt Loske garantiert nicht auf den Knopf, meinst du? Nein, was wir auch tun, dieses Risiko bleibt uns in jedem Fall. Deshalb bin ich dafür, dass wir die beiden so schnell als möglich rausholen. Alles andere kostet uns nur Zeit, ohne dass das Risiko minimiert wird.«

Nach kurzem Zögern nickte Hindemith widerstrebend: »Da könntest du allerdings recht haben.«

»Was heißt das?«

Der LKA-Mann mahlte mit dem Kiefer, die Antwort fiel ihm sichtlich schwer: »Das soll heißen, dass wir nach deinem Plan vorgehen.«

Wolf verzog keine Miene. »Gut. Dann lasst uns keine Zeit mehr verlieren.«

Wenige Minuten später waren alle Details festgelegt. Der Zugriff sollte exakt um siebzehn Uhr fünfundfünfzig erfolgen.

Anfangs lief alles wie am Schnürchen. Wolf, der sich zusammen mit Jo hinter einem Rhododendronbusch versteckt hielt, hatte nur Augen für Neidling, während Jo unverwandt auf ihre Uhr starrte. »Noch zehn Sekunden«, zählte sie, »noch neun, acht, sieben …«

Plötzlich ruckte Neidlings Kopf in Richtung Tür, während gleichzeitig von einem der Betten eine zweite Gestalt aufsprang: Loske.

Das war das verabredete Zeichen: Wie ein geölter Blitz rannte Wolf über die Terrasse und stieß mit vorgehaltener Dienstwaffe die angelehnte Tür auf. Im gleichen Augenblick stürmten von der gegenüberliegenden Seite seine Kollegen in den Raum.

»Polizei«, versuchte Wolf das herrschende Chaos zu übertönen. »Bleiben Sie, wo Sie sind. Nehmen Sie die Hände hoch, gehen Sie langsam zur Wand, die Beine breit …« Die Wirkung allerdings war nicht ganz so, wie erwartet. Während Neidling sich scheinbar widerstandslos in sein Schicksal ergeben hatte und bereits gründlich gefilzt wurde, war Loske blitzschnell auf das Bett gesprungen. Mit wild entschlossener Miene hatte er seinen rechten Arm gehoben.

»Keinen Schritt weiter, oder die Katastrophe nimmt ihren Lauf!«, brüllte er den anstürmenden Polizisten entgegen.

Wolf lief es eiskalt über den Rücken. Was Loske in der Hand hielt, wog schwerer als eine Waffe.

Es war sein Handy!

Und die Taste, über der sein rechter Daumen schwebte, war nicht *irgendeine* Taste. Wolf wäre jede Wette eingegangen, dass es sich um die vorprogrammierte Kurzwahltaste handelte, die über Leben und Tod unzähliger Menschen entschied!

Gott verdamm mich!, fluchte er leise. Nun war genau das eingetretenen, was er unter allen Umständen hatte verhindern wollen.

Drohend blickte Loske auf die wie angenagelt stehenden Polizisten. Sein rechter Arm schwenkte hin und her, als könne er mit dem Gerät seine Gegner in Schach halten.

»So hab ich das gern! Alles tanzt nach meiner Pfeife.« Sein Mund verzog sich zu einem selbstgefälligen Grinsen. »Das hätten Sie sich nicht träumen lassen, was, Herr Wolf?«

»Was soll das, Loske? Sie verschlimmern Ihre Lage nur noch mehr. Wenn Sie jetzt dieses Dreckspaket da unten hochjagen, bringt Ihnen das gar nichts, im Gegenteil: Je mehr Menschen Sie auf dem Gewissen haben, desto länger schmoren Sie im Knast. Also seien Sie vernünftig und geben Sie mir Ihr Telefon. Sie kommen hier ohnehin nicht mehr ungeschoren raus.«

Loske lachte hämisch. »Das denken *Sie*! Aber Sie werden nicht riskieren, dass auch nur ein Mikrogramm Arsen ins Trinkwasser gelangt, das können Sie sich als Polizist auch gar nicht leisten. Ich kenne Sie, hab Sie schließlich lange genug studiert. Nein, nein, solange ich den Finger am Drücker habe, können Sie mir nichts anhaben, und das wissen Sie.«

Er hatte noch nicht richtig ausgesprochen, als Neidling zu kreischen begann: »Recht so, zeig's Ihnen, mach sie fertig!« Verzweifelt versuchte er, sich loszureißen. Zu Wolfs Erstaunen verzog Loske keine Miene – als wäre sein Komplize Luft für ihn.

»Ich werde Ihnen sagen, wie ich hier rauskomme«, fuhr Loske unbeirrt fort. »Sie, Herr Wolf, stellen mir einen Ihrer Wagen hier vors Haus. Und dann werde ich mir jemand aus Ihrem Team aussuchen, der mich begleitet … zum Beispiel Ihre hübsche Kollegin da.« Er deutete auf Jo. »Legen Sie ihr Handschellen an, und dann schicken Sie sie zu mir rüber, aber ein bisschen plötzlich, wenn ich bitten darf.« Mit jedem Wort wurde seine Stimme schärfer.

»Warum jemand aus dem zweiten Glied, Loske?«, warf Wolf hastig ein, »warum nicht ich? Ich könnte für Sie viel nützlicher sein …«

»Quatschen Sie nicht rum, Wolf. Machen Sie einfach, was ich Ihnen sage.«

Als Wolf noch immer zögerte, wurde Loske plötzlich laut: »Wird's bald oder brauchen Sie eine schriftliche Einladung? Ich glaube, Ihnen ist noch immer nicht klar, was hier eigentlich abläuft. Nur zur Erinnerung: Da unten in diesem verdammten See liegt genug Arsen, um den gesamten Großraum Stuttgart zu vergiften. Es kostet mich nur einen winzigen Druck auf diese Taste hier, um das Zeug freizusetzen, und niemand kann etwas dagegen tun – absolut niemand! Also bewegen Sie gefälligst Ihren gottverdammten Hintern und legen Sie Ihrer Kollegin die Handschellen an. Sollten Sie um ihre Gesundheit fürchten: Ich versichere Ihnen, Sie bekommen sie wohlbehalten zurück – mitsamt Ihrem Scheißauto.«

Da Wolf noch immer keine Anstalten machte, Loskes Aufforderung Folge zu leisten, ergriff Jo nun selbst die Initiative. Sie streckte dem neben ihr stehenden Kollegen beide Hände hin. Nach einem schnellen Seitenblick auf Wolf legte dieser ihr die Handschellen an. Ohne Furcht zu zeigen, ging Jo zu Loske hinüber. »Zufrieden?«, fragte sie ihn.

»Und jetzt den Wagen«, verlangte Loske.

»Steht direkt am Eingang«, gab Wolf Bescheid. »Hier, der Schlüssel.« In hohem Bogen warf er ihn Loske zu. Der machte jedoch keine Anstalten, ihn aufzufangen. Stattdessen schlich sich ein schmales Lächeln auf sein Gesicht.

»Nun enttäuschen Sie mich aber, Herr Wolf. Sie haben doch nicht angenommen, dass ich auf diesen Trick hereinfalle? Ts, ts, ts …« Mit einem Rippenstoß forderte er Jo auf, den Schlüssel aufzuheben.

Abermals ertönte Neidlings Stimme. »Wie lange sollen die mich hier noch festhalten …?«

»Halt die Klappe«, brachte Loske ihn brüsk zum Schweigen. »Jetzt alle da rüber«, befahl er scharf und winkte mit dem Handy die Polizisten in eine Ecke des Zimmers. Er gebrauchte das Gerät wie eine Waffe, was es in gewisser Weise ja auch war.

»So, und jetzt noch einmal langsam zum Mitschreiben, Herr Wolf: Morgen früh um sechs Uhr ist das Kreditkartenkonto wie gefordert gefüllt, richten Sie das gefälligst den Herren von der BWVG aus. Und kommen Sie mir ja nicht mit der läppischen Ausrede, die Bank könne an einem Sonntag nicht buchen.« Belustigt kichernd fügte er hinzu: »Würde keinen sonderlich guten Eindruck auf die Öffentlichkeit machen, wenn der Laden wegen lumpiger zehn Millionen die Hälfte seiner Kunden verliert, und zwar für immer.«

»Was hast du vor?«, begehrte Neidling noch einmal auf. »Wieso befiehlst du ihnen nicht, mich freizulassen? Wir sind doch Partner ... oder etwa nicht?« Seine Stimme war zunehmend schriller geworden, er schien mit seinen Nerven am Ende.

Spöttisch sah Loske zu ihm hinüber. »Du überschätzt deine Rolle, Dicker. Du warst mir nützlich, ja. Mehr aber auch nicht.« Er wandte sich an Vögelein, der Neidling am Arm festhielt. »Passen Sie gut auf ihn auf, Sie werden ihn noch brauchen. Irgendwer muss Ihnen ja später die Zusammenhänge erklären. Ich bin sicher, mein ›Partner‹ wird diese Rolle gern übernehmen. Und nun *ciao*, meine Herren! Kommen Sie nicht auf die Idee, mich aufzuhalten. Vergessen Sie nicht: Ich bin in der stärkeren Position.« Noch während er sprach, bewegte sich Loske langsam rückwärts zur Tür, Jo an den Handschellen mit sich ziehend.

Reflexartig sah Wolf auf die Uhr. Es war achtzehn Uhr sechs.

Nur noch wenige Sekunden, und der Kopf der Erpresserbande wäre entschwunden. Wer hätte ihn jetzt noch aufhalten sollen? Loske hatte ja so recht: Mit dem Finger am Auslöser und Jo als Geisel war er unangreifbar.

Während Wolf noch fieberhaft nach einem Ausweg suchte, löste sich plötzlich ein unartikulierter Schrei aus Neidlings Kehle. Mit einer Geschmeidigkeit, die man ihm bei seiner Leibesfülle gar nicht zugetraut hätte, entwand er sich Vögeleins Griff – doch anstatt sich auf den Komplizen zu stürzen, fuhr seine Hand unter Vögeleins Jacke und zog dem völlig Überraschten die Dienstwaffe aus dem Holster. Noch ehe auch nur einer der Polizisten reagieren konnte, hatte er auf Loske angelegt und abgedrückt – zu spät hatte ihm Hindemith die Waffe nach unten geschlagen.

Im letzten Augenblick noch hatte Loske versucht, Jo wegzuschieben, um an seine eigene Waffe zu kommen. Jo hatte das Unheil kommen sehen, es hatte sich in Loskes Gesicht widergespiegelt. Heftig stieß Jo ihn vor die Brust und warf sich selbst zur Seite. Damit rettete sie vermutlich nicht nur sich, sondern auch ihm das Leben. Als Neidling abdrückte, drang das Projektil in Loskes rechte Brusthälfte und holte ihn endgültig von den Beinen.

Widerstandslos ließ sich Neidling anschließend entwaffnen, klickend schnappten die Handschellen zu. Während Wolf telefonisch den Notarzt rief, sah er aus den Augenwinkeln, wie sich Jo und zwei weitere Leute um Loske bemühten. Loskes Handy lag neben ihm auf dem Boden. Nur dem traumatischen Schock war es zu verdanken, dass er die Zündung des Sprengsatzes nicht mehr hatte auslösen können – der Treffer hatte Loskes Körperfunktionen schlagartig lahmgelegt.

Endlich fiel eine zentnerschwere Last von Wolf, befreit atmete er auf.

Es war achtzehn Uhr sieben – und alles war vorüber.

***

Eigentlich hatte Wolf niemanden mehr sehen oder sprechen wollen, schließlich hatte die Verhaftung das Ende einer tagelangen, kräftezehrenden Jagd markiert. Nun zeigte ihm sein Körper seine Grenzen auf. War es ein Wunder? Er war dreiundsechzig, er hatte verdammt noch mal das Recht, müde zu sein. Noch so ein Showdown, und er würde endgültig den Dienst quittieren. Zumindest würde er seine Pensionierung ernstlich in Betracht ziehen.

Während er noch in sich hineinhorchte, öffneten sich plötzlich die Saaltüren und die Teilnehmer der Soiree ergossen sich über die Stufen ins Freie. Geschwätziges Plaudern löste die friedliche Abendstille ab. Wolf stand im Innenhof des festlich erleuchteten Deutschordenschlosses, einem der Wahrzeichen der Insel Mainau, und sah sich die Augen aus dem Kopf.

Und da tauchte sie auch schon auf, kam mit schnellen Schritten auf ihn zu, fast hätte Wolf sie nicht wiedererkannt.

Anders als sonst hatte Karin Winter diesmal auf Jeans und ein freches T-Shirt verzichtet. Zudem ließ sie die obligatorische Wildlederjacke mit dem lilafarbenen Seidenschal vermissen. Stattdessen präsentierte sie sich ihm im kleinen Schwarzen. Wolf wusste, warum: Bei der jährlichen Tagung der Nobelpreisträger wurde streng auf die Kleiderordnung geachtet, da kannten die Veranstalter keinen Pardon – auch nicht bei einer Vertreterin der Presse.

»Steht Ihnen gut«, rief er ihr bereits von Weitem entgegen und nickte anerkennend. Er half ihr in den Mantel, und sie setzten sich in Bewegung.

»Bemühen Sie sich nicht, Herr Wolf. Ich komme mir in diesem schwarzen Dingsda immer wie verkleidet vor. Doch nun genug der Höflichkeiten, lassen Sie uns lieber über das reden, was Sie hierher geführt hat. Muss ja etwas äußerst Brisantes sein, was Sie an so einem Abend auf die Mainau führt. Obwohl ...«, sie kicherte belustigt in sich hinein, »Sie sind nicht der Einzige, der in diesen Zeiten Opfer bringt, Herr Wolf: Ich lasse Ihretwegen sogar das Festbankett sausen. Ich hoffe, Sie wissen das Opfer zu schätzen.«

»Um der Wahrheit die Ehre zu geben: Ich möchte Sie um einen Gefallen bitten.«

»Aha, ich soll mal wieder einen Artikel für Sie lancieren«, stellte sie trocken fest. Sie musste gleich darauf lachen.

»Erst morgen, wenn's recht ist.«

Sie war stehen geblieben, mit großen Augen sah sie hinter ihm her. »Heißt das, Sie haben den Fall gelöst? Sind die Täter gefasst?«

Kaum hatte Wolf genickt, hing sie an seinem Hals und drückte ihm einen feuchten Kuss auf die Stirn. »Entschuldigen Sie, aber das musste sein«, sagte sie und wurde rot dabei.

»Könnten wir das Weitere eventuell bei einem Happen besprechen?«, fragte er lächelnd und fuhr sich mit der Hand über die Stirn. »Ich hab heute kaum was gegessen. Sie sind natürlich eingeladen.«

Karin hakte sich bei ihm unter, und sie setzten sich wieder in Bewegung. »Ist mir recht. Am Tisch kann ich mir wenigstens Notizen machen. Gehen wir in die Schwedenschenke, das sind nur ein paar Schritte.«

»Also, worum geht's?«, fragte Karin begierig, als sie ihre Bestellung aufgegeben hatten.

»Um Gabriello und seinen Verein.«

»Haben Sie heute den Bericht im Fernsehen gesehen?« Als er sie nur fragend ansah, fuhr sie fort: »Verstehe, Sie waren anderweitig beschäftigt. Na, jedenfalls ist Gabriello ganz gut weggekommen dabei, hat sein messianisches Bemühen geschickt als Ausdruck echter Gottesfurcht verkauft. So was kann einfache Gemüter schon beeindrucken, die hören über kritische Untertöne des Moderators einfach hinweg.«

»Ganz genau, und mag der sich auch noch so ironisch über die Vergebung der Sünden bereits zu Lebzeiten auslassen …«, fügte Wolf hinzu.

»Nicht zu vergessen sein Versprechen auf ein ewiges Leben!«

»Auch das. Ein Grund mehr, solchen Leuten das Handwerk zu legen, wie ich finde. Noch verhängnisvoller ist aber etwas ganz anderes: *Heaven's Gate* war für Loske und Neidling wie geschaffen, um gutgläubige Leute auszunehmen, sozusagen der ideale Nährboden. Man muss sich das mal reinziehen: Ausgerechnet eine Gruppe, die für sich in Anspruch nimmt, Menschen zu läutern und auf einen gottgefälligen Weg zu führen, gebiert solche Kreaturen!«

Die bestellten Getränke kamen und sorgten für eine kurze Unterbrechung. Danach unterbreitete Wolf der Journalistin seinen Plan, den diese mit dem lapidaren Satz kommentierte: »Wenn das klappt, dann schlagen wir Gabriello mit seinen eigenen Waffen.«

Wenig später wurde ihr Essen gebracht. Wolf hatte sich für das Hähnchenfilet mit einer Roqueforthaube und Zitronenreis entschieden, Karin für die Gemüseterrine mit Walnussbrot. »Aber bitte nur eine halbe Portion, schließlich will ich auch morgen noch in meine Klamotten passen«, hatte sie bei der Bestellung entschuldigend hinzugefügt.

»Schmeckt vorzüglich«, lobte Wolf zwischen zwei Bissen genießerisch. »Obwohl ich zugeben muss, dass ich heute über eine schlichte Brotsuppe nicht anders geurteilt hätte – ausgehungert, wie ich war.«

Karin legte ihre Gabel aus der Hand. »Was ich immer noch nicht verstehe: Wieso mussten eigentlich diese drei Penner sterben?«

»Ganz einfach: Diese Wohnsitzlosen, wie man sie im Amtsdeutsch nennt, waren für Loske und Neidling zu einer ernsten Gefahr geworden. Denken Sie nur an Einstein und Havanna: zwei liebenswerte Alte, die Freundlichkeit in Person. Konnten im Grunde keiner Fliege was zuleide tun, so was kommt an bei älteren Damen, scheint irgendwie deren Beschützerinstinkte zu wecken. Wie mir Göbbels erzählte, hatten die beiden im Laufe der Zeit ein besonderes Geschick darin entwickelt, genau diese Klientel der Sekte zuzuführen. Und je betuchter die Damen waren, desto bereitwilliger wurden sie dort aufgenommen, ganz besonders, wenn es sich um alleinstehende Witwen handelte. Natürlich war das Engagement Einsteins und Havannas nicht ganz selbstlos. Loske honorierte ihre Bemühungen großzügig. Dass es Loske und Neidling von Beginn an nur auf den Nachlass der alten Damen abgesehen hatten, ist Einstein und Havanna zu spät aufgegangen. Erst nachdem eine der Verblichenen *sie* anstelle von *Heaven's Gate* als Erben in ihrem Testament bedachte und Loske sie danach unter Druck setzte, auf das Geld zu verzichten, durchschauten sie das perfide Spiel. Als sie drohten, Loske und Neidling bei Gabriello anzuschwärzen, mussten sie aus dem Weg geräumt werden – schließlich hätte das das Ende einer kräftig sprudelnden Einnahmequelle bedeutet.«

Karin schob ihren leeren Teller zurück. Nachdenklich sah sie auf Wolf. »Und als Otto, der von Einstein und Havanna eingeweiht worden war, die Zusammenhänge ahnte und sich an die Polizei wandte, musste er ebenfalls sterben, stimmt's?«

»So ist es. Die Täter hatten gehofft, dass man bei den Verstorbenen auf natürlichen Tod erkennen würde. Doch da haben sie die Rechnung ohne Dr. Reichmann gemacht. So kam eins zum anderen.«

Karin nickte. »Sie haben mit allen Mitteln versucht, die Morde zu verschleiern.«

»Zum Beispiel, indem sie Ihnen Angst einflößten. Auf diese Art wollte man Sie von der weiteren Berichterstattung abhalten.«

»Ich muss zugeben, das gruselige Auge in meiner Wohnung hat mir ganz schön zu schaffen gemacht.«

»Die Bande schreckte nicht einmal davor zurück, Polizeibeamte tätlich anzugreifen …«

»Wenn Sie schon auf den Zwischenfall in dem Bootshaus anspielen, bei dem Jo ausgeschaltet werden sollte: Wer war eigentlich der geheimnisvolle Helfer, der sie da rausgehauen hat?«

Wolf schmunzelte. »Derselbe, der mich in letzter Sekunde zum Startplatz der Drachenflieger lotste, bei dem Sie, verehrte Frau Winter, abserviert werden sollten: Göbbels.«

»Göbbels? Das ist doch der Anführer der Penner!«

Wolf lachte laut auf. »Sie irren sich, Göbbels war kein Penner, obwohl ich zugeben muss, dass er seine Rolle hervorragend gespielt hat. Er ist ein Kollege und heißt im richtigen Leben Hindemith. Er hat für das LKA in einem Drogenfall recherchiert, in den die Penner verwickelt gewesen sein sollen.«

Karin senkte den Kopf. »Immerhin haben sie es schlauer anfangen als ich ... *Ihr* Mann hat das Schlamassel überlebt.«

Tröstend legte Wolf seine Hand auf ihren Arm. »Machen Sie sich keine Vorwürfe, Frau Winter. Ein solches Ende konnte wirklich niemand vorhersehen. Genauso wenig, wie vorherzusehen war, dass die ganzen Morde in Wirklichkeit nur das Vorspiel zu einer weitaus teuflischeren Tat darstellten.«

»Unter tatkräftiger Mitwirkung meiner Kollegin Monika Bächle ...«

»Die übrigens, wie Neidling bei seiner ersten Vernehmung aussagte, Loskes Geliebte war.«

»Wundert mich überhaupt nicht, obwohl sie diese Liaison bis zuletzt geschickt unter der Decke hielt. Die muss dem Kerl regelrecht hörig gewesen sein. Matuschek fiel aus allen Wolken, als ihre Doppelrolle in dieser Sache aufgedeckt wurde ... Au verdammt, da fällt mir ein, ich muss Matuschek anrufen, wenn unser Artikel morgen früh im ›Seekurier‹ stehen soll. Der wird sowieso die Nase rümpfen. Jetzt ist es bereits halb neun, spätestens um Mitternacht läuft die Rotationsmaschine an, und ich hab noch keine Zeile geschrieben. Entschuldigen Sie mich einen Moment, ich geh mal eben telefonieren.«

Wolf machte sich wieder über sein Essen her, zu dem er vor lauter Reden kaum gekommen war. Kurz darauf kehrte Karin zurück. »Alles klar«, berichtete sie. »Wir haben einen zweispaltigen Einklinker auf der Titelseite und den Aufmacher für Seite drei. Wenn's sein muss kriegen wir die ganze Seite, aber das werde ich nicht schaffen. Allerdings sieht's mit Bildern schlecht aus, da finden wir bestenfalls was im Archiv. Übrigens, wenn Sie mich nach Überlingen mitnehmen, können Sie mir den Rest unterwegs erzählen.«

»Was ist mit Ihrem Wagen?«

»Kein Problem, den lasse ich morgen abholen.«

Wolf bezahlte, dann brachen sie auf. Sie hatten nicht weit zu laufen, Wolfs Dienstwagen stand gleich hinter der Schwedenschenke, ein Privileg, das er seinem Dienstausweis nebst ein paar guten Worten verdankte.

»Sagen Sie, wie sind Sie eigentlich auf die Sekte gestoßen?«, wunderte sich Karin auf dem Weg zu ihrem Wagen.

Wolf schilderte noch einmal in aller Kürze den Mordversuch Neidlings an Sammet, Neidlings anschließende Flucht und wie sie bei seiner Verfolgung mitten in die Messe der *Heaven's-Gate*-Gemeinde geplatzt waren. Er schloss: »Offen gestanden war ich von Anfang an davon überzeugt, dass der Sektenchef nichts von den Vorgängen in seiner Gemeinschaft wusste.«

An dieser Stelle musste Wolf seine Erklärung unterbrechen. »Wir sind da«, sagte er. Sekunden später saßen sie im Wagen und traten die Heimfahrt an.

»Sie haben also die Kerle aus dem Verkehr gezogen. Erzählen Sie«, nahm Karin den Faden wieder auf, kaum dass sie die Insel hinter sich gelassen hatten.

Wolf ließ sich nicht lange bitten, zumal sie die Bande nicht zuletzt mit Karin Winters tatkräftiger Hilfe zur Strecke gebracht hatten. Das würde sogar die Staatsanwaltschaft tolerieren, falls sie von dem Kuhhandel zwischen ihm und der Journalistin erfuhr. Sommer hatte er ohnehin auf seiner Seite.

»Neidling war also das Bauernopfer«, rief Karin überrascht aus, als Wolf seine Ausführungen beendet hatte.

»Als ihm klar wurde, dass Loske sich allein absetzen wollte, noch dazu mit dem ganzen Zaster, da ist er ausgerastet. Hat sich eine Waffe gegriffen und Loske über den Haufen geknallt, noch ehe einer von uns einschreiten konnte.«

»Ich fass es nicht. Wie konnte das geschehen? Und wo hatte er die Waffe her?«

»Tja, da hat Hanno Vögelein nicht aufgepasst. Hatte seine Dienstwaffe ungesichert im Holster stecken. Schade, der Vorfall kostet das D1 einen guten Mann.« Als Karin ihn nur verständnislos ansah, fügte er erklärend hinzu: »Vögelein will sich versetzen lassen.«

»Deshalb?«

»Deshalb! Er möchte nicht zum Gespött der Kollegen werden, sagt er. Kann ich verstehen, passt zu seinem Naturell. Obwohl ...«

»Obwohl?«

»Nun, genau genommen war er es, der den Fall durch seinen Lapsus überhaupt zu einem guten Ende brachte. Am Ende hat uns Neidlings Affekthandlung nicht nur Loske in die Hände gespielt und ganz nebenbei auch noch Jo befreit, sondern vor allem dafür gesorgt, dass Loske das Handy losließ, mit dem er das Arsen hochgehen lassen wollte.«

»Da sieht man mal wieder, wozu eine echte Männerfeindschaft gut sein kann. Was passiert eigentlich, wenn Loske die Ladung nicht freiwillig entschärft?«

»Er wird, glauben Sie mir. Eine Weigerung würde sein Strafmaß deutlich erhöhen, und daran kann ihm nicht gelegen sein.

»Ist er über ‘n Berg? Ich meine, wird er überleben?«

»Nach Aussage des Notarztes ja.«

»Wollen wir hoffen, dass Gabriello nicht so glimpflich davonkommt – als Sektenchef, meine ich.«

»Da vertraue ich auf die Kraft der Worte – Ihrer Worte, Frau Winter. Aber ich bin sicher, Sie werden die richtigen finden.«

Epilog

(Quelle: »Seekurier« vom Montag, 25. Oktober, Aufmacher Seite 1)

Gefahr von Trinkwasserverseuchung durch Arsen gebannt

Im Fall der Arsenmordserie sorgen zwei spektakuläre Festnahmen für landesweites Aufsehen.

Nach tagelanger intensiver Fahndung ist es der Kripo Überlingen gestern Abend gelungen, die beiden führenden Köpfe der Arsenmörderbande in einem Sipplinger Hotel zu stellen. Es handelt sich um Peter L. (38) und Hartmut N. (40) aus Überlingen. Beide waren Mitglieder der Sekte Heaven's Gate. *Der Verhaftung gingen turbulente Szenen voraus, in deren Verlauf Peter L. von seinem Komplizen niedergeschossen wurde. Schwer verletzt musste er in das Überlinger Krankenhaus eingeliefert werden.*

Peter L. und Hartmut N. werden die Morde an drei Obdachlosen und sieben alleinstehenden Witwen, gleichfalls Mitglieder der Sekte Heaven's Gate, *sowie Erbschleicherei und Erpressung zur Last gelegt.*

Ihre leitende Funktion in der Glaubensgemeinschaft ermöglichte Peter L. und Hartmut N., sich in den Besitz des Vermögens ihrer größtenteils wohlhabenden Mordopfer zu setzen. Den drei Wohnsitzlosen, die in der vergangenen Woche ebenfalls durch die Verabreichung von Arsen ermordet worden waren, wurde dem Geständnis der Täter zufolge die Kenntnis gewisser Tathergänge zum Verhängnis.

Als Höhepunkt der beispiellosen Verbrechensserie gilt jedoch die versuchte Erpressung der Bodenseewasser-Versorgungsgesellschaft (BWVG), die mehr als vier Millionen Menschen in Süddeutschland mit Trinkwasser beliefert. Peter L. und Hartmut N. hatten gedroht, dem Wasser über eine fernzündbare Haftladung an einem der Entnahmetürme eine hohe Dosis hochgiftiges Arsen beizumengen, falls die BWVG nicht bis heute früh zehn Millionen Euro auf einem Kreditkartenkonto zugunsten der Täter bereit-

stellen würde. Wie die Polizei am Morgen mitteilte, haben Polizeitaucher die Haftladung inzwischen entschärft.

***

(Quelle: »Seekurier« vom Montag, 25. Oktober, Seite 3)

Überlinger Sektenchef außer Landes geflüchtet

Zu der Arsenmörderbande, die am gestrigen Sonntag festgenommen wurde, gehörten zwei führende Köpfe der Sekte Heaven's Gate, *in deren Dunstkreis nach Aussagen der Ermittler die kriminellen Machenschaften der Täter ihren Anfang genommen haben sollen. Als die Polizeibeamten am Sonntag in einem Gebäude der Turmgasse vorfuhren, das der Sekte bislang als Hauptsitz diente, trafen sie lediglich auf eine Reinigungskraft.*

Die Frau zählt nach eigenem Bekunden nicht zu den Mitgliedern der Glaubensgemeinschaft. Nach ihrer Aussage war Sektenführer Gabriello, der den Ermittlungsbehörden zufolge mit bürgerlichem Namen Gabriel Bretschwiler (58) heißen und Schweizer Staatsbürger sein soll, gegen 8.30 Uhr in der Turmgasse erschienen. In den Büroräumen der Sekte soll er in fieberhafter Eile Unterlagen zusammengerafft und das Haus bereits wenige Minuten später mit einem Koffer wieder verlassen haben. Laut Polizei war Bretschwiler persönlich nicht in die Machenschaften rund um die Arsenmorde verwickelt. Auf die Frage, ob er den Artikel im »Seekurier« kenne und ob die dort geäußerten Behauptungen zuträfen, habe er der Reinigungskraft geantwortet: »Gute Frau, das juckt mich jetzt nicht mehr.« Es wird davon ausgegangen, dass sich Bretschwiler zwischenzeitlich in die Schweiz abgesetzt hat.

Damit dürften auch die Umtriebe der Sekte Heaven's Gate, *die in den vergangenen Wochen rund um den Überlinger See einen enormen Zulauf verzeichnen konnte, der Vergangenheit angehören.*

Derzeit versucht die Kripo Überlingen unter Federführung von Kriminalhauptkommissar Wolf, die finanziellen Aktivitäten der Sekte beziehungsweise der mit der Geschäftsführung betrauten Mitglieder Peter L. und Hartmut N. zu entwirren. Wie es heißt, sollen im Zusammenhang mit Nachlassübertragungen ermorde-

ter Mitglieder der Glaubensgemeinschaft – durchweg ältere vermögende Witwen – Beträge in sechs- bis siebenstelliger Höhe auf Auslandskonten geflossen sein, die von Peter L. und Hartmut N. eingerichtet worden waren.

Eine ausführliche Darstellung des Falls und seiner Hintergründe bringen wir in unserer morgigen Ausgabe.

***

(Quelle: »Seekurier« vom Montag, 25. Oktober, Einklinker auf Seite 3)

Polizisten lösen Versprechen ein

Kriminalhauptkommissar Leo Wolf von der Kripo Überlingen wird heute Nachmittag ein Versprechen einlösen: Einer stadtbekannten Gruppe sogenannter Wohnsitzloser hatte er vor zwei Tagen ein reichhaltiges Vesper als Dankeschön für ihre Unterstützung im Fall der Arsenmörder zugesagt.

Die Männer, die drei ihrer Kameraden als Opfer der Arsenbande zu beklagen haben, hatten sich am vergangenen Samstag spontan bereit erklärt, an der Aufklärung der Verbrechen mitzuwirken. In einer umfangreichen Suchaktion konnten sie entscheidend dazu beitragen, das Fahrzeug der Täter in Sipplingen aufzuspüren. Mit von der Partie ist Gerhard Hindemith vom Landeskriminalamt (LKA), der unter dem Spitznamen »Göbbels« über mehrere Wochen als Wortführer der Clique fungierte und in dieser Rolle Zutritt zu der Sekte und deren Umfeld erlangen konnte.

Dank

Ich danke allen, die an der Entstehung dieses Buches mitgewirkt haben, im Besonderen meinen Kindern Carin und Ulrich für ihre Beharrlichkeit beim Aufdecken von Fehlern und Schwachstellen, meinem Freund Siegfried Sauer, der wiederum ein wachsames Auge auf die korrekte Darstellung der Polizeiarbeit hatte sowie Dr. med. Michael Kolb für seine wertvollen Ratschläge. Danken möchte ich neben Ilse Hummel auch meiner Lektorin Marit Obsen, die das Werden des Buches kompetent begleitete und so dafür sorgte, dass aus meinem Rohtext am Ende doch noch ein rundum stimmiges, lesenswertes Buch wurde.

Manfed Megerle
SEEHAIE
Broschur, 272 Seiten
ISBN 978-3-89705-519-3

»Spannend, logisch und gut durchdacht präsentiert Manfred Megerle seinen Debütroman. Die Charaktere sind authentisch, die Ermittlungen vielschichtig, die Schauplätze stimmig.« Neckar Express

»Spannender Krimi mit beeindruckend detaillierter Schilderung der Landschaft. Bodenseefreunde werden sich sofort in der Umgebung wiederfinden.« RSA Radio

Manfred Megerle
SEEFEUER
Broschur, 304 Seiten
ISBN 978-3-89705-612-1

»Die Story ist spannend und lässt die Finger des Lesers an den Seiten kleben.« Schwäbische Zeitung

»Eine spannende und actiongeladene Kriminalgeschichte aus der Bodenseeregion.«
Südkurier Konstanz

www.emons-verlag.de

Manfred Megerle
SEEPEST
Broschur, 320 Seiten
ISBN 978-3-89705-818-7

»Eine komplexe Kriminalgeschichte, neben der auch Wolfs Familiengeschichte sich unaufdringlich weiter entwickelt. Erfreulich zu lesen.« www.krimi-couch.de

Manfred Megerle
SEERACHE
Broschur, 320 Seiten
IISBN 978-3-95451-017-7